Obscuritas

David
Lagercrantz

Obscuritas

El primer caso
de Rekke y Vargas

David
Lagercrantz

Traducción de Martin Lexell
y Alberto Sevillano

Ediciones Destino
Colección Áncora y Delfín

Obra editada en colaboración con Editorial Planeta – España

Título original: *Obscuritas*

Obscuritas © David Lagercrantz, publicado por Norstedts, Suecia, 2021
Publicado de acuerdo con Norstedts Agency / Brave New World Agency

© 2022, Traducción del sueco: Martin Lexell y Alberto Sevillano

© 2022, Editorial Planeta S.A.- Barcelona, España

Derechos reservados
© 2022, Editorial Planeta Mexicana, S.A. de C.V.
Bajo el sello editorial DESTINO M.R.
Avenida Presidente Masarik núm. 111,
Piso 2, Polanco V Sección, Miguel Hidalgo
C.P. 11560, Ciudad de México
www.planetadelibros.com.mx

Primera edición impresa en España: junio de 2022
ISBN: 978-84-233-6180-9

Primera edición en formato epub en México: julio de 2022
ISBN: 978-607-07-8852-9

Primera edición impresa en México: julio de 2022
ISBN: 978-607-07-8826-0

Impreso en los talleres de Litográfica Ingramex, S.A. de C.V.
Centeno núm. 162-1, colonia Granjas Esmeralda, Ciudad de México
Impreso en México -*Printed in Mexico*

Capítulo 1

El comisario jefe era un idiota.

Vaya porquería todo esto, una cosa totalmente absurda.

El comisario Fransson se metió en un largo y malhumorado discurso. Micaela Vargas no soportaba escucharlo y, además, hacía demasiado calor en el auto. Al otro lado de la ventanilla se sucedían las casas señoriales de Djursholm.

—¿No lo hemos pasado? —preguntó.

—Tranquila, bonita, tranquila; no es que este sea precisamente mi barrio —contestó Fransson al tiempo que se daba aire con la mano.

Poco después atravesaron la puerta de una reja y continuaron por una extensa zona ajardinada hasta llegar a una casa de piedra muy grande, provista de pilares claros a lo largo de la fachada, y el nerviosismo que Micaela sentía se intensificaba. En realidad trabajaba como policía de barrio, pero ese verano la habían trasladado a homicidios para participar en una investigación, porque el hombre sospechoso de ser el autor del crimen era un conocido suyo: Giuseppe Costa. Hasta el momento su trabajo consistía en poco más que hacer comprobaciones sencillas y ser la mensajera. Aun así, ese día le habían pedido que fuera a ver a un tal profesor Rekke, quien, según el comisario jefe, les iba a poder ayudar con el caso.

—Esa debe de ser la señora —dijo Fransson señalando a una elegante mujer pelirroja vestida con unos pantalones blancos que había salido a la escalera de entrada a recibirlos.

Como salida de una película, pensó Micaela, sudorosa e incómoda, antes de bajar del auto y atravesar la grava perfectamente rastrillada que había delante de la casa.

Capítulo 2

Micaela tenía por costumbre llegar muy temprano a la comandancia; pero esa mañana —cuatro días antes de ir a ver al profesor Rekke— estaba todavía en casa, desayunando, a pesar de que eran más de las nueve. Sonó el teléfono. Era Jonas Beijer.

—A la oficina del comisario jefe, todos —dijo.

No aclaró el motivo de dicha reunión, pero a Micaela le dio la sensación de que era importante. Se acercó al espejo del recibidor y se puso a jalar la sudadera que llevaba puesta. Era de la talla XL y le quedaba grande y holgada. Parece que quisieras esconderte, hermanita, habría dicho Lucas, pero Micaela decidió que estaba bien. Antes de salir para el metro se pasó un cepillo por el pelo y se peinó el fleco de forma que casi le tapaba los ojos.

Era 15 de julio de 2003, y Micaela acababa de cumplir veintiséis años. Había poca gente en el tren. Encontró una fila de asientos vacía, se sentó y se sumió en sus pensamientos.

Evidentemente no resultaba nada raro que el caso interesara a las altas esferas de la policía. Puede que el homicidio en sí fuera un simple arrebato de locura, un acto cometido bajo la influencia del alcohol, pero había otros factores que otorgaban un peso especial a la investigación. La víctima, Jamal Kabir, era un refugiado político del Afganistán de los talibanes y árbitro de futbol, y lo mataron a pedradas al final de un partido de juveniles en el campo de Grimsta IP. De ahí que el comisario jefe Falkegren, naturalmente, no quisiera perderse la acción.

Bajó en Solna Centrum y continuó hasta la comandancia que estaba situada en la calle Sundbybergsvägen. Durante el camino se propuso tomar de una vez la palabra y explicarles todo lo que le parecía que hacían mal en la investigación.

Martin Falkegren era el comisario jefe más joven del país, un hombre que se preciaba de mirar siempre hacia delante y estar en la onda de todo lo nuevo. Llevaba sus ideas como medallas en el pecho, decían, no sin cierto tonito, pensaba él. No obstante, se sentía orgulloso de su actitud abierta, y ahora la había vuelto a demostrar con la introducción de un método novedoso. Quizá no tuviera buena acogida, pero, como le dijo a su mujer, fue la mejor conferencia que había oído en su vida. Claramente merecía la pena que lo probaran.

Buscó más sillas y puso unas botellas de agua Ramlösa y dos recipientes con caramelos de regaliz que su secretaria había comprado en la tienda libre de impuestos en un crucero a Finlandia, atento en todo momento por si oía pasos acercarse por el pasillo. Aún no venían, y por un momento la figura de Carl Fransson le cruzó la mente. Visualizaba su corpulento cuerpo y su mirada crítica. En realidad, pensó, no se le podía reprochar nada. A ningún policía a cargo de una investigación le hace mucha gracia que el jefe se entrometa en su trabajo.

Sin embargo, las circunstancias eran especiales. El autor del crimen, un italiano narcisista, loco de atar, los estaba manipulando de lo lindo. Una auténtica vergüenza, para hablar claro.

—Perdón, ¿soy la primera?

Era la joven chilena. Había olvidado su nombre, solo se acordaba de que Fransson quería apartarla de la investigación. Al parecer, le llevaba siempre la contraria.

—Bienvenida. Creo que todavía no nos conocemos —dijo tendiéndole la mano.

Ella se la estrechó con un apretón firme y Falkegren aprovechó el momento para examinarla de arriba abajo. Era bajita y de constitución robusta, y tenía una melena gruesa y rizada que llevaba con un largo fleco peinado sobre la frente. Sus ojos grandes y un poco rasgados poseían un intenso brillo negro. Había algo en ella que le atraía a la vez que le invitaba a mantener la distancia; le dieron ganas de sentir el tacto de su mano unos segundos más, pero se sintió inesperadamente cohibido, de modo que se limitó a murmurar:

—Conoces a Costa, ¿verdad?

—Sé quién es, al menos. Poco más —contestó Micaela—. Los dos somos de Husby.

—¿Cómo lo describirías?

—Es un poco payaso. Solía cantarnos en el parque. Cuando se da a la bebida se puede poner terriblemente agresivo.

—Sí, eso resulta obvio. Pero ¿por qué nos miente con tanto descaro?

—No estoy segura de que mienta —repuso ella, y a Falkegren ese comentario no le gustó nada. La posibilidad de que hubieran detenido al hombre equivocado no le pasaba por la mente. Las pruebas eran concluyentes, por lo que ya estaban preparando el proceso. Lo único que les faltaba era la confesión, cosa que quería comentar en la reunión. No le dio tiempo de intercambiar más palabras con la agente porque en el pasillo resonaban ya los pasos de los demás. Se enderezó y los recibió a todos con elogios.

—Buen trabajo. Estoy orgulloso de ustedes, chavales —dijo, y aunque no fueran unas palabras del todo acertadas teniendo en cuenta la presencia de la mujer chilena, no se corrigió.

Se concentró en intentar dar con un tono natural, algo que tampoco le salía muy bien. Se le ocurrió decir:

—Vaya locura de historia. Y todo porque el árbitro no marcó penalti.

Un comentario quizá poco matizado, pero por otra parte no era más que una frase para romper el hielo. Fransson, como no podía ser de otra manera, aprovechó la oportunidad para regañarlo afirmando que el caso era bastante más complejo. Existía un móvil claro, continuó, que tal vez les resultaba extraño a ellos, pero no a un padre alcoholizado incapaz de controlar sus impulsos que vive y se desvive por lo que hace su hijo en el campo de futbol.

—Sí, sí, claro —convino Falkegren—. Pero, aun así, Dios mío... Vi la secuencia del video. Costa se me antojó completamente fuera de sí, mientras que el árbitro..., ¿cómo se llamaba?

—Jamal Kabir.

—... mientras que Jamal Kabir se mostraba de lo más tranquilo. Vaya porte que tenía ese hombre.

—Eso dicen.

—Y vaya manera de mover las manos. Elegante, ¿no lo creen? Como si dirigiera todo el partido.

—Resulta un poco especial, es verdad —reconoció Fransson, y entonces Martin Falkegren desvió la mirada del comisario, decidido a recuperar la iniciativa.

No los había convocado para platicar de futbol precisamente.

Micaela se movía en la silla. Había tensión en el ambiente a pesar de los esfuerzos de Falkegren por convertirse en uno más de la pandilla, un intento que no parecía prosperar. Era de otra especie. No dejaba de sonreír, llevaba un traje caro y calzaba unos mocasines negros con borlas.

—Bueno, ¿cómo va el tema de las pruebas, Carl? Acabo de comentarlo con... —dijo mirando a Micaela.

Pero no parecía recordar su nombre, u otra cosa le pasó por la cabeza porque dejó la frase suspendida en el aire, momento que aprovechó Fransson para intervenir y exponer la situación actual de las pruebas. Como siempre cuando hablaba, resultó muy convincente. Dio la impresión de que lo único que faltaba era que el juez dictara sentencia, y quizá fue por eso que Martin Falkegren no prestaba especial atención. Se limitaba a murmurar palabras de asentimiento.

—Exacto, exacto, y esas pruebas no se verán debilitadas precisamente por las observaciones recogidas en el informe P7.

—Pues no, eso es verdad —asintió Fransson, y entonces Micaela levantó la mirada de su cuaderno.

El P7, pensó, el maldito informe P7. Había llegado a sus manos hacía diez días. Al principio no tenía del todo claro en qué consistía, pero se trataba del informe del examen preliminar de psiquiatría forense, el que precedía a otro análisis más exhaustivo. Lo leyó con cierta expectación, solo para decepcionarse casi de inmediato. Trastorno de personalidad antisocial, era la conclusión; probable trastorno de personalidad antisocial. En otras palabras, se daba por hecho que Costa era algún tipo de psicópata. No lo creía.

—Exacto —repitió el comisario jefe, ahora con voz excitada—. Ahí tenemos la clave de su personalidad.

—Sí, bueno, tal vez —contestó Fransson revolviéndose incómodo en la silla.

—Pero de lo que se trata es de hacerlo confesar.

—Sí, claro.

—Y tengo entendido que han estado muy cerca de eso.

—Bueno, pues...

—Y en eso he aportado mi granito de arena, ¿verdad? —continuó Falkegren, y todos hacían como si no comprendieran nada, aunque en realidad sabían muy bien adónde quería ir a parar, por lo que no le agarró por sorpresa a nadie cuando añadió—: Cuando les pedí que probaran una nueva técnica de interrogatorio.

—Sí, efectivamente, fue un buen consejo —murmuró Fransson esforzándose en manifestar cierta gratitud sin dar la sensación de estar demasiado impresionado.

Después de que llegara el informe P7, Falkegren había propuesto que dejaran de presionar a Giuseppe Costa para, en su lugar, permitir que se expresara como experto en psicología. Les había sonado un poco raro, por decir algo, pero Falkegren insistió: «Como la imagen que tiene de sí mismo es de alguien grandioso, cree saberlo todo sobre futbol». Al final decidieron intentarlo. Un día que Giuseppe se mostró particularmente fanfarrón, Fransson dijo:

—Con tu larga experiencia, Giuseppe, sin duda podrías explicarnos cómo razona una persona que comete un acto tan demente como el de matar a un árbitro. —Y entonces, en efecto, Costa se irguió y empezó a hablar con tanta emoción que parecía que estuviera ofreciendo una confesión indirecta. Sin duda se trataba de un momento interesante de la investigación, pero de lo que Micaela no había sido consciente hasta entonces era del orgullo que había supuesto para Martin Falkegren.

—Verán, es una técnica bastante famosa. Hay un ejemplo muy conocido —prosiguió Falkegren.

—¿Ah, sí? —dijo Fransson.

—Un joven periodista entrevistó a Ted Bundy en la cárcel en Florida.

—¿Perdón?

—Ted Bundy —repitió—. El mismísimo. El método funcionó muy bien con Bundy. Es que Bundy había estudiado Psicología, así que cuando tuvo la posibilidad de lucirse como experto, se sinceró por primera vez —constató Falkegren, y entonces ya no era solo Micaela quien ponía una cara llena de escepticismo.

Ted Bundy.

¿Por qué no Hannibal Lecter? Total...

—No me malentiendan —añadió Falkegren—. No hago comparaciones. Solo les quiero contar que la investigación en este campo ha dado frutos y que existen nuevas técnicas de interrogatorio, y que nosotros dentro de la policía...

Vaciló antes de continuar.

—¿Sí?

—... tenemos grandes lagunas de conocimientos. Incluso me atrevería a decir que hemos sido ingenuos.

—¿De verdad? —intervino Fransson.

—Sí, sí. Durante mucho tiempo el propio concepto de psicopatía fue incluso considerado anticuado y estigmatizante, pero eso ha cambiado, gracias a Dios. El otro día estuve en una conferencia, mejor dicho, en una conferencia fantástica.

—Vaya —comentó Fransson.

—Fue increíblemente interesante, estábamos todos como pegados a las sillas. Bueno, bueno, tendrían que haber estado. La daba Hans Rekke.

—¿Quién?

Se miraron unos a otros. Resultaba evidente no solo que nadie había oído hablar de ese tal Rekke sino que, además, no era algo que les preocupara en lo más mínimo.

—Es catedrático de Psicología en la Universidad de Stanford, un puesto de enorme prestigio.

—Impresionante —afirmó Fransson con ironía.

—Sí, desde luego —siguió Falkegren sin percibir el sutil tono burlón del comisario—. Lo citan en todas las revistas más importantes.

—Fantástico —intervino Ström también con ironía.

—Pero no crean que anda por las nubes con sus teorías. Es especialista en métodos de interrogatorio y ha ayudado a la policía de San Francisco. Es asombrosamente agudo y competente —concluyó.

Estas tampoco fueron unas palabras bien acogidas por los asistentes a la reunión. Más bien reforzaron el ambiente de enfrentamiento que se respiraba en la oficina. Por un lado, el jefe, un arribista que había ido a una conferencia que le hizo ver la luz, y por el otro, Fransson y sus hombres, los policías sensatos y trabajadores con los pies en la tierra que no caían rendidos a las primeras de cambio ante cualquier novedad en boga.

—El profesor Rekke y yo nos entendimos enseguida, congeniamos muy bien —continuó Falkegren, dejando claro que él también era especial, ya que había logrado semejante compenetración con una persona tan inteligente—. Le hablé de Costa —dijo.

—De modo que le hablaste de Costa.

Fransson alzó una ceja.

—Le hablé del narcisismo y la idea de grandiosidad que hay en su personalidad, y le comenté la situación un poco complicada en la que nos encontramos por falta de pruebas concluyentes —siguió Falkegren.

—Bien... —contestó Fransson.

—Y entonces mencionó ese método que se empleó con Bundy, y dijo que quizá podríamos probar con eso.

—Qué bien, pues ya conocemos el trasfondo de la historia —comentó Fransson, ansioso por terminar la reunión.

—Pero luego, cuando salió tan bien, cuando Costa realmente se sinceró, pensé, Dios mío, si Rekke ha podido ayudarnos tanto con una idea lanzada así de improviso, ¿qué no podría hacer si supiera más del caso?

—Hmm, bueno, quién sabe —dijo Fransson incómodo.

—Exacto —continuó Falkegren—. Así que me puse a indagar un poco más sobre su persona... bueno, ya saben que tengo mis contactos, y no he encontrado más que elogios. Nada más que elogios, caballeros. Por eso me he tomado la libertad de enviarle al profesor Rekke el material sobre el caso.

—¡¿Que hiciste qué?! —exclamó Fransson.

—Le he enviado el material de la investigación —repitió Martin Falkegren, pero era como si los demás no lo entendieran del todo.

Fransson se levantó.

—¡Pero eso es una violación del secreto de sumario, carajo! —espetó.

—Tranquilo, tranquilo —dijo Falkegren—. No es ninguna violación de nada. Rekke formará parte de nuestro equipo, y además en calidad de psicólogo tiene la obligación de guardar el secreto profesional. Sinceramente creo que lo necesitamos.

—Tonterías —dijo Fransson.

—Han hecho un buen trabajo, ya se los digo, de eso no cabe duda. Pero no tienen pruebas concluyentes. Necesitan una confesión, y estoy convencido de que Rekke puede ayudarles con eso. Detecta como nadie contradicciones y fisuras en las declaraciones.

—¿Y qué hacemos? ¿Qué pretendes? —protestó Fransson—. ¿Que el catedrático se encargue de la investigación?

—No, no, por el amor de Dios. Solo les pido que se reunan con él y que lo escuchen. A ver si puede aportar un nuevo enfoque, nuevas ideas. Los recibirá este sábado a las dos en su casa en Djursholm. Me ha prometido repasar todo el material para entonces.

—Yo no pienso sacrificar otro sábado más para semejantes tonterías —dijo Axel Ström, el mayor del grupo y cerca ya de la edad de jubilación.

—Okey, okey, está bien. Pero algunos de los demás seguramente podrán ir. Tú, por ejemplo —siguió Falkegren, señalando a Micaela—. De hecho, Rekke me ha llamado preguntando por ti.

—¿Preguntando por mí? —Miró a su alrededor visiblemente incómoda, convencida de que se trataba de una broma.

—Sí, con relación a algún interrogatorio que habías hecho a Costa que le pareció interesante.

—No creo que piense que... —empezó.

—Primero, no podemos dejar que Vargas vaya sola —interrumpió Fransson clavando la mirada en Falkegren—. No tiene suficiente experiencia, ni de lejos. Y en segundo lugar, con todo respeto, Martin, podrías habernos informado antes. Has actuado a espaldas de nosotros.

—Lo reconozco. Te pido disculpas por eso.

—Bueno, en fin, ya está hecho. Yo también voy.

—Bien.

—Pero no pienso seguir ni uno solo de los consejos del señor catedrático si no me gustan. El encargado de la investigación soy yo, nadie más.

—Claro que sí. Aunque te pido que vayas con la mente abierta.

—Yo siempre voy con la mente abierta. Forma parte del trabajo —dijo, y entonces Micaela tuvo que reprimir el impulso de bufar o soltar algún comentario mordaz.

Pero, como siempre, permaneció callada limitándose a asentir con la cabeza con semblante serio.

—Yo también me apunto —anunció Lasse Sandberg.

—Y yo —dijo Jonas Beijer, y así fue.

El sábado siguiente quedaron delante de la comandancia para ir juntos a la elegante villa del profesor Rekke situada en Djursholm: Micaela, Fransson, Sandberg y Beijer.

Capítulo 3

Micaela se acordaba perfectamente del momento en que se enteró. Fue el mismo día en el que lo arrestaron. Eran las ocho y media de la noche, e iba camino de ver a su madre en Trondheimsgatan. A pesar de que estaban a principios de junio se respiraba un aire tan frío como si fuera octubre. En el patio de delante del edificio había mucha gente. A medida que Micaela se acercaba, la gente se volteaba hacia ella con cara de indignación, y en cuestión de un par de minutos tenía claro a grandes rasgos lo que había sucedido.

Giuseppe Costa, o Beppe, como ella lo llamaba, había matado a un árbitro de futbol. Se había celebrado un partido con el equipo sub-17 de Brommapojkarna, donde jugaba su hijo, Mario, y casi al final del segundo tiempo Beppe entró corriendo en el campo a armar pelea, muy borracho. Hicieron falta cinco o seis personas para inmovilizarlo en el suelo y después, cuando pensaban que se había calmado, al parecer fue detrás del árbitro con ojos de loco.

—Suena completamente absurdo —dijo Micaela antes de subir a ver a su madre, que estaba en la galería exterior delante de su casa mirando a toda la gente que se había congregado abajo.

Su madre llevaba el largo pelo gris suelto, y vestía tenis para andar en casa sin calcetines y un suéter nuevo muy hippie con estampado de flores. Soplaba un viento cortante y parecía preocupada, como si temiera que algo les hubiera ocurrido a Lucas o a Simón.

—*¿De qué están hablando?* —preguntó en español.

—Dicen que Beppe ha matado a un árbitro de futbol —contestó Micaela, y entonces su madre se se sintió aliviada: no había sido Simón haciendo alguna estupidez de las suyas o jugándose la vida.

Luego, cuando cenaban, se le veía más animada.

—Se veía venir —constató.

En ese momento Micaela no dio importancia a las palabras de su madre. Son cosas que se dicen así sin más, pensó. Pero más tarde le molestaron, porque de repente era como si Beppe estuviera predestinado a matar a un árbitro. Todo el barrio estalló en rumores y empezaron a circular viejas historias que parecían apuntar a la inevitabilidad de un acto criminal de ese calibre. Quizá por eso, como contrapeso, Micaela contaba otras historias de Beppe, sobre todo una que había sido importante para ella.

Solo tenía once o doce años, y en esa época oía hablar de Beppe bastante a menudo: peleas variadas, escenas violentas de noches bebiendo en el Husby Krog, gritos y peleas que salían de su departamento.

Durante esos años Simón, el más joven de sus dos hermanos mayores, se dedicaba al hip hop. A veces pensaba que el hip hop era la única de sus actividades que no le destrozaba la vida. Como muchos otros jóvenes del barrio, Simón tenía miedo a Beppe, quien solía amenazar con gestos y patadas a los chicos que se reunían en la plaza con Eminem a todo volumen en sus enormes grabadoras. Aun así, Beppe debió de haberse dado cuenta de la desesperada necesidad que tenía Simón de ser reconocido y aceptado, porque se fue compadeciendo de él poco a poco hasta que un día se lo llevó aparte para ensayar algo. Esa misma noche Beppe apareció en la plaza pavoneándose como siempre y anunció que iba a cantar.

—¡Ahora no! ¡No estamos para tus canciones! —gritaron todos.

—¡Cállense la boca! Tengo algo especial que ofrecerles —dijo, e hizo señas a Simón para que se acercara.

Simón se negó con un gesto, tan perdido y desorientado como siempre cuando había mucha gente a su alrededor, hasta que de repente hizo unos pasos de baile que Micaela nunca le había visto hacer. Acto seguido empezó a rapear con Beppe: «Soy el hijo perdido, atracador he sido, pedidos siempre he atendido», unas rimas que él mismo había escrito. Micaela no pudo traer a la memoria ninguna otra ocasión en la que hubieran sonado tantos gritos de júbilo en esa plaza.

Quizá tampoco se trataba de una cosa tan extraordinaria. Micaela suponía que todos los asesinos también tenían actos benévolos en su haber, pero ese día se le quedó grabado, un poco como un misterio por resolver. Después del homicidio compartió esa anécdota un par de veces, y al cabo de algún tiempo se enteró de que Beppe quería hablar con ella. Se lo contó el inspector Jonas Beijer.

—¿Dirías que tu relación con Costa te hace perder la imparcialidad? —preguntó.

—No lo sé —contestó Micaela.

Jonas no parecía prestar atención a su duda, y le pidió que procurara «establecer contacto con él y ver si así consigues hacerlo hablar». Algo con muy pocas posibilidades de prosperar, claro. Micaela sabía que hasta ese momento nada había funcionado: Giuseppe apenas era capaz de atenerse al tema sin irse por las ramas, y ni siquiera admitía haber hecho lo que todo el mundo podía ver en el video del partido.

Micaela se preparó minuciosamente, como siempre, antes de bajar a verlo la mañana del 10 de junio. Estaba sentado en la sala de interrogatorios, solo, fumando un cigarro. Toda su enorme y desgreñada figura parecía haberse encogido, y mostraba una sonrisa nerviosa.

—Dicen que cuentas cosas buenas sobre mí —dijo.

—Mucha porquería también, no creas.

—Me caía bien tu viejo. Nos escribíamos papelitos.

—Todos le escribíamos papelitos.

—Pero era buena gente —continuó Beppe, con una cara tan desoladamente triste que no resultaba difícil sentir pena por él.

Costa parecía tener a todo el mundo en su contra, y tal vez ese fuera el motivo por el que —en un intento de ocultar su simpatía— ella lo trató con tanta dureza. Después se enteró de que había conseguido sacarle muchas cosas nuevas. Jonas Beijer se deshizo en elogios, y Micaela se sorprendió a sí misma al decir: «está ocultando algo», comentario que causó impresión.

Lo notó enseguida, como si hubiera pasado una especie de prueba, y al día siguiente le ofrecieron entrar a formar parte del equipo de investigación.

—Necesitamos a alguien con tu mirada —dijo Jonas, y aunque comprendió que no todo el mundo la iba a recibir con los brazos abiertos, la emoción la embargó.

Le suponía un gran cambio pasar, de la noche a la mañana, de policía de barrio a investigadora de homicidios para trabajar en el caso que estaba en boca de todos. Comenzó a soñar con ascender a comisaria, o tal vez aún más alto. Durante las primeras semanas, antes de que empezara a albergar dudas, no cabía en sí de orgullo y ambición.

Capítulo 4

El sábado, cuando tocaba ir a ver al profesor Rekke, por una vez no había nada en los periódicos sobre el asesinato, ni siquiera un artículo de opinión sobre la violencia en el futbol o la presión que sufren los árbitros o los niños: nada de nada.

Por eso solo leyó las noticias de la sección internacional, igual que solía hacer su padre. De Irak había pocas novedades; la guerra oficialmente había terminado, aunque eso desde luego no quería decir que lo hubiera hecho en la realidad. Todos los días estallaban nuevas bombas en ataques suicidas. Las perspectivas de que la modélica democracia occidental surgiera así como así entre las ruinas, como por arte de magia, no le parecían muy prometedoras.

En la plaza de Kista el sol abrasaba de nuevo. Se levantó de la mesa de la cocina, y cuando se estaba acercando a la alacena sonó el teléfono. Era Vanessa, su mejor amiga, y como era sábado por la mañana Micaela se imaginó que llamaba para darle un detallado informe de la fiesta de la noche anterior, y así fue: le contó una larga y sinuosa historia de un «sueco muy guapo» que intentó relacionarse con ella en el autobús de regreso a casa.

—Me muero de la risa. —dijo Micaela.

—Es la verdad —insistió Vanessa, y tras colgar Micaela siguió riéndose un poco más, a pesar de que no le parecía demasiado divertido, solo otra variante más de una historia que había oído ya cien veces.

Abrió el clóset, sacó sus vestidos y faldas. Los puso todos encima de la cama y, resistiendo el impulso de llamar a Vanessa para pedirle consejo, eligió un conjunto que consideró arreglado pero no en exceso: falda negra, playera roja, una chamarra de mezclilla que quizá le quedaba un poco pequeña y que se ceñía al pecho, pero que le gustaba de todos modos, y tenis blancos.

Se marchó y al llegar al metro se sentía sorprendentemente esperanzada. Al fin y al cabo, se trataba de algo diferente, y el profesor ese había preguntado por ella, o al menos eso decían, lo cual le agradaba, no lo podía negar. Mientras el tren pasaba Kista, Hallonbergen y Näckrosen se puso a fantasear con lo que realmente debería decirles a sus compañeros, y cuando bajó en Solna Centrum tenía una sensación chispeante, un burbujeo que le recorría todo el cuerpo. Pero ya en el estacionamiento todo se desvaneció, y no hizo falta más que una mirada: los ojos entornados y escrutadores de Lasse Sandberg que siempre rondaban sus caderas.

—Mira lo sexy que se ha puesto Vargas para el profesor —dijo.

—Es que pensé que... —empezó Micaela.

—A lo mejor anoche jugaba un partido fuera de casa —intervino Fransson.

—Y no es fácil encontrar el momento para cambiarse entre un partido y otro —añadió Sandberg, y entonces Micaela decidió que no merecía la pena intentar contestarles.

Se limitó a subir al Volvo 745 de Fransson y sentarse en el asiento de atrás al lado de Jonas Beijer, quien le lanzó una mirada de comprensión. Se miró las uñas preguntándose si no había sido una idiotez pintárselas. Al levantar los ojos le deslumbró el sol.

El día era muy caluroso y no había ni una sola nube en el cielo. Dentro del auto el ambiente resultaba sofocante. Algo debía de pasar con el aire acondicionado, el aire zumbaba dando vueltas de un lado para otro sin refrescar nada. Los hombres empezaron a sudar enseguida y el ambiente se volvió bullicioso. Fransson se quejaba de que le dolía mucho la mano después de haber disparado unos tiros en la galería de Hagalundshallen esa misma mañana.

—Es como si me ardiera toda la mano —dijo.

Fransson llevaba la voz cantante, como siempre. A falta de otra cosa que hacer, Micaela se dedicó a estudiar cómo Beijer y Sandberg adaptaban el tono de voz en cuestión de segundos. Si Fransson se quejaba de algo, ellos también, y si se reía, ellos se unían al jolgorio. En ningún otro momento se carcajeaban con tanto desahogo como cuando el objeto de su burla era el comisario jefe Martin Falkegren, el hazmerreír común; qué idiota era y qué ridículas esas borlas, o lo que fuera, que llevaba en los zapatos. Las habladurías en el auto le resultaban insoportable a Micaela.

Ansiaba desesperadamente oír unas palabras, las que fueran, que no le resultaran desgastadas y trilladas; pero al entrar en Djursholm, donde se sucedían las imponentes casas señoriales de la zona, se perdió en otro tipo de pensamientos.

Djursholm estaba en la otra punta de su línea de metro. Allí vivían los que habían nacido con un cupón ganador en la lotería de la vida. Entre los que residían en Husby, en cambio, lo que más había eran restos de granadas y metralla, fragmentos de aquello que se había roto lejos de allí. Esa idea llevaba el sello de su hermano Simón.

«No necesito leer los periódicos para enterarme de lo que ha sucedido en el mundo, lo veo en mis vecinos», dijo una vez, quizá porque nunca leía los periódicos ni, a decir verdad, ninguna otra cosa tampoco. Pero tenía algo de razón en lo que decía.

Si estallaba una guerra o una revolución en alguna parte del mundo, los afectados del conflicto acababan en Husby. Hasta allí llegaban refugiados que traían consigo una parte de esas guerras y que durante toda su infancia habían aprendido a manejar las réplicas de los terremotos que habían sacudido sus vidas.

—¿No lo hemos pasado?

—Tranquila, bonita, tranquila; no es que este sea precisamente mi barrio. Debe de estar por aquí cerca —respondió Fransson mientras continuaba conduciendo en dirección al agua hasta llegar a unas rejas altas provistas de una cámara y un teléfono.

Tras un breve intercambio de palabras atravesaron la reja y después una fuente hasta llegar a un amplio patio que se abría delante de una magnífica villa de piedra color ocre con grandes ventanales, ubicada justo a orillas del agua.

La casa tenía una escalera de piedra blanca que llevaba a un recibidor donde los esperaba una mujer vestida con pantalones blancos de algodón y una blusa azul que se movía con el viento. Daba la impresión de tener entre treinta y cinco y cuarenta años. Era pelirroja, con pecas en las mejillas, y lucía un cuerpo esbelto y ágil que parecía extrañamente ligero a la intensa luz solar y les hacía a todos los demás sentirse rechonchos y pesados a medida que se acercaban a ella. Pero lo peor era su belleza. Era una belleza sobrecogedora, y el hecho de que los recibiera con una simpatía tan exquisita no contribuyó en absoluto a mejorar su estado de ánimo.

Todo lo contrario: reforzaba su superioridad. Micaela jaló, un poco nerviosa, de su falda y se mantuvo detrás de Fransson. El comisario no solía dejarse impresionar por nadie, pero en ese momento parecía andar perdido él también, y más cuando entraron en la casa y vieron todo lo que había allí dentro; ¿y qué iban a decir?

Una cosa era Falkegren con sus trajes y las borlas de sus zapatos, pero esto iba más allá de lo que eran capaces de asimilar. La casa era de techos altos y en las paredes colgaban cuadros grandes y hermosos; no había ni un solo mueble o jarrón que no manifestara un estilo y una clase impecables. Se oían las notas frágiles y melodiosas de alguien que tocaba el violín en una habitación contigua. A Micaela la música la conmovió, y aun así la mujer —que se presentó como Lovisa Rekke— solo parecía irritada. Dijo a modo de disculpa:

—Dios mío, ya le he pedido que deje de tocar. —Luego elevó la voz—: Julia, ya está bien.

El violín se calló y una chica de unos diecisiete o dieciocho años salió de la puerta de la izquierda y, como era previsible, ella tampoco aminoró la incomodidad de los policías: era ridículamente guapa, con el pelo rizado y los ojos de un color azul claro.

—Lo siento, mamá, se me olvidó —se disculpó, y eso ya fue el colmo para Micaela.

Allí delante tenían a una chica de un encanto alucinante y se pone a pedir perdón por haber tocado el violín tan maravillosamente que había dejado boquiabiertos a todos, y lo peor de todo: ninguno de ellos intervenía en la situación. Nadie dijo: «No, mujer, por lo que más quieras, si era muy bonito». Se limitaron a quedarse allí pasmados, mudos y torpes, y tuvo que ser Julia la que tomara la iniciativa al tenderles la mano y saludar con un «Encantada de conocerlos».

Micaela no pudo traer a la memoria ningún otro ejemplo que ilustrara mejor una humillación de clases. Una chica adolescente los había convertido a todos en un rebaño de ovejas con su educación y sus maneras mundanas, y a Micaela le entraron ganas de romper un jarrón o arrancar un cuadro de la pared o algo. Pero también le ocurrió otra cosa: empezó a pensar en los artículos científicos de Rekke. Los había revisado durante la semana sin haber encontrado ningún indicio de que hubiera colaborado antes con la policía, como había afirmado Falkegren, ni tampoco de que se interesara por los actos violentos.

Rekke más bien se dedicaba al estudio de los errores de pensamiento, las jugadas que nos hace el cerebro por culpa de ideas preconcebidas y nociones falsas. Puede que fuera verdad lo que decía Fransson, que la mayoría de sus estudios no eran más que sutilezas nimias y filigranas intelectuales, pero había algo en ellos que la atraía: una claridad, creía, una agudeza que Micaela había extrañado.

—¿Dónde está? —preguntó Fransson irritado.

—Yo también me lo pregunto —contestó Lovisa Rekke—. Supongo que se ha dejado absorber por algún tema suyo.

—No tenemos mucho tiempo.

—Lo entiendo perfectamente. Les pido disculpas. Voy a buscarlo ahora mismo. Pónganse cómodos mientras tanto —dijo Lovisa Rekke señalando un conjunto de sillones que estaban situados al lado de una estatua de bronce de una niña que hacía una reverencia sumisa.

Se sentaron a esperar.

Es posible que no transcurriera tanto tiempo, pero se les hizo eterno, y después de que la mujer volviera a bajar para pedirles disculpas una vez más, se quedaron solos de nuevo y entonces Micaela lo percibió con claridad; la espera y la casa también habían afectado a los demás.

Había creado en todos ellos una gran expectación, aunque en el caso de los hombres seguramente muy a su pesar. Incluso Fransson se puso ansioso y empezó a toquetear su querido IWC Schaffhausen, el reloj que había heredado de su hermano y que, como solía decir, estaba muy por encima de sus posibilidades económicas.

—Bueno, ya que estamos aquí, a ver qué nos puede contar este profesor —dijo, y al instante oyeron pasos que bajaban raudos por la escalera curva para acto seguido ver a Hans Rekke acercarse a toda prisa, como un corredor inquieto.

Capítulo 5

Mucho después Micaela reflexionaría sobre lo que realmente sabían aquel día; mucho menos, por supuesto, de lo que creían. Pero en aquel entonces el asesinato, en toda su brutalidad, les parecía un caso bastante sencillo. No tenía nada de sofisticado y no existía ningún indicio de que hubiera sido planificado u objeto de largas ponderaciones.

No parecía tratarse más que de un salvaje arrebato de locura; pero, claro, sucedió justo al terminar un partido de futbol, y la espectacularidad del crimen no hacía más que aumentar por la carismática personalidad de la víctima.

Jamal Kabir tenía treinta y seis años cuando murió. Se trataba de un hombre delgado, bastante atractivo, de espalda recta y una mandíbula que se había quedado un poco torcida después de haber sufrido una brutal paliza y varias torturas en Kabul. Muchos hablaban de la tristeza que irradiaba. No era raro que circularan rumores en torno a su figura, pero al grupo de investigación solo les habían llegado comentarios positivos. Además, se conocía que era un experimentado árbitro y entrenador de futbol.

Durante el régimen talibán había luchado por el derecho de los chicos a jugar al futbol en Kabul. No era fácil, había explicado a la Dirección General de Inmigración de Suecia. El régimen anunciaba todo el tiempo nuevas normas sobre el largo de los pantalones y de las mangas de las camisetas, así como del grado de júbilo permitido al celebrar un gol. Pero se esforzaba en defender su amado futbol. Incluso lo veía como algo vital, decía. Cualquier otro tipo de diversión estaba prohibido. No se podía escuchar música. No se permitía a nadie ver una película o una obra de teatro. Quemaban los libros. Encerraban a las mujeres en casa o las ocultaban detrás de los burkas. Y en el estadio de la ciudad, el Ghazi Stadium, llevaban a cabo ejecuciones públicas regularmente, como si las matanzas y mutilaciones hubieran sustituido al futbol como el gran entretenimiento popular.

Asegurarse de que se ofreciera una alternativa a la gente se convirtió en una cuestión existencial para Kabir. Organizaba partidos y torneos para equipos juveniles, lo cual le ganó cierta popularidad, decía; la gente se le acercaba para agradecérselo. Pero también tuvo cada vez más problemas con las autoridades, hasta que al final fue arrestado y sometido a torturas. Había algunos interrogantes acerca de su pasado, y la descripción de su arresto a Micaela no le resultó del todo creíble. La Dirección de Inmigración, sin embargo, había recibido un certificado confirmando que los talibanes realmente habían ido por él, y de las graves torturas recibidas no cabía duda.

Según el certificado de la autopsia, presentaba fracturas en las costillas y en la mandíbula que no se habían producido en relación con su muerte. En las muñecas se veían cicatrices de color lunar provocadas por algún tipo de cadena, y en el pecho quedaban rastros de lesiones por congelación. A todas luces había sufrido mucho, pero, con todo, había logrado conservar su espíritu de lucha. Al llegar a Suecia en noviembre de 2002, no tardó en retomar las mismas actividades que en Kabul. Se dio a conocer por los campos de futbol que había en los alrededores del centro de refugiados de Spånga, adonde había sido asignado, y entró en contacto con los equipos juveniles que se entrenaban allí.

—Fue mi manera de sobrevivir —explicaba.

Recogía pelotas y colocaba conos en los entrenamientos. Daba consejos y repartía elogios, y pronto le dieron la oportunidad de arbitrar partidos de categorías inferiores. Enseguida resultó evidente que el hombre sabía lo que hacía. No pasaba inadvertido —también, quizá, por su particular forma de moverse por el campo— y poco a poco le dieron una mayor responsabilidad. Al final llegó a arbitrar partidos de la liga nacional juvenil, y en mayo de ese año, tres semanas antes de ser asesinado, el programa de deportes de la televisión se interesó por él y grabó un reportaje. Por lo tanto, ese 2 de junio en que salió al campo de Grimsta IP muchos de los espectadores lo reconocieron. La testigo Ruth Edelfelt, madre de uno de los jugadores, veía a un héroe de guerra en Jamal, mientras otros hablaban con tono solemne de su carisma y aspecto sombrío.

Sabían que en esa época Kabir acababa de instalarse en un departamento en la calle Torneågatan en el barrio de Akalla, y que de vez en cuando trabajaba en un taller de motos, igual que en Kabul. A la policía no le había llegado ninguna información de que Kabir hubiera recibido amenazas ni de que temiera por su vida. Cuando marcó el comienzo del partido poco antes de la una del mediodía, se veía seguro y tranquilo con sus grandes ojos cafés y la espalda erguida. Existían dos grabaciones en video del partido; ambos equipos —Djurgården y Brommapojkarna, masculinos sub-17— grabaron el evento. En los videos Kabir se mostraba resuelto y concentrado. Solo unas pocas veces levantó la mirada al cielo.

Se avecinaba una tormenta y hacía bastante frío para ser verano. Los espectadores llevaban todos chamarras o pants, todos menos uno que iba en pantalones cortos y camiseta azul claro del Napoli con el patrocinador Buitoni en el pecho. La camiseta significaba mucho para él. Lo sabía Micaela mejor que nadie. Beppe siempre había sido entusiasta sobre la época de esplendor del equipo de Nápoles en los años ochenta, y la camiseta era el modelo que llevaban al ganar la liga italiana con Maradona en el equipo.

Al principio la camiseta estaba limpia, quizá

incluso planchada, y Beppe de un humor radiante. No le faltaban motivos. Era padre de la gran estrella del partido, Mario Costa. Durante mucho tiempo no paró de dar vueltas de un lado para otro jactándose de su hijo mientras bebía de una botella verde de Gatorade que con suma probabilidad no contenía agua. Pero el buen humor no le duró mucho y, como tantas otras veces en su vida, de golpe y porrazo su estado de ánimo cambió. Seguramente influyó también el tiempo, porque a mitad de la segunda parte comenzó a llover a cántaros, una lluvia que los azotaba incluso desde los lados, pero más que nada fue por la evolución del partido. En cuatro minutos el Djurgården empató y Giuseppe empezó a protestar a gritos, sobre todo del árbitro.

—¿Estás tonto o qué? ¡Silba! —vociferaba sin que nadie le prestara demasiada atención.

Lo cierto era que había otras cosas en las que fijarse. Iban empatados, dos a dos, y el partido resultaba cada vez más intenso y emocionante; en los últimos minutos Mario tuvo el balón justo delante del área, consiguió regatear a dos, tres defensas y se dispuso a tirar cuando lo derribaron.

—¡Penalti! ¡Por todos los demonios! ¡Penalti! —gritó Giuseppe, y por una vez lo más probable era que tuviera razón.

Parecía clarísimo en el video. Además, Kabir dio la impresión de estar a punto de silbar. Pero no llegó a hacerlo. No hubo penalti. Mientras Mario seguía tirado en el área, gritando y dolorido, Giuseppe irrumpió corriendo en el campo y en cuestión de segundos se armó un desastre. Giuseppe estaba fuera de sí, lo cual a lo mejor explicaba por qué mucha gente consideraba que Jamal Kabir se había portado con una dignidad fuera de lo común, o al menos eso creía Micaela.

Kabir constituía un contraste total con la furia de Beppe, y era verdad que en la última secuencia grabada que existía de él irradiaba una sensación de control absoluto. Era como si su lenguaje corporal dijera: «A mí no me vas a alterar». Pero de pronto sucedió algo. La cámara recibió un golpe y a continuación los entrenadores y los padres, uniendo esfuerzos, consiguieron apartar a Giuseppe. La situación se calmó un poco, y Beppe volvió a sentarse en las gradas con otra botella de marca de bebida deportiva que con toda seguridad tampoco contenía agua. Kabir abandonó el campo, y con él prácticamente todos los demás, incluso Mario, que todavía acusaba el dolor pero que no tenía paciencia para esperar a su padre. El estadio se fue vaciando. Al final solo quedaron Giuseppe y un conserje.

Pero Kabir tampoco fue muy lejos. Se detuvo en la calle Gulddragargränd, a poca distancia del estadio, para ver su celular bajo la lluvia, aunque sin hacer ninguna llamada ni enviar un sms. Según un testigo, parecía indeciso, quizá también preocupado o al menos alerta. Luego desapareció en el bosquecillo que había cerca.

Micaela nunca había entendido muy bien por qué. Difícilmente podía considerarse un atajo, todo lleno de maleza y cuesta arriba. En todo caso, allí dentro se metió, y nunca más se le vería con vida. Por eso, claro, resultaba llamativo que Giuseppe se levantara de las gradas más o menos al mismo tiempo para desaparecer en la misma dirección sin dejar de proferir terribles injurias dirigidas a Kabir. Nadie sabía con exactitud lo que aconteció después.

Nadie tampoco podía afirmar con certeza lo que sucedió durante los minutos decisivos, solo que debió de ser rápido y violento, y que independientemente de cómo se observara las cosas no pintaban bien para Giuseppe.

En otras ocasiones anteriores se había mostrado capaz de recurrir a una considerable violencia, y cuando caminó tras Kabir hacia Gulddragargränd dando tumbos llevaba una piedra en la mano.

Salió todo manchado de sangre del bosque donde yacía Kabir muerto con el cráneo destrozado. Además, había imágenes de las cámaras de vigilancia del metro en las que se le veía sentado como en estado de shock con la camiseta llena de manchas oscuras.

Parecía tener tanto móvil como oportunidad, así como el carácter necesario para llevar a cabo el crimen.

Capítulo 6

Hans Rekke bajó corriendo por la escalera curva, vestido con unos jeans y una camisa azul de lino arremangada, y tomó asiento junto a ellos en uno de los sillones. Llevaba una pequeña carpeta de plástico en la mano, y la pierna izquierda se le movía sin parar, como un corredor que ha tenido que detenerse a esperar un momento antes de poder continuar la marcha.

—Lo siento. Qué vergüenza, qué vergüenza.

Pero la disculpa no parecía sincera. A diferencia de su mujer y su hija, no cruzó la mirada con los policías. Ni siquiera les dio la mano. Se limitó a dirigir los ojos al suelo con gesto incómodo mientras dejaba la carpeta encima de la mesa. Micaela reparó primero en su cuerpo, que podría haber sido el de un atleta de media distancia. Era alto y esbelto, con brazos musculosos y venosos.

Pero lo más llamativo eran sus manos. Tenía unas manos tan gráciles y unos dedos tan largos que Micaela, en una reacción instintiva, miró los suyos. Eran cortos y torpes, pensó, e incómoda desvió los ojos hacia la ventana y el agua que había fuera. Cuando los dirigió de nuevo hacia el profesor, este la estaba observando fijamente, cosa que no solo la avergonzaba, sino que además le parecía bastante fuera de lugar.

Ella no era nadie, poco más que una becaria en ese grupo. El profesor debería haber mirado más bien a Fransson. No obstante, era Micaela en quien se fijaba, y aunque ella apartó la vista enseguida, le dio tiempo a reparar en su cara. No era guapo como su mujer y su hija, más bien presentaba un aspecto aguileño, afilado, con un especial carisma luminoso, y unos ojos de color azul claro que parecían penetrar en ella.

—Bueno, ya podemos empezar —dijo Fransson con voz irritada.

—Sí, claro, perdón —se disculpó el profesor paseando la vista entre los demás del grupo, aunque no con la misma intensidad.

—Tengo entendido que nuestro comisario jefe, Martin Falkegren, le ha enviado el sumario —continuó Fransson.

—Sí... Eso es...

Sonaba extrañamente vago.

—¿Y...? —intentó Fransson.

—¿Y qué?

—¿Qué idea tiene de Costa?

—¿Costa?

Rekke miró hacia fuera, donde estaba estacionado el auto de los policías, dando la impresión de estar sumido en pensamientos del todo diferentes.

—Has leído el material, ¿no? Si no, no tiene mucho sentido que estemos aquí.

—Lo he leído.

—Bien —dijo Fransson mientras toqueteaba su reloj, todavía con un aire nervioso—. Porque estamos buscando una forma de hacer que nuestro detenido confiese.

—Eso tengo entendido.

—Bien, muy bien. Resulta que ya nos has ayudado un poco, de manera indirecta, por así decirlo. Por lo visto hemos utilizado una técnica a la que has hecho referencia, y que fue puesta en práctica, si no nos equivocamos, por un periodista que entrevistó a Ted Bundy.

Rekke desvió la mirada de nuevo, esta vez a la fuente que había delante de la casa. Parecía avergonzado.

—Fui un poco idiota, y en realidad no es una buena historia.

—¿No?

—Stephen Michaud, que es el nombre del periodista, no consiguió sacarle gran cosa. No sé muy bien por qué lo mencioné. Supongo que más bien quería referirme a que creo en la adulación. ¿Qué es lo que se suele decir? La cantidad de halagos que nos creemos es inversamente proporcional a la cantidad que merecemos —continuó Rekke.

Carl Fransson parecía reflexionar sobre las palabras, sin comprenderlas del todo, para luego dar la impresión de ignorarlas. Se inclinó hacia delante mientras extendía la mano derecha en un movimiento un poco peculiar.

—Bueno... Tal vez sea así... Pero en este caso resultó realmente...

—Has practicado tiro esta mañana —lo interrumpió Rekke.

—¿Cómo? Sí... ¿Cómo lo sabes? —Fransson lo observó sorprendido mientras retiraba su mano derecha y se cruzaba de brazos.

—Nada, solo una conjetura, no te preocupes. Perdóname, te he interrumpido.

—Como decía —retomó Fransson, ahora aún más inseguro—, nos interesaría saber cómo proceder para conseguir que Costa comience a hablar, prestando especial atención, obviamente, a su trastorno de personalidad.

—¿Te refieres a las conclusiones del informe P7 de Per Wärner?

—En parte sí, claro, pero nosotros también hemos visto cómo se comporta, su forma de vanagloriarse.

—Como si fuera una persona grandiosa.

—Eso es. Grandioso y llevado por sus impulsos. Un psicópata, para hablar con sinceridad. ¿O tienes otra opinión... como experto?

—En calidad de experto sé que al menos hay mucha gente deseosa de que sea un psicópata —constató Rekke.

—¿Qué quieres decir?

—Bueno... pues... ¿cómo explicarlo? Hay algo en esa palabra que nos anima, ¿verdad? Como una copita de coñac con el café, o un buen vino con la comida para romper el tedio de entre semana.

—No entiendo —dijo Fransson.

—Pido disculpas. No me expreso con claridad.

Se calló al tiempo que su mirada se cubría de algo vidrioso. Era como si todo el tiempo entrara y saliera de un estado de intensa concentración.

—Me gusta tu reloj, un objeto con estilo, clásico —comentó.

Fransson bajó la mirada a su muñeca.

—¿Qué? Eh... Gracias.

—Pero la corona parece dañada. Deberías llevárselo a alguien para que lo revise. Si no, se te va a soltar.

—No le pasa nada a la corona —murmuró Fransson, enojado ya, mientras estiraba la manga de la camisa para ocultar el reloj.

—Bueno, para ir al grano: ¿era una buena idea dejarse impresionar tanto por el P7?

Fransson se extrañó.

—¿Qué quieres decir?

—*Verboso*, por ejemplo —continuó Rekke—. ¿Es esa una palabra común hoy en día?

—Eh... no... no creo.

Fransson lanzó una mirada a los demás como queriendo decir: «¿Ven? No se puede hablar con este hombre».

—¿O tú qué dices? —preguntó Rekke dirigiéndose de nuevo hacia Micaela—. ¿Es una palabra que utilizas por tu barrio? «Ayer conocí a un chico verboso.»

—No, la verdad es que no —reconoció Micaela.

—Aun así, es una palabra que aparece tres veces en el sumario. ¿Cómo es posible?

—No lo sé —dijo Fransson.

—Entonces se lo voy a explicar —prosiguió Rekke—. *Verboso* es una mala traducción de la palabra inglesa *glib*.

—¿*Glib*?

—Exacto. Los diccionarios suecos normalmente la definen con varias acepciones como «escurridizo», «locuaz», «superficial». Pero cuando Mia Hjerling hizo su traducción del libro *El mundo de los psicópatas*, de Robert D. Hare, eligió una sola palabra, *verboso*, en lugar de varias, y la palabra arraigó, en parte porque acabó arriba del todo en la lista de Hare para identificar a psicópatas. «Verboso y encantador», pone en la traducción sueca.

—No entiendo —se quejó Fransson.

—La palabra se asentó y empezó a aparecer también en libros más populares, o a lo mejor debemos llamarlos «populistas», como *Así reconoces a un psicópata*.

—¿Ah, sí? —preguntó Fransson visiblemente molesto.

—Eso es, y el inspector Sandberg y tú lo leyeron, ¿verdad?

—¿Y eso qué tiene que ver?

—Se dejaron influir —constató Rekke con calma.

—¿Estás diciendo que lo inventamos nosotros?

—No, no, en absoluto. Solo que su mirada se modificó un poco, como nos pasa a todos cuando leemos libros que nos fascinan. Lo preocupante aquí es la ausencia de una voz en contra, no había ningún *advocatus diaboli*, ninguna *via negativa*.

—¿Perdón?

—Buscaron todos, o casi todos, lo mismo.

—Y eso era...

—Confirmar la conclusión del P7 de Per Wärner, lo cual es desafortunado, y no solo porque Per sea un idiota.

—¿Es un idiota?

—Por lo general, sí. Pero sobre todo porque se convirtió en un círculo vicioso que reforzó la tendencia de la investigación, lo que los psicólogos solemos llamar el «sesgo confirmatorio» o la «polarización grupal».

—¿Cómo?

—Dentro de la policía utilizan la expresión «visión de túnel», ¿verdad?

Fue como si una descarga eléctrica hubiera sacudido al grupo, y aun así Micaela estaba bastante segura de que tardaron un buen rato en comprenderlo o en ser capaces de asimilarlo. Fransson se quedó boquiabierto antes de estallar con voz agresiva a la vez que confundida:

—¿Qué rayos estás insinuando?

Tras cruzar la mirada con Fransson, Rekke la dirigió a Micaela.

—Resulta especialmente frecuente en grupos homogéneos con un líder fuerte. ¿Tienen un líder fuerte? ¿Qué me dices, Micaela? —preguntó.

Micaela se sobresaltó. No solo porque Rekke

supiera su nombre, sino también porque algo difuso y oscuro se encendió en su interior, quizá la chispa de un ansia vengativa.

—Te estás excediendo —espetó Fransson, y entonces pareció que Rekke quería salir corriendo.

La pierna izquierda volvió a moverse como cuando se sentó, pero al momento cerró los ojos y estiró la espalda como si se preparara para salir a un escenario. Luego dirigió la vista a un punto por encima de la cabeza de Fransson y un poco en diagonal.

—Podemos empezar con el primer testimonio —dijo.

—¿De qué testigo?

—El conserje Viktor Bengtsson del estadio de Grimsta IP —continuó Rekke—. Se percata de que Costa se inclina para recoger algo de la pista de atletismo que hay alrededor del campo, pero no sabe qué. No obstante, poco a poco es como si fueran colocando una piedra en la mano de Costa. «¿Podría haber sido una piedra?», pregunta el inspector Axel Ström en la página 138 de las actas de los interrogatorios, y recibe un «Sí, tal vez» por respuesta. Luego, de repente, es ya un hecho que Giuseppe llevara una piedra en la mano. ¿No resulta un poco raro?

—No lo hemos dado por hecho.

—Y después están los insultos. Bengtsson oye a Costa injuriar al árbitro. Aunque ¿dice realmente: «Voy a matar a ese maldito»? Al principio solo se habla de que se puso a proferir improperios así un poco en general. Bengtsson dice: «Parecía que quería matarlo», y luego esa frase de alguna manera se convierte en palabras en boca de Costa. Ha habido una modificación de la memoria de Bengtsson.

—No es verdad. Hemos hecho preguntas críticas todo el tiempo.

—En apariencia, quizá sí, pero no en el fondo. Con todo, creo que la declaración de Bengtsson está bastante bien en comparación. La del joven Filip Grundström me parece peor.

—¿Qué pasa con Grundström?

—Se trata de un chico sensible, ¿verdad? Interpreta sus deseos, y puedo empatizar con eso. ¿Qué no hacíamos todos a esa edad para conseguir nuestros quince segundos bajo los focos? Filip obviamente ha visto a Costa con una playera del Napoli sucia, aunque no queda muy claro dónde, al menos no al principio. Luego se vuelve más seguro hasta el punto de que, en un santiamén, Costa ha salido tambaleándose del bosquecillo a Gulddragargränd y las manchas de la camiseta se han convertido en sangre. ¿No les parece curioso? Cómo una suposición refuerza a otra y cómo eso, a su vez, influye en su manera de hablar con los demás testigos.

—Te estás excediendo —objetó Fransson mientras se levantaba a medias, solo para hundirse de nuevo en el sillón con su cuerpo pesado y un poco torcido.

—Quizá, es posible —admitió Rekke—. Pero se vuelven cada vez más selectivos respecto a qué información les interesa. No comprendo del todo por qué desconfían tanto de Costa. Es cierto que su historia resulta algo lunática, pero no hay que olvidar que la verdad muchas veces es así, un poco absurda. ¿Por qué no podría haber querido pasear por las cunetas? Está empapado y enojado, así que le da igual empaparse y enojarse aún más, ¿total? ¿Y por qué no puede haberse caído dañándose el codo? ¿Y lo de ver una percha verde en la cuneta? ¿Una percha verde?

—¿Qué pasa con la percha?

—En realidad, nada, solo es un detalle curioso en el que me he fijado. No entiendo cómo se le habría ocurrido una cosa así, si es que mentía. Una percha tal vez, pero ¿una verde? ¿Cuántas perchas verdes han visto en la vida?

—No lo sé.

—Yo tampoco, pero aquí hay una al menos.

Sacó una fotografía instantánea de su carpeta de plástico y, para gran asombro —y emoción— de Micaela, la imagen representaba una percha verde en una cuneta.

—Estaba más lejos de lo que pensaba —dijo—. Tuve que buscar un rato.

—¿Así que has estado allí? —intervino Jonas Beijer de repente, como si acabara de despertar.

—Sí, pero no por la percha. Me interesaba más el lodo y el agua.

—¿Y eso por qué? —dijo Fransson agresivo.

—Los lagos y las tierras pantanosas de esa zona son distróficos y acidificados. Hay una escasez de cal, lo cual le da un color café rojizo al lodo y hace que el agua de las cunetas se asemeje un poco a sangre diluida. Quería hacer un pequeño experimento.

—¿Qué tipo de experimento? —inquirió Jonas Beijer.

—Nada científico, en absoluto. Solo un pequeño estudio comparativo, pero en blanco y negro, en un blanco y negro granulado —explicó antes de sacar otras dos fotografías de la carpeta.

Una de ellas la conocían de sobra. Era Giuseppe sentado en el metro en toda su despeinada y sucia figura, y con la manchada camiseta del Napoli. La otra foto representaba a una persona alta y esbelta que mostraba una tímida sonrisa a la cámara.

Ese hombre era el propio Rekke, que también llevaba una camiseta sucia.

—Lo que uno hace para aclararse las ideas —constató.

—¿Así que también te tiraste a la cuneta? —quiso saber Fransson.

—Me contenté con mojar la camiseta en el agua fangosa, ponérmela y subir a la estación de metro en Vällingby. Pero también fue interesante. Resulta llamativo hasta qué punto se parecen nuestras camisetas, ¿verdad? —dijo, y tenía razón.

Micaela no pudo evitar sentir una punzada de vergüenza. No había pensado en ningún momento que las imágenes de las cámaras del metro resultaran especialmente convincentes.

—O sea, ¿quieres decir que las manchas de la camiseta que llevaba Costa no eran de sangre? —Volvió a ser Jonas Beijer el que preguntaba, como poniendo sus ideas en orden.

—Eso es justo lo que quiero decir.

—Entonces ¿por qué se deshizo de la camiseta tan rápido? —espetó Fransson.

—No lo sé.

—No lo sabes.

—No —contestó Rekke—. Pero quizá debemos creer lo que dice: la camiseta estaba sucia y rota, las costuras se habían deshilachado por dos lugares. Tal vez fuera verdad que le daba flojera lavarla, ¿y por qué han dado por hecho que esa camiseta era tan importante para él?

—¿Así que no ves nada sospechoso en su comportamiento?

—Evidentemente habría sido mejor si hubiéramos encontrado la camiseta. Pero aquí hay otras cuestiones de relevancia que me preocupan más, ¿no estás de acuerdo? —dijo Hans Rekke mirando a Micaela.

—¿Qué? No... no lo sé —titubeó.

—¿De verdad? ¿Tú, que has albergado dudas todo el tiempo?

—No creo que ella haya tenido más dudas que los demás —se interpuso Fransson malhumorado.

—¿No? Ella plantea otro tipo de preguntas. Tiene otra agudeza en la mirada, y puede que también influya el hecho de que...

Volvió a clavarle esa intensa mirada que tanto incomodaba a Micaela, como si estuviera a punto de formular una verdad que ella no quería oír, y tal vez se diera cuenta, porque se interrumpió a sí mismo y cambió de tema. Empezó a hablar de los delitos de lesiones que figuraban en los antecedentes de Costa y que se recogían en el sumario.

—¿Qué caracteriza a esos casos? —preguntó Rekke.

—Son agresiones violentas —respondió Jonas Beijer, como si de repente hubiera cambiado de lado y se hubiera convertido en uno de los alumnos de Rekke.

—Exacto, pero hay algo más, ¿verdad?

—¿El qué?

—En pocas palabras, un alboroto tremendo. Cada vez que Costa se ha peleado a golpes, ha gritado y ha armado mucho escándalo. Pero ¿qué pasa cuando muere Jamal Kabir?

—No lo sabemos.

Pero debe de haberse llevado a cabo con mucho sigilo, pensó Micaela.

—No, no lo sabemos —continuó Rekke—. Pero hay algunas cosas que conocemos. Jamal Kabir no se gira. No hay golpes que lo alcancen desde los lados o desde delante. Todos los golpes van dirigidos a la parte de atrás de su cabeza. No resulta probable que alguien le advierta con gritos e insultos. Pero sobre todo...

—¿Qué? —espetó Fransson.

—Los golpes le caen desde arriba. El cráneo y los huesos de la cabeza han recibido un impacto enorme. Las fracturas, por decirlo de alguna manera, han continuado por dentro en la dirección del trauma. A excepción de uno de los golpes, con el que ha pasado algo diferente: ha hecho que el cráneo se expanda momentáneamente, lo cual se puede detectar por la convexidad de la fractura, que tiene forma de Y, ¿y qué indica?

—Que ese golpe llegó desde abajo —intervino Micaela de repente. La idea ya le había pasado por la cabeza.

—Exacto, y ¿cuál de los golpes debe de haber llegado desde abajo, si Kabir cayó hacia delante?

—El primero.

—Efectivamente. ¿Y cuánto mide Costa?

—Un metro ochenta y siete.

—¿Y Kabir?

—Uno setenta y tres.

—Por lo tanto, podemos concluir que el autor del crimen debe ser más bajo que Kabir. Además, no me cuadra ese tipo de rabia contenida, fría y metódica con la personalidad de Costa, porque no, para contestar a su primera pregunta, Costa no es un psicópata. Tiene un carácter demasiado sentimental y angustioso.

—Entonces ¿qué es?

—Es alcohólico, y extrovertido. Es orgulloso, amargado. No cabe duda de que puede ser violento, pero no ha matado al árbitro. Se han equivocado —dijo Hans Rekke con una voz que no se teñía de triunfo ni de superioridad, sino que sonaba más bien apesadumbrada, como si lo lamentara.

Aun así los policías encajaron sus palabras

como una bofetada, y les dolió aún más por encontrarse en su elegante casa y porque Rekke en ese momento les parecía tan sofisticado con su figura alta e imponente, como si él en toda su esencia fuera por completo diferente de ellos.

Micaela no se sorprendió lo más mínimo cuando Fransson se levantó.

—Ya he oído bastante —tartamudeó.

—¿De verdad?

—Está claro que no sabes ni jota del trabajo policiaco —espetó, y entonces Rekke también se levantó y contempló al comisario con una melancólica sonrisa.

—No, quizá no —contestó—. Pero sé identificar ciertos patrones de conducta, y les aconsejo que revisen la última secuencia del video de Kabir, justo después del final del partido.

—Pero si lo hemos visto mil veces ya, carajo.

—No lo dudo. Pero ¿no les resulta extraña la tranquilidad que muestra Kabir cuando Costa no para de armar escándalo y gritar? Es como si le estuviera calando sin problema: «Otro loco más», parece pensar. Pero, de repente, justo antes de que alguien dé un golpe a la cámara, ¿qué ocurre? Desvía la vista a la derecha, donde descubre algo y de súbito lo invade el miedo.

—Pero si solo esquiva la mirada, nada más.

—¿Es realmente eso lo que hace? Creo que más bien...

—No me interesa lo que creas o dejes de creer. Ya he tenido bastante con estas tonterías.

—Lo lamento.

—Muy bien, pues adiós y muy buenas —dijo-Fransson antes de caminar hacia la puerta.

Por un momento los demás no supieron qué hacer. El cambio de escenario fue tan repentino y desconcertante que Beijer y Sandberg se limitaron a mecerse de un lado para otro como si pretendieran acompañar a Fransson y quedarse con Rekke al mismo tiempo, hasta que al final ganó el impulso de seguir el ejemplo de su jefe. Solo Micaela permaneció quieta, al lado de la estatua de bronce, intensamente concentrada.

—¿Qué es lo que crees? —preguntó.

—¿Qué? —contestó Rekke, no del todo presente.

—¿Quieres decir que había alguien más allí que hemos pasado por alto?

Hans Rekke la observó, no como antes, sino con una mirada ausente, como si el interés que mostraba hacía un momento solo hubiera sido intelectual, como si ella no fuera más que otro objeto de estudio.

—Tal vez —dijo distraído, y entonces Micaela se preguntó si no sería mejor irse ella también.

Pero luego le vino a la mente el árbitro, y la sombría autoridad que desplegaba sobre el campo.

—¿Y Jamal Kabir? ¿Qué piensas de él?

Rekke pareció volver a animarse. La contempló con gesto caviloso.

—No confío en él —indicó—. No solo por las lagunas que hay en su relato, sino también por las lesiones que tenía de antes. Las reconozco. Es como si apuntaran a... —continuó, ya recuperada la pasión en su voz.

Pero tampoco en esta ocasión pudo completar la frase. Se oyeron voces alteradas en la entrada al tiempo que se acercaban pasos, unos pasos suaves y lentos como si no quisieran molestar. Era la mujer de Rekke, que había salido de la cocina y los miraba inquisitiva, quizá irritada, y en ese momento la puerta de la calle se cerró de un golpe. Se dirigieron los tres hacia la puerta, pasando por delante de la hija, Julia, que los observaba con ojos curiosos, casi ávidos. Micaela oyó a Rekke susurrar:

—Es nuestra pequeña espía.

—¿Qué? —protestó Julia.

—Hay que vigilar los secretos de uno por aquí —dijo.

Su tono resultaba ligero, como si hubiera olvidado por completo el portazo, pero Micaela desistió de seguirle el hilo y salió al recibidor.

El sol abrasaba. Los pasos le resultaban pesados por la grava cuidadosamente rastrillada del patio. Fransson y Sandberg le hacían impacientes señas con las manos desde el auto, mientras ella avanzaba despacio, sumida en pensamientos y musitando palabras malsonantes para sus adentros. De repente se dio la vuelta porque tenía una palpable sensación de que alguien no solo la estaba observando de nuevo, sino estudiándola con la misma agudeza e interés de antes. Pero no eran más que imaginaciones.

Rekke estaba entrando en la casa con el brazo alrededor de la cintura de su mujer, dando pasos livianos y despreocupados, como si el encuentro con los policías no hubiera sido más que un paréntesis para él, una parada en el camino a algo más importante, una idea que la colmó de rabia y humillación.

Subió al auto con cara de pocos amigos y enseguida acusó el bochornoso calor que hacía allí dentro.

Capítulo 7

Fransson se quedó congelado. Daba la impresión de que un calambre había recorrido su enorme cuerpo.

Llevaba toda la semana de un humor inusualmente bueno, sin duda en parte porque la reunión con Rekke había empezado a caer en el olvido. En retrospectiva, la presentación del profesor le parecía poco más que un número de ilusionismo, un truco de magia que los había despistado un rato, pero que al volver a la cruda realidad no significaba nada. Durante lo que quedaba del mes de julio, Fransson y su equipo habían seguido trabajando fieles a la misma y obvia hipótesis de antes, una labor facilitada por el hecho de que Giuseppe Costa por fin parecía estar a punto de confesar, y eso sin que hubiera sido necesario recurrir a ninguna artimaña psicológica.

El alborotador hablador de Costa se había derrumbado por sí solo, hundiéndose en un estado de resignación y desconcierto. «No sé» era ahora su respuesta más habitual cuando le preguntaban por su culpabilidad, como si se abriera a la posibilidad de que el crimen pudiera haberse cometido durante alguna laguna mental. Por lo general, les parecía igual de culpable ahora que antes, y el fiscal jefe Mårten Odelstam estaba preparando la imputación de asesinato, y de manera alternativa, homicidio. En otras palabras, la vida en comandancia se desarrollaba con bastante normalidad, y Fransson ansiaba irse a las montañas de Ovik para pescar con mosca. Soñaba con ese momento en el que todo hubiera pasado, los periódicos dejaran de dar tanta guerra y el maldito comisario jefe ya no lo llamara a todas horas para expresarle su preocupación por el caso. Pero ¿cuándo es la vida como uno quiere que sea?

Además, Micaela estaba entrando en la comandancia con pasos decididos, y enseguida le resultó obvio que había algo diferente en ella. No solo porque llevaba falda y tacones altos. También por su... sonrisa. Por primera vez desde que habían ido a casa de Rekke, donde casi se orinó encima de lo excitada que se puso y se tragó todo lo que decía el profesor, no daba esa impresión tan condenadamente apenada. Tardó un momento en darse cuenta de que ella le estaba mirando las manos. ¿Qué diablos pasaba con sus manos? Se percató de que tenía algo en una mano, un objeto pequeño y redondo que brillaba. ¿Qué rayos...? Era la corona de su Schaffhausen. Al principio no lo comprendió, o creyó que solo era cuestión de volver a colocarla y hacer como si nada, pero pronto tomó consciencia de la magnitud de la catástrofe: su reloj de doscientas mil coronas acababa de romperse.

—¡Maldita sea! —gritó, antes de levantarse con un suspiro vehemente, y a esas alturas ya no era solo Micaela la que lo estaba mirando.

Todos lo observaban boquiabiertos mientras murmuraba algo de que tenía que ir a la relojería de NK para arreglarlo inmediatamente. Aun así, no se movió. Se limitó a quedarse parado en su lugar, presa de una repentina desazón, y quizá por eso buscó a Vargas con la mirada, como si ella tuviera la culpa. Ella se había sentado a su mesa, y si hacía unos segundos había mostrado una ligera sonrisa, ahora parecía albergar una preocupante determinación. Tenía los hombros y la espalda muy tensos mientras levantaba el teléfono, y en ese momento Fransson se dio cuenta de que iba a llamar al profesor Rekke.

Maldito Rekke.

Durante un tiempo Micaela casi había esperado que Rekke se hubiera equivocado. Se sentía mal que el tipo, acomodado allí en su enorme casa con su elegante esposa y su hija perfecta, controlara todo lo relacionado con el caso mucho mejor que ellos. Pero cuanto más intentaba olvidar sus palabras, más pensaba en ellas, hasta que al final vio muy claro todo lo que antes solo había sentido como un nudo en el estómago: iban por mal camino. Ahora bien, nadie le hacía caso. Los muy idiotas de sus compañeros estaban demasiado contentos viendo a Beppe derrumbarse y quedarse hundido en una profunda crisis sin fuerzas siquiera para negar su culpabilidad ni para contarles más historias absurdas de las suyas.

Cuando ella mencionaba sus dudas solo se topaba con miradas incómodas y promesas vacías, por lo que al final, una semana después de la visita a Djursholm, decidió contactar con el profesor. No le resultó fácil. Ya no quería volver a sentirse como un pequeño pájaro exótico al que estudiaban desde arriba, y aún menos como aquella niña de bronce que hacía una sumisa reverencia. No obstante, se armó de valor. No se trataba de ella, sino de la investigación de un asesinato, de modo que una noche en casa, después de haber tomado unas cervezas y de haber pasado una hora hablando por teléfono con Vanessa, marcó el número. Estaba sentada a la mesa de la cocina mirando por la ventana hacia la iglesia de Kista. Contestó una mujer. Era Lovisa Rekke, y de manera algo prolija y con bastante nerviosismo, Micaela le explicó quién era.

—Ah, hola —saludó Lovisa Rekke, como si le pareciera fantástico saber de ella.

—Quería hablar con el profesor Rekke —continuó, sin estar segura de si era correcto o no utilizar el título de su marido.

—Lamentablemente no está. Espero que no los haya molestado con sus pláticas. Puede resultar un poco maleducado a veces, pero no tiene malas intenciones.

—Creo que tenía razón en lo que decía.

—No me sorprende nada. A veces es como si fuera capaz de mirar a través de las paredes. Julia y yo solemos bromear con que en esta casa hay que ocultar los secretos muy bien.

—¿Cómo puedo contactar con él?

—Ha regresado a Stanford. Pero se alegrará de hablar contigo. De eso estoy segura. Le caíste bien.

Aunque Micaela no le creía del todo, le animó un poco, de modo que cuando Lovisa Rekke le dio el número del celular de su marido y la dirección de correo electrónico, sintió una repentina expectación, como si quizá, a pesar de todo, no pasara nada por llamarle. Sin embargo, no contestaba nunca, y daba igual la cantidad de correos que le enviara, Rekke no daba señales de vida. Con todo, Micaela no podía quitarse de la cabeza sus palabras, y de camino al trabajo unos días más tarde volvió a llamar a Lovisa Rekke.

Advirtió enseguida que algo había cambiado. No porque Lovisa se mostrara antipática, en absoluto; incluso dijo: «Ay, querida, lo siento». Sin embargo, había un tono diferente, un poco frío, en su voz, como si quisiera que Micaela se alejara de la familia.

En cualquier caso, Micaela se negaba a rendirse, sobre todo desde que consiguió sacar información nueva. Había ido a Grimsta IP para volver a verlos a todos: los entrenadores y los padres, todos aquellos que se habían acercado corriendo a Giuseppe Costa para tirarlo e inmovilizarlo sobre el campo. Los conocía bastante bien a esas alturas: hombres bienintencionados de clase media, padres futboleros orgullosos de sus hijos. Pero esa tarde el ambiente parecía más hostil, un poco como el de la comandancia, y la miraban con irritación, incluso Niklas Jensen.

Niklas Jensen no era mucho más alto que ella. Bajito y barbirrojo, con pequeños ojos entornados, era mayor que los demás padres, tal vez incluso tuviera más de sesenta años. Le gustaba platicar un poco con Micaela y a menudo le mostraba una amable sonrisa, pero ese día, vestido con un pants del club de Brommapojkarna, se limitaba a escrutar con ojos descontentos a los chicos en el campo desde la línea de banda.

—Creía que ya lo habías aclarado —dijo sin molestarse en mirarla a los ojos.

—Ya, pero quería comprobar unas cosas —contestó Micaela—. Un día nos hablaste de las personas que se hallaban cerca de Giuseppe durante la pelea.

—Estaba lejos. No lo vi muy bien.

—Sí, lo sé —respondió ella—. Pero ¿estás seguro de que los has incluido a todos? ¿No había nadie más que pasara por allí? ¿No puede habérsete escapado alguien?

—No lo creo.

—Pero si lo piensas bien...

—No —insistió.

—¿Estás seguro? En el video queda bastante claro que Kabir se asusta al ver a alguien que pasa por allí, y tú deberías haber estado en una posición ideal para ver quién era.

—Bueno, a no ser que te refieras al viejo.

—¿El viejo?

—Pero si ya les hablé de él.

—No —dijo Micaela.

—Claro que sí, se lo comenté al inspector Sandberg.

Maldita sea, Sandberg, pensó. ¿Ni siquiera hiciste el esfuerzo de anotarlo cuando le tomaste declaración?

—No he visto nada sobre ningún viejo.

—Bueno, tampoco es que haya sido muy importante. Simplemente pasaba por allí, un momento. Luego se fue —continuó.

—¿En qué dirección?

—Hacia Gulddragargränd.

—¿Qué aspecto tenía?

—Era árabe también. Calvo, bastante bajo, y andaba un poco encorvado, es posible que cojeara. Debía de tener al menos unos setenta años, o incluso ochenta. Llevaba una chamarra verde. No me fijé mucho en él, creo que nadie lo hizo. Es que estábamos ocupados con otras cosas.

—¡Demonios! —exclamó Micaela con tanto ímpetu que Niklas Jensen enseguida añadió:

—Vamos, tampoco es para tanto, si no era más que un vejete.

Pero un vejete que habían pasado por alto, o incluso ignorado conscientemente, y que había dado un susto a Kabir. Micaela se convenció de que era importante, y desde entonces había removido cielo y tierra para obtener una mejor descripción del hombre. Pocos lo habían visto. Aparte del testimonio de Niklas Jensen, solo había conseguido otras dos personas que se habían percatado de su presencia, y las dos desde lejos, pero al menos quedaba claro que había pasado por allí un hombre viejo y cojo a la hora del asesinato, y no cabía duda de que era una pista en la que necesitaba indagar a fondo. Además, no paraba de dar vueltas a lo que Rekke había estado a punto de decir sobre las lesiones de Kabir cuando su conversación fue interrumpida en Djursholm.

Se le había metido en la cabeza que eso también era importante. No se contentó con las palabras del médico forense de que no había ni un solo rasguño del cuerpo que no hubieran revisado diez veces. Se pasó horas estudiando fotografías del cadáver, como si las fotografías de la autopsia fueran mapas, códigos secretos que se podían descifrar. Al final sintió una apremiante necesidad de contactar con Rekke para comentar con él lo que había visto o lo que creía haber visto.

Marcó su número varias veces, solo para colgar justo cuando el otro teléfono empezaba a dar línea. Ridículo, desde luego, no había otra palabra; pero ahora, al ver que la corona del reloj de Fransson se había desprendido, de pronto le resultó fácil hacer la llamada, y en esta ocasión alguien respondió.

—Profesor Rekke —contestó alguien, o al menos eso se imaginaba, aunque debería haber dicho algo más, tipo «el asistente del profesor Rekke» o algo así, porque no era Rekke, sino un chico joven, probablemente un estudiante.

El chico le informó en inglés de que el profesor estaba ocupado, pero que le devolvería la llamada «en cuanto pudiera». Micaela no se lo creyó ni por un instante, la voz sonaba escéptica y protectora, y colgó harta de sí misma y de todos los esnobs arrogantes y los policías imbéciles.

—¿Y tú que parecías tan contenta hace un momento?

Micaela dio un respingo. Jonas Beijer estaba a su lado, y se había acercado mucho. Aparte de que apestaba a caballo, se veía desgreñado y con ojeras, como si no hubiera dormido muy bien, pero esbozaba una sonrisa igual de amplia que siempre. Por un segundo le entraron ganas de buscar consuelo en su cuerpo. Borró la idea de su mente. Jonas era el único del grupo que la apoyaba, aunque no era capaz de reconocerlo del todo ante los demás.

—¿Qué? No, estoy bien —dijo.

—¿Has podido hablar con Rekke? —preguntó.

—No —dijo ella.

—Ya, claro —contestó al tiempo que alzaba los ojos al cielo—. Pero tampoco creo que vaya a ser necesario. He hablado con el fiscal.

—¿Y qué te ha dicho?

Jonas hizo una pausa teatral.

—Vamos, dímelo —insistió ella.

—No va a dictar auto de formal prisión —dijo—. Ya no le parece que el caso se sostenga.

El desagrado de la conversación telefónica se le esfumó al instante y miró de reojo a Jonas pensando que iba a poder ver su amplia sonrisa de nuevo, pero mostraba una expresión seria, como si fueran malas noticias; y efectivamente lo eran, al menos para el resto del grupo. Sería una situación bastante vergonzosa si resultaba que habían apostado por el hombre equivocado.

—¡Es fantástico! —exclamó ella.

Jonas la calmó.

—No pongas esa cara tan contenta, por favor. Lárgate antes de que Fransson se entere —dijo, y Micaela decidió seguir su consejo.

Pasó por delante de los demás sin revelar con un solo gesto lo que sentía, hasta que llegó al pasillo, donde levantó las manos en el aire. Así que al final había salido bien a pesar de todo, pensó, intentando imaginarse cómo reaccionaría Beppe. En eso, un sms de su hermano Lucas interrumpió sus pensamientos. Quería verla. Se sonrió a sí misma, como si Lucas fuera justo la persona con la que deseaba encontrarse.

«Nos vemos en casa de mamá en media hora», escribió como respuesta.

Capítulo 8

De pequeño, Lucas se había estampado contra el cristal de una ventana. Desde entonces lucía una pálida cicatriz que le salía desde las cejas y le recorría toda la frente. Micaela siempre había pensado que la cicatriz le quedaba bien, pero había momentos en los que le daba miedo. Y a veces, a distancia, creía ver algo violento en su cuerpo, algo que a duras penas se refrenaba, pero la impresión desaparecía en cuanto se acercaba.

Su hermano poseía una maravillosa sonrisa torcida. A menudo le hacía regalos, sobre todo ropa, que ella nunca se ponía, y no paraba de repetir lo orgulloso que estaba de ella. Había una energía en él que la atraía.

—¡Ey!

Lucas estaba haciéndole señas para que se acercara. Por delante de él se alzaba el edificio verde de departamentos donde se habían criado, con sus galerías y ventanas cuadradas. Caminó hacia su hermano pasando por delante del parque infantil y los bancos, pero tuvo que esperar un rato antes de hablar con él. No paraba de acercarse gente para saludarlo y Lucas les estrechó la mano a todos e intercambió algunas frases. Podría haber sido un buen político.

—Te he extrañado. ¿Damos un paseo? —dijo su hermano cuando se quedaron a solas.

—¿No vamos a ver a mamá?

—Tampoco es necesario que se entere de todo.

Subieron por Trondheimsgatan, atravesando la parte verde del barrio, hacia el centro. Alguno que otro tendero del mercado de la plaza anunciaba a gritos sus productos, por lo demás no había mucha gente. El sol le abrasaba la nuca. Un poco más lejos, en el estacionamiento, entró una patrulla.

—Me alegro de verte —afirmó Lucas—. Ayer me encontré con tu antigua profesora de Lengua. Pensaba que te eras abogada o médica o algo.

—Siento mucho haberla decepcionado.

—No lo creo, si ser detective de homicidios es mucho mejor. Pero me han contado que los miembros de tu brigada te hacen la vida imposible.

Ella miró a los grandes ojos cafés de su hermano.

—¿Quién te dijo eso?

Él le pasó el brazo por los hombros.

—Nadie en particular. Ya sabes que tengo mis contactos. ¿Hay algo que pueda hacer?

—Tampoco es para tanto —dijo ella.

—Pero el Fransson ese es un idiota.

—Un poco quizá.

Visualizó al comisario corriendo con su pesado cuerpo en dirección a la relojería de NK.

—Se dice que piensas que Beppe es inocente.

Se sorprendió, y estuvo tentada de contarle lo que le acababa de decir Jonas Beijer, cosa que, naturalmente, resultaba impensable.

—Más que nunca —contestó.

—¿Y los demás no están de acuerdo?

—Lo estarán —dijo, y en un intento de cambiar de tema le preguntó si seguía trabajando como portero en Sophies.

Daba la impresión de que su hermano no quería hablar del tema; ignoró la pregunta y saludó con un movimiento de cabeza a Héctor Pérez, uno de sus amigos jóvenes, que estaba fumando delante de la tintorería Husby Tvätt.

—Se habla mucho de ese árbitro.

—Sería raro que no, ¿verdad? —replicó Micaela.

Con un gesto de la mano Lucas paró a Héctor, que hizo ademán de acercarse.

—He oído que tenía miedo.

De lejos, al lado del metro, Micaela divisó a una compañera uniformada, Filippa Gran, que la estaba mirando con curiosidad. Por un momento Micaela se preguntó si debía saludarla.

—¿Quién te dijo eso?

Hizo un gesto abriéndose de brazos, un gesto que ella había visto miles de veces.

—No me engañes, carajo —prosiguió ella—. Este caso es lo más importante que he hecho jamás.

—No te estoy engañando.

Micaela, molesta, le clavó la mirada.

—¿Y de qué se supone que tenía miedo, si se puede saber?

—Vi ese reportaje de la televisión —dijo—. Me pareció que se pavoneaba todo lindo para ocultar lo triste que estaba. Algo grave habrá en su pasado, segurísimo.

—Mira el chico, de repente es todo un experto en psicología.

—Siempre he sido experto en psicología.

Ella lo contempló con escepticismo. Lucas se limitó a sonreír burlonamente.

—Bueno, pues te vamos a tener que llevar a la comandancia para interrogarte —replicó ella.

Lucas volvió a poner un brazo a su alrededor, pero ella lo apartó.

—Puedo intentar averiguar más si quieres. Circulan un montón de rumores alucinantes sobre el tipo.

Micaela se quedó observándolo, cada vez más convencida de que solo se hacía el importante. Durante toda su infancia, Lucas había fingido saber cosas dándose un aire misterioso, como si estuviera en posesión de grandes secretos.

—Estupendo —dijo ella.

—Nos podríamos ayudar el uno al otro, tú y yo.

Claro que podían, pero a Micaela no le gustaba el tono, y se preguntaba si Lucas no estaría en realidad jugando con ella. Sintió que ya era hora de irse. Pensó en Rekke y en lo que había estado a punto de decir sobre las lesiones de Kabir.

Dos días después, por la tarde, Carl Fransson la convocó en su oficina. No podía evitar sentir cierta expectativa, quizá incluso esperaba que Fransson le diera algún tipo de reconocimiento, pero no tenía ni idea. Algo se respiraba en el ambiente, y al entrar en la oficina irguió la espalda. Fransson estaba sentado tras su mesa con una camiseta de manga larga del club de futbol AIK que acentuaba su vientre. Encima de la mesa había un ramo de tulipanes.

—¿Qué tal? —dijo con un tono más ligero de lo habitual, y ella lo saludó del mismo modo antes de preguntarle cómo le había ido con el reloj.

Fransson refunfuñó que lo habían enviado a Suiza. Tardarían seis semanas en repararlo.

—Qué fastidio —comentó ella.

—Artesanía de precisión suiza. Solo puede repararse in situ.

—¿De qué querías hablar? —preguntó.

Fransson dudó.

—De tu hermano —explicó.

Ella se inquietó.

—Supongo que te refieres a Lucas.

—¿Qué me puedes contar de él?

—No sé muy bien qué decir —empezó ella incómoda—. Pero creo que ya no hace tantas tonterías como antes. Trabaja de portero en un bar del centro. Y tiene novia estable, una chica muy formal que estudia Marketing.

Carl Fransson se movía en la silla y de repente parecía que le resultaba difícil mirar a Micaela a los ojos.

—Nosotros, en cambio, pensamos que ha recaído.

—De eso no he oído nada.

Realmente era así, no se había enterado de nada por el estilo. Todo lo contrario, su madre y Simón le habían asegurado que Lucas ya se mantenía alejado de las malas compañías de antaño.

—Y eso que son como uña y carne, ¿verdad? —dijo Fransson.

—Cuando éramos pequeños, sí. Después de la muerte de nuestro padre. Pero ahora no nos vemos muy a menudo.

—Pues el otro día los vieron paseando por Husby tomados del brazo.

Así que Filippa Gran decidió que resultaba absolutamente esencial contárselo al jefe, pensó.

—¿De qué se trata esto? —preguntó mientras se acordaba de que Lucas, por su parte, parecía estar bastante al tanto de los ires y venires de Fransson. Idiota, lo había llamado. ¿Podría ser que hubiera algún asunto pendiente entre esos dos?

—Nos empiezan a llegar informaciones bastante preocupantes acerca de él, por lo que nos gustaría que nos ayudaras.

—¿De qué manera? —preguntó al tiempo que sentía cómo los músculos de su cara se tensaban.

—Manteniendo los ojos abiertos, simplemente. Tampoco es cuestión de ser estricta con él o regañarlo ni de inmiscuirte en sus cosas. No queremos que despiertes sospechas, solo que escuches, y a ver si así puedes sacar algo en claro.

—O sea, que me quieres como infiltrada en mi propia familia.

—Algo así, sí.

—¿Cómo puedes pedirme eso?

—Porque a veces, Micaela, hay que elegir de qué lado estamos.

—Ya sabes de qué lado estoy.

—Claro que sí. Pero a veces debemos hacer unas elecciones más proactivas. ¿Qué me dices?

No tenía ni idea de qué contestar. Todo daba vueltas en su cabeza, y no solo se le aparecía Lucas para marearla en miles de imágenes diferentes, sino también el caso en marcha, el viejo cojo de la chamarra verde y, sobre todo, la sensación de que en ese momento se enfrentaba a algo decisivo.

—No lo creo —dijo.

—Así que no lo crees.

—Además, quiero centrarme ante todo en la investigación —continuó.

—Ese es el tema.

—¿Cómo que ese es el tema?

—Vamos a hacer cambios en el grupo.

—Bien, muy bien —dijo ella, aguardando la continuación.

—Vas a dejar de formar parte de él.

—¿Cómo? —Se agarró fuerte al reposabrazos de la silla.

—Vas a salir del grupo, a no ser que...

—¿Qué?

—A no ser que nos muestres que realmente quieres quedarte —dijo, y entonces ella se negó a comprender, intentaba apartar las palabras de su mente, pero sus pensamientos se fueron aclarando hasta convertirse en una pregunta desagradable.

—¿Quieres decir que puedo quedarme si espío a mi hermano? —preguntó.

—Nos gustaría que hicieras ese esfuerzo extra.

—Carajo, pero si yo era la única que veía que nos estábamos equivocando —espetó.

—Que no haya imputación todavía no tiene por qué significar que nos hemos equivocado. Pero es verdad que ahora debemos ampliar nuestros horizontes, y por lo tanto hace falta un equipo unido, así de sencillo.

—¿Un equipo de chicos unido?

—Vamos ya, no juegues la carta feminista conmigo, Micaela. Eso es muy bajo para ti.

—No puedes hacerme esto.

—La verdad es que sí, sí que puedo. Y como he dicho, te estamos ofreciendo la posibilidad de seguir. Teniendo en cuenta las circunstancias, me parece generoso.

—¿Qué circunstancias?

—Entre otras, tus dificultades para colaborar —continuó, y entonces Micaela se quedó sin palabras.

No se le ocurrió ni una sola. Fransson la había dejado muda, y aun así sintió que tenía que decir algo. No cualquier cosa, y desde luego nada agresivo, sino más bien algo lúcido y preciso, que dejara en evidencia lo injusto e inhumano de la situación, sobre todo porque ella era la única persona de todo el equipo que no se había perdido por un túnel oscuro.

Pero, por mucho que se esforzara, seguía con la mente en blanco. Se sentía como si la sangre ya no corriera por sus venas, de modo que, en lugar de soltarle unas verdades incómodas, se levantó murmurando un tibio:

—No sé.

—¿Te vas ya? —dijo Fransson.

—Necesito que me dé el aire —contestó, y se fue al pasillo, bajó la escalera y salió al sol de la calle.

Un convertible rojo pasó por delante de ella. Al volante iba un chico con gorra y lentes de sol que la saludó con la mano; ella le respondió con un gesto obsceno, casi deseando que se detuviera para enfrentarse a ella. Pero el chico se limitó a seguir conduciendo alegremente, y Micaela decidió irse a casa.

Capítulo 9

No llegó a morder el anzuelo de Fransson, así que la trasladaron a la brigada de delincuencia juvenil. Como no le parecía suficiente desafío profesional, también se inscribió en el primer curso de Derecho en la Universidad de Estocolmo, mientras intentaba mantenerse al tanto de la investigación. Pronto le quedó claro que no había mayores novedades. Desde que el juzgado de Solna había soltado a Giuseppe Costa, el grupo no avanzaba nada, y cuanto más tiempo pasaba, más iba perdiendo el interés.

Se mantenía ocupada compaginando los estudios y el trabajo, y de vez en cuando salía con Vanessa a los bares y discotecas del centro. Una de esas tardes, después de tomar juntas una copa a la salida del trabajo, paseaba sola por el centro comercial de Sturegallerian. Era a finales de septiembre. El reloj marcaba las ocho y cuarto de la tarde cuando salió a la plaza de Stureplan y descubrió a un chico que trabajaba de guardaespaldas en la Säpo, la Policía de Seguridad, al que conocía un poco.

Se llamaba Albin algo. Era un chico rubio y corpulento con pómulos marcados y pequeños ojos vigilantes. Estaba delante de la entrada del restaurante Sturehof, y advirtió enseguida por su lenguaje corporal que se hallaba de servicio. Por eso se limitó a saludarlo con un discreto movimiento de cabeza mientras miraba por la ventana del restaurante para comprobar para quién estaba trabajando. Al principio no vio a nadie en especial. Luego se sobresaltó.

Allí dentro se encontraba Mats Kleeberger, el ministro de Exteriores. Que se sentara con otros tres hombres a una mesa junto a la ventana sorprendió a Micaela. No debía de ser muy habitual que políticos de su rango se dejaran ver en un lugar público de esa manera. Sea como fuera, allí estaba Kleeberger, la persona con más autoridad y más carisma de todo el gobierno. Llevaba una camisa blanca y un par de lentes de pasta color caoba, subidos a la frente, y por la expresión de su cara y los gestos de sus manos Micaela dedujo que estaba hablando de algo que le resultaba muy importante.

Irradiaba la misma confianza absoluta que acostumbraba a mostrar en la televisión, y que daba al observador la sensación de que él comprendía las cosas un poco mejor que todos los demás. Había algo en ese carisma, o quizá más bien en la elegancia de sus gestos y expresiones, que hacía que los demás políticos parecieran provincianos y despistados a su lado, y Micaela se quedó como hechizada por lo que veía.

Sin embargo, pronto se dio cuenta de que en realidad no era Kleeberger el que la fascinaba, sino un hombre alto de camisa negra que estaba sentado enfrente. A diferencia de los otros de la mesa, parecía estar aburriéndose, como si el ministro no fuera para él más que un niño consentido y pesado.

No obstante, tampoco era esa impresión la que acaparaba su atención, sino su pierna izquierda. La pierna pegaba nerviosos saltitos bajo la mesa, y esos movimientos le resultaban familiares. El hombre era Hans Rekke. Al darse cuenta, tuvo el impulso de entrar corriendo para hacerle todas esas preguntas a las que llevaba tanto tiempo dando vueltas. Pero, naturalmente, se quedó parada donde estaba y tomó consciencia de por qué Rekke no había contestado a sus correos y llamadas.

No había lugar para alguien como ella en su mundo; le quedó muy claro al verlo aburrirse incluso con el ministro de Exteriores, como si deseara irse cuanto antes a ocuparse de asuntos más importantes.

—Idiota.

Lo musitó para sí misma sin saber muy bien a quién se refería. Mientras tanto, algo ocurrió dentro del restaurante: Rekke interrumpió a Kleeberger y la única reacción del ministro fue la de mostrar una cara avergonzada. Fue demasiado para Micaela. Nunca había visto a nadie incomodar a Kleeberger de esa manera. Se fue al tiempo que seguía diciendo palabrotas. Es que era tan... injusto.

Toda la vida era injusta. Ella tenía que luchar, trabajar duro, abrirse camino a la fuerza. Aun así, las puertas se iban cerrando delante suyo todo el tiempo, mientras que Rekke lo tenía todo: una inteligencia agudísima, respeto incluso en círculos gubernamentales, dinero, una familia feliz —con toda probabilidad una maldita armonía absoluta—; la única contrariedad era que de vez en cuando tenía que soportar a policías zoquetes y ministros latosos. Aunque sin duda sabía apreciar eso también: así se le ofrecía una oportunidad de exhibir su superioridad. ¡Que se fuera al demonio!

Por enésima vez se le vino a la mente la visita que le habían hecho en la impresionante villa de Djursholm. Había resultado humillante, claro, un ajusticiamiento intelectual, pero también hubo un momento de triunfo para ella, la sensación de que Rekke en cierto sentido reparaba el agravio de todas las veces que los demás la habían ninguneado. Además, jamás olvidaría el asombro y la satisfacción que había sentido cuando la corona del reloj de Fransson se desprendió.

Constituía un instante tan mágico que ni siquiera el silencio y el ninguneo de Rekke durante el verano conseguiría arruinarlo. Cuando se iba acercando a Biblioteksgatan empezó, muy a su pesar, a sonreír, aunque seguía pensando que Rekke era un maldito arrogante. Sea como fuera, no se lo podía quitar de la cabeza. El aura a su alrededor se había intensificado al ver la indiferencia que había mostrado hacia Kleeberger, aunque eso no lo iba a admitir ante nadie, ni siquiera ante Vanessa. Se olvidó del tema y continuó hacia el parque Kungsträdgården y la boca de metro en Arsenalsgatan.

¿Cómo se llamaba? Martin Falkegren no se acordaba de su nombre, pero por alguna razón la siguió. En cierto sentido era culpa de su mujer.

Hanna había tenido que salir corriendo al hospital —era cirujana en traumatología— dejándolo solo en la ciudad. Poco tiempo después se encontraba en la plaza de Stureplan sin saber si debía tomar un taxi para volver a casa o lanzarse a la aventura. Entonces, cuando paseaba su mirada por los alrededores buscando algo que lo ayudara a tomar una decisión, descubrió a la joven chilena.

Se había puesto guapa. Llevaba un par de jeans ceñidos que le hacían un trasero fenomenal, pero el suéter le quedaba demasiado suelto y holgado, y el fleco le llegaba por debajo de las cejas. Una mujer joven no debería ocultarse de esa manera, pensó, y decidió acercarse para platicar un poco. Aunque justo en ese momento sucedió una cosa.

Se tensó de repente, como si se preparara para echarse a correr o algo. Luego se limitó a encogerse de hombros y caminar hacia Biblioteksgatan. Dio unos pasos en su dirección, como obedeciendo a un instinto. ¿Era una buena idea seguirla? Sí, por qué no, pensó. No había nada malo en dejarse llevar por un capricho, una ocurrencia un poco loca; y cuando la vio cruzar la plaza de Norrmalmstorg se convenció de que tenía que hablar con ella.

Temas de conversación no les faltaban precisamente. Había habido conflictos en el grupo de investigación. No sabía hasta qué punto ella estaba al tanto, ni tampoco si algo de eso se había filtrado o no. Decidió tantear un poco, y quizá también..., ya que su mujer pasaría toda la noche en el hospital. Dejó que su mirada volviera a recorrer el cuerpo de ella.

—¡Ey! ¡Hola! —dijo.

Ella se dio la vuelta, sorprendida, tal vez incluso un poco nerviosa. Eso le gustó, y buscó durante unos momentos otras señales de respeto, de sumisión, pero igual que antes encontró algo ambiguo en ella que no era capaz de definir.

—Hola —contestó ella.

—Solo quería saludarte y ver qué tal te va todo —dijo él esbozando su mejor sonrisa—. ¿Estás a gusto con nosotros?

Ella pareció dudar.

—Sí, estoy a gusto. Gracias.

—Espero que no haya sido una decepción para ti ser apartada de la investigación.

Su gesto se torció y Falkegren se convenció de que seguía furiosa por eso, aunque aparentemente no quería mostrarlo.

—No pasa nada. Me gusta mi nuevo trabajo —contestó.

—¿Estás en contacto con el equipo? —preguntó Falkegren.

—Hablo con Jonas Beijer de vez en cuando, pero hace ya tiempo que no sé nada de él. Tampoco habrá mucho que contar, supongo.

El comentario le molestó, no porque él siguiera teniendo algo que ver con el caso, pero ese tiempo con Costa le había dejado un gran malestar que podía brotar cuando menos lo esperaba, y siempre se lo tomaba como algo personal cuando alguien criticaba la investigación.

—No digas eso, algo habrá, seguro —dijo—. ¿Has oído que esperan poder identificar al viejo que pasó cerca del campo durante la pelea? Han hecho un gran trabajo.

—¿Ah, sí? —respondió ella—. No parecían muy interesados por él cuando yo me ocupaba.

—¿No? —repuso él, incrédulo—. De todos modos, ahora es una pista importante. Les ayudan los servicios de inteligencia estadounidenses en Kabul.

—Jonas dijo que no era muy fácil tratar con ellos.

—Es que es muy complicado hacer trabajo de campo allí. Cae por su propio peso.

Ella reflexionó un momento.

—¿Puedo preguntarte una cosa?

—Claro que sí. Lo que sea —contestó él, y se imaginaba que le iba a responder largo y tendido, con cierto paternalismo, quizá mientras tomaban una copa en algún lugar por la zona. Lanzó una rápida mirada a sus caderas.

—¿No has pensado en volver a consultar al

profesor Rekke? —preguntó, y el ambiente se enrareció al instante.

—No, no es algo que hayamos considerado —respondió él.

—Lo vio todo muy claro.

—*Claritas, claritas*, como dice todo el rato.

Martin Falkegren intentó sonar relajado y distendido, a pesar de que tenía ganas de escupir las palabras y hacérselas tragar. Las cosas no son tan fáciles como tú crees, bonita, quería decirle, pero sabía que sería un error, de modo que decidió dar por terminada la conversación.

—Observó algo en las viejas lesiones de Kabir —continuó ella.

—Eso es, sí, tal vez. Pero no siempre veía las cosas tan claras como creía. En cualquier caso...

—¿Sí? —dijo ella.

—Tengo que irme. Me alegro mucho de verte —dijo al tiempo que le tendía la mano y le tocaba el hombro un poco.

Luego se fue y se metió en un taxi. Durante el viaje a casa le vino a la mente la conversación con Rekke. Maldito mentiroso, pensó. Cree que puede lanzar las acusaciones que quiera solo porque tiene su cátedra en Stanford y sus millones. Martin Falkegren se sintió orgulloso de no haber remitido a nadie las informaciones de Rekke como una vieja chismosa.

En fin, que había asumido el liderazgo y su responsabilidad.

Deseaba con toda su alma que los americanos

pusieran a Hans Rekke en su lugar de una vez por todas.

Micaela no se bajó en Kista. Decidió seguir hasta Husby con la idea de ir a ver a su madre. Cuando se iba acercando a la casa, divisó a lo lejos una espalda vestida con una chamarra gris que le resultó familiar. La espalda estaba bajando hacia la zona boscosa que había junto a Järvafältet.

—¡Lucas! —gritó.

No se dio por enterado. Micaela continuó hasta la puerta y el elevador sin dejar de pensar en el encuentro con Falkegren. No sabía por dónde tomarlo. ¿Por qué se había acercado a hablar con ella, y por qué había reaccionado de forma tan rara cuando ella mencionó a Rekke? No hacía mucho Falkegren había admirado al profesor, desquiciando a todo el mundo con su pavoneo y elogios. Y ahora parecía que se enervara con tan solo oír su nombre. A lo mejor no era tan extraño, teniendo en cuenta el fracaso de la investigación, pero aun así..., le dio la sensación de que allí había algo más.

Lucas volvió a aparecer en su cabeza, así que se dio la vuelta y salió en dirección al bosque ella también.

No era precisamente el lugar más agradable del barrio. Parte del comercio de drogas se había trasladado hasta esa zona, y sabía que Simón, su otro hermano, solía pasar las noches allí, buscando drogas o lo que fuera, un poco de acción, un ligue. Pero ahora no veía a nadie. Estaba desierto. Se había levantado un poco de viento. Las hojas ya lucían amarillas, y había basura y viejas latas de cerveza esparcidas por el suelo.

En una apertura entre los árboles pudo ver el edificio de departamentos verde grisáceo y la ventana del tercer piso donde vivía su madre. De repente sintió que no quería estar allí, sino en casa con ella tomando té, chismeando sobre Rekke y Kleeberger, y oyendo algún comentario suyo a la vez crítico e ingenuo: «A ver, es que te relacionas con unos señoritos... Ahora bien, ni se te ocurra confiar en ellos».

El viento hacía crujir las ramas de los árboles. Había algo intangible y amenazador en el ambiente. Dio unos pasos bajando hacia el camino peatonal y la luminaria. De repente oyó algo. Resultaba difícil apreciar lo que era. Sonaba más bien como un gemido, y quizá podría haberlo ignorado como algo procedente de un animal.

Pero se concentró intensamente y lo volvió a oír. Ahora sonaba aterrador, como de una persona que por no atreverse a gritar se limitara a gimotear en tono bajo. Por unos momentos Micaela permaneció completamente quieta antes de darse la vuelta y buscar con la mirada en dirección al ruido.

Entonces vislumbró a dos hombres que se peleaban o, mejor dicho, solo uno de ellos daba golpes, y esa persona era Lucas. Parecía prepararse para cometer un acto terrible. Algo la instaba a acercarse más, aunque temía que la descubrieran, pero tenía que verlo. Acto seguido Lucas sacó una pistola de la cintura y la apretó contra la garganta del otro, y ya en ese instante Micaela se dio cuenta de que lo que más la atemorizaba no era la amenaza en sí, el arma contra la garganta, sino lo habituado y suelto que resultaba el movimiento de sacar la pistola. Aunque no oía lo que decían, se dio cuenta de que el otro, un chico de tez oscura de tan solo unos dieciocho o diecinueve años, haría cualquier cosa para Lucas después de eso. El chico pronunció entre jadeos un par de palabras lastimeras al caer al suelo mientras Lucas desaparecía bosque adentro. Durante unos instantes se quedó como paralizada preguntándose si no debería socorrer al chico, pero cuando al final decidió hacerlo, este se levantó y salió corriendo en dirección opuesta. Micaela se quedó sola con todo el cuerpo temblando.

Caminó muy despacio hacia la entrada del metro, advirtiendo para su asombro que estaba cojeando ligeramente. Era la maldita cadera de nuevo, «su herida de guerra», como solía decir Vanessa. Pero según se aproximaba a la plaza se le iba olvidando.

Era como si una voz tronara dentro de ella, y durante bastante tiempo contuvo el impulso de llamar a Lucas para regañarlo. Pero los pensamientos pronto tomaron otros derroteros y le pareció ver una vida entera con otros ojos: recuerdos que hacía muy poco habían sido bonitos, o al menos inocentes, se oscurecieron y se torcieron. Se enfurecía cada vez más, y al final estaba decidida a hablar con Fransson para contarle lo que acababa de ver. Y si así también lograba volver al grupo de investigación, pues mejor.

Capítulo 10

La mañana siguiente, cuando por fin dieron las ocho, llamó al comisario. Pero colgó al oír su voz. No podía, y no solo porque resultara más difícil de lo que pensaba actuar a espaldas de Lucas. Saber que sacaba un beneficio propio al hacerlo mancillaba su decisión. Además, ¿por qué darle algo a Fransson? ¿Acaso se lo merecía?

Se sentó a la mesa de la cocina y se sirvió una taza de té preguntándose si no debería contactar directamente con los que trabajaban con el crimen organizado. Pero no, no confiarían en ella. Lo que debería hacer era... eso, ¿qué? ¿Investigar por su propia cuenta? Eso sería sin duda lo más racional.

Entró en la sala, encendió la computadora y buscó en internet el nombre de su hermano. Ni un solo resultado, cosa que tampoco la sorprendió. Lucas y sus amigos no iban a tener un blog de presentación, claro. En su lugar se le ocurrió escribir «Rekke» en el buscador, más que nada como una distracción, una huida de lo que le ocupaba la cabeza.

Apareció la foto de un hombre que se asemejaba al profesor pero que era un poco más grande, más gordo, con menos pelo y unos ojos que le parecían falsos. Le resultaba vagamente familiar. Se llamaba Magnus Rekke. Era el hermano de Hans Rekke, pero ante todo era el secretario de Estado del Ministerio de Asuntos Exteriores y la mano derecha del ministro Kleeberger. Eso explicaba la cena en Sturehof, y para no acordarse de Lucas otro rato más siguió leyendo. Había bastante información.

A Magnus Rekke lo caracterizaban como una eminencia gris. Señalaban que su influencia se había incrementado después del once de septiembre. «Sin Magnus no habríamos podido conseguir tanta inteligencia calificada», afirmaba Kleeberger. Sin embargo, no todo el mundo parecía igual de contento con su labor. «Magnus Rekke hace de mensajero para la CIA», había escrito un columnista de *Aftonbladet*. De hecho, bastantes periodistas, tanto de derecha como de izquierda, habían exigido su dimisión, sin que dejara de resultar patente, al mismo tiempo, la admiración que sentían por él.

Aparte de inglés, Magnus Rekke hablaba alemán, francés, chino y árabe, y tenía un doctorado en Relaciones Internacionales por el Christ Church College de Oxford. Decían que contaba con una amplia red de contactos. Incluso se afirmaba que era amigo de Tony Blair y Condoleezza Rice, así como que guardaba buenas relaciones con servicios de inteligencia de todo el mundo.

Lo describían como «inteligente y culto», a veces como «astuto» y a menudo como «independiente», o sea, no contaba con carnet de partido político alguno. Estaba en posesión de una gran fortuna, heredada de su padre, un naviero noruego de nombre Harald Rekke, quien falleció cuando sus hijos todavía eran pequeños y que estuvo casado con Elisabeth Rekke, de soltera von Bülow, antigua profesora de piano de la Universität für Musik und darstellende Kunst de Viena.

En un pasaje se podía leer que el hermano pequeño, Hans, había sido un prometedor pianista concertista, formado en Juilliard en Nueva York. No mencionaban los posibles motivos por los que había abandonado la carrera musical, ni tampoco nada al respecto de su actual cátedra en Stanford. Solo ponía que se esperaba de los hijos que ya a una edad temprana rindieran a un alto nivel. Cualquier otra cosa era impensable en la familia. Ahora bien, lo más importante no eran los títulos, y aún menos el dinero —que ya tenían en abundancia—, sino la capacidad de lograr algo grande o bello. «Esperaban de nosotros que estuviéramos por encima de nuestro tiempo, que apuntáramos un poco más alto que todos los demás. Si no, se nos consideraba unos fracasados.»

En una vieja fotografía de gente esperando un concierto del pianista Arthur Rubinstein en el Konserthuset de Estocolmo, los hermanos posaban hombro con hombro mostrando amplias sonrisas. Eran jóvenes cuando se tomó la foto, de apenas unos veintipocos años. Llevaban trajes elegantes con pañuelos doblados en los bolsillos del pecho y camisas desabotonadas, y parecían extrañamente indiferentes a la presencia de la cámara, como si se interesaran más por la muchedumbre que por el fotógrafo. En esa indiferencia ante los flashes de la cámara, Micaela creía intuir toda esa infancia tan asquerosamente privilegiada. Solo los que siempre han sido el centro de atención, acostumbrados a los focos, posan así de despreocupados ante los fotógrafos de eventos, pensó.

Luego Lucas volvió a invadir sus pensamientos con renovada intensidad, como si la fotografía de los hermanos Rekke reforzara el dolor que sentía por su propia situación; pero no solo pensaba en el arma que Lucas había sacado y apretado contra la garganta del otro chico.

Una vez más, toda una vida, con sus pequeños y grandes acontecimientos, apareció bajo una nueva luz. Le provocó un intenso malestar, como si su pasado se estuviera reescribiendo. Al final logró apartarlo de su mente y se marchó al trabajo. Durante todo el trayecto en metro lo mantuvo a distancia, como si el mero acto de recordar fuera peligroso, y en lugar de en Lucas pensó en Rekke y en su pierna izquierda y los saltitos que pegaba, algo que haría a menudo durante los meses siguientes.

Llegó incluso a obsesionarse. Leyó todos sus libros y artículos científicos, y a veces, cuando sus compañeros emitían algún comentario simplón o poco claro, se preguntaba en secreto qué habría dicho Rekke. ¿Qué error vería en el razonamiento y en la lógica de las conclusiones? Hasta soñó con que trabajaban juntos. Pero no era más que eso, un sueño.

Nadie podía estar más alejado de él que ella.

Capítulo 11

—Bésame. Vamos. Relájate, chica —dijo.

Era tarde y el ambiente, bullicioso. Había salido con Vanessa de nuevo, por tercera o cuarta vez en un mes. Quizá no se había relajado del todo, pero se lo había pasado bien, y gracias a Vanessa había podido disfrutar un poco de ese aire de emoción y glamour que siempre había en torno a ella.

Vanessa era un imán en los bares y clubs del centro. Atraía sobre todo a chicos de la periferia, como aquellos con los que se habían criado las dos, pero también a hombres de negocios, deportistas..., todo tipo de gente. Incluso a Mario Costa, que había aparecido de repente y se había colocado a aproximadamente un milímetro de Micaela. Mario acababa de firmar con el Marsella francés y estaba en boca de todos. El malote y la estrella. Metía goles y se metía en líos alternativamente, pero hiciera lo que hiciera nunca lograba quitarse de encima la historia de su padre y Jamal Kabir, hasta tal punto que ya formaba casi parte de su cuerpo,

reforzando esa aura un poco peligrosa que lo rodeaba. Ya había cumplido los dieciocho años y era
alto y musculoso. Esa noche llevaba una camiseta
negra ceñida de Nike y una gorra con la visera de
lado, y se les acercó con los andares de un vaquero
de película que se consideraba dueño de la ciudad,
al igual que su padre de joven.

Al principio ni siquiera reparó en la presencia
de Micaela. Como todos los demás, se interesaba
por Vanessa, pero transcurrido un rato se volteó
hacia ella y entonces Micaela se dio cuenta de que
no solo se movía como su padre, sino que también
bebía como él.

—¡Ey! —dijo.

—Hola —contestó ella.

—Cuánto tiempo. La última vez sería... cuando me interrogaste. Cuando me preguntaste si mi
viejo me había pegado.

—Sí, es posible —convino ella.

—Está agradecido que no veas, chica.

—No hice gran cosa.

—Agradecido que no veas —repitió.

—¿Cómo está?

—Se tuvo que ir del barrio. Lo criticaban a todas horas. Le compré una casa.

—Lo sé —afirmó ella.

—¿Y por qué no han atrapado a nadie?

—Ya no tengo nada que ver con ese caso.

—¿Y por qué no han atrapado a nadie? —dijo
como si tuviera la necesidad de repetirlo todo.

—Porque son idiotas.

—Pero atraparon a otro tipo, ¿verdad? ¿Un árabe?

—No era él.

—Pero debes saber que el viejo está muy agradecido, chica —continuó, y fue entonces cuando se inclinó hacia delante, o más bien hacia abajo, pues le sacaba dos cabezas a Micaela, para besarla y le dijo que se relajara.

Tal vez podría haber sido algo no del todo desagradable, a pesar de todo, por muy mocoso que fuera el chico. Al mismo tiempo había algo engreído y ridículo en su cara, como si lo que ofreciera fuera enormemente generoso, o incluso una parte de la retribución por lo que ella había hecho por su padre, y quizá influyera también que pensara en Jorge Moreno. El caso es que la inicial sensación de algo un poco emocionante o cómico se mutó en un repentino malestar.

Ella le dio un empujón un poco más fuerte de lo que era su intención, y por la borrachera que llevaba se tambaleó hacia atrás y cayó encima de un amigo, un chico bajito y obeso con el pelo con gel y un hueco entre los dientes frontales, que casi se cae al suelo también.

—¿Qué estás haciendo? —protestó.

—Bah, nada —dijo Mario mientras intentaba levantarse con un movimiento tambaleante e inestable.

—¿Quién es esa tipa?

—Es esa tal Vargas de la que te hablé. La que investigaba el asesinato del árbitro. Es una chica legal.

—Carajo —dijo el amigo mirando a Micaela.

—¿Carajo, qué? —respondió Micaela.

—Que deberías mirar más de cerca a ese árbitro. He oído que se dedicaba a pasar marihuana y porquerías así.

—Exacto, ¿y no traía algún lío de Afganistán también, no es eso lo que piensas ahora? —dijo Mario volviéndose de nuevo hacia ella con una expresión de desconcierto en los ojos, como si realmente quisiera saberlo y se hubiera olvidado por completo de que hacía un momento su intención era besarse con ella.

—No sé lo que piensan ahora —dijo ella, y se largó de allí.

Un chico con tres cervezas entre las manos chocó con ella y le manchó la blusa. Micaela maldijo su suerte diciendo una sarta de improperios, y no solo dirigidos a Mario y al chico de las cervezas; también a la investigación. ¿Cómo demonios podían echarla del equipo? La habían trasladado a investigar robos de delincuencia juvenil por la zona de Husby, Rinkeby y Akalla, y aunque su tasa de esclarecimiento de delitos era la más alta de su brigada, nunca le tocaba trabajar ningún caso importante. Daba igual que fuera el doble de buena que los demás, no volverían a aceptarla, a no ser que se mostrara dispuesta a asestarle una puñalada en la espalda a su hermano.

Limpió un poco de la cerveza de su blusa mientras erraba de un lado para otro por el Spy Bar a la caza de algo, quizá solo una sonrisa, una mirada de flirteo, lo que fuera que la hiciera salir del lugar con un poco menos de frustración. Pero se cansó enseguida, así que se fue a buscar su abrigo y se fue.

Era el 3 de abril de 2004. El invierno había sido gris y ventoso; ahora hacía más calor, pero tenía frío en las piernas. Se había roto las medias y era más tarde de lo que había pensado, la 1:48 para ser exactos. Como temía perder el último metro a casa, corrió hacia la plaza de Östermalm, sin prestar atención al mundo que le rodeaba.

Llegó a tiempo; el tren pasaría al cabo de cuatro minutos. Vio a su alrededor. Reinaba un ambiente alborotado allí abajo, lleno de gente, la mayoría visiblemente borracha. Justo a su lado unos chicos daban patadas a una lata de cerveza y fingían marcar gol en un partido de futbol. Pegaban gritos al tiempo que agitaban los brazos. Había algo inquietante en ellos, pensó, como si ese júbilo en cualquier momento pudiera transformarse en rabia. Pero ya no tenía fuerzas para preocuparse por ellos.

Se dejó llevar por sus pensamientos, y como tantas otras veces pensó en Lucas. No se había enfrentado con él para pedirle explicaciones sobre lo que sucedió en el bosque, pero la relación se había enfriado entre ellos. Una mujer tosió cerca de ella. Sonaba a bronquitis, y justo como había previsto, los chicos empezaron a mostrarse más agresivos y pendencieros. «¿Qué miras?», le espetó uno de ellos a un hombre mayor que llevaba una chamarra y que estaba a su lado. Por un momento Micaela sopesó intervenir.

Pero no llegó a hacerlo. Se fijó en otra cosa, nada especial en absoluto, solo un hombre alto vestido con un abrigo azul marino y un sombrero gris en la cabeza que estaba al fondo del andén. También borracho a todas luces. Su cuerpo se mecía hacia delante y hacia atrás, pero no molestaba a nadie. Se limitaba a quedarse allí, apartado de los demás, con la parte superior del cuerpo un tanto inclinada hacia delante. Con todo, había algo en él que puso alerta a Micaela, y que quizá también la fascinaba, y solo a base de fuerza de voluntad fue capaz de despegar los ojos del hombre para controlar a los chicos. Le daba la sensación de que no haría falta más que una mirada, una palabra, para que se pelearan a puñetazos con alguien.

—Ya basta, tranquilícense —dijo, y entonces se volvieron contra ella.

Alguien dio una patada más a la lata de cerveza, que acabó ruidosamente entre las vías, mientras otro del grupo le espetaba:

—Déjanos en paz, zorra.

El chico incluso dio un paso hacia ella, y por un momento Micaela percibió su respiración y sus resuellos de rabia. Aun así, de forma un poco inexplicable, ignoró al chico y se dio vuelta.

El hombre que estaba al fondo del andén atrajo de nuevo su atención, y ahora se percató con toda claridad de que había algo sospechoso en sus movimientos. No solo era su inestabilidad, sino la extraña determinación que irradiaba su tambaleante cuerpo. Se iluminó el túnel. Los raíles cantaban. El tren se acercaba, y en ese instante cayó en la cuenta. El hombre se preparaba para saltar, y antes de que ni siquiera hubiera terminado de pensarlo, Micaela corrió.

Chocó con el chico de delante, sin advertir que caía al suelo entre maldiciones y juramentos. Avanzó corriendo todo lo que daban sus piernas mientras gritaba: «¡No! ¡Por Dios, no!». Como el hombre no contestaba ni reaccionaba, estaba convencida de que no llegaría a tiempo. Se acabó, era inútil. Estaba segura. Aun así, continuó corriendo, frenética y furiosamente, y en algún lugar de su mente apareció su padre. La imagen de su padre y del hombre confluyeron en su cabeza y, en ese instante, en ese microsegundo, se lanzó hacia delante. Después se acordó de cómo atravesaba el andén volando hasta que se golpeó con algo de una fuerza inmensa que la arrojó hacia atrás.

Sintió un ardor infernal en la sien y en la mejilla mientras oía el ruidoso traqueteo de los vagones del metro al pasar. No entendía lo que había ocurrido. La cabeza le retumbaba y apenas veía nada; unas manchas rojas y amarillas bailaban delante de sus ojos. Estaba tirada sobre algo blando: un cuerpo, comprendió, un vientre cubierto por una tela. Levantó la vista y vio que el cuerpo estaba vivo.

Un hombre de facciones afiladas le devolvió la mirada, a la vez asombrado y desconcertado, como si no entendiera por qué no estaba muerto. Ella también intentaba hacerse una idea de la situación. ¿Qué había pasado? Había salvado la vida del hombre, eso estaba claro. Pero ¿por qué le resultaba todo tan raro y por qué estaba tan enojada de repente?

—¡¿Qué demonios estás haciendo?! —gritó.

—Yo... —empezó el hombre.

—¡¿No entiendes a lo que expones a la gente?! —gritó aún más fuerte, sin el menor asomo de empatía.

Al fin y al cabo se trataba de un hombre que había decidido dar el paso definitivo. Pero ni la furia ni el desconcierto de Micaela disminuyeron lo más mínimo. Algo más estaba mal, sintió. Seguramente porque ella también se encontraba en estado de shock. Se le había nublado la vista y el dolor era indescriptible; solo quería cerrar los ojos y desaparecer. Aun así, se puso de rodillas y sacudió la cabeza para aclarar la mirada, y entonces, aún más, le pareció que había algo raro en la cara de ese hombre.

Resultaba contradictorio, como si debiera pertenecer a otra persona en otro lugar, y de repente, o de forma progresiva —no lo tenía claro—, cayó en la cuenta: el hombre era Hans Rekke, el maldito, inteligentísimo Rekke, que ella creía que llevaba la vida más perfecta del mundo.

—¿E-Eres tú? —tartamudeó.

—¿Qué...? No... —fue su estúpida respuesta.

—Sí, eres tú.

—¿Quién?

—¿Hans Rekke?

—Sí... —murmuró—. ¿Qué ha pasado?

—Te he salvado la vida —dijo ella, y como respuesta a eso desde luego había toda una serie de cosas que él podría haber dicho.

Darle las gracias, quizá, o reclamarle por impedirle llevar a cabo su decisión final. En lugar de hablar se quedó mirándola fijamente con los ojos inundados en desesperación. Acto seguido extendió sus brazos como un niño que busca a su madre. Había algo tan frágil e indefenso en ese gesto que Micaela sintió una punzada de desprecio, como si toda la admiración que había sentido por ese hombre en un instante pasara a ser lo contrario.

—Quería...

—Morir, ¿no?

—¿Cómo? Sí... Tal vez.

—¿Cómo demonios has podido?

—Te pido disculpas. Te he ocasionado muchas molestias —dijo, y a eso ella no contestó nada; se quedó sin palabras.

Se limitó a ponerse de pie, agarrar las manos de Rekke y levantarlo. Pesaba más de lo que había creído, por lo que los dos se tambalearon y chocaron, acabando en un abrazo absurdo, de pie al lado de las vías y el vagón del metro. Por un segundo se acordó de que en algún momento de debilidad sin duda habría soñado con poder apretarse contra él, aunque definitivamente no así, como si abrazara a un ahogado, un cuerpo que solo quería caer, y también fue en ese instante cuando tomó consciencia de que no estaban solos.

Toda la gente del andén se había congregado alrededor de ellos para contemplar el espectáculo, también los alborotadores. Estaban en primera fila de la multitud luciendo su lenguaje corporal de arrogancia y sus miradas ebrias. Quería mandarlos al demonio, pero en ese momento la interrumpió la voz de alguien que hablaba muy alto y como para sí mismo:

—Dios mío, Dios mío.

Venía de un hombre de unos treinta años que llevaba una chamarra azul marino y que tenía unos inquietos ojos azules.

—¿Cómo estás? —preguntó.

Micaela se le quedó mirando irritada.

—No lo sé muy bien. ¿Tú quién eres?

—Soy el conductor de este tren. He visto algo pasar volando y he oído un golpe, estaba convencido de que...

No terminó la frase, y ella se preguntó si ese golpe del que hablaba no era en realidad su cabeza golpeándose contra el tren. En cualquier caso, se concentró en intentar quitarse de encima a todos esos curiosos con miradas que se le metían por debajo de la piel, de modo que anunció con toda la autoridad que era capaz de reunir que era policía y que se encargaría del hombre. La situación estaba bajo control, mintió antes de volver la vista hacia atrás y descubrir algo tirado en el andén. Era el sombrero gris que Rekke llevaba. Lo recogió y se lo puso.

Luego lo arrastró hasta las escaleras mecánicas, los dos tambaleantes. Cargaba con todo el peso del hombre y durante mucho tiempo no dijo nada. Estaba plenamente ocupada con mantenerlo de pie e intentar comprender lo que había pasado.

Capítulo 12

Alguien le dio unos golpecitos en el hombro y Vanessa se giró. Allí estaba Mario Costa. Era conocido, cierto, toda una estrella del futbol, pero no quitaba que tenía cara de bobo. Además, había bebido más de la cuenta y era muy pesado, y Vanessa estaba harta de los mocosos borrachos y harta de todos los que la importunaban todo el tiempo.

—¿Adónde se fue? —preguntó Mario.

—¿Quién?

—Micaela.

—Yo qué sé. No creo que le haya hecho mucha gracia que te hayas abalanzado sobre ella.

—Es que le quería decir una cosa.

—Y por eso tenías que ligar con ella antes.

Mario esbozó una sonrisa tan desconcertada y desorientada que por un momento le dio pena. Se acercó a él. Tuvo la sensación de que se esforzaba en formular algo importante.

—¿Qué le ibas a decir?

—Quería comentar una cosa del asesinato.

Atraparon a un viejo de ochenta años o algo así. Pero lo soltaron.

—Sí, algo me dijo Micaela.

—Nadie podía creer que un tipo tan viejo lo hubiera hecho.

—Normal.

—O se equivocaron de persona, no sé. Pero no era eso de lo que quería hablar. Mi viejo vio también a otro tipo, más joven, aunque la policía no le cree.

—¿Y por qué no le creen?

—Es que se ha acordado de eso ahora. Ya sabes cómo es.

Visualizó a Beppe dando vueltas por la plaza de Husby a golpes y lanzando gritos a la gente para que se quitara de en medio.

—Sé cómo es —dijo.

Mario se la quedó mirando con ojos suplicantes.

—¿Se ha enojado Micaela?

—No se habrá ido muy contenta, digo yo. Es que no puedes ligar con chicas tirándote encima de ellas, carajo.

—Bah, pero si solo quería hablar. Es que el viejo está enojado con los policías por no resolver el caso, ¿entiendes?, y ese tipo al que vio tenía un aspecto sospechoso, ¿sabes? —balbuceó muy borracho.

Vanessa lo observó detenidamente unos segundos. Parecía del todo desorientado con sus acuosos ojos entrecerrados, y ella se dio cuenta de que aquel caso del asesinato debía de haberles atormentado tanto al padre como al hijo durante mucho tiempo. Por otra parte, un contrato profesional no estaba mal como consuelo. Decidió ir en búsqueda de algo más divertido para el resto de la noche, así que le dio un rápido abrazo a modo de despedida. Mario la agarró del brazo y dijo que iba a contratar a un detective privado. Vanessa pensó que ese niño podría ser una conquista interesante en unos diez años o así, cuando estuviera forrado y sobrio. Al irse lo oyó gritar:

—¿No vas a venir a mi fiesta de despedida del equipo?

—Sí, claro —respondió ella—. ¿Cuándo es?

—El lunes. O el martes, aunque, carajo, ya no me acuerdo de cómo se llama el lugar —contestó, lo cual a Vanessa le pareció una indicación que correspondía bastante bien con sus intenciones de acudir, y se preguntó si no debería tomarse un par de tragos para emborracharse ella también.

Luego pensó en Micaela y decidió llamarla.

Al salir al frío de la calle, Micaela se quedó mirando a Rekke con asombro. Buscaba el rastro de algo terrible, quizá síntomas de alguna enfermedad que le carcomiera por dentro, pero en ese momento, no muy lejos de la plaza de Östermalm, podría pasar perfectamente por el típico caballero elegante del barrio que se estaba dando un paseo nocturno. Había algo en eso que la provocaba sobremanera. ¿Qué motivos tenía Rekke para llegar a ese nivel de desesperación?

Su rostro seguía con las mismas facciones afiladas y aguileñas de siempre, y Micaela suponía que el abrigo era de cachemira. Los zapatos lucían un brillo perfecto y parecían hechos a mano, y el estiloso sombrero le daba un aire clásico, incluso excéntrico, como si quisiera impresionar a la gente. Su forma de moverse revelaba la misma despreocupación aristocrática que había visto en Djursholm y que había despertado su añoranza por un mundo diferente al suyo, aunque era verdad que sus ojos denotaban algo salvaje. Debía de albergar una tormenta ahí dentro.

—Tenemos que llamar a tu familia —dijo Micaela.

Rekke la miró desconcertado.

—¿Mi familia?

—Tu mujer, tu hermano, tu hija, alguien que pueda ocuparse de ti.

—No, no, en absoluto.

—Entonces te voy a llevar a urgencias de psiquiatría. Necesitas cuidados médicos.

—Por favor —rogó—. Vivo no muy lejos de aquí. Solo acompáñame a casa. Prometo no hacer ninguna tontería.

—No confío en ti —dijo ella, y él asintió con la cabeza como si lo comprendiera, a pesar de todo.

—No, claro, ¿por qué ibas a confiar en mí?

—¿Así que te has mudado de Djursholm?

—¿Cómo? Sí, eso es.

—Estuve allí en verano. Nos ayudaste con el caso del asesinato de Jamal Kabir.

—¿Sí? ¿Eso hice?

¿No se acordaba de nada el muy idiota?

—Pusiste por los suelos la investigación entera.

—Pido disculpas —murmuró.

—Tenías razón. En todo.

—Lo dudo.

—Yo te admiraba —dijo de repente, y entonces Rekke la miró con sus inquietos ojos azules, y quizá se encendió algo en su interior. Hizo un movimiento con la mano como si quisiera acariciarle la mejilla, por ese lado que le dolía tanto que quería gritar. Acto seguido la retiró con un aire pensativo, como si estuviera ante un nuevo y difícil problema.

—Me acuerdo... —empezó.

—¿Sí?

—Me acuerdo de tus preguntas.

—¿Qué te ha pasado? —dijo ella.

—¿Qué quieres que te diga?

—Algo, para empezar.

—Me rompí por dentro. Siempre he estado roto.

—¿Así que no se trata de nada en concreto? ¿Alguna catástrofe?

—No me habría importado una catástrofe.

—¿Cómo puedes decir eso?

—La gente como yo siempre anhelamos una catástrofe, supongo. Algo exterior que se corresponda con lo interior.

—Me decepcionas tanto, carajo... No te lo puedes ni imaginar.

—Eso, evidentemente, me duele. Pero, por favor, llévame a casa. Si solo pudiera dormir quizá...

—De acuerdo —accedió Micaela—. Te acompaño. Pero si vuelves a intentar quitarte la vida, te mato —añadió, y entonces de nuevo ocurrió algo en la cara de Rekke. No necesariamente nada bueno, pero sí al menos una señal de que era consciente de otras cosas aparte de la tormenta que parecía desatarse en su cabeza.

—Eso casi ha tenido gracia —comentó.

—Casi —murmuró Micaela, y siguieron caminando.

Por un momento dio la impresión de que Rekke quería añadir un par de palabras más para aliviar la tensión y la inquietud que había en el ambiente. Pero paso a paso la sangre parecía desaparecer de su cuerpo.

Se le veía cada vez más cansado, sin fuerzas. El viento arreciaba. Empezó a llover, y al llegar a la calle Riddargatan Micaela le acomodó más fuerte el sombrero. Al presionar sobre su cabeza era como si le bajara todo el cuerpo. Por todos los demonios, pensó, espabila. Pero caminaban lento, muy lento. Casi tenía que arrastrarlo, y de vez en cuando miraba los restaurantes y las tiendas cerradas a su alrededor.

—¿Queda mucho? —preguntó.

Él apenas pronunció un murmullo mientras continuaban adentrándose en el barrio de Östermalm, hasta que llegaron a un edificio amarillo de piedra ubicado en Grevgatan, una calle que bajaba a Strandvägen y el agua. Se quedó parado delante de la puerta con una expresión desconcertada en los ojos.

Marcó un poco al azar cuatro dígitos en la pantalla del portero automático. No parecía recordar el código. Oprimió un botón del teléfono bajo el nombre de Hansson. Transcurrió un rato. Luego el altavoz chisporroteó y se oyó una voz femenina recién despertada.

—Sí, diga.

—Soy Hans —dijo—. No consigo entrar.

—¡Dios mío! —exclamó la voz—. Ahora bajo.

Enseguida apareció una señora en pantuflas y envuelta en un abrigo negro que le cubría el camisón.

Rondaba los sesenta y cinco años, de figura esbelta, pequeños ojos nerviosos y una barbilla afilada que despuntaba como un pequeño saliente rocoso en la cara. Sus manos temblaban cuando abrió la puerta con la mirada clavada en Rekke.

—Hans, querido. Hemos estado tan preocupados... ¿Qué has hecho?

—Te lo voy a contar, lo prometo. Pero antes tengo que dormir —susurró al entrar, y la señora se dirigió a Micaela.

—¿Qué ha hecho?

—Ha intentado quitarse la vida —explicó—. Necesita atención médica.

La señora se quedó parada un segundo asimilando las palabras, antes de empezar a pegarle a Rekke con los puños en la espalda y los hombros al tiempo que gritaba:

—¡¿Cómo puedes?! ¡¿Cómo puedes hacernos esto?!

—Lo siento. Soy un caso perdido —contestó sin que pareciera que notara los puñetazos, frente a los que se limitó a agacharse un poco.

Al cabo de un momento la señora dejó de propinarle golpes, y se dirigió de nuevo a Micaela:

—¿Lo oyes? Un caso perdido, dice. Pero ¿sabes lo que es en realidad? Un genio, nada menos. Ve cosas.

—Ya lo sé. Lo conocí cuando... —empezó Micaela, pero la mujer siguió hablando.

—¿Y qué hace? Se destruye a sí mismo y se viene abajo, y no es la primera vez tampoco. En Helsinki... —Se interrumpió y se fue por otros derroteros—. Por Dios, tenemos que vigilarlo esta noche —continuó, con una pizca de desesperación en la mirada—. Vamos a tener que hacerlo, sí señor. No podemos dejarlo solo ni un instante. —Sacudió la cabeza mientras seguía murmurando para sí misma.

Micaela se preguntó si iba a poder soportar a esa mujer.

—Yo me ocupo de él —dijo—. Soy policía. Estoy acostumbrada a situaciones así.

La mujer accedió al final, después de intercambiar números de teléfono y oír a Micaela prometer que la llamaría al primer indicio de que algo fuera mal.

Luego los acompañó al elevador y oprimió el botón del sexto piso. Cerró la reja y mientras subían lentamente la mujer no paraba de gritar «¡Hans, querido, no puedes hacer eso, no puedes!» y todo tipo de regaños e instrucciones que al poco tiempo solo resonaban como gritos sofocados desde abajo.

No solo Rekke estaba hecho una ruina, ella también. Se sentía molida y aturdida, y tenía un zumbido constante en los oídos. Necesitaba sentarse. Necesitaba dejarse caer en una cama. Pero primero debía ocuparse de Rekke, un cometido que al principio pensó que no le daría problemas.

A Rekke se le veía desprovisto por completo de fuerzas y perdido entre nieblas. Como un misil teledirigido, abrió la reja de elevador y pasó por el rellano, un elegante corredor abovedado con pinturas murales, hasta llegar a una puerta, la única de ese piso, que llevaba el nombre de Rekke en la ranura del buzón. Luego entraron en un departamento enorme con todas las cortinas corridas.

Micaela nunca había visto nada semejante. En la sala se alzaba una ventana de tres o cuatro metros de alto, y en todas las direcciones se intuían habitaciones y pasillos. En las paredes colgaban cuadros, oscuros o con una explosión de colores, con anchos marcos dorados. El suelo de parqué estaba cubierto de alfombras persas, y por todas partes había libros, apilados en los libreros, encima de las mesas y del suelo, junto con informes y documentos en inglés, alemán y francés. Los muebles parecían colocados un poco al azar. Delante de la altísima ventana había un piano de cola que le pareció solitario y triste. Aun así, en la casa reinaba una especie de encanto sombrío que le resultaba bastante atractivo.

De pronto Rekke se puso en movimiento. Micaela lo alcanzó justo para poder meter un pie antes de que cerrara la puerta de un baño enorme con suelo de mosaico árabe. Lo vio acercarse con aire desorientado al lavabo, donde se dispuso a abrir el mueble que había encima.

—¿Qué estás haciendo? —quiso saber Micaela.

—Necesito algo para dormir.

Revisó los estantes; había toda una maldita farmacia ahí dentro. Sabía lo suficiente de medicamentos como para ver que aquello no tenía buen aspecto.

Había pastillas tanto para subir el ánimo como para bajarlo: ansiolíticos, opiáceos, estimulantes, morfina, muy bien surtido. Cuando Rekke tomó un frasco amarillo, Micaela se lo quitó de las manos y lo empujó contra la pared.

—¡Eh! —dijo en un tono agresivo, como si estuviera arrestando a un delincuente.

—Está bien... —balbuceó él.

—No habrá nada para dormir. Voy a tirar todas y cada una de estas pastillas, y te voy a vigilar toda la noche. Pero luego tendrás que buscarte otra enfermera, ¿de acuerdo?

—¿Cómo? Sí..., claro. Ya has hecho más que suficiente —aseguró antes de acercar la mano al bolsillo de sus pantalones como si buscara una propina para darle, y a ella le entraron ganas de gritarle: «¡Pedazo de porquería!».

Pero mantuvo la calma al tiempo que intentaba analizar la situación. ¿Qué iba a hacer con las pastillas? ¿Y con los cuchillos de la cocina? ¿Y con las ventanas que se podían abrir para luego tirarse a la calle? No lo sabía, porque sin duda pasaba con Rekke como con Simón o cualquier otro idiota autodestructivo: hagas lo que hagas, siempre encuentran alguna manera de arruinar sus vidas. Decidió dejarlo ser.

—Aunque yo lo tenga prohibido, al menos mi enfermera, si bien a título provisional, debería tomarse unos analgésicos. Te has dado un golpe terrible —señaló Rekke con una voz que por un momento casi sonó ligera.

Pero Micaela no pensaba dejarse engañar. Se limitó a decir:

—¿Dónde duermes?

—Te lo enseñaré con mucho gusto.

—Bien —contestó ella antes de acompañarlo por varias estancias, algunas con techos muy altos y otras no tanto, y algunas llenas de libros y muebles, y otras casi vacías, hasta que llegaron a una recámara muy amplia con paredes azules.

Al entrar la golpeó una encapsulada angustia. La cama estaba deshecha con las sábanas enrolladas como si alguien hubiera intentado escurrirles el sudor. Por todas partes en el suelo había ropa y libros tirados, y en el buró tazas y vasos, y dos cajas de nitrazepam. Micaela las recogió enseguida para esconderlas en un mueble en la habitación de al lado. También estiró y colocó bien las sábanas y las almohadas.

Luego se acercó a la ventana que daba a los techos del barrio y agarró un sillón de cuero que había bajo un óleo representando un chico pálido que tocaba la flauta en algún siglo pasado.

—¿Me ayudas?

Él asintió con la cabeza y juntos llevaron el sillón hasta la puerta para bloquear la salida.

—Aquí pienso pasarme toda la noche vigilándote —dijo ella.

Tras responder con una resignada sonrisa, Rekke empezó a desvestirse con ademanes algo distraídos. Micaela vislumbró su fibroso cuerpo, que todavía se asemejaba al de un corredor de atletismo de media distancia, cosa que también le fastidiaba. Le habría caído mejor si hubiera lucido un cuerpo deteriorado y abotargado, pero, al parecer, era y seguía siendo un espécimen perfecto. ¿Qué razón tendría para estar triste?

—No me entra en la cabeza que pudiera haberte admirado —comentó ella.

—*Maior e longinquo reverentia* —murmuró Rekke como si se hablara a sí mismo.

—¿Qué?

—La veneración crece con la distancia.

Micaela reflexionó sobre esas palabras unos instantes. Luego desvió la mirada mientras Rekke se metía en la cama. Tras taparse con el edredón, él se quedó contemplando con sus inquietos ojos azules los tejados de Östermalm.

Jonas Beijer se despertó atemorizado por un sueño o un ruido, y por unos momentos no sabía dónde estaba. Pero, naturalmente, se encontraba en su casa en Swedenborgsgatan, y a su lado en la cama descansaba su mujer, Linda, acostada boca abajo con una leve y suave respiración. Aguzó el oído. ¿Se había despertado alguno de sus hijos? No oía nada que viniera de su habitación, ni tampoco de la calle. ¿Ya era de día? No se molestó en comprobar la hora. Por la noche los dígitos rojos del despertador digital lo deprimían, como si mostraran una cuenta atrás hasta algo terrible, irrevocable. Se dio la vuelta en la cama.

Por mucho que lo intentaba, no conseguía conciliar el sueño, así que se levantó y fue a la cocina para buscar algo que comer; maldito hábito ese que había adquirido de atiborrarse de dulces por la noche. Será por el trabajo, pensó, el estrés de todos esos casos abiertos que le estaban esperando, sobre todo el de Kabir. Sabía mejor que nadie que la investigación era un fracaso.

Retiró el envoltorio de una tablilla de chocolate Marabou que había en el refrigerador y se la comió entera con avidez. Después se sintió avergonzado, más por lo mal encaminados que iban en el grupo que por el chocolate, y mientras regresaba a la recámara maldecía a sus jefes y a los americanos de Kabul. Era como si no quisieran comprender.

Se acurrucó, tan lejos de su mujer como permitía la cama, pero seguía sin poder dormirse. Todo lo contrario, se iba sulfurando cada vez más, y pronto le vino a la mente Micaela. Solía pensar en ella durante las noches de insomnio. Tuvo un impulso de llamarla para verla, pero, claro, sería una locura.

La cabeza le ardía, tanto por fuera como por dentro, y una y otra vez revivía el momento en que se lanzó sobre Rekke en el andén. Se veía a sí misma volar hacia Rekke y se preguntaba si no intuía ya en aquel instante que se trataba de él. Sea como fuera, ya no tenía importancia, porque después de todos los intentos de contactar con él, allí estaba, en la recámara de su casa, bajo unas circunstancias que nunca se hubiera podido imaginar.

Escuchaba su respiración. Resultaba pesada y entrecortada. A todas luces no podía dormirse.

—¿Cómo estás?

—¿Qué quieres que te diga? —murmuró—. Necesito mis medicamentos, mi anestesia. Pero supongo que he agotado el derecho a quejarme. He notado que mi enfermera es muy estricta —dijo con una voz que de nuevo rozaba la ironía, lo cual debía de ser una buena señal, pensó Micaela.

—Suenas más animado —dijo.

—No sé —respondió—. Pero conjeturo que la cercanía de la muerte nos puede devolver un poco de vida.

—¿Cómo has podido ser tan idiota?

—Me figuro que no se deja explicar.

—Inténtalo al menos.

Los ojos de Rekke resplandecían en la oscuridad, y a Micaela le daba la sensación de que se ensimismaba en busca de palabras.

—Se me ocurre decir que la depresión tiene sus fases —empezó—. Durante un tiempo se limita a circular susurrando por tus venas, medio tono demasiado bajo, y te aísla del mundo. Todas las voces y risas que oyes al otro lado solo existen como un recuerdo de todo aquello en lo que ya no eres capaz de participar, algo que ya de por sí resulta bastante duro. Pero poco a poco la depresión cambia el tono y sube el volumen. Empieza a gritar con un tono rojo, insoportable, y entonces llegas a un punto en el que ya no quieres seguir.

—¿Y en ese punto estabas tú?

—Ahí estaba yo. Pero luego alguien vino volando por el aire. Espero que pronto esté en condiciones de agradecértelo, e incluso de hacerlo de corazón.

—No es necesario —dijo Micaela.

—Sí, sí que es necesario. Ha sido algo realmente grande.

—¿Te acuerdas de cuando estuvimos en tu casa? —preguntó ella.

—Me acuerdo.

—Tenía un jefe que se llamaba Fransson. Viste directamente que había practicado el tiro esa mañana.

—Creo ver cosas cuando paso por mis fases maníacas. La mayoría no son más que inventos de mi cerebro, tonterías.

—Pero tenías razón.

—Bueno, puede que sí. Aunque ese hombre era un poco como un libro abierto, ¿no?

—No sé yo —dijo ella.

Rekke se incorporó en la cama y se envolvió con el edredón mientras la miraba con sus ojos turbios, que ahora se tornaban un poco más claros.

—Tenía... —empezó.

—¿Sí?

—... tenía una callosidad rojiza entre el dedo pulgar y el índice que le había dejado el gatillo y el guardamonte. Se tomaba del brazo mientras subía la palma de la mano apretando los dedos. Un ejercicio típico que debía de haberle mandado su fisioterapeuta.

—¿Lo que significa...?

—Que sufría de codo de tenista, una lesión muy frecuente en deportes que ejercen una gran carga estática, y a menudo empeora de manera aguda después de las sesiones de práctica. Por su cuerpo, no me resultaba muy probable que jugara al tenis. En cambio, sus ojos poseían ese brillo que se ve mucho en gente que se dedica a la caza.

—También notaste que la corona de su reloj iba a desprenderse.

—¿Sí?

—Tenía un IWC Schaffhausen; lo elogiaste.

—Es verdad. Pero resultaba obvio, ¿no? Había una rendija entre el reloj y la corona, y se veía en el brillo y las rayas de la superficie que había recibido un golpe. Además, la giraba con tan poco cuidado, como si trasladara toda su reprimida neurosis hasta la pobre corona. No podía acabar de otra manera.

—Comprenderás que resulta bastante llamativo hacer esas observaciones solo con un vistazo rápido.

—En realidad, no.

—Decías que pasabas por una fase maníaca.

—Al menos eso era lo que pensaba mi mujer. Y es verdad que después no tardé en sufrir un colapso nervioso en un congreso en Stanford.

—¿Un colapso?

—Me volví prepotente, loco. Vapuleé por completo un par de estudios que otros ponían por los cielos. Di consejos que nadie había pedido, saqué conclusiones que nadie quería oír. Luego creí descubrir las mentiras de un documento clasificado que me enviaron y que estaba redactado en una jerga medio incomprensible, y una mañana, cuando me desperté, todo aquello me estalló en la cara. La manía fue sustituida por autodesprecio. Apenas conseguí salir de la cama.

—¿Por eso no respondiste a mis correos y llamadas?

—Supongo. Te pido disculpas —dijo.

—Aun así, parecías estar bien solo un par de meses más tarde.

—¿Ah, sí?

—Te vi en Sturehof con Kleeberger.

—No me puedo imaginar que eso me hiciera estar bien.

—Se te veía más aburrido que otra cosa.

—Puede que las tonterías de Kleeberger dieran algo de brillo a mi propia vida. Ese es el regalo de los mediocres.

—¿Te das cuenta de hasta qué punto estás siendo provocativo?

—Quizá no del todo, no.

—Estás ahí tirado, hecho un desastre, y aun así descalificas a la estrella más brillante del gobierno como si fueras un maldito rey.

—¿Tan terrible parece?

—A mí sí. ¿No entiendes todo lo que te han dado gratis?

—Es posible que no.

—Bien, muy bien. Ahora duérmete.

—También te observé a ti, allí en mi casa.

—¿Y qué viste?

—Vi inteligencia... y autocensura.

—Esa es la mayor tontería que he oído en mi vida.

—Sí, tal vez. Pero también vi una oscuridad que me parecía prometedora.

—¿En qué sentido?

—No se dirigía hacia dentro como la mía. Pensé que igual podrías aprovecharla para algo importante.

—¿Como qué?

—Como para liberarte.

—¿De qué?

—De las redes que nos atrapan y pretenden arrastrarnos a tierra.

—Y tú que antes parecías tan inteligente...

—¿Y ahora soy un idiota?

—Sí.

—Seguramente tengas razón.

—Buenas noches.

—Buenas noches, Micaela.

—Te acuerdas de mi nombre.

—Eso parece.

Estaba convencida de que no iba a poder pegar ojo, y en más de una ocasión sintió un intenso deseo de hablar con él de nuevo, pero por su respiración advirtió que se había dormido. Durante mucho tiempo se limitó a quedarse sentada en el sillón mientras la mañana empezaba a traer el ruido de los autos que pasaban por la cercana Strandvägen. En un momento dado salió sigilosamente del cuarto para ir al baño. Tenía toda la parte derecha de la cara hinchada, como las secuelas de una terrible paliza, y ver su imagen reflejada en el espejo le produjo una sensación de alienación.

—Estoy en casa de Hans Rekke —dijo en voz alta, sin saber muy bien por qué.

Pero es que toda la situación le resultaba incomprensible. Era como si hubiera entrado en un lugar prohibido que nadie debería poder ver. Tras regresar con pasos muy lentos a la recámara, se acurrucó en el sillón con los brazos alrededor de las piernas. Un reloj hacía tictac en algún lugar de la casa, y no solo pensó en Rekke, sino también en su mujer. ¿Qué había ocurrido con ella y la villa? ¿Y qué pasaba con este departamento en realidad?

Poco después debió de quedarse dormida. No advirtió que Rekke pasaba por encima de los reposabrazos del sillón para salir de la recámara. Poco tiempo después se despertó con la sensación de una inminente catástrofe. Un ruido atronador llenaba toda la casa, y estaba convencida de que se encontraban bajo ataque.

Capítulo 13

Se levantó de un salto del sillón y durante un rato anduvo desorientada de un lado para otro por el departamento. Se lo encontró sentado ante el negro piano de cola de la sala, junto a la ventana alta. Llevaba una camisa negra desabotonada y estaba tocando la pieza más desasosegada que ella había oído en su vida. Le daba la impresión de que procuraba conjurar su angustia aporreando las teclas, y Micaela se quedó mirando, perpleja, las manos que corrían por el teclado. Tocaba como un dios.

Con todo, a Micaela la invadió el malestar, no solo por la rabia que había en la música, sino también por la cara del hombre. Se veía pálida y tensa, con los pómulos acentuados. Parecía estar a punto de tirarse a las vías del tren de nuevo. Micaela se quedó contemplándolo un buen rato, hechizada, hasta que él terminó la pieza golpeando furiosamente las teclas con los puños antes de caerse hundido sobre el piano.

—¡Madre mía!—exclamó ella.

Rekke se sobresaltó atemorizado, como si se

encontrara en una realidad completamente diferente.

—Ah, sí... perdón. ¿Te he despertado?

—¿Quedará alguien en el edificio a quien no hayas despertado?

—No, es posible que no —dijo.

—¿Eso qué era?

—Prokófiev.

No tenía ni idea de quién era.

—Sonaba un poco como el fin del mundo.

—Y esa era la idea, se supone.

—Pero el mundo sigue en pie.

Rekke se encogió de hombros. Ella lo escrutó detenidamente: sus hombros, la espalda, todo el tenso cuerpo, todo lo que recordaba del día anterior. Pero también había algo nuevo: sus ojos estaban acuosos, empañados, igual que los de su hermano Simón por las noches en el barrio, y entonces cayó en la cuenta. Se había tomado algo.

—¿Qué te has metido?

—¿Ves? —contestó con una sonrisa melancólica—. Tú también tienes ojo para los detalles.

—¿Qué es lo que has tomado?

—Dos o tres opiáceos, benzodiacepinas, un poco de un neuroléptico y luego mis inútiles antidepresivos.

—Carajo, chico, de verdad.

Rekke se volteó hacia ella mientras se abotonaba un par de botones de la camisa.

—Me gustó nuestra conversación anoche.

—Me alegro.

—Pero no me ha gustado tanto despertarme.

—Así que has decidido que lo mejor era drogarte y tocar el fin del mundo al piano.

—Ya ves.

—¿Qué pieza era?

—El segundo concierto para piano de Prokófiev.

—¿Tiene algo de especial para ti?

—Supongo.

—¿Por qué?

—Acababa de empezar a componerlo justo cuando recibió el aviso de que su amigo Maximilian Schmidthof se había pegado un tiro, lo cual dejó un poco en la composición. Cuando era joven me obsesionaba.

—Intuyo por qué —comentó ella.

—Además, jugaba a su favor que mi madre la odiaba, y que nunca me dejaba tocarla en público. La practiqué en secreto. Schmidthof era pianista también. Dicen que se quitó la vida porque comprendió que nunca sería lo suficientemente bueno, no como Prokófiev.

—¿Te identificaste con eso?

—Me identifiqué con la pieza.

—¿Qué era lo que tu madre odiaba?

—Odiaba que yo mostrara signos de debilidad en nuestras giras. Era mi *impresaria* del infierno.

Micaela miró por la ventana.

—¿Cuándo fue eso?

—Cuando me había graduado en Juilliard y solo quería escapar de todo.

—Entiendo —dijo, a pesar de que no entendía

nada, y quizá Rekke se percató de la inseguridad en sus ojos.

Levantó su mano derecha en dirección a la mejilla de ella, pero enseguida la retiró.

—Siento mucho lo de tu cara.

—No te preocupes.

—De modo que esos pobres diablos te echaron del grupo de investigación —continuó Rekke.

Ella sonrió.

—Sí —dijo—. ¿Has seguido el caso?

—En realidad, no. Pero detuvieron a otra persona más, ¿verdad?

—Se equivocaron de hombre. Un viejo iraquí que tenía coartada.

—¿A quién buscaban?

—A otro viejo, de casi ochenta años, ligeramente cojo, encorvado, calvo, labios finos. Pasó por delante de Kabir cerca del campo justo después de finalizar el partido.

—No suena como un asesino.

—No —dijo—. Pero Kabir reaccionó al verlo. Fuiste tú quien nos puso sobre esa pista.

—Me acuerdo.

Ella dudó, buscando las palabras.

—Pero nunca contestaste a mis correos ni a mis llamadas.

Rekke bajó la vista a sus manos.

—Lo siento.

—Creía que no querías tener nada que ver con alguien como yo.

Rekke se quedó mirándola desconcertado.

—¿Alguien como tú?

—Una chica de la periferia.

—Ojalá hubiera conocido más chicas como tú, si es que las hay.

Ella intentó asimilar esas palabras, pero sintió una repentina necesidad de cambiar de tema.

—Te quería preguntar algo —continuó Micaela—. Algo en lo que llevo pensando mucho tiempo.

—A ver —contestó Rekke mostrando una amable sonrisa.

—En Djursholm... —empezó sin saber muy bien cómo formularlo.

—¿Sí?

—Comentaste que algo no cuadraba con las viejas lesiones en el cuerpo de Kabir. Que eso apuntaba a algo. Pero nunca terminaste de explicárnoslo.

Una sombra de desazón apareció en el rostro de Rekke, y bajó la mirada al teclado como si pensara volver a tocar.

—Me acuerdo.

—¿Qué querías decir?

Rekke movió inquieto la cabeza, y ahora se advertía de forma aún más clara: la pregunta le incomodaba.

—No lo puedo decir.

—¿Qué?

—No lo puedo decir —repitió—. Lo siento.

—¿Por qué?

—Es así y punto. Lo siento —respondió, y entonces a ella le entraron ganas de gritarle. Pero no le dio tiempo.

Tocaron la puerta. Alguien tocaba el timbre y golpeaba la puerta al mismo tiempo. El gesto de Rekke cambió otra vez y miró suplicante a Micaela.

—¿Puedes abrir?

¿Por qué demonios iba a abrir ella?

—Hazlo tú.

—Te lo ruego.

—Bien, está bien —cedió ella y se dirigió a la puerta, pero se arrepintió enseguida—. Si tocas algo.

—¿Por qué quieres que toque?

—Para que sepa que no se te ocurre otra tontería de las tuyas. Y que sea algo más alegre, por favor.

Tras murmurar algo, empezó a tocar una pieza más animada, con luminosos tonos agudos que danzaban vivos y livianos por el departamento mientras ella se acercaba a la puerta.

Julia Rekke ya no pasaba mucho tiempo con su madre en Djursholm. La mayor parte del tiempo vivía en casa de su novio Christian en Storgatan donde, por lo general, se quedaba demasiado tiempo en la cama y dejaba que los días transcurrieran sin hacer nada. Esa mañana, sin embargo, la había despertado la llamada de la señora Hansson y se había ido corriendo, llena de malos presentimientos. Golpeó más fuerte.

Abrió la puerta una mujer joven que tenía aspecto de haber sido arrollada por un autobús. La mitad de su rostro lucía tan colorido como un inquietante paisaje con arcoíris incluido. ¿Y qué llevaba? Una blusa negra brillante que apestaba a cerveza y una minifalda barata. Tenía aspecto un poco vulgar, pensó, como si acabara de salir de una fiesta sin mucha clase. Julia hizo lo posible por no imaginarse lo que su padre habría hecho con ella.

—¿Qué ha ocurrido? —inquirió.

No esperó la respuesta. Oyó la música, *La Campanella* de Liszt. ¿Por qué diablos tocaba eso? Su padre odiaba esa pieza. La consideraba un número de circo y, además, la relacionaba con la abuela. Pasó por delante de la mujer y entró apresuradamente en la sala, donde encontró a su padre sentado ante el piano con una camisa negra desabotonada. Por un momento se le antojó que tenía mejor aspecto, no tan demacrado como el día anterior, sino más bien con la insinuación de una nueva vitalidad en el cuerpo. Pero cuando se volteó hacia ella y la miró con ese brillo en los ojos, el corazón se le hundió de nuevo.

—Hola, mi tesoro —la saludó—. ¿Cómo estás?

—La señora Hansson me ha dicho que has intentado quitarte la vida. —Su voz rebosaba una rabia contenida.

—¿Cómo? No, en absoluto. —Rekke bajó la vista a sus piernas.

—¿Y por qué se inventaría algo así?

—La señora Hansson es una persona maravillosa, pero se pone nerviosa por nada y se imagina cosas.

—Nadie se imagina una cosa así, sin más.

—Que sí. Deberías haberme visto anoche. Estaba borracho como un adolescente. De lo más vergonzoso, francamente, y se me habrán escapado un par de palabras que ella habrá entendido mal.

Rekke se levantó para darle un abrazo a su hija. Al principio ella solo quería pegarle y patalearle, pero luego le devolvió el abrazo mientras murmuraba fuera de sí:

—Ni se te ocurra, papá, ni se te ocurra.

—Y no se me ocurrirá —la tranquilizó él—. Ahora me encuentro mucho mejor. Micaela me ha ayudado.

—Pero si tiene la cara toda azul.

—Estoy bien —intervino Micaela, que acababa de entrar en la sala.

—Bien, lo que se dice bien, no estará —apuntó Rekke—. Conjeturo que ha sufrido una conmoción cerebral, y todo por mi culpa, claro. Me caí y ella encajó el golpe por mí. Un acto heroico, nada menos, y por eso ahora se parece un poco a Jano, con una cara que mira en dos direcciones a la vez: a los tiempos pasados y hacia delante, a la primavera. ¿Me haces el favor y te sirves a ti y a Micaela un poco de desayuno? Porque no te habrá dado tiempo de desayunar, ¿verdad? Estoy seguro de que la señora Hansson me llenó el refrigerador. Te quiero mucho, mi tesoro. Pero necesito descansar. Voy a acostarme un ratito.

—No, tienes que hablar conmigo.

—Sí, voy a hablar contigo, pero primero quiero mirar una cosa.

—¿No ibas a dormir?

—Y a leer un poco también. ¿Por qué no me ayudas a meterme en la cama y me traes la computadora? Veo que Christian sigue sin rasurarse esa horrible barba suya.

—Puedes dejar de hacer tus malditas observaciones, por favor —replicó ella antes de pasarle la mano por la mejilla.

—Sí, sí, claro, perdón.

Cuando Julia entró en la cocina, la mujer apartó una botella de vino de la mesa, limpió rauda la barra y metió tazas y vasos en el lavavajillas. Sus movimientos resultaban extrañamente eficientes, y a Julia se le ocurrió que podía ser una mujer de la limpieza que había trabajado con ellos y con quien su padre ahora se había relacionado por algún inexplicable motivo o, quizá, mejor dicho, no tan inexplicable, a pesar de todo.

Había algo atractivo en ella, admitió muy a su pesar. No era atractiva de una manera que fuera a agradar al resto de su familia precisamente, sobre todo a la abuela, pero aun así la mujer irradiaba una especie de explosividad contenida y, a diferencia de su madre y tantas otras mujeres de su círculo, tenía curvas.

Aunque no, apartó esa idea de su mente. Se negaba a creer que la mujer era una amante. No porque conociera a su padre en ese sentido, pero es que no se lo imaginaba saliendo un sábado por la noche, en ese estado en el que estaba, para ligarse a alguien. Tal vez la mujer —Micaela se llamaba, creía recordar— de verdad lo había ayudado en una situación crítica. Solo que... le resultaba muy familiar y, además, detectaba una conexión especial entre los dos, algo a la vez íntimo e irritante. Julia mostró su mejor sonrisa, como la hija educada que era.

—La señora Hansson prepara una buena granola —dijo—, y me imagino que habrá yogur turco y frutos del bosque en el refrigerador. Mi padre también tiene una máquina de café bastante decente. ¿Qué me dices? ¿Desayunamos y me cuentas lo que ha pasado?

Micaela asintió con la cabeza y juntas pusieron la mesa con yogur, granola, jugo, pan blanco —horneado por la señora Hansson el día anterior—, queso cheddar, pepino y jitomates. Luego prepararon un cappuccino para cada una y se sentaron a desayunar.

—¿Qué sucedió en realidad ayer? —preguntó Julia al final.

—Estaba borracho —explicó Micaela—. Lo vi en el metro. Me preocupaba que se fuera a caer a las vías.

—La señora Hansson habló de un intento de suicidio.

—Supongo que eso fue lo que se imaginó —dijo Micaela—. Está muy deprimido, ¿verdad?

—Sí —contestó Julia—. Peor que nunca.

—¿Qué le ocurre?

Julia se quedó mirando a la mujer. ¿No lo sabía?

—Es maníaco-depresivo —dijo escuetamente—. A veces se acerca a un estado psicótico.

—¿Lleva mucho tiempo así?

—¿Qué te ha contado?

—No mucho. Solo me ha hablado un poco de su juventud y las giras con su madre.

—¿Ha vuelto a dar la lata con eso?

La mujer asintió con la cabeza antes de apurar la taza de café. Se sirvió yogur y esparció por encima granola, pasas y arándanos azules.

¿Por qué diablos le resultaba tan familiar? Julia buscó en su memoria.

—¿Puedo preguntarte cómo se encontraron ayer? —continuó.

—Salí por la noche —dijo Micaela— y me lo crucé por casualidad cuando estaba tambaleándose en el andén del metro de Östermalmstorg.

Julia le lanzó una mirada llena de suspicacia.

—¿Qué hacía allí en medio de la noche?

—No lo sé.

—¿Debo creer eso?

—Pues sí.

—¿Porque eso me va a tranquilizar, o qué?

—Porque es la verdad. ¿Qué es lo que le ha pasado?

Julia permaneció un rato en silencio mientras dirigía los ojos primero a la sala a la derecha y luego de nuevo a la mujer, y entonces descubrió algo que no había visto antes: una mirada que la hizo olvidarse del enorme moretón y de su ropa barata, una mirada que parecía..., ¿cómo expresarlo...?, aguda, quizá, concentrada, como si viera mucho más de lo que aparentaba.

—La depresión, eso es lo que le ha pasado —constató.

—Y ya no vive con tu madre. ¿Están en proceso de divorcio?

Julia se calló, ya no sabía qué decir.

—Supongo —contestó.

—Lo siento.

—Bah —dijo como si no le importara—. Y para más inri, ha perdido su trabajo y su *green card*, algo que tampoco ha ayudado mucho que digamos.

Micaela se la quedó observando atentamente.

—¿Por qué los perdió?

Cállate ya, pensó. No pongas aún peor a tu pobre padre; aunque quizá tenía ganas de fastidiarlo un poco. De vengarse incluso. Vengarse de él por haber metido otra vez más a toda la familia en una especie de estado de alarma que no los dejaba dormir por las noches.

—Eso se supone que no lo debo saber —dijo.

—Pero aun así lo sabes.

Julia cortó un poco de queso cheddar y lo puso sobre una rebanada de pan.

—Sí, creo que sí —admitió.

—¿Y me lo puedes decir?

—Estoy bastante segura de que le dieron alguna misión confidencial, y de que tuvo una disputa con sus jefes y aquello derivó en un conflicto serio.

—¿A raíz de...?

—Es todo lo que sé —dijo Julia pensando que con eso ya bastaba, al menos de momento.

Se hizo un breve e incómodo silencio.

—Es fácil que se meta en conflictos, ¿verdad?

Julia esbozó una tímida sonrisa antes de tomar un poco de café.

—Supongo.

Micaela le devolvió la sonrisa.

—Aunque en realidad rehúye las polémicas —continuó Julia, presa de un repentino deseo de contar cosas, o solo de desahogarse hablando de todo lo demás, de lo que no tuviera que ver con lo que había sucedido en Estados Unidos.

—Eso no lo creo —replicó Micaela.

—En serio. Quiere mostrarse amable y cortés, es su naturaleza de alguna manera. Lo han educado para decir cosas ingeniosas y contentar a la gente, pero cuando hay algo que le parece un error o le suena falso, no se puede controlar, lo dice sin más.

—Y en general tiene razón, ¿no?

La pregunta le provocó una sonrisa. Se sirvió un vaso de jugo.

—Si me hubieras preguntado hace un año, te habría dicho que sí, siempre. Es mi padre. Es la persona más inteligente sobre la faz de la Tierra. Pero ahora... no, desafortunadamente, no. A veces llega a un estado casi alucinatorio. Lo he oído equivocarse más que ninguna otra persona que conozco.

—Yo me crie en Husby —dijo la mujer de repente.

—¿En Husby? —Julia la miró con un renovado interés.

—Sí —dijo Micaela—. Allí la gente no lo habría entendido. El hombre que lo tiene todo y deja que todo se hunda.

—No creo que la gente de Östermalm lo entienda mucho mejor. Los únicos que lo entendemos somos nosotros, a nuestra chiflada manera.

—¿Ustedes?

—Los Rekke. Encaja perfectamente en la mitología de nuestra familia.

—¿Tienen una mitología familiar?

—Oh, sí. Y mi padre es el modelo; por eso todos estamos tan obsesionados con él. Es el verdadero Rekke, sumamente inteligente, e independiente, claro, pero también sensible y autocrítico hasta un punto exagerado y, sobre todo, tiene sus *black dogs*.

—¿*Black dogs*?

—Depresiones. Hemos robado la expresión de Churchill. Mi padre es el elegido, como suele decir mi tío Magnus.

—¿Y por qué es el elegido?

—Es una larga historia.

—No me importaría escucharla —afirmó Micaela, y en ese momento a Julia ya no le cabía ninguna duda de que se habían conocido antes, quizá incluso bajo unas circunstancias dramáticas y bastante recientes.

Pero no se le ocurría dónde, y de nuevo posó la mirada en el moretón de la mujer. Debe de haber sido un golpe tremendo.

—Mi padre destacó muy pronto —empezó Julia—. Dicen que ya a los dos o tres años lloraba de emoción cuando escuchaba los cuartetos de cuerda de Beethoven. Se descubrió que poseía oído absoluto, y que todo le resultaba fácil. Mi abuela, su madre, que había sido una prometedora pianista, decidió convertirlo en un genio. Dejó su lugar como pedagoga en Viena y lo sentó al piano. Ensayaba ocho, diez horas al día. Ni siquiera iba a la escuela.

—¿Cómo era posible?

—Se trataba de uno de esos acuerdos en los que la familia es experta. Siempre encontramos normas especiales, excepciones que solo valen para nosotros. Mientras enviaban a Magnus al Institut Le Rosey, un internado en Suiza, la abuela buscó a unos profesores que daban clase a mi padre en casa. Todo de lo más elitista y selecto, por supuesto, pero nada debía hacerse a expensas de la música. La abuela lo dejaba muy claro. ¿Y quién podía contradecirla? Tendrías que verla. A su paso la gente se pone firme. Con una sola mirada te levanta el ánimo o te hunde. ¿Te imaginas lo que significa para un niño que una persona así dedique todas sus fuerzas, toda su energía en ti? Resulta imposible resistirse, y mi padre nunca tenía la fortaleza suficiente para hacerle frente.

—Mi *impresaria* del infierno, la llamaba.

—Pero eso fue mucho más tarde, cuando había entrado en razón y había entendido que la música no era buena para él.

—¿Por qué no?

—Cuando era niño, el piano era el único lugar donde no lo obligaban a reprimir sus sentimientos. Supongo que por eso le impactó tan profundamente. Las grandes composiciones clásicas eran como tempestades que se desataban en su interior, y en realidad no creo que tuviera nada en contra de ellas, pero quería saber lo que era aquello que se removía dentro de él.

—¿Y no fue capaz de saberlo?

—No, no siempre. La música lo conmovía pero sin que comprendiera por qué, y eso no lo aguantaba. Podía caerse, aguantar peleas, golpearse, recibir palizas. Todo lo manejaba bien mientras entendiera lo que le sucedía. Pero la música, decía, no hablaba claro. Carecía de *claritas*. Por eso muy pronto prefirió la lógica de una narración, de una sucesión de acontecimientos.

—¿Y no pudo dedicarse a eso?

—Si interfería con su práctica, no. La abuela muchas veces escondía sus libros, y no lo dejaba ver las series de detectives que le encantaban; Colombo y no sé qué más. Era su manera de castigarlo. Pero no servía de nada, claro. Los libros y las películas solo ejercían una atracción aún más fuerte, y con nueve o diez años tuvo una epifanía.

Micaela no dijo que no sabía lo que era una epifanía. Por lo general no habló mucho esa mañana. Le dolía la cabeza, y seguía molesta con Rekke porque no le decía lo que había visto en las fotografías de la autopsia. Al mismo tiempo, y muy a su pesar, se sentía halagada por la atención de Julia, y al final se dejó llevar. Incluso olvidó su molestia, y a veces se quedaba contemplándola casi con asombro.

Era igual de guapa que Vanessa, con sus grandes ojos azules y el pelo rojizo rizado. Aun así, era muy diferente. Y no solo por ser rica, de clase alta y lo que sea que fuera. Hablaba de su padre como si estuviera convencida de que a todo el mundo le interesaba tanto como a ella. Había algo a la vez atractivo y de niña consentida en eso.

—Puede que no suene demasiado especial —dijo—. Pero para él fue una revolución. Vivían en Viena entonces, en el primer distrito, y en casa solo estaban la abuela, él y la gente del servicio. El abuelo se había ido de viaje, y poco tiempo después murió; Magnus se encontraba en su internado en Suiza. Mi padre estaba sentado al piano ensayando alguna pieza que le aburría sobremanera. No lo aguantaba más. Necesitaba un descanso. Ansiaba con desesperación que dieran las ocho, porque a esa hora empezaría alguna de las series de detectives que le encantaban. Pero después de cenar y de que la abuela lo hubiera oído tocar, ella dijo: «No, no vale. Esta noche te quedas sin televisión». Mi padre gritó que no era justo. La abuela contestó que sí lo era: «No has practicado lo suficiente», y entonces fue incapaz de contestar. No servía de nada razonar con la abuela. En cualquier caso, esas palabras no dejaban de dolerle, y unos días más tarde encontró algún tedioso libro de filosofía alemana donde afirmaban justo al principio que a menudo utilizamos palabras sin entender lo que significan. Justicia ponían como ejemplo. Había diferentes tipos de justicia. Existía el principio de justicia basado en los méritos y el trabajo, pero también una justicia basada en la necesidad, como en Marx. A cada uno se le debe dar según sus necesidades. Por otro lado, se hablaba de una justicia rectilínea de igualdad: a todos se les debe dar lo mismo, independientemente de lo que se trate. Y todo tipo de variantes comprendidas entre medias.

—Entiendo —dijo Micaela.

—Exacto. O sea, nada especial. Ahora bien, se dio cuenta de que la abuela no había definido la palabra, sino que tan solo le había echado encima un concepto difuso, así sin más. Te podrías imaginar que eso lo enojaría aún más, pero pasó todo lo contrario: lo puso feliz.

—¿Por qué?

—Porque por una parte comprendió qué era lo que lo había frustrado tanto, y por otra porque tomó consciencia de lo que realmente buscaba. La música resultaba oscura e impenetrable, le provocaba tormentas emocionales que no se podían explicar. En cambio, la lógica, la filosofía, la semántica, la fenomenología y todo aquello por lo que empezaba a interesarse se dejaban deconstruir y deducir. En muy poco tiempo aprendió un montón. Se obsesionó con la claridad. Quería dedicarse a aquello que fuera posible deducir y esclarecer, y un día leyó algo sobre un paleontólogo que se llamaba Cuvier.

—¿Cuvier?

—Exacto. Georges Cuvier. Vivió a finales del siglo XVIII y a principios del XIX. En esa época, como sabes, todavía se creía que Dios había creado el mundo en seis días y que todos los animales que vivían sobre la Tierra siempre habían existido. Si hallaban fósiles que no encajaban en esa historia, se inventaban alguna explicación. Sin embargo, Cuvier no lo aceptaba, y después de examinar los restos de unos huesos hallados en Holanda, afirmó que procedían de una especie que ya no existía. La llamó mamut. Más tarde, cuando descubrió otras especies extintas, llegó a la conclusión de que tenía que haber habido épocas con una flora y fauna muy diferentes. Partiendo de los fragmentos de unos viejos huesos, Cuvier hizo añicos nuestra forma de entender la historia, y eso tuvo un impacto tremendo sobre mi padre. Que unos restos abandonados que parecían carecer por completo de interés pudieran sacar a la luz mundos perdidos.

—Es comprensible —convino Micaela.

—Sí, desde luego. Y después empezó a hablar de que quería ser investigador. O, aún mejor, detective. «Voy a estudiar lo pequeño y dar con lo grande», dijo. Imagínate la reacción de la abuela. ¡Detective! Le sonaba a folletín barato. Ya podía olvidarse de eso, terminó la discusión.

—Pero luego se convirtió en una especie de detective a pesar de todo.

—Sí, supongo.

Micaela paseó la mirada por la sala mientras recordaba a su padre y su viejo consejo: «Vuelve siempre a las fuentes originales, a lo que se escribió antes de que las interpretaciones se pusieran encima como un filtro». ¿Había nacido su ansia por la verdad gracias a ese consejo? ¿O fue por...? Se le apareció la imagen de Lucas; lo vio sacar el arma en el bosque.

—Estuvimos en su casa el verano pasado —dijo Micaela.

Julia se sorprendió.

—¿Estuvieron, quiénes?

—Estábamos trabajando con la investigación de un asesinato.

—¿Eres policía?

—Fuimos tres compañeros y yo. Tú tocabas el violín y tu madre te pidió que pararas.

Julia se le quedó mirando perpleja.

—¿Fuiste tú?

—¿Qué quieres decir?

—Te recuerdo perfectamente. Me acuerdo de cómo mi padre te estaba mirando.

Micaela no quería saber cómo la miraba Rekke.

—Tu padre desmontó por completo todas nuestras pesquisas. Habíamos construido un castillo en el aire.

—Y se enojaron, ¿verdad?

—Mi jefe sí.

—Me acuerdo —señaló Julia—. Mi madre estaba tremendamente irritada. No soporta que papá insulte a la gente con sus verdades.

—Creo que estuvo bien escucharlas.

—Lo entendí después. Entonces no sabía nada. Se trataba solo de otra más de las misiones secretas de mi padre, de las que no se podía hablar, y que justo por eso me interesaban tanto. —Julia se inclinó sobre la mesa, y de repente ya no se mostraba solo como la sofisticada niña bien que era; ahora también había rebeldía en su cara—. Los estuve escuchando a escondidas.

—Te vi —afirmó Micaela.

—Sí, me acuerdo. Aunque no me enteré de gran cosa —continuó—. Me di cuenta de que hablaban de ese árbitro de futbol al que habían matado, y eso me fascinaba. Un poco como si estuviera en una película. Pero de lo que más me acuerdo es del revuelo que hubo luego.

—¿Qué revuelo?

Por el gesto de Julia parecía que custodiara un gran secreto, y que lo disfrutaba.

—Después de que se fueron, mi padre perdió los estribos por completo. Estaba fuera de sí.

—¿De veras? —dijo Micaela, y se le vino a la memoria lo que había vislumbrado al darse la vuelta antes de subir al auto aquel día: Rekke y su mujer entrando en casa abrazados.

Recordaba la sensación de que aquello no hubiera sido más que un paréntesis para él, una parada en el camino hacia algo más importante.

—Yo creía que no había sido más que otro día de trabajo para él —comentó.

—No, no, en absoluto. Durante un buen rato no paró de deambular de un lado a otro, como en trance. Lo oía murmurar. Luego subió a su habitación y se quedó allí durante horas. Dos o tres veces me acerqué sigilosamente a verlo, y todo el tiempo estaba mirando lo mismo.

—¿Qué?

—Fotos del cadáver. Algunas lesiones del cuerpo, y no sé, pero parecía que las comparaba con algo. Tenía abiertos otros documentos también, y los revisaba al tiempo que estudiaba unas marcas en las muñecas. De eso me acuerdo muy bien. Dijo unas palabrotas, tomó el teléfono e hizo una llamada, y me di cuenta al momento de que estaba hablando con Magnus.

—Su hermano en Asuntos Exteriores.

—Exacto. Usa un tono de voz particular con Magnus, y con ninguna otra persona habla tan deprisa, así que no seguí mucho el hilo. En cualquier caso, era del árbitro de quien hablaban, seguro, y no cabía duda de que Magnus estaba muy al tanto del caso.

—¿Te acuerdas más en detalle de lo que comentaban?

—Recuerdo una cosa.

—¿El qué?

—Prison of Darkness.

—¿Prison of Darkness?

—Sí, y eso, claro, me llamó bastante la atención.

Micaela se inclinó, tensa, sobre la mesa y sintió el impulso de agarrarle la mano a Julia.

—¿Qué es eso? —preguntó.

—No estoy segura, pero creo que es la cárcel donde torturaron al árbitro.

Micaela intentó asimilarlo y hacerlo encajar con lo que ya sabía de la vida de Kabir.

—¿Era uno de los lugares de los talibanes? —preguntó.

Julia se mordía el labio dudando, pero al mismo tiempo reapareció ese rasgo de rebeldía en su rostro.

—Vamos —la instó Micaela con un repentino ardor—. Cuéntamelo.

Capítulo 14

Jonas Beijer nunca había sido infiel a su mujer, pero había días en los que desearía relacionarse con alguien, vivir una aventura para que su corazón pudiera palpitar un poco. En la cocina sus hijos se peleaban. Linda gritó: «Me importa un pepino quién tenga la culpa, déjenlo ya de una vez».

No lo soportaba. ¿No se suponía que el domingo debería ser un día de descanso? Ahora, todos los fines de semana aguardaba con ansia la llegada del lunes, no porque el trabajo fuera gran cosa, pero al menos ofrecía algún tipo de normalidad, un fracaso algo más sosegado.

Hacía ya casi diez meses desde el asesinato de Kabir, y la investigación se había ralentizado. Quizá no fuera tan raro, pero ningún otro miembro del equipo parecía haberse dado cuenta de que iban por mal camino. Falkegren, ese idiota zalamero, seguía empecinado con su «los americanos nos van a ayudar, los conozco», y sí, claro, eso sonaba prometedor.

Representantes de la CIA y de la policía militar

estadounidense en Kabul los habían llamado y hablado largo y tendido. Pero ¿qué les habían contado en realidad? No mucho. Hasta que no contactó con la policía afgana local, por iniciativa propia, no se había enterado de que Kabir no solo era el tipo tonto que organizaba partidos de futbol. En absoluto. También le podían dar arrebatos de locura de mucho cuidado.

¿Debería ir a la cocina a ayudar a su mujer? Bah, eso podía esperar. Pronto llevaría a Samuel a montar a caballo. Entró en la recámara, se sentó en la cama y se puso a hojear el cuaderno negro donde apuntaba los números de teléfono. No encontró a nadie a quien quisiera llamar —mucho menos una posible amante— y entonces pensó de nuevo en Micaela y en el fervor que había mostrado cuando formaba parte del grupo. Con solo verla pasar te daban ganas de ponerte firme y trabajar más duro. ¿No fue más o menos cuando ella se fue cuando la vida de pronto se volvió mucho más aburrida? En esto, la puerta se abrió de golpe.

Linda entró y lo regañó por estar allí sentado sin hacer nada.

Julia apuró el resto de su cappuccino mientras fijaba la mirada en los ojos negros e impacientes de Micaela.

¿Realmente debería contárselo?

No, claro que no.

Debería cerrar la boca y cambiar de tema con la excusa de que era muy posible que lo hubiera malentendido todo. Pero justo por eso la tentación de hablar resultaba tan fuerte, y quizá era verdad que quería vengarse; devolvérsela a su padre por ser un idiota tan egoísta que dejaba que su depresión lo dominara todo. Alzó la vista y sonrió a Micaela. No soy tan formal como tú te crees, pensó.

—Era una cárcel estadounidense —dijo.

Micaela la miró como si no entendiera nada.

—¿Qué?

—Uno de los lugares secretos de la CIA.

—Me estás engañando.

—No, te lo juro. Era una de esas prisiones que crearon después del once de septiembre para encerrar a todo dios sospechoso de terrorismo.

Daba la impresión de que Micaela había entrado en estado de shock. Julia se puso nerviosa por haber hablado de más, pero también sintió un regusto de poder. ¿Era posible que supiera algo que ni siquiera la policía conocía?

—Era lo que dijo, y parecía poner a Magnus nervioso. Oí cómo papá lo presionaba.

Micaela sacudía la cabeza incrédula.

—No puede ser que los americanos torturen a gente de esa manera —afirmó.

—Yo creo... —empezó Julia, pero no sabía qué decir.

—Me refiero... —Micaela continuó agitada—. Kabir estaba devastado. Llevaba marcas de una cadena en las muñecas como si hubiera estado encerrado en una vieja mazmorra de película. Según el informe de la autopsia existían indicaciones de que había sufrido abusos sexuales. Y tenía la mandíbula reventada.

Julia contempló la gran concentración que había en la cara de Micaela, y se preguntó si no había puesto en marcha algo que no debía. Pero aun así... la excitación no cedía, y de repente deseó haber tenido más cosas que decir para mantener vivo ese furioso ardor que desprendían los ojos de la policía.

—Papá tenía un enojo que no veas, de eso me acuerdo.

—¿Y por qué demonios no nos dijo nada?

Micaela le tomó la mano, y Julia sintió que lo mejor sería ir a ver a su padre para pedirle consejo. Aunque, pensándolo bien, la dejaría en evidencia. Le entraron unas ganas terribles de fumarse un porro.

—Creo que hay acuerdos de confidencialidad que le impiden hablar —respondió a la defensiva.

Micaela le clavó una mirada indignada, como si Julia tuviera la culpa de todo. Julia se hizo para atrás instintivamente.

—Ya, pero por eso no puede obstaculizar la investigación de un asesinato —espetó Micaela.

—Estoy convencida de... —empezó, pero no le dio tiempo a terminar la frase.

Micaela se levantó. Julia la contempló, fascinada por la repentina determinación que demostraba.

—¿Qué vas a hacer? —preguntó.

—Tengo que hablar con él.

—Espera... A lo mejor está durmiendo.

No sirvió de nada. Micaela no le hizo caso y se fue con ese arrojo que invadía su cuerpo. Julia, con creciente emoción, la siguió.

Hans Rekke estaba acostado en la cama, viendo la grabación del campo de Grimsta IP. Cada vez que aparecía Jamal Kabir se inclinaba hacia delante con los ojos entornados. Le habían fascinado los movimientos de Kabir ya desde el primer momento, los gestos le habían resultado ajenos y fuera de lugar, pero también, por paradójico que pudiera parecer, extrañamente familiares, como el eco de un mundo que le había sido cercano. Por eso tampoco había dicho nada en su momento, temiendo que su estado maníaco lo pudiera llevar por mal camino.

Pero ahora..., hundido en el fango, en el otro extremo de sus estados emocionales, ¿qué veía? ¿Lo mismo? Quizá. Aunque la mayor parte del tiempo no veía nada. Su mirada estaba muerta, y su única reflexión clara era: ¿alguna vez había corrido así, como los jugadores en el campo? ¿Alguna vez había saltado así de alegría —o hecho una furia— por nada, por un balón que entraba en la portería, la lluvia que caía, un penalti que no se marcaba? Le daba la sensación de que no, de que había llevado una vida al margen de todo aquello que preocupaba y alegraba a todos los demás.

Hizo un par de angustiosas inspiraciones mientras prestaba atención al tráfico e intentaba que la frecuencia de autos que circulaban fuera pudiera darle una idea del día y la hora que era. Pero no..., la ciudad estaba muda. Todo estaba mudo y estruendoso a la vez. Pero espera...

Se acercaban unos pasos. Pasos decididos. ¿Cojeaban? Sí, ligeramente. Cada dos pasos pisaba el suelo un poco más fuerte. Ba dam, sonaba. Ba dam. ¿Lo había oído entonces en Djursholm? No, creía que no. Debía de ser algo temporal y casi imperceptible. Ahora apareció en la puerta. Rekke paseó la mirada por su cuerpo, desde los ojos hasta la rotura en las medias.

—Tu cadera —dijo.

—¿Qué le pasa? —preguntó ella, y enseguida se dio cuenta de que la había ofendido.

No se trataba de un golpe de la noche anterior, sino de una vieja fractura que se había curado mal y que ella creía que pasaba inadvertida. Quizá incluso le suponía un trauma. Su mano bajó rauda hacia su costado izquierdo en un movimiento que indicaba algo acostumbrado y compulsivo, y que ella sin duda no advertía en ese momento, ya que estaba..., ahora lo veía claramente..., estaba furiosa.

—Nada —contestó—. ¿Te puedo ayudar con algo?

—Puedes escucharla.

Las palabras venían de Julia, que había aparecido detrás de Micaela.

—Soy todo oídos —dijo él.

—¿Estuvo Jamal Kabir en una prisión estadounidense en Kabul?

Rekke cerró los ojos, y pensó: «De modo que el muy idiota no les dijo nada». Deseó irse lejos de ahí, refugiarse en lo más profundo de los sueños.

—No puedo decir nada —se excusó.

—Sí puedes, carajo. Pero si yo ya lo sé —terció Julia.

—¿Lo sabes? —preguntó Rekke.

—Aquel día oí tu conversación con Magnus.

Rekke abrió los ojos y pensó: «¿Qué me importa en realidad? ¿Qué tengo que perder? Nada».

—Bueno, pues... sí... estuvo —admitió.

—¿Y por qué demonios no nos dijiste nada? —espetó Micaela con rabia.

—Porque por aquel entonces nadie lo sabía, aparte de unas determinadas personas en la administración estadounidense, y un par de personas de Asuntos Exteriores aquí. Supongo que habrán pensado que no hacía falta informarles de eso cuando todo apuntaba a un acto de locura cometido por un borracho que era padre de uno de los jugadores.

—Eso es absurdo.

—Sí —reconoció—. Es verdad.

—¿Cómo vamos a poder hacer nuestro trabajo si no tenemos toda la información?

—Una opinión que yo compartía, claro, y el motivo por el que llamé a su comisario jefe, Martin Falkegren, y le informé de esa circunstancia. Pero por lo visto se quedó con la información para sí mismo.

—Maldita sea.

—Lo siento.

—Pero a ti te pusieron al corriente, al parecer, los americanos.

—No, no. En absoluto. Desmintieron esas informaciones, y me amenazaron de la manera más encantadora.

—¿Y cómo te enteraste?

—*Mortui vivos docent.*

—¿Qué?

—Los muertos enseñan a los vivos.

—¿De qué estás hablando?

Rekke inspiró hondo y pensó: «Que pase lo que tenga que pasar. Que se enteren de lo que he estado haciendo, de los oscuros conocimientos que están en mi posesión y sobre los que me han obligado a callar».

Rekke dejó su computadora en el buró antes de levantar la vista y contemplarlas con una mirada que parecía despejarse poco a poco. Sus labios secos se movían en silencio, como si probara a articular algunas palabras para sí mismo.

—En enero de 2000 conseguí una cátedra en Stanford —empezó—. Supongo que eran sobre todo mis trabajos sobre la intuición los que constituyeron la base para ese nombramiento. Pero lo que había escrito sobre métodos de interrogatorio durante épocas de guerra también jugaba un papel importante, y suscitó un interés no solo en la universidad, sino también en la CIA.

—*La guerra y el arte de decir la verdad* —intervino Micaela—. He leído el libro.

—¿Ah, sí? Bueno, pues que Dios me perdone algunos de mis versos, como dijo el poeta.* Ese libro, y un par de trabajos que hice para la policía de San Francisco, me dieron la reputación de ser un entendido de las confesiones —continuó—. Incluso me veían como el gran experto en el tema. Luego, después del once de septiembre..., ya se pueden imaginar..., el cielo se les cayó encima a los servicios de inteligencia. La CIA pedía expertos a gritos, y a mí me llegaron un aluvión de testimonios y declaraciones, la mayoría de la cárcel de Guantánamo.

—O sea, interrogatorios a terroristas —comentó Micaela.

Rekke sonrió sombríamente para sí mismo.

—Sí, algunos de ellos eran de veras terroristas. Pero la mayoría de los interrogatorios resultaban tan absurdos que les dije que me veía incapaz de pronunciarme sobre ellos si no me aportaban más información del contexto. Era..., cómo expresarlo..., como oír unas voces desafinadas sin saber si la falta de afinación se debía a la ausencia de talento o a que alguien tenía agarrado del cuello al cantante. Al cabo de toda una serie de líos y disputas me dieron más información. Tuve la oportunidad de aprender sobre aquello que tan elegantemente denominan «técnicas de interrogatorio mejoradas»,

* Referencia a un poema del poeta sueco Nils Ferlin.

o *enhanced interrogation techniques*, como se conoce en inglés.

—¿Eso qué es?

—Un eufemismo de torturas, algo que empezó con la definición del presidente Bush de los sospechosos de terrorismo como combatientes ilegales, con lo cual consideró que podía saltarse la convención de Ginebra y sus propias leyes contra la tortura. Yo estaba al tanto de que eso existía, claro, pero no tenía ni idea de su envergadura ni tampoco había sido lo bastante imaginativo como para darme una idea de la inevitable escalada que se produce cuando se altera un principio fundamental.

—¿Y qué escalada es esa?

—La gradual normalización y el recrudecimiento. Debo reconocer que me quedé perplejo. Por otra parte, aprendí mucho, sobre todo acerca de la tortura blanca, como lo llamaban: ruidos estruendosos, una luz intensa veinticuatro horas al día, alteraciones del sueño, frío extremo y oscuridad. Pero también acerca de la tortura clásica: palizas, simulaciones de ahogamientos, humillaciones sexuales, como la penetración anal y la inyección rectal de líquidos... Todo de lo más horrible, pero, al mismo tiempo, ¿cómo decirlo?, característico.

—¿En qué sentido?

—Los interrogadores parecían haber pasado todos por la misma escuela, y aprendí a identificar los métodos y las pautas, lo que era la cultura del interrogatorio, por decirlo de alguna manera. Los procedimientos diferían, naturalmente, pero había elementos comunes, una metodología que derivaba de unos documentos básicos, y eso me llegó a interesar. Ya estaba bastante informado en cuanto al tema en general, y por supuesto sabía que la tortura tiene sus particularidades culturales, sus huellas dactilares. Se puede rastrear no solo al autor, sino también el contexto en el que actúa. La ideología que hay de fondo deja huella en el cuerpo torturado.

Rekke alargó la mano para tomar un vaso que había encima del buró. Estaba vacío, pero lo apuró de todos modos, como si bebiera aire a lengüetazos. Micaela se preguntó si no debería buscarle algo para beber, pero descartó la idea y dijo impaciente:

—¿De qué manera?

—Los talibanes, por ejemplo, tenían afición por el espectáculo. Llenaban estadios de futbol, como ya saben, y realizaban sus ejecuciones y mutilaciones ante el público. Sus métodos se volvieron cada vez más espectaculares. Había látigos, clavos en las manos, amputaciones, mientras que Estados Unidos..., bueno, eso ya cae por su propio peso..., se veía como la gran democracia que no utiliza torturas con sus presos. Por lo tanto, sus métodos eran más discretos, diseñados para no dejar huellas. A mí me pareció, ya muy pronto, que las marcas en el cuerpo de Kabir, sobre todo las congelaciones en el pecho, eran más obra de la CIA que del mulá Omar, algo que también encajaba con mi teoría original.

—¿Y esa teoría cuál era?

—Por favor, Julia. ¿Me puedes traer un poco de agua? —le pidió antes de levantar de nuevo el vaso del buró.

La cara de Julia se torció en una mueca un poco histriónica, y se volteó hacia Micaela.

—Así es —se quejó—. Acostumbrado a que todo el mundo le haga favores.

—Me da vergüenza, naturalmente —dijo él.

—Y luego todo le da vergüenza.

Julia se fue a la cocina y regresó con una botella de Ramlösa, y le sirvió un poco de agua. Rekke bebió con avidez antes de volver a mirar a Micaela con la misma melancolía que antes.

—Decías que encajaba con tu teoría original —le recordó Micaela.

—No logré que la historia de Kabir me cuadrara, y creía que a los demás tampoco les cuadraba —continuó—. Sabía lo suficiente de la paranoia de aquellos tiempos como para ser consciente de que los servicios de inteligencia jamás habrían dejado en paz a un tipo así. Estaba convencido de que Kabir había sido sometido a todo tipo de interrogatorios, si no aquí, en otro lugar. Estudié la documentación de la Dirección General de Inmigración y repasé el informe de la autopsia cinco, diez veces, y poco a poco me fui convenciendo cada vez más. El hombre había estado en una de las cárceles de la CIA.

—¿Y por eso llamaste a Magnus? —intervino Julia.

—Sí —continuó—. Supuse que Magnus estaba al tanto del caso, y no solo porque debería ser un asunto políticamente delicado. Las cicatrices de la muñeca derecha de Kabir me producían escalofríos. ¿Te acuerdas de ellas, Micaela?

—Sí, claro —dijo ella—. Acabamos de comentarlas. Marcas de un tono un tanto lunar que a todas luces habían sido provocadas por una cadena gruesa.

—Exacto. Y esas marcas me decían algo; me recordaban un lugar del crimen con el que me había cruzado una vez, e instintivamente supe que estaban relacionadas con las congelaciones. Me puse a buscar de dónde me sonaban esas lesiones. Entré en un estado maníaco, y al final caí en la cuenta. Había visto cicatrices y congelaciones muy similares en otro cadáver.

—¿De quién?

—De un preso que se llamaba Gulman Ghazali. Lo encadenaron, desnudo de cintura para abajo, en un cuarto helado. Ghazali se quejaba de que pasaba tanto frío que no podía pensar. Entonces decidieron intensificar la tortura. Lo bañaban con agua fría y le impedían dormir durante días. El 20 de noviembre de 2002 lo encontraron muerto por congelación en su celda con el mismo tipo de cicatrices que las que tenía Kabir.

—Dios mío.

—Terrible, sí, y la prisión donde estaba encerrado se halla al norte de Kabul, y es uno de esos lugares que llaman *black site*, un lugar secreto que alberga las operaciones más clandestinas de la CIA. Tiene el nombre en clave Salt Pit o Kobolt, pero como el método de tortura más conocido del lugar es el de mantener a los presos en una oscuridad total, los que han estado allí lo llaman de otra manera.

—«Prison of Darkness» —dijo Micaela.

—O «Dark Prison» —continuó—. En alguna ocasión he oído «Music Prison» también, pues los interrogadores ponen a menudo rock duro o hip hop a todo volumen día y noche en las celdas. Los presos se vuelven locos. Nunca es de noche o de día para ellos, solo un agujero negro en medio de la nada. A menudo están atados o encadenados al suelo de forma que no pueden ni caminar ni sentarse.

—¿Y esto lo hace Estados Unidos?

—Lamentablemente, sí.

Micaela se quedó pensando. Tampoco es que se hiciera ilusiones acerca de la CIA, no después de lo que le había contado su padre, pero aun así...

—Es demencial —dijo.

—Sí, pero a lo que iba era a que Magnus, muy a su pesar, acabó confirmándome que Kabir había estado en esa prisión. Fue una situación bastante tensa, como se pueden imaginar. Es que... —Rekke dudó mientras esbozaba una sonrisa resignada—. Es que el propio Magnus está bastante metido en ello.

—¿De qué manera?

—Ha dado su visto bueno a que los suecos sospechosos de terrorismo salgan del país para ser torturados a manos de la CIA en suelo extranjero. Por eso se pone como un rabioso perro guardián con este tema. Cuando nos viste aquella noche en Sturehof, Micaela, se dedicó a lanzar todo tipo de amenazas de forma muy infantil.

—Entiendo —afirmó Micaela, pero ya no escuchaba con mucha atención.

Estaba visualizando a Kabir, encadenado en una celda oscura en Kabul, tiritando de frío. Coincidía más o menos con la imagen que ya se había hecho, pero para nada se había podido imaginar que los torturadores fueran de la CIA.

—Es pura dinamita política, ¿verdad?

—Desde luego. Y obviamente hay más personas aparte de Magnus que hacen todo lo que está en su poder para que no salga a la luz.

Micaela reflexionó y le dio un escalofrío, pero en el mismo instante se le vino a la mente otro pensamiento.

—Así que Kabir era más un presunto terrorista que un héroe popular —constató.

—Sí, eso parece —reconoció Rekke.

Levantó la mirada al cuadro que representaba a un niño tocando el piano.

—Ahora bien, como lo soltaron, se supone que era inocente —continuó.

—Sí, claro —convino ella.

—Aunque en realidad tengo mis dudas sobre eso.

—¿Por qué?

—Porque por lo general resulta casi imposible sacar a alguien de allí, con independencia de su culpabilidad.

—¿Y cuál es tu conclusión? —preguntó Micaela.

—Mi conclusión... —dijo con voz indecisa— es que Kabir tenía unos amigos inesperados. Pero también...

—¿Qué?

—Muchos enemigos.

—¿Por qué dices eso?

Porque aparentemente todavía me creo capaz de sacar conclusiones acerca de las personas, pensó Rekke.

—Porque hablo mucho —dijo—. Porque no hago más que hablar.

Capítulo 15

Micaela movía la cabeza incrédula. ¿Cómo podía ver tanto en tan poco, en un par de cicatrices del color de la luna, y en algunas imperfecciones de la piel en el pecho y los muslos?

Observó los ojos de Rekke como si la respuesta a su capacidad de deducción se hallara dentro del apagado brillo de su mirada. Al mismo tiempo se iba enojado cada vez más, aunque no por la revelación de la corrupción política; era más bien la toma de consciencia de que les habían ocultado información tan importante lo que aceleró los latidos de su corazón.

—Lo que dices lo cambia todo —constató.

—Debería haberte informado antes. No me entraba en la cabeza que su comisario jefe pudiera no compartir la información con nadie. He sido ingenuo, claro.

—Lo quiero estrangular.

—Entonces tendrás que estrangular a muchos otros también una vez que te hayas puesto manos a la obra. A Kleeberger y a mi querido hermano, para empezar.

Micaela dio un paso hacia la cama.

—Será denunciable ocultar información de la investigación de un asesinato de esa manera —dijo.

Rekke la miró con los ojos entrecerrados y se llevó la mano a la frente. Se le veía exhausto, como si su exposición le hubiera consumido todas sus fuerzas.

—Indudablemente asumieron un riesgo al ocultárselos.

—Y entonces ¿por qué lo hicieron?

Rekke bajó la vista al edredón.

—Si empezamos por Falkegren, me imagino que alguien lo habrá convencido de que mis observaciones eran falsas. Pero si nos retrotraemos un poco en la cadena de decisiones, está claro que la CIA no quería que saliera a la luz que torturaban a gente de esa manera.

—Pero, carajo, eso no les da derecho a sabotear una investigación policiaca.

—Me temo que se toman la licencia de hacer cosas bastante peores que esa —dijo Rekke—. Pero tienes razón, debe de haber otro motivo, porque, de hecho, soltaron a Kabir y consiguieron que Asuntos Exteriores lo acogiera en Suecia. Es una cosa bastante llamativa. Me imagino que hay algo más detrás de todo esto.

—¿Y no vas a averiguar lo que es? —preguntó Micaela, con un tono de voz que le salió más duro de lo que había pensado—. Por ejemplo, podrías hablar con tu hermano otra vez.

Rekke dudó. Luego sacudió la cabeza, cerró los ojos y se hundió aún más en la cama.

—Creo que Magnus ya me ha dicho más de lo que debía.

—¿Y te vas a contentar con eso? —le espetó Micaela.

Rekke abrió los ojos y por un momento pareció pesarle la culpa.

—Antes quizá no lo habría hecho. Pero ahora... ya no soy una persona en la que puedas confiar.

Micaela sintió cómo la sangre le subía a la cabeza.

—Pero si acabas de demostrarme todo lo contrario.

—No, no —protestó Rekke.

—¿Cómo que «no, no»? Con solo ver un par de cicatrices has deducido dónde estuvo encarcelado Kabir.

—Esas son viejas conclusiones. Ahora mi mirada está muerta, siento decepcionarte. —Se volteó hacia Julia—. Decepcionarlas a las dos. Ahora tengo que descansar. ¿Me apagan la luz, por favor?

Micaela se quedó parada, un enjambre de pensamientos dando vueltas por su cabeza. ¿Qué hacer ahora? Parte de ella quería sacudirlo para que entrara en razón, mientras que otra deseaba salir de allí cuanto antes y ponerse manos a la obra.

—Voy a intentar averiguar más, a ver si así te espabilas —dijo al fin.

—Bien —contestó Rekke con fatiga—. Es una idea muy amable, naturalmente, pero creo...

—¿Sigues teniendo el mismo número de teléfono? —lo interrumpió Micaela.

Rekke hizo un gesto con los brazos, como si no lo supiera muy bien. Micaela se contentó con eso y se fue. Al llegar a la sala se dio la vuelta y regresó corriendo. La recámara estaba a oscuras, aparte de la tenue luz que se filtraba por las cortinas. Julia estaba inclinada sobre él acomodando las almohadas.

—¿Puedes quedarte con él hoy?

—En realidad, no —dijo Julia.

—No hace falta que nadie se quede conmigo —musitó Rekke, como en sueños.

—Llamaré a la señora Hansson.

—No, no, ya me quedo yo —aseguró Julia.

—Bien —dijo Micaela—. Me voy. Estaremos en contacto.

—Eso nos alegraría mucho —masculló Rekke con una voz que apenas parecía consciente de sí misma.

Luego Micaela se fue de nuevo. Bajó en el elevador y salió a la calle. El cielo estaba despejado. Llegaba una brisa desde el agua, y durante unos momentos la sensación de fuerza y decisión permaneció con ella, y estaba convencida de que llamaría de inmediato a Jonas Beijer.

Pero la determinación desapareció en cuestión de unos pocos pasos, empezando por la molestia que le produjo el sol. Los rayos se le clavaban en los ojos como agujas. Sentía una presión en la sien y la mejilla. No estaba segura de ser capaz de ni siquiera llegar al metro. ¿Debería darse la vuelta? No, no. No quería volver con el rabo entre las piernas.

Llama a Lucas, pensó, y se quedó parada con el teléfono en la mano. Aunque Lucas, la verdad, era la última persona con la que debería hablar. Su relación ya no era como antes. Me las arreglaré sola, es cuestión de serenarme, nada más, pensó antes de caminar tambaleándose, pero se mareó enseguida.

Se dejó caer de rodillas y de nuevo se proyectaron los dramáticos acontecimientos del metro en su cabeza, y allí se quedó, sentada en la banqueta resollando. Una voz dijo:

—¿Cómo estás, cielo?

Una señora de mediana edad vestida con un abrigo azul claro y con facciones delicadas la estaba mirando con ojos amables y compasivos. Micaela lo sintió como una nueva punzada en su cuerpo: no permitiría que nadie de este barrio pijo de Östermalm se compadeciera de ella. Se puso de pie, inestable, mientras murmuraba a la señora como una niña arisca:

—Estoy bien. Solo voy a...

Caminó sin terminar la frase, haciendo eses, y giró a la izquierda en Riddargatan. Pero al final no pudo más. El dolor se agudizó, penetrando tan fuerte en la cabeza que tuvo que apoyarse en la pared de un edificio mientras jadeaba pesadamente. En ese instante le sonó el teléfono. Esperaba que fuera su madre o Vanessa. Era Lucas.

—Me has llamado —dijo.

—No, no —masculló—. Sin querer quizá.

—Te escuchas muy mal.

—Estoy bien.

—No lo creo. ¿Dónde estás?

No pensaba decírselo, de ninguna manera; pero aun así lo soltó, y oyó el triunfo en la voz de su hermano.

—Ahora voy. Yo te cuidaré, hermanita.

Julia seguía en la recámara. Los ojos de su padre brillaban débilmente en la oscuridad. ¿Qué le pasaba? Hacía un momento parecía que había vuelto a ser el de antes. Pero ahora... Ella se acercó sigilosa a la ventana, apartó las cortinas con la mano y miró al patio. ¿Por qué no podía animarse? Ahora que tenía algo de lo que ocuparse.

—¿No puedes dormir? —preguntó.

—¿Cómo? ¿Qué has dicho?

Su frente brillaba de sudor frío.

—Nada —dijo ella.

Miró a las manos de su padre.

—Estaba pensando en aquella cárcel —continuó.

—¿No tienes cosas más agradables en las que pensar?

—Me pregunto cómo habrá sido estar encerrado allí.

—No debería haberlo contado.

—¿Cómo era? ¿Qué crees tú?

—No lo sé —dijo él—. Pero recuerdo que un preso lo describió como una oscuridad sin palabras, un horror sin nombre, y me acuerdo de que reflexioné sobre eso.

—¿Y a qué conclusión llegaste?

—A ninguna, creo.

—Deberías retomar esa investigación. Te vendría bien.

Julia sintió en todo el cuerpo que la sola idea había incomodado a su padre.

—Creo que la policía se las arreglará perfectamente sin mí.

—No lo parece.

—Por favor, Julia, ¿me puedes dejar tranquilo un momento?

Julia pensó en los pasos de Micaela alejándose con esa enorme determinación.

—¿Por qué estaba el árbitro en esa cárcel?

Las mandíbulas de Rekke se tensaron.

—¿Por qué? —repitió Julia.

—Era sospechoso de colaborar con los talibanes.

—¿Qué tipo de colaboración?

—Magnus no me lo quería decir.

—¿Y te contentaste con eso, sin más?

—Por lo visto, sí.

—Porque caíste en una depresión, ¿o qué?

—Supongo.

—Pues averígualo ahora —le dijo bruscamente Julia.

Pero entonces él cerró los ojos como si quisiera desaparecer en sí mismo, en su propia Prison of Darkness.

En una oscuridad sin palabras. En un horror sin nombre. ¿Era allí donde estaba él también? Entendía lo patético y pretencioso que resultaba compararse con presos torturados. Aun así, era como si los envidiara.

Envidiaba lo concreto, lo palpable de su sufrimiento: las cadenas, el frío, los golpes, la música que tronaba de verdad y no solo como un ruido atonal en el interior de su cabeza. Pero, sobre todo, envidiaba la sencilla solución que había a su sufrimiento: la libertad. Podían librarse de sus tormentos al ser soltados, mientras que su oscuridad formaba parte de su cuerpo, de la hondura de su mirada.

—Tienes razón, claro —le dijo a Julia—. Debería... —Pero no llegó a terminar la frase.

Visualizó el tren entrando a toda velocidad. Se acordó de la tensión de su cuerpo y de la corriente de aire procedente del túnel. Recordó la voz que resonaba en su cabeza: «Hazlo, no dudes». Pero también otras cosas: los pasos que se acercaron, repiqueteando decididos sobre el suelo, como si dos fuerzas fatídicas se movieran hacia él desde dos direcciones diferentes.

—Voy a la cocina a estudiar o algo —anunció Julia.

Levantó la vista hacia su hija intentando librarse del aluvión de recuerdos y tenebrosas asociaciones que cubrían su retina, y tuvo más certeza que nunca: Julia no se merecía verla así. Ser joven y feliz deberían ser sus únicas preocupaciones. Buscó a tientas algo que decir, lo que fuera.

—¿Cómo van tus estudios?

—No muy bien —admitió Julia.

—¿Estás todavía con el Renacimiento?

—¿Qué?

—Que si todavía estudias el Renacimiento.

—Dios mío, vaya pregunta tan relevante en estos momentos.

—Sí, ya —dijo, e intentó esbozar una sonrisa mientras encendía la lámpara del buró—. Muy acertada, sin duda. Entonces ¿quieres ayudar a tu padre y decirle sobre qué debería preguntar?

—Mi padre debería contarme lo que hizo anoche.

—Se emborrachó, como ya te ha explicado.

—Y se ligó a una policía de Husby.

—No he ligado con nadie.

—¿Te has acostado con ella?

—Claro que no.

—¿O es una vieja amante tuya? Me acuerdo de cuando estuvo en nuestra casa.

—Que no, no. Solo tuvo la amabilidad de ayudarme una mano.

—No me sorprendería que la hayas elegido para molestar a la abuela.

—¿De qué diablos estás hablando?

—¿No sería una excelente manera de tocarle la moral a la abuela, relacionarte con una tipa extravagante de la periferia? Le daría un infarto con solo imaginárselo.

—Déjalo ya, cariño, déjalo. Te lo ruego. Pero quizá tengas razón. Debería revisar la investigación —reconoció, y extendió la mano hacia la computadora que estaba en el buró.

Pero cuando se lo colocó en el vientre, el aparato le resultó amenazador y ajeno, así que se levantó, firmemente decidido a ocuparse de los quehaceres domésticos, como un buen paciente. Entró en el baño y allí, modélico, resistió la tentación de atiborrarse de más pastillas.

En lugar de eso se bañó con agua fría, como una especie de mortificación. Se rasuró, se lavó los dientes, se peinó; todo aquello que durante los buenos tiempos no había constituido más que motivos de irritación, obstáculos que se interponían entre él y todo aquello de lo que quería ocuparse inmediatamente pero que ahora le representaban pequeñas proezas, como montañas que coronaba. Luego se abotonó la camisa, se puso unos jeans y un suéter azul de cachemira, y salió a la cocina.

El plan era tomarse un espresso, como una persona cualquiera un domingo por la mañana, leer los periódicos y hacer creer a su hija que su padre era casi un padre normal.

Lucas apareció en su nuevo Audi tocándole el claxon, y ella dijo una sarta de improperios. ¿Por qué tenía que participar en esta farsa? En fin, ya estaba allí, así que subió al auto, se sentó en el asiento de copiloto y le dio las gracias, a pesar de todo, como buena hermana que era. No soportaba sus miradas, por lo que cerró los ojos en un intento de dejar patente que no quería hablar.

—¿Quién te ha hecho eso? —quiso saber Lucas señalando su mejilla, y no cabía duda de que estaba indignado de verdad, hasta el punto de ponerse en plan «nadie toca a mi hermana» y todo eso.

Aun así, a Micaela le dio la sensación de que más que nada estaba contento de haber podido ir a buscarla y jugar el papel de salvador. Llevaba el pelo corto, una camisa azul y una chamarra negra de nailon. Desprendía un aire pulcro, que pese a todo no conseguía ocultar esa impresión de latente agresividad. Recorrió el barrio de Vasastan para luego atravesar el puente de Sankt Erik.

—Oye —dijo Micaela—. ¿Adónde vas? Yo quiero irme a casa.

—Te llevo a casa de Natali —respondió, y aunque Micaela intentó protestar, al final acabó aceptando.

Natali era la novia de Lucas desde hacía casi un año. Vivía en un departamento de su propiedad en la plaza de Kungsholmen, donde Lucas solía estar cuando no rondaba por Husby y Akalla. Cuando llegaron, le abrió la puerta del auto como un auténtico caballero y la ayudó a subir la escalera de la entrada hasta el elevador. Natali los recibió con un gesto de preocupación.

Natali era guapa como una Barbie. Llevaba un vestido floreado más propio de un día de verano y, como siempre, lucía un aspecto asombrosamente sueco y formal, con su pelo rubio y su amable sonrisa. Sin duda representaba una parte de la ambición de ascenso social de Lucas.

—¡Cariño! —exclamó—. ¿Qué te ha pasado?

—Se ha ido de aventuras por el barrio de Östermalm —contestó Lucas antes de ayudar a Micaela a sentarse en el sillón junto al balcón.

La tapó con una cobija y le dio un vaso de agua y dos analgésicos que Micaela se negó a tomar. Luego se sentó enfrente en un sillón rojo; su expresión denotaba claramente su curiosidad. Jugaba con el llavero haciéndolo girar entre sus dedos. Desde la cocina se oía música: *You Raise Me Up*, de Josh Groban.

—¿No quieres ir al hospital para que te vean eso? —preguntó.

—No —dijo ella.

—¿Y no hay alguien con quien quieras que hable?

Micaela le lanzó una mirada consternada.

—Por Dios, no.

—Bien. Pues te escucho, hermanita.

Era como si Lucas la entendiera mejor que ella misma, porque, claro, cuando estaba allí en la calle con el teléfono en la mano no solo quería ser salvada, también quería hablar, incluso trabajar quizá.

—Me crucé con Mario Costa ayer —empezó.

Vio una repentina excitación encenderse en los ojos de Lucas; tal vez deseaba que fuera Costa el culpable de los moretones en su cara. Habría sido un rival de cierto nivel.

—¿Y qué te dijo ese?

—Estaba borracho.

—¿No deberían los futbolistas profesionales abstenerse de beber?

—No creo que se preocupe mucho por eso.

—Va a arruinar el contrato con el Marsella. Te lo juro.

—Preguntó por Kabir —continuó Micaela.

Lucas dejó de juguetear con el llavero.

—¿Has vuelto a ese caso?

—Ese caso está más o menos enterrado.

—Así que no has vuelto.

—Me he interesado de nuevo por el tema, nada más. Dijiste que se comentaba que Kabir tenía miedo.

Lucas dirigió la mirada hacia la cocina.

—¿Habías oído algo en concreto al respecto? —quiso saber Micaela.

Lucas ponderó su respuesta.

—Se decía que estaba temeroso por si iban a ir por él después de ese reportaje de la televisión.

Micaela hizo ademán de incorporarse en el sillón. Lucas la recostó de nuevo con mucho cuidado y la arropó con la cobija.

—Tranquila, hermanita. Nada de movimientos bruscos.

—¿Quién iba a ir por él?

Lucas la miró con esa torcida sonrisa que siempre parecía expresar que sabía algo que nadie más sabía pero que bien podría ser simplemente un medio de manipulación que utilizaba para generar inseguridad en la gente.

—¿Por qué no se lo preguntas a la periodista de la televisión, Tove, la que hizo el reportaje?

—Tove Lehmann. Le hemos tomado declaración varias veces.

—Quizá tenga más cosas que contar ahora. Alguien dijo que se molestó mucho con alguno de tus colegas.

—De acuerdo. Puede que lo haga.

—Te veo fatal.

—Y me siento bastante mal, de hecho —admitió y, efectivamente, así era.

Una nueva oleada de mareo la invadió. Levantó la vista hacia Lucas, que la estaba mirando con algo que se asemejaba al amor, y entonces cerró los ojos y se dejó llevar por el sueño.

Capítulo 16

Lucas observaba la cara apaleada y morada de su hermana pensando: «Vaya luchadora está hecha. Da igual los golpes que reciba, aprieta los dientes y sigue adelante sin quejarse ni lo más mínimo». Es verdad que podía ser una auténtica maldita a veces, pero en realidad siempre había estado orgulloso de ella. Incluso le había encantado que fuera ella la que le acompañara a las tutorías con sus profesores en el colegio.

A los profesores se les iluminaba la cara cuando veían a Micaela, y eso, francamente, era comprensible. Todo se le daba bien, y qué rápida y eficiente era. Era como magia. Le dabas algo y, pim pam, trabajo terminado. Muchas veces ni siquiera tenía que pedírselo, lo hacía sin más.

Las pupilas de Micaela se movieron inquietas. El hueso de la mandíbula se perfilaba con nitidez, como solía pasar cuando estaba frustrada. ¿Qué habrá pasado?, pensó Lucas. ¿Quién se ha portado mal contigo?

—Micaela —susurró mientras le acariciaba el pelo y la mejilla buena.

Quería que le devolviera una sonrisa, una confirmación de su bondad, pero Micaela se limitaba a hacer muecas en sueños, y entonces Lucas volvió a preguntarse por qué se había mostrado tan rara y fría últimamente. Nada más verla se le congelaba la cara. Le vino a la mente ese día en la plaza, el verano después de que Micaela y Vanessa terminaran el instituto. También en esa ocasión había transcurrido mucho tiempo sin que se hubieran visto. Ella llevaba el vestido blanco que le había comprado para la ceremonia de su graduación, y estaba jugando con una naranja que tiraba al aire para tomarla después. Se la veía radiante, pensó, y se acercó con pasos expectantes, pero cuando ella se dio la vuelta no le miraba como él había esperado. Todo ese aire liviano y alegre que la envolvía se esfumó.

—¿Qué pasa? —dijo Lucas.

—Voy a ser policía —le respondió, y acto seguido se marchó con una nueva rebeldía en sus pasos y desapareció por la boca del metro.

Durante los últimos meses había rememorado ese día una y otra vez, quizá porque en algún lugar de su mente sabía con certeza que no tenía por qué preocuparse por Fransson y los demás zoquetes de la comandancia, pero si su hermana se volviera contra él no habría nada que hacer. La idea le provocó una ligera sonrisa, como si eso solo aumentara el respeto que sentía por ella.

—Luchadora —susurró, y bajó la mirada a sus manos, que descansaban sobre el vientre encima de la cobija gris.

Le acarició también la mejilla morada, hasta el cuello, ese delgado cuello que contrastaba tanto con los pechos y las caderas. De repente sintió el deseo de apretar ligeramente, como una pequeña advertencia, o con fuerza, para aniquilar esa independencia que él había descubierto demasiado tarde.

Mientras Julia se preparaba otro cappuccino en la cocina, se acordó de aquel día de septiembre, justo antes de que su padre partiera para Stanford por última vez.

Ella acababa de empezar Historia del Arte en la Universidad de Estocolmo, pero todavía vivía en la casa de Djursholm. La relación entre sus padres estaba tensa, o más bien la tensión se concentraba en su madre, que no aguantaba la indiferencia que mostraba su marido hacia todo lo que era importante para ella: las cenas, la casa, la elegante fachada... «¡Estás a punto de derrumbarte de nuevo, y no lo soporto!», gritó desde el piso de arriba esa mañana, y su padre contestó: «No, no, perdón, para nada. ¿Puedo hacer algo por ti, cariño?».

Se respiraba un aire inquieto en la casa, y poco tiempo después se presentó Charles, ese hombre que parecía un general de alto rango con su barba blanca perfectamente cuidada. Siempre le había dado la impresión de que Charles admiraba a su padre, pero en aquella ocasión la conversación denotaba una clara irritación, por mucho que su madre intentara distender el ambiente. Su padre se mostraba arisco y subió con Charles a su oficina. Cuando volvieron a bajar, Julia les oyó decir:

—Claro que te entiendo, Hans. Pero que no se te olvide que estos hombres son monstruos.

—¿Sabes lo que es lo peor de los monstruos? —contestó su padre—. Que nos convierten a nosotros mismos en monstruos también.

No tenía por qué significar nada, claro, solo una de esas frases que su padre acostumbraba a soltar a veces. Pero luego, cuando todo se vino a pique y lo echaron de Stanford y de Estados Unidos, Julia se preguntó si esas palabras no fueron en realidad el comienzo de su caída. A decir verdad, Julia nunca había entendido del todo a su padre. Ahora, por ejemplo, se había levantado de la cama y se había arreglado, como si deseara demostrar que la vida seguía igual que siempre, solo para al cabo de unos momentos desplomarse en una silla en la cocina, congelado en su trance cataléptico, como solía decir su madre. Le entraron ganas de golpearle en la espalda, pero en su lugar se acercó para servirle su cappuccino y le puso una mano en el cuello.

—¿En qué estás pensando?

Su padre se sobresaltó, como si se acabara de despertar.

—No lo sé muy bien —dijo.

—Creo que deberías llamar a Magnus y presionarlo sobre ese árbitro asesinado.

—No dirá nada.

Ella le lanzó una crítica mirada.

—La verdad es que no entiendo que digas eso.

—¿Por qué no?

—Porque tú eres el gran experto en el arte del interrogatorio. Se supone que serías capaz de sacarle información a una pared.

Rekke levantó la vista hacia ella.

—Yo, que ni siquiera sé cómo preguntarle a mi hija por su novio.

Julia advirtió que procuraba transmitir despreocupación y cariño, pero el esfuerzo que le costaba no lo podía disimular.

—Bien, pues al menos llámalo para fastidiarlo un poco —continuó—. Eso a lo mejor te sube el ánimo.

Rekke esbozó una sosegada sonrisa, como si pese a todo no le pareciera mala idea, o como si sopesara que era mejor obedecerla ahora que estaba hecho un desastre.

Cuando Micaela se despertó era la una y media de la tarde. Natali estaba sentada donde antes lo había estado Lucas, mirándola con una sonrisa. Se había acicalado después de que Micaela se hubiera dormido, poniéndose tanto lápiz labial como rímel, y llevaba un vestido más oscuro y discreto. Cruzada de piernas y con el cuerpo ligeramente girado, parecía que estaba posando, o al menos dejaba oportunidad de sobra para envidiar su figura.

—Hola —saludó—. ¿Cómo estás?

Micaela paseó la mirada por la habitación intentando comprender por qué la situación le parecía tan extraña. Fuera se veían nubes oscuras recorriendo el cielo. Había palomas posadas en el balcón, quietas, como si se hubieran convertido en estatuas.

—Bien —respondió. El dolor de cabeza se le extendía por toda la frente.

—Vaya golpe te has dado.

—Sí, supongo que sí.

—¿Qué pasó?

—Me caí. ¿Dónde está Lucas?

—Se tuvo que ir. Pero en serio... Estamos preocupados por ti.

Volvió a mirar a Natali y ahora le dio la impresión de que estaba nerviosa.

—Sabes que siempre puedes contar con nosotros —continuó—. Si pasa algo, esta siempre es tu casa. Lucas te extraña.

—No tiene por qué —dijo Micaela—. Estoy aquí.

—Pero llevamos mucho tiempo sin vernos todos. Así que he pensado que a lo mejor habías oído algo.

Micaela se incorporó en el sillón.

—¿En mi trabajo, o qué?

—No, más bien así en general.

Pensó en el arma que Lucas había sacado en el bosque.

—¿Y qué crees que podría haber oído? —preguntó Micaela.

—Bah, déjalo —contestó Natali incómoda—. He soñado que tú yo íbamos a ser amigas. Un poco como hermanas.

Vamos ya, pensó Micaela. Por favor.

—Lucas nunca me habla de cuando eran pequeños —prosiguió Natali—. Me encantaría saber cosas. Me imagino que Lucas y tú eran superíntimos. Tenían que ocuparse de todo y eso.

—Ya te lo contaré algún día —dijo Micaela al levantarse de manera ostensiva o, al menos, irritada.

Se dirigió hacia el baño para arreglarse y luego salir. Natali la seguía como un perro abandonado, y en la sala le tomó la mano. Sus ojos se cruzaron con inesperada intensidad.

—¿Sabes lo que suele decir Lucas? —preguntó Natali.

—No.

—Que tú siempre te portabas bien mientras que él no paraba de hacer un montón de estupideces y de meterse en líos, pero que en realidad debería haber sido al revés.

—¿Y eso por qué?

—Porque él aspira al orden y a la tranquilidad mientras que tú, en el fondo, siempre has querido violar las reglas y organizar el caos. Eres como su padre, dice. Lo que en realidad desearías es llevar la contraria y protestar —añadió Natali, y Micaela, por mucho que le costara escucharla, procuró ponderar sus palabras.

Se acordó de los papelitos de su padre donde

escribía que había que dar la cara y denunciar las injusticias. Dijo:

—Tonterías. Yo soy la niñita formal.

—Yo creo... —empezó Natali.

Micaela la interrumpió dándole unas amables palmaditas en la cabeza y entró en el baño. Se echó agua fría en la cara e intentó ocultar parte del moretón de la mejilla con un poco del maquillaje de Natali. Luego salió y le dio un abrazo exageradamente sentido, como si de verdad fueran amigas o hermanas.

En la calle se encontraba mareada y aterida de frío. Hizo lo que pudo por evitar las miradas de la gente. En Hantverkargatan rechazó otra llamada de Vanessa, y llamó a Jonas Beijer. Se sorprendió de lo contento que sonaba al saber de ella.

Sonó el teléfono. Otra vez su madre, por tercera vez ese día, así que lo dejó sonar. No se trataba de él de todos modos, «el hermano un poco menos querido». Siempre se trataba de Hans. Constantemente Hans. Y ahora que se había hundido en una depresión aguda reinaba un estado de excepción en la familia. Todo lo demás carecía de importancia.

Había que salvar al hijo predilecto. Magnus estaba hasta la coronilla de eso. Se fue a la cocina, y aunque era todavía bastante temprano se sirvió un vaso de cerveza hasta arriba. Luego se sentó en el sillón rojo desde donde tenía una vista sobre la iglesia Oscarskyrkan y la apuró de un trago. Cuando el alcohol se le subió a la cabeza, se sintió un poco mejor. Incluso logró sonreír al pensar en todo el lío que se hizo, aunque no hasta el punto de alegrarse por el mal ajeno, eso no.

Al fin y al cabo, él mismo tenía parte de culpa por cómo se habían desarrollado los acontecimientos. Aun así, estaba tentado de exclamar: «¿Qué les había dicho?». No podía haber ido peor. No después de ese comienzo. Por supuesto, todos los del grupo de análisis se habían quedado como hechizados y le habían dado demasiada información a Hans sin tener ni idea de que él nunca se limitaba a hacer su trabajo y callarse la boca. Hans tarde o temprano diría sus verdades, y en esa ocasión no eran precisamente unas informaciones inocentes las que estaban en su poder.

¿Por qué no podía cerrar la boca?

Pero cuando las primeras advertencias llegaron, Hans se limitó a encogerse de hombros, camino ya de nuevos cometidos. En esa época todo el mundo lo quería contratar. Con todo, como no podía ser de otra manera, su fase maníaca terminó dejando paso a la parálisis y a la depresión. Fue entonces —eso ya lo sabían— cuando habló con Maureen Hamilton de *The Washington Post*. Nadie creía en realidad que hubiera revelado nada importante, de lo contrario habría salido en titulares en el periódico, pero el miedo a que fuera a hacerlo aumentaba. El propio Magnus sin duda contribuyó al recelo general susurrando en el oído de Charles Bruckner. Después de eso fueron por Hans con toda su paranoia y desfachatez. No era de extrañar que acabara viniéndose abajo.

Magnus vio a la hora. Era domingo. Esperaba una llamada del ministro de Exteriores de Francia para tratar la coordinación en la lucha antiterrorista. Por principios consideraba que siempre era mejor que él se encargara de ese tipo de llamadas, y no Kleeberger. Por cierto, ¿no debería tomarse otra cerveza antes? Le gustaba estar un poco relajado cuando hablaba con dignatarios de ese calibre. Le ayudaba a pensar de manera más libre. Sí, francamente, ¿por qué no? Se dirigió a la cocina. Entonces el teléfono volvió a sonar. ¿Llamaba monsieur Chevalier ya? No, no, era Hans, el mismísimo, su alteza real. Advirtió de inmediato, ya en la primera respiración, que no estaba muy acelerado pero tampoco del todo resignado.

—Te noto más animado —dijo.

—Y tú, en cambio, has bebido.

—No, no he bebido. ¿A qué debo el honor?

—Jamal Kabir. El que fue asesinado en Grimsta. Hay algo que no me has contado respecto a su expediente de asilo.

Magnus se quedó paralizado. Se pasó la mano por el pelo. Ten cuidado, pensó.

—Te he contado absolutamente todo —dijo.

—En tal caso no eres tan omnisciente como yo siempre he soñado. La historia no cuadra.

—¿Y por qué no cuadra?

—Hay algo embarazoso en ello, ¿verdad? ¿Algún tipo de acuerdo o trato con la CIA?

—No pienso comentar nada contigo, y menos en una línea abierta.

—Pero ¿tan desvergonzados son como para intervenir los teléfonos de la gente?

—Muy divertido.

—¿Es la segunda o la tercera cerveza?

—Nuestra madre dice que no le contestas el teléfono. Está desesperada.

—Pobrecita.

—Cree que vas a saltar de un puente o algo. Ha empezado a delirar otra vez más sobre esa crisis nerviosa que sufriste en Helsinki.

—Respecto a ese punto puede estar tranquila.

—¿Respecto a qué punto?

—El que sea.

—De modo que has vuelto a indagar en aquella vieja historia. ¿No tienes cosas más importantes que hacer?

—También me gustaría hablar con el *maestro*. Organízame una reunión.

—Él no sabe más que yo.

—Más bien menos, diría yo. Pero es una persona de trato más agradable.

—Pero ¿qué te has creído, carajo? No puedes obtener audiencia con Kleeberger así como así, de la noche a la mañana. Además, te lo prometo, no hay nada que sacar. Al menos no al nivel que tú te imaginas. Es tu enfermedad la que habla.

Hans se calló. Buena señal, pensó Magnus.

—Está bien —dijo al final—. Entonces introduzco mi trastorno bipolar como un factor en la ecuación. Pero quizá...

—¿Qué?

—Lo deberían hacer ustedes también. Verme un poco como un factor de riesgo.

—Por todos los demonios, Hans...

—Gracias, querido hermano.

Magnus colgó con un golpazo mientras soltaba una sarta de improperios. Apuró lo que quedaba de su segunda cerveza de un trago. Todo su buen humor se había esfumado; típico, justo ahora que le esperaba una llamada tan importante como la de monsieur Chevalier. ¡Vete al demonio, Hans! ¿Y Kabir? Entre todos los casos en este mundo, ¿por qué te empeñas precisamente en dedicarte a ese? Además, hace poco parecías casi al borde de la muerte. Y ahora... ¿qué ha pasado?

Lo averiguaría tarde o temprano, de eso no le cabía duda. Por un instante se quedó con el teléfono en la mano para llamar a Kleeberger, pero en su lugar decidió ir directo a la boca del lobo.

—No juegues conmigo, Hans —murmuró—. No juegues conmigo.

Jonas Beijer acababa de volver a casa tras haber ido a buscar a Samuel al club hípico cuando llamó Micaela.

—Hola —contestó animado, y se acordó de que había pensado en ella la noche anterior.

Aunque, evidentemente, no era nada que pensara reconocer. Estaba a punto de preguntarle cómo estaba todo cuando se percató de algo extraño en su voz. Luego dijo algo que sonaba aún más raro. Debía de haberlo oído mal. Dejó la bolsa en el suelo de la cocina y le explicó a Samuel que tenía que hablar de una cosa del trabajo. Entró en la recámara y cerró la puerta.

—¿De qué estás hablando? —inquirió.

—Los americanos torturaron a Kabir.

—No, no —rebatió—. Fueron los talibanes. Ya lo sabes.

—Eso es mentira —repuso ella—. ¿Podemos vernos?

Le gustaba mucho verla, llevaba tiempo deseándolo, pero ahora era como si no fuera capaz de pensar. ¿De qué estaba hablando? ¿Quería hacerle creer que los estadounidenses habían encadenado a Kabir para torturarlo?

—Los americanos no torturan a la gente de esa manera —objetó.

—¿Nos podemos ver en el café cerca de tu casa?

—¿No estarás borracha o algo? Suenas...

—Nos han engañado —interrumpió Micaela, y Jonas tuvo el impulso de espetarle que dejara de decir tonterías.

Al mismo tiempo ocurrió algo dentro de él, como si una parte de su ser no estuviera dispuesta a descalificar lo que decía, por muy raro que sonara. Había una lógica en ello, ¿no? Los condenados estadounidenses de Kabul les habían dado tantas evasivas, como si realmente ocultaran algo decisivo.

—¿Quién te lo ha dicho? —preguntó.

—Exteriores lo ha confirmado, y Falkegren lo sabe desde el verano —explicó.

Jonas Beijer permaneció callado. Era demasiado, casi imposible de asimilar. Se oyó a sí mismo decir que le encantaría verla al cabo de media hora en su café habitual.

—También me gustaría hablar con el *maestro*. Organízame una reunión.

Su intérprete, Maria Ekselius, le tradujo la conversación. Charles Bruckner murmuró para sí. Era domingo, llevaba ropa deportiva, estaba sudoroso y sentía que estaba a punto de sufrir calambres en la pantorrilla. En realidad no debería estar allí, pero había sido exageradamente ambicioso con su entrenamiento, otra vez. «Es tu manera de controlar el miedo a la muerte», como lo resumía su mujer. No se había contentado con correr una vuelta por Djurgården, sino que además había ido al gimnasio del trabajo para hacer pesas cuando de repente lo habían interrumpido.

Al igual que la mayoría de los agentes de su generación —acababa de cumplir cincuenta y ocho—, Charles había sido formado para luchar en la Guerra Fría. Pronto consiguió un puesto dentro del contraespionaje, con destino en Berlín primero y luego en Moscú. Pero después de la caída del comunismo, como les había pasado a tantos otros, no supo muy bien qué hacer. Más que nada por falta de otras ideas, solicitó un puesto en la sección de terrorismo en Oriente Próximo, y acabó destinado a Jartum, la capital de Sudán. Se sentía como el hombre equivocado en el lugar equivocado. Pero después del once de septiembre pudo dar las gracias a su estrella de la suerte, pues en Jartum había residido un saudí escapado de la justicia, excombatiente en Afganistán, sobre el que había aprendido bastante. El hombre se llamaba Osama bin Laden, y de la noche a la mañana Charles llegó a ser considerado un agente en posesión de unos conocimientos privilegiados y únicos.

Ascendió y se rodeó de una serie de expertos externos. Con todo, tan solo un par de años más tarde allí estaba en Estocolmo, en un puesto de semirretiro, lo cual en absoluto se debía a ningún error suyo. Había sido su mujer quien se hartó de sus horarios de trabajo y todas las salidas urgentes, y dejó claro que ya le tocaba a ella decidir. Se habían trasladado a Suecia cuando Charlotte consiguió una cátedra visitante en la Escuela Superior de Arquitectura de Estocolmo. En más de una ocasión Charles expresaba su malestar por el nuevo destino, pero al menos podía dedicar más tiempo a hacer ejercicio, y ahora, a pesar de todo, parecía que le había tocado un asunto un poco más interesante.

La llamada venía de Peter McDonnell, de su antiguo grupo de Langley, para comunicarle que habían interceptado una conversación de «tu profesor, tu genio de confianza». La indirecta no se le escapó, claro, por lo que subió corriendo a buscar a su intérprete, Maria, para escuchar la conversación. Ahora la estaba mirando desconcertado mientras murmuraba que era muy raro. Francamente, apenas le resultaba comprensible. El día anterior, sin ir más lejos, todos habían estado convencidos de que ya no merecía la pena intervenir el teléfono de Rekke. A todas luces no constituía ninguna amenaza; apenas tocaba su computadora, no pronunciaba más que monosílabos por teléfono y daba la impresión no solo de estar agotado, sino también de albergar tendencias suicidas. Y ahora, de pronto, quiere reunirse con el ministro de Asuntos Exteriores.

—¿Y por qué demonios quiere verlo ahora?

—No tiene por qué ser por nada en especial. ¿No son buenos amigos? —contestó Maria a la defensiva, como si se sintiera atacada.

—Ya no —puntualizó Charles antes de ponerse la chamarra del pants y salir al pasillo, sin siquiera despedirse.

Al cabo de unos pocos metros se arrepintió y se preguntó si no debería volver y tratar de involucrar más a Maria. Al fin y al cabo, era ella la que dominaba el idioma. Pero no, siguió caminando, necesitaba reflexionar y determinar cómo de serio era el asunto. Estaba claro que en el peor de los casos podía convertirse en una auténtica crisis.

La *Associated Press* había publicado un extenso reportaje sobre Abu Ghraib, la prisión de Bagdad. El artículo no había acaparado mucha atención. Se suponía que la gente entendía que no se podían aplicar métodos interrogatorios normales con ese tipo de personas. Sin embargo, también era verdad que circulaban informaciones preocupantes, y si Rekke con sus conocimientos y su capacidad de expresión empezara a hablar ahora cuando los periodistas ya olían sangre, mal asunto. Pero lo cierto era que Charles no lo creía; al fin y al cabo Hans era un caballero y, con todo, Charles lo había extrañado.

—*Claritas*, Charles, ¿no ves adónde conduce?

El recuerdo le provocó una sonrisa mientras entraba en el garage y abría la puerta del Ford, su auto diplomático negro. Resultaba algo llamativo para su gusto, pero tenía sus cosas e infundía cierto respeto. Se sentó al volante y, justo cuando salía de la zona de la embajada, sonó el teléfono. Aquí el que no corre vuela, pensó.

—Magnus —saludó—. ¿Cómo estás?

—Muy ocupado, no paro. ¿Cómo está Charlotte?

—Estupendamente. Yo soy el único que extraña el calor de mi tierra.

—Pero la primavera está a la vuelta de la esquina. A Estocolmo las primaveras se le dan bien.

—No me parece que haya temperaturas decentes hasta el mes de julio —se quejó mientras enfilaba Gärdesgatan preguntándose cuánto tiempo tardaría Magnus en ir al grano.

—Estoy un poco preocupado por mi hermano —explicó.

No mucho, por lo visto.

—¿Sí? ¿Y eso? —contestó Charles haciéndose el ingenuo.

—Ha vuelto a indagar en el viejo tema de Kabir, y no quiero que se meta en líos.

—La familia siempre va primero, ¿verdad? —comentó Charles solo ligeramente sarcástico—. ¿Qué puedo hacer por ti?

—He pensado que a lo mejor podrías recordarle que no es muy inteligente teniendo en cuenta la situación jurídica.

—¿Y no sería mejor que se lo dijeras tú mismo?

—Me da la impresión de que no estaría mal un ataque desde dos frentes.

Charles se incorporó a Oxenstiernsgatan sopesando las posibles alternativas de acción que tenía. ¿Debería ir a verlo?

—¿Qué le ha hecho retomar ese asunto? —preguntó.

—Debe de haber descubierto algo. Lo averiguaré.

—¿Qué quiere? —inquirió Charles.

—Solo enterarse, supongo —contestó Magnus—. No soporta un misterio sin resolver. Le produce como una especie de comezón.

—Ya lo sé —dijo Charles, y decidió pasar a verlo ya en ese momento, quizá no necesariamente para hablar, sino más bien para hacer acto de presencia.

Dio un giro de ciento ochenta grados y subió hacia Grevgatan mientras pensaba en los ojos azul claro del profesor, que siempre veían más de lo que deberían, tanto en este mundo como, a veces, en otros universos paralelos.

Micaela no debería haber ido, sino haber vuelto a casa para dormir y quitarse de encima el dolor de cabeza. Pero allí estaba, en el café habitual de Jonas en la plaza Mariatorget mirándolo con ojos entornados.

—Te voy a llevar al hospital —dijo—. El moretón tiene peor aspecto a cada segundo que pasa.

—Estoy bien —aseguró ella.

A Jonas se le veía desconcertado, y olía a caballo. Llevaba una chamarra de cuero negra y una camiseta blanca, como si hubiera buscado un look un poco más rockero. Parecía haber dormido mal.

—Al menos dime qué te ha ocurrido —continuó—. ¿No será que alguien te ha dado una paliza?

—No, solo ha sido una torpeza mía, nada más.

—Pero vienes directamente de una fiesta, ¿verdad?

Micaela bajó la mirada a su falda y su blusa,

que olían a cerveza; esa maldita ropa ni siquiera había entonado bien en el Spy Bar.

—Algo así —dijo, pensando que ojalá pudiera esconderse en un suéter XL, como en el trabajo. Y tal vez Jonas se diera cuenta, porque colocó su mano encima de la de Micaela mientras musitaba que él también debería salir más.

Acto seguido se puso serio.

—¿Y de repente, sin más, te diste de bruces con una revelación alucinante?

Micaela le retiró la mano.

—Algo así.

—¿Y cómo fue?

—Una casualidad.

—Por Dios, Micaela. ¿No te das cuenta de cómo suena?

Se daba cuenta, y se preguntó cuánto debería revelar.

—Aunque no parece que la información te haya sorprendido demasiado.

Jonas Beijer negó con la cabeza.

—¿Qué dices? Pero si estoy en estado de shock total. —Hizo una pausa antes de continuar—. Es solo que me niego a creer que torturen a gente así, como si estuviéramos en el Medievo...

—La CIA cambió sus métodos de interrogatorio después del once de septiembre —lo interrumpió Micaela.

—Algo he leído sobre eso —reconoció él—. Pero, carajo..., ¿meter a personas en una oscuridad total y dejar que se mueran congeladas...?

—Al parecer se les fue yendo de las manos poco a poco.

—No sé. ¿Y por qué nos lo ocultó Falkegren?

—Tendría sus razones —respondió Micaela.

Jonas Beijer sacudió la cabeza de nuevo. Fuera, en la calle Sankt Paulsgatan, un camión amarillo cargaba la basura.

—Pero bueno, está bien —dijo Jonas Beijer—. La verdad es que tampoco suena completamente disparatado.

Micaela observaba el camión de la basura al tiempo que su malestar crecía.

—¿Por qué dices eso? —preguntó.

—Es que ha sido tan condenadamente difícil avanzar algo en esta investigación... —Se calló como sopesando si sería oportuno continuar.

Micaela no albergaba duda alguna de que fuera a hablar; se le veía demasiado cargado de culpa como para callarse.

—¿En qué sentido? —preguntó Micaela.

—No teníamos motivos para dudar de que los talibanes hubieran torturado a Jamal Kabir. Es que había documentos jurídicos que lo certificaban, y la Dirección General de Inmigración lo consideraba confirmado. Pero los representantes americanos en Kabul con los que contactamos venían con evasivas y no nos daban nada concreto. Entonces me dirigí a la policía local y, tras recibir un poco más de lo mismo al principio, al final me mandaron por fax un documento que lo cambió todo.

—¿Qué decía ese documento?

—Que Kabir de vez en cuando había trabajado para los talibanes —dijo—. Que había tenido algún tipo de vínculo con uno de sus ministerios.

Micaela lo miró perpleja.

—¿Qué ministerio?

—Uno de nombre bastante surrealista: la Oficina Propagandística para el Mantenimiento de la Virtud y el Impedimento del Pecado.

—¿Y qué hacía para ellos?

—Al parecer, se metía con gente que violaba las reglas de los talibanes, al menos algunas de ellas.

—Mira tú por dónde, el héroe del pueblo.

—Los de Inmigración hicieron un trabajo pésimo.

—Nosotros también.

—Sí, es posible —continuó Jonas Beijer mientras paseaba la mirada por el café—. Aunque no creo que la idea que nos formamos de él haya sido falsa en realidad. Era increíblemente emprendedor, y casi todos hablan bien de él. Es solo que... hay algo que no encaja. Muchos dicen que odiaba el régimen talibán. Aun así era íntimo amigo del mulá Zakaria, uno de los líderes, ya sabes.

—Al que mataron en Copenhague.

—Sí, ese. Y es algo que hemos investigado también, claro. Si habían mantenido el contacto después de la caída del régimen. Pero lo más interesante de todo son los ataques de ira que tuvo Kabir. Ya conoces todas las reglas enfermizas que instauró el régimen; no podías hacer nada: ni leer, ni ver películas o la televisión, ni escuchar o tocar música..., ni siquiera podías tener un canario. Y el tema de las mujeres, bueno, estás al tanto. A las mujeres las encerraban y las privaban de todos sus derechos. Y habíamos pensado que Kabir estaba en contra de toda esa locura, pero resulta que a veces se veía arrastrado a ello a pesar de todo. Y nos preguntamos si ahí podía haber algo, algún abuso que cometió, por ejemplo, que alguien quería vengar.

—Pero no encontraron nada.

—Solo algunas cosas menores, nada importante, más que nada historias que se podrían calificar como vandalismo. Pero aun así resulta raro. Como ya sabes, en primavera de 1997 los talibanes comenzaron a perseguir a los músicos, sobre todo a los que habían sido formados por los rusos durante la ocupación soviética de los años ochenta.

—Sí —dijo Micaela.

—Se consideraba que la música podía llevar a la inmoralidad. Ya desde el primer día de asumir el poder, los talibanes empezaron a destruir instrumentos, discos, casetes.

—Sí, lo conozco.

—Pero aunque a los músicos por lo general se les veía como a delincuentes, los que se llevaron la peor parte fueron los que tocaban música clásica occidental y habían colaborado con los impíos comunistas. Varios de ellos desaparecieron o fueron asesinados esa primavera.

Micaela se inclinó hacia delante, intentando quitarse de encima el mareo y el dolor de cabeza.

—¿Estás diciendo que Kabir...?

—No, no, no digo eso. No tenemos nada que indique que haya cometido ningún acto violento.

—Pero aun así...

—... destrozó instrumentos, entre otros un violín y un clarinete. Era como si se hubiera vuelto loco.

—Suena absurdo —comentó Micaela.

—Sí, desde luego. Pero ese incidente no nos llevó a ninguna parte.

Micaela parpadeaba de sueño mientras intentaba aclararse los pensamientos, pero el dolor de cabeza solo empeoraba, y cuando desvió la mirada al camión de la basura de fuera, le costaba enfocarla.

—¿No tendrás un nombre? —preguntó—. ¿Alguien con quien pudiera hablar?

Sintió una mano en el cuello, levantó la vista y se encontró con la cara preocupada de Jonas.

—¿Sabes qué? Te voy a llevar al hospital.

—No, no. Te he preguntado si tenías algún nombre.

—No empieces a hurgar en eso. Lo único que vas a conseguir es sacar de sus casillas a Fransson.

—Un nombre.

—Emma Gulwal —respondió al fin—. Es una de los músicos de Kabul a los que Kabir atacó. Rompió su clarinete, al parecer totalmente fuera de sí. Gulwal vive en Berlín ahora. La encontrarás en la información telefónica internacional. Pero, por favor, no hagas nada todavía. Si lo que dices de la CIA es verdad, prometo que voy a hacer lo que pueda para volver a meterte en la investigación.

—Muy bien —dijo ella; apartó la mano de Jonas de su cuello y anotó el nombre en una servilleta.

Permanecieron en silencio un rato.

—De acuerdo —constató Jonas—. Veo que no me vas a dejar llevarte al hospital, pero ¿te puedo preguntar otra cosa? ¿No será por casualidad Rekke con quien has estado hablando?

Ella miró de nuevo fuera, hacia la plaza.

—¿Por qué lo preguntas?

Los ojos de Jonas se desviaron a la plaza también antes de voltearse hacia ella con una repentina intensidad.

—Porque tengo esa sensación. Falkegren...

—¿Sí?

—Ese idiota me convocó en su oficina poco tiempo después de que soltaran a Costa —continuó—. Ya no me acuerdo de con qué excusa. Supongo que más que nada porque estaba nervioso, por toda la porquería que nos han echado en la prensa. Le expliqué que queríamos volver a consultar a Rekke. Creo que incluso le dediqué un cumplido por haber enviado la investigación a Rekke. Me imaginaba que se sentiría halagado.

—Pero no fue así, ¿o qué? —intervino Micaela, y para su sorpresa Jonas ya no parecía irritado ni tampoco preocupado.

Todo lo contrario: esbozó una sonrisa como si se hubiera acordado de algo divertido. Luego se levantó para ir por más té. Micaela se quedó sentada en su silla, pensativa y mareada, y rechazó otra llamada de Vanessa.

Capítulo 17

¿Realmente quería ver a Kleeberger? ¿Le interesaba siquiera la investigación? Creía que ya no. Sin duda solo había pretendido demostrarse a sí mismo —o quizá aún más a Julia— que no había perdido la facultad de tomar la iniciativa.

Aguzó el oído esperando sus pasos. Ahí venía. Con gesto intrigado. Rekke desvió la vista.

—¿Qué te ha dicho Magnus? —preguntó Julia.

—No mucho, sobre todo expresó su irritación —contestó antes de levantarse.

Volvió a mirarla, orgulloso, creía, pero también con cierto extrañamiento, como si en ese instante tomara consciencia de que su hija se había convertido en una persona independiente y no se hubiera dado cuenta hasta entonces.

—Creo de veras que te haría bien ocuparte de eso —dijo.

—Sí, puede ser —admitió Rekke—. Pero antes me voy a acostar. ¿No quieres irte y hacer algo de provecho un domingo como hoy?

—¿Sabes lo que me dijiste una vez?

—No, ¿qué te dije?

—Que lo que se deja a oscuras se tuerce. Como una planta que se curva bajo un techo.

—¿Me expresé de una forma tan poética?

—Dijiste que la oscuridad no solo oculta. También transforma. Corrompe.

—De modo que la moraleja es...

—Que deberías averiguar lo que Magnus te está ocultando —completó Julia—. Y no quedarte ahí mirando dentro de ti mismo.

No, eso no es nada bueno, pensó. *Horror vacui.* Nada es peor que el vacío que hay en nuestro interior. Por otra parte, observar el mundo tampoco supondría mucha diferencia. Reinaba la misma oscuridad por todas partes. Pero debería animarse, por el bien de Julia. Aunque primero tenía que... Entró en el baño y rebuscó en su botiquín mientras sopesaba lo que convendría tomar. Qué vida tan miserable llevo, pensó. Qué desastre de padre le ha tocado a Julia.

De nuevo acudió a su cabeza el tren que entraba a toda velocidad por el túnel, y el repiqueteo de los pasos que se acercaban al mismo tiempo. Dos fuerzas que tiraban de él, y que todavía luchaban por su alma, como Dios y el diablo. Vaya tontería, pensó. Qué tontería tan melodramática. Cerró el botiquín, indeciso, angustiado.

Pero la idea permanecía. Visualizaba los ojos de Micaela. Lo contemplaban como si la hubiera decepcionado profundamente. Pensó en la fuerza contenida que había en su cuerpo. Dijo en voz alta:

—No tomaré nada.

—¡¿Qué?! —gritó Julia.

—Nada —respondió.

Entró en su estudio, se acercó al escritorio con la condenada estatuilla de Rodin de la niña que saluda con una reverencia. La había comprado en su momento porque vio en la chica cierto parecido con él de niño, pero ahora solo transmitía la impresión de una niña que estaba todo el día haciéndole reverencias. Debería llevarla al desván, dejarla flexionar sus rodillas en paz y soñar con una vida mejor.

¿No guardaba todavía la documentación del caso en algún lugar? El CD con la grabación del partido de futbol lo había encontrado ya, pero el resto... No se acordaba muy bien de lo que había en la computadora y lo que le habían enviado impreso.

Buscó entre sus archivos confidenciales y dio con bastantes cosas. ¿Y si las revisaba? Antes, no había nada que le proporcionara una mejor cura para sus males que unos misterios criminales. Solía afrontarlos con la difusa sensación de que, si encontraba la solución, aprendería algo nuevo sobre sí mismo. Pero ahora, con el grito rojo ocupando cada recoveco de su cabeza, con toda su incapacidad, no, solo sería un martirio. Como tocar el piano con dedos rotos.

De todos modos empezó a ver de forma distraída las declaraciones, las fotografías de la autopsia, el informe del lugar del crimen, saltando entre un archivo y otro sin ser capaz de enfocar la mirada ni de centrar sus pensamientos. Más que los documentos, lo que veía era su propia oscuridad.

Al contemplar las imágenes de Kabir tirado en el bosque con la cabeza rota y los brazos cruzados bajo el pecho, se figuraba verse a sí mismo en una realidad alternativa en la que había podido dar el paso a las vías del tren.

Ampliando las fotos en la computadora, logró penetrar la niebla de asociaciones y recuerdos que le impedían verlas bien y entonces, a pesar de todo, quedó absorbido por el caso, como si el cuerpo inerte de Kabir poco a poco le devolviera la vida a él.

¿Qué te pasó, pobre hombre?, pensó.

¿Y qué habrás hecho para merecer un final así?

Jonas Beijer bebió de su té sin perder la sonrisa entretenida. El camión de la basura allí fuera se había acercado aún más. Micaela se llevó la mano a la frente. El dolor de cabeza se interponía como una membrana entre ella y el mundo. Debería irse a casa ya.

—Llevábamos un tiempo intentando contactar con él sin la ayuda de Falkegren —dijo Jonas—. Incluso Fransson estaba de acuerdo en hacerlo. Pero no conseguimos dar con él, no contestaba los correos ni las llamadas. Así que se me ocurrió preguntar a Falkegren. Pensé que a lo mejor tenía otra vía de contacto, pero cuando le hablaba del profesor me daba evasivas y cambiaba de tema, hasta tal punto que al final me enojé. Le exigí que hablara claro, y entonces salió.

—¿Qué salió?

—Que la embajada estadounidense se había puesto en contacto con él.

Micaela lo examinó entornando los ojos para minimizar el dolor de cabeza.

—¿Y por qué?

—Por lo visto, conocía a algún pez gordo de allí que le había desaconsejado consultar a Rekke sobre cualquier tema relacionado con los intereses americanos en Irak y Afganistán, ya que el profesor supuestamente llevaba su propia agenda en esos temas.

—¿Y eso qué significa?

—Yo lo interpreté como que los americanos le tenían miedo, y se lo dije a Falkegren, pero entonces fue él quien se negó. Insistió en que solo era un consejo y, además, decía, Rekke era inestable psicológicamente. Al parecer lo habían contratado para una investigación en San Francisco de la que lo despidieron por haber presentado unas conclusiones absurdas.

—¿Y qué conclusiones absurdas eran esas?

—Según me informó, se veía a sí mismo en el autor del crimen y mezclaba experiencias propias con las de otros. Aunque tampoco me convenció mucho, no te creas. Tuve la impresión de que Falkegren lo decía más que nada para defenderse, y ahora... ¡Demonios!

—¿Qué? —dijo Micaela al tiempo que se pasaba la mano por la mejilla golpeada.

—Ahora uno se pregunta, desde luego, si no hay una conexión entre una cosa y la otra.

—Es para preguntárselo, desde luego.

Jonas bajó la mirada a la mesa, solo para enseguida alzarla hacia ella con ojos igual de preocupados que hacía un momento.

—Tendré que investigarlo —señaló—. Me aseguraré de que Falkegren reciba su merecido. Pero, carajo, Micaela..., parece que estás a punto de desmayarte.

Micaela volvió a entrecerrar los ojos intentando concentrarse en los miles de preguntas que surgían en su cabeza.

—¿Y el viejo que pasó cerca del campo?

—Atrapamos al hombre equivocado, ya lo sabes. Era de edad similar, y los testigos estaban bastante seguros. Ahora bien, tenía una coartada sólida y tampoco había ningún tipo de conexión entre él y Kabir. Pero, oye, de verdad..., te lo digo en serio. Si no quieres ir al hospital, te llevo a casa ahora mismo.

A Micaela le tentó la oferta.

—Me las arreglaré —dijo.

—No estoy yo tan seguro. No has contestado a mi pregunta. ¿Es a Rekke a quien has visto?

—No, no nos movemos en los mismos círculos precisamente.

Acto seguido se despidió de Jonas con un abrazo que duró demasiado tiempo y caminó Swedenborgsgatan arriba sin tambalearse ni dar un solo tropezón. No le duró mucho. De pronto sus fuerzas menguaron y apenas pudo bajar al metro.

¿Qué estaba haciendo? Quizá era una manera de automedicarse, un sustituto de la morfina y las benzodiacepinas. Estaba simulando ser Jamal Kabir. Incluso se imaginaba que yacía muerto en el bosque con la cabeza reventada y con moscas zumbando en la herida. Se levantó.

O, mejor dicho, se imaginó que Kabir se levantaba, se limpiaba la sangre y la suciedad de la cabeza y del cuello, para luego retroceder en el tiempo y en el espacio, a través del bosque, hasta Gulddragargränd y el campo de futbol. Al final se hallaba delante de Costa contemplando con semblante sereno todo el escándalo que se había armado, hasta que descubrió a alguien —un viejo que llevaba un abrigo verde, según Micaela— que le provocó una mueca apenas perceptible.

Después abandonó el campo y se dirigió de nuevo hacia su muerte. Había escampado entonces, solo chispeaba un poco. Pronto empezaría a llover a cántaros. Intuía que Kabir seguiría alterado, y seguramente también asustado. ¿Alguien me sigue?, debió de haber pensado. Sacó su celular, según los testigos. ¿Estaba pensando en llamar a alguien para pedir ayuda?

En su lugar entró en el bosque y allí, sin duda, permaneció atento a posibles pasos siguiéndolo. Estaba conmocionado. Con la atención aguzada. Difícilmente habría pasado por alto a alguien que se le acercara. Debió de darse la vuelta para encarar a su asesino, y tal vez se quedara tranquilo, o confiara en su grandiosidad y le dijera que se largara, que lo dejara en paz, para luego seguir caminando, orgulloso y terco. Así podría haber sido. Y de súbito, en ese instante, llegó el primer golpe en la nuca con una pequeña piedra afilada que quizá se podía ocultar en la mano.

Luego continuó la paliza, si no furiosa, al menos metódica y extrema. Alguien lo golpeó una y otra vez, incluso mucho tiempo después de que Kabir muriera. No era ni mucho menos un modus operandi ideal. Habría sido más fácil con un arma de verdad, un cuchillo, por ejemplo. ¿Qué significaba que el autor del crimen utilizara una piedra? ¿Era lo único que tenía a mano? ¿O había una idea detrás?

En todo caso, era poco probable que el asesino hubiera conocido el terreno. Debía de haber sido imposible saber que el crimen tendría lugar justo en ese lugar. El asesino, sin duda, se debió de haber manchado de sangre y suciedad, y después habría buscado un arroyo, un charco donde lavarse las manos. Con toda probabilidad se cambió de ropa con una muda que llevaba en una bolsa o mochila, porque de lo contrario habría llamado la atención de algún testigo del vecindario. A no ser que le esperara un auto cerca, en Gulddragargränd.

Rekke imaginó toda una serie de posibles escenarios que lo arrastraron a realidades alternativas que a su vez se dividían en aún más mundos. Pero se dio cuenta bastante pronto de que más que analizando estaba soñando despierto, lo cual, como es lógico, se debía a la falta de información.

Volvió a escrutar las fotos del cadáver en el bosque. Amplió el terreno de alrededor, trozo a trozo, ya no para limpiar la mirada de todo el escombro que flotaba por su mente, sino para examinar minuciosamente el suelo. Tocaron la puerta. Lo ignoró. Descubrió algo amarillo en la tierra fangosa junto al cuello de Kabir: una flor, conjeturó. Nada de que preocuparse, en absoluto, pero debió de pasarlo por alto la última vez.

Apenas resultaba visible, oculta por la sangre y la tierra. Aun así, brillaba de alguna manera, como una pequeña llama, un atisbo de belleza en medio del horror, y quizá —aunque resultaba difícil apreciarlo— era demasiado plana e inánime como para encajar en esa vegetación. ¿Podía estar prensada? ¿Pudo alguien haberla colocado allí? No lo creía, no le convencía.

Sea como fuera, no despegó la mirada de ella. ¿Era alguna especie de iris? Posiblemente. La flor era amarilla y las hojas violeta, en forma de espada. Buscó *iris* en internet, y estaba a punto de darse por vencido —había demasiadas especies— cuando encontró un ejemplar de *Iris darwasica*. ¿Podía ser esa? No, no era del todo igual, en realidad no se parecía mucho, y la verdad era que no entendía qué estaba haciendo. A todas luces, algún tipo de anhelo vano de detalles significantes. Déjalo, pensó. Vete a la cama ya. Oía a la señora Hansson hablar con Julia.

—No quiero preocuparla —dijo.

El comentario lo hizo sonreír. Quizá porque no se le ocurrió nada que pudiera preocuparlo. ¿Qué podría agravar, o aliviar, su estado? A falta de otra cosa que hacer, siguió buscando especies de iris. Las flores parecían burlarse de él con todos sus colores y su esplendor, como si solo existieran para recordarle lo negra que era su vida. Alguien tocó la puerta. Hizo caso omiso. Dio con otra especie que se asemejaba más. *Iris afghanica* se llamaba. No sonaba a algo que pudiera crecer en el bosque de Grimsta. *Afghanica*... Por lo visto se trataba de una hierba alpina que había sido descubierta e identificada por primera vez en 1964 en una montaña al norte de Kabul. Volvieron a tocar la puerta, e hizo una rápida anotación.

—Entra —dijo.

La puerta se abrió, y la señora Hansson lo miró con una expresión no tan preocupada como temía. No debe de haber sucedido nada demasiado destacable, pensó.

—¿Qué haces? —preguntó.

—Trabajar, supongo, por decirlo de alguna manera —contestó Rekke.

—Eso es fantástico, ¿no? Julia me dice que llevas horas aquí dentro.

—No creo que sea tanto.

—¿Has vuelto?

—En cierto modo, quizá.

—No sabes cuánto me alegro, Hans.

—Y a mí me agrada poder contentarte con tan poca cosa. ¿Hay algo que te preocupe?

—No, nada. Además, seguro que no tiene que ver contigo.

—¿Pero...?

—El auto diplomático con esos horribles cristales polarizados está estacionado delante de la puerta otra vez.

—¿Ah, sí? —dijo—. Creía que me había abandonado.

—No lo tomes todo a broma. No me gusta, ya lo sabes. Hay gente en el auto que no hace más que esperar y vigilar —explicó, y entonces se acordó de cuando se acercaron corriendo a atraparlo en plena calle en Stanford y lo metieron en su auto.

Fue una cosa tan dramática que en su momento casi le había dado la risa, pero de alguna manera debió de habérsele quedado en la memoria corporal. Lo sentía ahora cuando Sigrid hablaba de ese condenado auto diplomático cuyo único objetivo sin duda era el de irritarlo e intensificar su claustrofobia. Porque, si no, ¿para qué vigilarlo?; no hacía más que quedarse en casa dedicándose a la introspección. Aunque, pensándolo bien, ¿era lo único que hacía? También había hablado con Magnus por teléfono y había realizado búsquedas en internet. ¿Eso podía estar relacionado con el auto?

—Tengo que usar encriptación —musitó.

—¿Qué has dicho?

—Nada. ¿Qué haría yo sin ti, Sigrid? Lo ves y lo oyes todo.

—Estoy preocupada por ti, Hans.

—No te preocupes. Ni lo más mínimo, querida. Estoy mejor ahora, ya lo ves —dijo, y se levantó decidido a ocuparse del asunto sin demora.

Quizá incluso podía bajar a hablar con ellos. No era imposible que se tratara del mismísimo Charles queriendo recordarle su existencia. Pero no llegó a hacerlo. En su lugar entró en el baño y volvió a abrir el botiquín mientras resonaba en su cabeza el canto de las sirenas del tren saliendo del túnel.

Capítulo 18

Cuando Micaela finalmente consiguió llegar a casa, a duras penas mantuvo el equilibrio hasta llegar a la recámara, donde cayó rendida en la cama sin quitarse la ropa. Estaba convencida de que iba a dormirse enseguida, pero el corazón le palpitaba demasiado fuerte. Se incorporó jadeando. Tengo que calmarme, pensó. Tengo que controlar la respiración. Pero le resultaba imposible, y se le ocurrió que tal vez no había sido muy buena idea hablar con Jonas.

Quizá había expuesto a Rekke a unos riesgos innecesarios. Pero no, debía dar prioridad a la investigación del asesinato, aunque la investigación no la había priorizado a ella precisamente. Se levantó de la cama. La habitación le daba vueltas. Fue titubeando hasta la cocina y por casualidad rozó el bolsillo de su chamarra. Había algo allí: una servilleta donde había anotado dos palabras. Tardó un momento en entender lo que ponía: Emma Gulwal, el nombre que Jonas había mencionado, la mujer cuyo clarinete Kabir había machacado en Kabul.

Abrió el refrigerador y apuró con avidez una botella entera de jugo. Qué raro, ¿no? ¿Por qué un árbitro de futbol dedicaba sus horas libres a romper instrumentos de música? ¿Por qué un hombre que lucha por el derecho a jugar al futbol en un país islamista se involucra en una oficina de propaganda contra el pecado? Entró en la sala y se sentó frente a su escritorio, una tabla de Ikea sujeta a la pared. Hay algo más, pensó. Una persona que hace pedazos instrumentos de música —fuera de sí, como decía Jonas— seguramente es capaz de otras cosas también.

Encendió su computadora y, como siempre, tardó una eternidad en arrancar. Se quedaba como pasmado un buen rato emitiendo un ruido como si tosiera. Una vez que consiguió ponerla en marcha, entró en AltaVista para hacer una búsqueda del nombre, Emma Gulwal. Apareció una mujer con lentes redondos y el pelo cortado tipo paje. Daba una impresión algo severa, con marcadas cejas y pequeños ojos entornados. Más abajo en la misma página había una foto de Gulwal encima de un gran escenario, delante de una orquesta. Aquello ofrecía un aspecto sumamente profesional. Se sabía que Gulwal había dejado su carrera musical y trabajaba ahora como enfermera en Berlín. ¿Debería contactar con ella? No, claro que no. Estaba mal. Lo que debería hacer era bañarse y volver a la cama. Sin embargo, no le dio tiempo de dar muchos pasos en dirección al baño antes de que sonara el teléfono. Era Jonas Beijer.

—Solo quería asegurarme de que has llegado bien a casa —dijo.

—Estoy viendo cosas sobre esa Emma Gulwal que has mencionado.

—Déjalo —le rogó—. Acuéstate, y quédate quieta en la cama, con el cuarto a oscuras. ¿Tienes analgésicos en casa?

—Yo no tomo analgésicos. Me preguntaba por qué Kabir se mostraba tan hostil con la música.

Jonas necesitó un momento para responder.

—Bueno, muchos lo eran. Una herencia del wahabismo en Arabia Saudí, como supongo que ya sabes. Los saudíes prohibieron la música ya en 1978. Jomeini hizo lo mismo en Irán en 1979. La música se veía como la tentación del diablo.

—Pero Kabir no parece haber sido un extremista respecto a nada más.

—En cualquier caso, oportunista sí que era. Hizo lo que fuera para poder seguir con su futbol. Quizá quería mostrarse como un buen musulmán ante su amigo el mulá Zakaria.

Micaela pensó en eso de acostarse en la cama en la oscuridad. Sonaba a buena idea.

—Eso también es raro —comentó ella—, que fuera amigo de ese tipo. Tampoco encaja con su imagen de futbolista enrollado.

—No, no mucho.

—¿Y romper instrumentos? —continuó—. Parece algo más que oportunismo.

—Quizá también había un aspecto clasista, un odio clasista incluso.

—¿En qué sentido?

—Los músicos a los que atacó eran todos de la antigua alta sociedad de Kabul que tenía vínculos con Occidente.

Micaela se acercó a la cama.

—¿No dijiste que había músicos que fueron asesinados también?

—O que desaparecieron.

Se acostó.

—¿No hay ningún caso que les haya interesado en especial? —preguntó.

—A decir verdad, no. Pero hubo una cosa por la que nos hemos interesado un poco que sucedió esa primavera, en abril de 1997. Le dieron un tiro en la cabeza a una mujer violinista en la noche mientras estaba tocando en el sótano de su casa. Era amiga de Emma Gulwal. Habían estudiado juntas en un conservatorio soviético en Kabul en los años ochenta.

—Vaya —dijo Micaela—. ¿Así que se conocían?

—Eran buenas amigas, creo. Pero no hay nada que indique que Kabir estuviera involucrado en el asesinato.

Micaela cerró los ojos.

—¿Cómo pueden estar tan seguros de eso?

—Bueno, la verdad es que no estamos seguros de casi nada —contestó—. Pero todo indica que la mujer conocía a su asesino. Aparentemente lo dejó entrar y le enseñó su violín, que estaba escondido en el sótano. Tampoco era un asesinato respaldado por los talibanes. Estaba en la línea de sus persecuciones, pero no en su agenda, y no hemos dado con ningún tipo de indicio de que la mujer y Kabir se hubieran conocido, más bien todo lo contrario. Ella era una niña bien de la alta sociedad, y él un mecánico de motos de un pequeño pueblo de las afueras de Kandahar.

—Está bien, entiendo —dijo Micaela, y se tapó con el edredón—. ¿Y qué es lo que tienes entonces?

—Apenas unos cuantos hilos sueltos, y hace poco Costa hizo una sorprendente reaparición y nos contó que sí, que era probable, a pesar de todo, que hubiera visto a un misterioso hombre allí en Grimsta. Pero su testimonio resulta tan vago y nebuloso que no nos ayuda mucho.

—A todas luces han hecho un trabajo pésimo.

Jonas suspiró.

—Ha sido difícil avanzar.

—Tal vez hay una explicación para eso.

Jonas se quedó callado un momento.

—¿Crees que los americanos nos han mentido descaradamente?

—Pues no es del todo improbable.

—Qué ganas de golpear a ese Falkegren, si resulta que él...

Se quedó sin palabras.

Micaela estuvo a punto de decir que tenían que averiguar por qué Kabir acabó en la Prison of Darkness. Luego decidió que sería mejor tratarlo con Rekke.

—Yo siento un poco lo mismo —dijo ella.

—Lo voy a comprobar mañana sin falta.

Micaela pensó de nuevo que debería haberse callado la boca, al menos de momento.

—De acuerdo —dijo—. Ahora voy a dormir un poco.

—Haces bien. Cuídate.

Se subió el edredón por encima de la cabeza intentando aclararse los pensamientos, con un resultado más bien regular. Se acurrucó haciéndose bolita mientras una relampagueante secuencia de imágenes se proyectaba en su cabeza. Luego debió de quedarse dormida. Percibió solo vagamente el sonido del teléfono. En sueños los tonos se convirtieron en alaridos de alarmas. Debieron de transcurrir horas antes de que se despertara pegando un respingo. Al principio no comprendió qué era lo que la había despertado. ¿El teléfono o el ruido de la plaza? No, tocaban a golpes la puerta.

Alguien quería entrar.

Eran las ocho y media de la mañana del lunes y Rekke ya se había vestido con camisa y suéter y todo. Le sorprendía. Estaba sentado a la mesa de la cocina sin saber cómo había llegado hasta allí. El paseo desde la cama, que forzosamente había emprendido, constituía una mancha negra en su memoria y, a decir verdad, tampoco la única. Guardaba algunos recuerdos inconexos de la noche anterior, cierto, pero eran recuerdos de los que habría preferido librarse.

Entre otras cosas recordaba haber estado tirado en el suelo del baño intentando vomitar. Por lo demás, las últimas doce horas no eran más que una niebla, y tampoco se sentía mucho mejor ahora sentado con la cabeza apoyada en las manos procurando hacerse una idea de lo que había pasado. Hacía un momento estaba tocando el piano y revisando la documentación de la investigación de un asesinato. Ahora eso le parecía un breve paréntesis —que ni siquiera le parecía real—, de vuelta como estaba en la casilla de salida, en la desesperanza y la parálisis, lo cual al fin y al cabo resultaba bastante lógico. Tan fácil no iba a ser recuperarse, ¿qué se había creído?

Estiró la espalda lo mejor que pudo y bajó la mirada a sus manos, que descansaban sobre la mesa. Le parecían ajenas, arácnidas. Le sorprendía que le obedecieran cuando tocaba los primeros compases de la *Apassionata* de Beethoven sobre el tablero de la mesa. Por detrás se oía el tictac del reloj del recibidor. Olía a granos de café recién molidos. Se acercaron unos pasos, y levantó la vista con ojos entornados. La señora Hansson se alzaba delante de él.

—Dios mío, Hans. Deberías estar en la cama.

—Sí, es posible. Pero aquí estoy —dijo intentando sonar alegre.

—¿Tienes algún recuerdo, el que sea, de lo que sucedió anoche?

—Sí, claro. Me acuerdo de que te mostraste

muy amable conmigo, como siempre, y de que yo no era capaz de responder del mismo modo. Te pido disculpas. Gracias, querida Sigrid...

—Estabas en una condición deplorable —lo interrumpió—. Te caíste rendido en la cama con la ropa puesta.

—Eso lo explica todo. Es que me preguntaba por qué llevaba un atuendo matutino tan ridículo. —Sonrió lo mejor que pudo.

—No te burles de esa manera. He estado terriblemente preocupada.

—Sí, claro. No voy a bromear más. Tampoco me siento con muchas ganas, la verdad. Voy a seguir tu consejo. Emprendo la retirada. Me rindo ante las circunstancias —dijo con la misma voz amanerada, arrastrando las palabras, antes de entrar con pasos tambaleantes en el baño, donde se tomó otro manojo de pastillas.

Acto seguido se dirigió dando tumbos a la recámara y se desplomó en la cama, acabando en la misma posición que Kabir en el bosquecillo, con los brazos cruzados sobre el pecho. Sintió que lo invadía una pesada y ominosa oscuridad, como una ola del mar.

—*De profundis clamavi ad te, Domine* —musitó, en un intento de hacer una nueva broma de mal gusto o, probablemente, sin intención alguna.

—Eso ha sido lo más surrealista que he oído en mi vida —dijo Vanessa—. ¿Qué hiciste luego?

—Lo acompañé a casa.

—Y resulta que tiene más dinero de lo que te imaginabas.

—El departamento era enorme, al menos, y había libros por todas partes.

—¿No te gustaba un poco antes?

—Creía que era un hombre que lo tenía todo.

Eran las ocho y diez de la mañana, pero el día ya estaba desordenado. Micaela se había dormido por la tarde y se despertó a las cuatro de la madrugada. Vanessa estaba a su lado en la cama, y al principio le resultó incomprensible, pero después se acordó de que su amiga había tocado a la puerta a golpes y que al final se había arrastrado hasta la sala para dejarla entrar. Y le había caído un aluvión de reproches: Vanessa le reclamó que la había llamado por teléfono «como setecientas veces» y que se había preocupado «mucho, como si fuera su madre». Al parecer, todo terminó con Vanessa pasando la noche en su casa.

—¿Y qué hiciste luego? Si te acostaste con él, me muero.

—No digas tonterías —repuso Micaela—. El tipo acababa de intentar quitarse la vida. No era precisamente el momento de ligar.

—¿Y qué hiciste?

Micaela se arrepintió de haberlo mencionado. Le daba la sensación de que, dijera lo que dijera, se entendería mal.

Estaban sentadas en la cocina, una enfrente de la otra. Fuera hacía sol, aunque también podría ser la lámpara de la cocina que se reflejaba en el cristal de la ventana. No tenía ni idea. El dolor de cabeza seguía allí, como una membrana entre ella y el mundo, y si deseaba algo, aparte de volver a la cama, era comprender mejor lo que Kabir había hecho para los talibanes. Había realizado unas búsquedas un poco al azar esa mañana sin averiguar gran cosa, solo que Emma Gulwal, a quien Kabir le rompió el clarinete, había estudiado en algo que se llamaba «Universidad de la Amistad Soviético-Afgana por la Música Clásica».

—Creo que deberíamos ir a urgencias —sugirió Vanessa.

—Yo voy a trabajar —respondió Micaela.

—Que no, lo que no vas a hacer es trabajar. ¿Qué estás mirando todo el rato?

Micaela levantó la vista de la computadora.

—Estoy con el caso de ese árbitro de futbol, ya sabes.

—¿Es por ese tipo, Rekke? —replicó Vanessa.

Micaela dudó antes de contestar.

—Me he enterado de algunas cosas sobre él, nada más —dijo.

—¿De qué tipo de cosas?

—Creo que el asesinato puede haber sido una venganza por alguna porquería que él hizo en Afganistán.

—Tenía entendido que era un buen tipo.

—Yo también. Nunca se sabe, ¿verdad?

—Sí, desde luego, nunca se sabe —dijo Vanessa, y por alguna razón se rio, pero al no unirse Micaela a la risa insistió de nuevo con lo de ir al hospital.

Micaela no le hizo mucho caso. Siguió rumiando sobre Kabir y por qué había agredido a músicos. No le cuadraba. Por otra parte, no comprendía muy bien a los talibanes en general. Apagó la computadora y se levantó dando un traspié. Fuera el sol brillaba con rayos que le hacían daño en los ojos.

—¡Carajo! —exclamó Vanessa al tiempo que se ponía de pie para ayudar.

—Estoy bien —la tranquilizó Micaela.

—¿Qué dices? Pero si estás mal.

—Bah —dijo Micaela, se deshizo de los brazos de Vanessa y entró en el baño.

Tampoco era para tanto, pensó. Tenía los ojos inyectados en sangre y la mejilla ofrecía un aspecto grotesco, pero ya se le pasaría. Tras aplicarse un corrector para cubrir el moretón volvió a salir. Vanessa se había sentado en la sala con la televisión encendida. Algún experto barbudo afirmaba en el programa matinal de TV4 que había transcurrido un año sin que hubieran encontrado armas químicas en Irak. «La situación resulta profundamente preocupante —explicó el experto—. Toda la región se ha vuelto inestable. Es como si se hubiera abierto la caja de Pandora.»

—Esa guerra es una locura —comentó Micaela—. Iban a combatir el terrorismo, pero en realidad han multiplicado el número de terroristas por tres.

—¿Qué? —dijo Vanessa.

—¿No han aprendido nada de sus viejos errores?

—¿Ya estás otra vez con Pinochet y la CIA?

—Hablo en general.

—Tienes que calmarte un poco. Te prohíbo ir a trabajar.

—Solo voy a comprobar una cosa.

Vanessa lanzó un profundo suspiro.

—Estás loca.

—¿Y tú no tienes clientes?

—Elena se encargará de ellos.

Elena era la chica con la que Vanessa compartía su salón de peluquería.

—Vi a Lucas ayer también —indicó Micaela.

Vanessa levantó la vista con ojos interesados; Lucas y ella siempre habían sido amigos bastante íntimos.

—¿Y qué te dijo?

—Me contó que el árbitro tenía miedo.

—Carajo, qué pesada eres con ese tema.

—Es que han llevado la investigación mal.

—Pero ¿por qué tanta prisa? Vamos, alquilemos una película.

—No tengo el cuerpo para películas.

—Deberías hablar con Beppe.

—¿Por qué?

—Porque según Mario ha empezado a recordar cosas nuevas acerca del asesinato.

—Ya me lo han dicho.

—Te has pasado con el corrector en la mejilla.

—Bien, está bien. —Micaela suspiró.

Sacó un par de llaves de repuesto de la cómoda que había en el recibidor y las tiró a la mesa de centro delante de Vanessa.

Acto seguido se fue al trabajo, pero ya de camino al metro pensó en darse la vuelta. ¿Cuántos días había tenido incapacidad por enfermedad en su vida? Ninguno, que ella recordara, y no le habría importado ver una película, o tan solo dormir veinticuatro horas seguidas para quitarse el dolor de cabeza. Pero continuó caminando, como si tuviera un deber ineludible que cumplir.

Capítulo 19

Jonas no dijo ni una palabra a Fransson, su superior inmediato. Pidió una reunión con Martin Falkegren directamente, pero sin revelar el motivo. «Imposible, no tiene ningún hueco», fue la respuesta de la secretaria sueco-finlandesa del comisario jefe. De todos modos, al final le reservó un cuarto de hora a las diez.

A las diez menos cinco Jonas seguía sentado a su mesa en la oficina abierta de la comandancia. Al fondo vio pasar a Micaela. Como no parecía en mucha mejor forma ese día, tuvo el impulso de ir corriendo a abrazarla, si bien verla también le provocó una extraña sensación de enojo.

Con toda su terca y magullada existencia, le recordaba el sonoro fracaso que había sido la investigación. Se levantó, entró con pasos irritados en el elevador y oprimió el nueve. Voy a leerle la cartilla a ese escurridizo maldito, pensó. Se va a enterar. Pero cuando llegó arriba le empezó a flaquear el coraje, y le entraron dudas de si de veras podía confiar en lo que le había revelado Micaela.

¿Encadenaron los yanquis a Kabir para casi dejarlo morir congelado? ¿Y estaban realmente los de Asuntos Exteriores al tanto de eso? ¿Y lo ocultaron saboteando así la investigación policiaca de un homicidio? ¿Y encima han dejado entrar en el país a un presunto terrorista? Lo inaudito de la idea le iba calando cada vez más. Se detuvo delante de la oficina de Falkegren y tocó la puerta, de forma más discreta de lo que había planeado.

La puerta se abrió de inmediato y el comisario jefe, tras examinarlo un momento con inseguridad, esbozó una amplia sonrisa.

—¡Jonas! —exclamó—. ¡Qué agradable sorpresa! He oído tantas cosas buenas de ti últimamente...

—No sé yo si hay que hacer caso a eso —dijo Jonas un poco avergonzado—. Más bien dudo de estar a la altura.

—¿Y no es eso justo lo que caracteriza a un buen policía? La constante duda de uno mismo.

En ese caso, soy un policía fantástico, pensó, pero no dijo nada. Se limitó a sentarse al tiempo que observaba a Falkegren y se preguntaba si el comisario jefe había deducido el motivo de su visita. ¿Quizá los elogios solo formaban parte de una estrategia, un intento de desarmarlo? No, era imposible que lo supiera. Falkegren, que llevaba jeans y una camisa azul recién planchada, le ofreció un pequeño recipiente con regaliz finlandés.

Jonas declinó con un gesto de la cabeza.

—¿En qué puedo ayudarte? —quiso saber Martin Falkegren.

—Llevo toda la mañana con el caso de Kabir —explicó Jonas.

—¿No habías dejado ese caso ya? ¿No te parece que tenemos suficientes problemas en nuestro propio campo de juego?

Jonas cambió de opinión y tomó unas gominolas de regaliz.

—Sucedió en nuestro propio campo —dijo.

—Ya sabes a lo que me refiero.

—Quizá no del todo —continuó Jonas—. En cualquier caso, ayer me llegó una información bastante sorprendente.

Martin Falkegren lo miró fijamente mientras se reclinaba en la silla.

—¿Y qué tipo de información era esa?

Jonas terminó de masticar el trozo de regaliz. Falkegren le pareció en ese momento un poco nervioso.

—Que Kabir estuvo en una prisión americana en Kabul donde sufrió graves torturas. Y también me enteré de que a ti te informaron de esas averiguaciones hace mucho, en verano.

Martin Falkegren hizo un movimiento con la boca que era difícil de interpretar. Abrió un cajón en su escritorio y lo volvió a cerrar.

—Correcto —afirmó, de manera casi militar.

—¿Y...?

Martin Falkegren irguió la espalda en un aparente esfuerzo de mostrarse igual de seguro y satisfecho que hacía un momento.

—Pues como es natural me lo tomé muy en serio. Pero me lo desmintieron bastante rápido. Tengo buenas fuentes.

—¿Tienes un contacto en la embajada estadounidense? —preguntó Jonas.

—En efecto. Una persona con un control absoluto. Pudimos descartar esos datos enseguida como la propaganda izquierdista que eran. Estados Unidos, evidentemente y con todo derecho, trata a los sospechosos de terrorismo con mano dura, pero no tortura a gente de esa manera.

—Habría sido mejor si nosotros mismos hubiéramos podido comprobarlo.

Falkegren negó con la cabeza al tiempo que hacía un movimiento nervioso con la lengua.

—¿Por qué iba a darles información falsa? ¿No tenían cosas más importantes que hacer?

Jonas procuró reunir un poco de autoridad.

—Sí, claro, pero si resulta que no es falso, entonces el asunto se torna bastante serio, ¿verdad? Daría la vuelta a toda la investigación.

—Ya, pero como ese no es el caso... —se defendió Falkegren.

—Puede que no. Sin embargo, ayer llegó a mis oídos, aunque de una fuente indirecta, cierto, que Asuntos Exteriores lo ha confirmado.

Martin Falkegren dio un respingo.

—Eso me cuesta mucho creerlo —replicó, ahora visiblemente molesto.

—Estoy seguro de que has actuado de buena fe —continuó Jonas, de manera más moderada de lo que habría querido.

—Ya lo creo. Esas informaciones no tienen nada que ver con la realidad.

—Sea como fuera, me gustaría que me dijeras cuánto sabías, y qué era lo que te contaron. ¿Fue Rekke quien contactó contigo?

Falkegren puso cara de ofendido.

—Ese hombre no es digno de crédito —comentó.

—Ya, ya lo has dicho.

—Pero resulta aún más obvio ahora. ¿Sabes que lo echaron de Estados Unidos y que ahora lo consideran un riesgo de seguridad?

—¿De verdad? —dijo Jonas, y de nuevo le entraron dudas—. De todos modos, debo comprobarlo todo con Exteriores, claro —añadió.

—No, descuida. Es mejor que lo haga yo. Conozco al secretario de Estado —insistió Falkegren.

—¿Te refieres al hermano de Rekke?

—Sí, eso es. Se trata de una situación un tanto delicada, sin duda —admitió Falkegren, y Jonas asintió con la cabeza sin revelar que ya había expuesto el asunto a la secretaria de Kleeberger, Lena Tideman—. Muy bien, entonces estamos de acuerdo en eso —concluyó Falkegren.

—Bueno, no sé, pero en cualquier caso quería comentarte otra cosa. Creo que deberíamos volver a incluir a Vargas en el grupo.

—¿Cómo? ¿Y eso por qué?

Falkegren apenas parecía consciente de lo que decía; estaba como ido, sumido en cavilaciones. Jonas decidió que era mejor llevar el tema de Vargas directamente a Fransson.

Micaela estaba sentada a su mesa preguntándose si no debería ocuparse de algo de su trabajo, al menos para guardar las apariencias. Le costaba concentrarse. Vio a Jonas Beijer salir del elevador. Su frustración era palpable.

Se levantó y se acercó a la escalera. Sonó el teléfono.

—Hola, ¿eres Micaela?

—Sí.

—Soy Sigrid Hansson. Estoy muy preocupada por Hans.

—¿Qué ha ocurrido? —preguntó Micaela al tiempo que se daba la vuelta para asegurarse de que nadie la estuviera escuchando.

—Se ha atiborrado de pastillas —explicó la señora Hansson—. No creo que corra ningún peligro urgente, pero se ha quedado completamente noqueado. Yo estoy aquí a su lado vigilando.

—Vaya... —se lamentó Micaela, y empezó a bajar por la escalera.

—Lo que hiciste ayer con Hans fue fantástico. Se levantó y se puso a trabajar. Lograste que recuperara el ánimo.

Micaela se acordó de Rekke acostado en la cama y del brillo apagado de sus ojos.

—A no ser que más bien haya sido la cercanía a la muerte lo que lo reanimó.

—¿Qué dices?

—Son sus propias palabras —aseguró Micaela.

—Bueno, bueno, eso no lo creo. Ustedes ya se conocían, ¿verdad?, trabajando con alguno de sus misterios. Me di cuenta enseguida de que eras una buena influencia para él.

—No sé yo.

—Que sí, yo veo esas cosas. Cuando está deprimido no soporta a nadie. Pero tú has encendido una chispa en él.

—¿No acabas de decir que ha empeorado?

—Sí, lamentablemente. Pero en parte es por mi culpa. Le hablé de ese espantoso auto diplomático que se estaciona delante de la puerta. Creo que han vuelto a ponerle vigilancia, ¿sabes?

—¿Vigilancia? —repitió Micaela, con un repentino malestar.

—Sí, eso es, y no estoy loca ni paranoica. Ese auto ya había venido antes. Justo cuando se mudó aquí, podía aparecer en cualquier momento, y resulta evidente que le recuerda algo horrible que debe de haberle sucedido en Estados Unidos.

—¿Y qué sería eso?

—Sospecho que está en posesión de algunos secretos que temen que salgan a la luz. Creo que pretenden mostrarle que lo tienen bajo la lupa. Por eso no puedo dejar de hacerte una pregunta... Tengo entendido que vives sola.

Micaela se sobresaltó.

—¿Y cómo es que has sabido eso?

—He preguntado un poco por ahí. No te enojes, por favor. No era mi intención inmiscuirme, pero he pensado que quizá podrías hacerle otra visita y tal vez incluso...

—¿Qué?

Micaela salió de la comandancia, preguntándose si no debía acercarse al centro.

—Nada —respondió la señora Hansson—. Pero quiero que sepas que verlo durante los últimos meses me ha partido el corazón. Se ha pasado todo el día acostado en la cama sin hacer nada. Y de repente, como te he dicho, cuando estuviste aquí ayer se animó un poco de nuevo, era maravilloso verlo.

—Me alegro —contestó Micaela.

—Bien, y por eso te quería decir... —dudó un poco— que puedes considerar su departamento un poco como tu segunda casa. Serás bienvenida cuando quieras venir, a ser posible ahora mismo, la verdad.

Micaela se detuvo presa de un sentimiento que no comprendía del todo. Una parte era irritación —«No me digas lo que tengo que hacer»—, pero la otra asombro. Había estado detrás de Rekke durante tanto tiempo, convencida de que no tenía tiempo para alguien como ella, y ahora le suplicaban que lo visitara todas las veces que pudiera.

—Pasaré más tarde hoy —dijo—. Hay una cosa que quiero comentar con él.

—Sería fantástico. Bueno, entonces me contento

con eso de momento —respondió la señora Hansson con voz decepcionada, como si hubiera esperado más.

—¿De dónde se conocen Rekke y tú? —preguntó Micaela, más que nada para cambiar de tema.

—He ayudado a la familia durante medio siglo ya. He visto crecer a los chicos, y por motivos naturales me siento más cercana a Hans, especialmente desde su crisis nerviosa en el concierto de Helsinki.

—¿Qué le pasó?

—Se desmoronó al acabar el concierto... y subió a un balcón, bueno, subió encima del barandal de un balcón, para ser exactos. Por poco la cosa no termina mal. Después de eso dejó de dar conciertos.

—Vaya —contestó Micaela sin saber muy bien qué decir.

—Pero a veces me pregunto si no se encuentra peor ahora, y ha sido todo muy rápido —continuó la señora Hansson—. Tuvo que abandonar Estados Unidos. Se divorció.

—¿Por qué se divorció?

—Me imagino que fue Lovisa la que no aguantó más. Ella es... —La señora Hansson dudó—. No es como Hans. A primera vista es la mujer perfecta, claro, adinerada ella también, y más bella que nadie, de buena familia aristocrática, de rancio abolengo, muy preparada y cultivada, con interés por la música. Pero...

—¿Sí?

—Si me permites, está un poco demasiado obsesionada con las apariencias, con la fachada perfecta, mientras que Hans, como sin duda has advertido, vive en su propio mundo, y lo que busca son estímulos para su mente inquieta, y eso sacaba de quicio a Lovisa. Por este motivo ella se volvió cada vez más y más perfeccionista, como si quisiera compensar la dejadez de su marido.

—Entiendo.

—Bueno, Dios mío, tendrías que haber visto su casa en Djursholm, y te puedes imaginar lo que pasaba cuando ella invitaba a sus amigos de la alta sociedad. Hans se aburría tanto que no podía estar quieto, deambulando de un lado para otro o, peor, haciendo observaciones que nadie quería oír.

—Me lo puedo imaginar —comentó Micaela.

—Y Lovisa, por su parte, cielos, estoy hablando más de la cuenta... Bueno, ella empezó a ver a otros hombres, y lo cierto es que no se le puede reprochar. Es que Hans no es una persona fácil. Pero cuando Magnus y ella se confabularon contra él, se pasaron de la raya...

—¿Estás diciendo que Lovisa y el hermano de Hans...?

—No, no, no digo eso, de verdad que no. Hablo demasiado. Lo que iba a decirte era que, de la noche a la mañana, Hans necesitaba una casa, y no estaba precisamente en condiciones de ir a ver departamentos. Por eso le hablé del ático, justo encima de mi casa, que estaba en venta y que no habían podido vender porque es tan..., cómo decirlo..., sinuoso. Y Hans lo compró sin ni siquiera verlo.

—Un poco raro, ¿no? —dijo Micaela.

—En absoluto, es que él es así. Como comprenderás, me puse muy contenta de tenerlo tan cerca de mí, y durante los primeros tiempos no estaba demasiado mal. Luego fue como si se lo hubiera llevado un demonio. Se respiraba en el aire, como si secretara un veneno. A menudo se pasaba el día entero en la cama, medio paralizado. Llamé a todas las personas que se me ocurría: su familia, sus amigos, su médico...; o sea, su médico bueno, también tiene uno malo. Bueno, perdona mi franqueza. ¿Qué te estaba diciendo? Sí, Hans se iba poniendo cada vez peor, y ahora..., viendo que ese terrible auto ha vuelto..., empiezo a asustarme, y no solo porque él pueda intentar hacerse daño de nuevo.

—¿Sino porque otros se lo harían, o qué?

—No sé —respondió la señora Hansson—. La verdad es que no lo sé. Lo más probable es que me esté alarmando por nada. En cualquier caso, un agente de policía en la casa no estaría mal.

—Pasaré en cuanto pueda —la tranquilizó Micaela.

Terminó la llamada y bajó al metro. Siguió hasta el andén bajo el abovedado techo rojo. El tren llegaría en seis minutos, ponía, por lo que aprovechó para llamar a la centralita de SVT.

Pidió que la pusieran con la reportera Tove Lehmann, como le había propuesto Lucas.

Tove Lehmann accedió con bastante desgana a recibirla al cabo de una hora en el restaurante del edificio de la televisión.

Sigrid Hansson sacudió la cabeza y se preguntó qué diablos le estaba pasando. Apenas conocía a esa chica, y ya estaba soñando con que se instalara en casa de Hans para ayudarla a enderezarlo. Era raro, pero había algo en Micaela que la tranquilizaba, como si las cosas se arreglaran con su sola presencia. Tomó un trozo de chocolate suizo de la despensa, abrió el refrigerador y se sirvió un vaso de agua con gas.

Luego entró en la recámara, y en cuanto vio el color del rostro de Hans advirtió que había empeorado. Al igual que antes, estaba acostado boca abajo, completamente vestido, con los brazos bajo el pecho. Sin embargo, respiraba con más esfuerzo, y la frente y las mejillas presentaban un tono cenizo. Se le escapó en alto un improperio y se precipitó hacia la cama.

—Hans, despierta —dijo mientras lo sacudía.

No hubo mención alguna, ni siquiera un gruñido o un movimiento; nada. Se limitó a quedarse ahí tirado, inconsciente, con la boca abierta y los ojos cerrados. Le propinó un par de bofetadas. Tampoco tuvo efecto. Le invadieron ganas de gritarle y regañarlo, y de llamar enseguida al doctor Richter. Pero antes, comprendió, debía mostrarse resuelta y ocuparse de la situación de manera urgente.

—Hans —dijo en voz muy alta—. Tienes que beber algo. Estás deshidratado.

Pero cuando intentó darle un poco de agua, le resbaló por los labios y le bajó por el mentón. Al final le echó en la cara el resto del agua del vaso, tanto por desesperación como por rabia. ¿Cómo podía ser Hans tan idiota? Como un yonqui cualquiera.

Tampoco tuvo efecto, de modo que sacó el teléfono para llamar al doctor Richter, aunque a punto de marcar el número algo la detuvo. Al principio no entendió lo que era, luego oyó claramente los pasos en la escalera y el ruido en la cerradura.

Alguien, provisto de llaves, estaba entrando. Debía de ser Julia. No, los pasos eran más pesados, de hombre. Se detuvieron en seco, y entonces ella debería haber preguntado quién era, por supuesto, pero en su lugar le asaltó un miedo inesperado.

Había algo en los pasos que no cuadraba. No es normal detenerse así de pronto, sin hacer ruido, al entrar en la casa de otra persona. Algo iba mal, cada vez estaba más convencida. Aguzó el oído. Lo único que oía era el tictac del péndulo dorado del reloj de pared, lo cual no hacía más que aumentar su malestar. Comprendió que tenía que hacer algo. Se levantó y justo entonces volvió a oír los pasos, resueltos, decididos. Gritó:

—¡Oiga, ¿quién anda ahí?!

No recibió respuesta. Que Dios la ayude. Los

pasos siguieron acercándose. Sacudió los hombros de Hans sin conseguir que le diera una sola señal de vida.

—Despierta —dijo—. Despierta, hay alguien aquí dentro.

Capítulo 20

—Me caía bien —dijo Tove Lehmann—. Y todavía me cae bien.

—¿Cómo que todavía?

—Antes era un héroe, ¿verdad? Y ahora se ha vuelto un personaje turbio, ¿no es eso? ¿No es lo que piensan todos?

Tove Lehmann medía seguramente un metro y ochenta y cinco. Seguía luciendo la figura de la nadadora que una vez había sido, ancha de hombros y alta, con sensuales y carnosos labios y pequeños ojos muy juntos, aunque lo que más la caracterizaba en ese momento era la expresión ofendida de su rostro. Y eso que había bajado al restaurante con un aire de celebridad, saludando a la gente como si cruzarse con ella fuera un honor. Tove había ascendido a presentadora y comentarista experta en campeonatos de natación, algo que se había asentado en su lenguaje corporal y le había conferido una sonrisa de estrella de cine. Ahora bien, cuando se sentó al lado de Micaela, cambió al instante. Los ojos le chispeaban de irritación.

—Gracias por verme —dijo Micaela.

—Creía que lo habías dejado ya —contestó Tove.

—Un asesinato no se deja tan fácilmente.

—Me refiero a mí. No he llevado la cuenta, pero creo que he pedido perdón como unas diez veces.

Micaela decidió poner las cartas sobre la mesa.

—Ya no trabajo en el caso.

Tove se la quedó mirando atónita.

—¿Y qué haces aquí?

—He recibido información nueva. Deseaba comprobar algunas cosas.

—He contado todo lo que sé.

—Pero a mí no. ¿Y por qué has tenido que pedir perdón?

—Por nada.

—Vamos ya. Te caía bien, ¿no has dicho eso?

—¿Y eso qué tiene que ver?

—¿No crees que es importante que hagamos todo lo que podamos para atrapar al que lo mató?

Tove dudó, parecía ordenar sus pensamientos.

—No lo dije todo al principio, está bien, y eso fue estúpido, lo siento —continuó con voz igual de malhumorada.

—¿Y qué era lo que te callaste?

—Que Kabir me llamó el día después de emitirse el reportaje.

—¿Y por qué?

—Estaba preocupado. No había pensado que el programa tendría tanta repercusión. Me dio pena, y como tenía el día libre le pregunté si quería ir a tomar un café o una copa. Luego nos vimos en Löwenbräu, mi cervecería habitual en Fridhemsplan.

—¿Y cómo lo encontraste entonces?

Tove Lehmann paseó la mirada por el restaurante con aire de no saber si contarlo o no. Resultaba obvio que el tema lo atormentaba, que no era un recuerdo al que volviera de buena gana.

—Llevaba lentes de sol y un sombrero, como si quisiera esconderse, y no cabía duda de que estaba nervioso.

—¿En qué sentido?

—Bueno, tampoco en un sentido sospechoso, sino más bien de un modo simpático, como si fuera tímido.

—¿Hablaba bien el inglés?

—Sí, la verdad es que sí. Y en eso ya me había fijado cuando grabamos el reportaje. Pero entonces habíamos contratado a un intérprete de todos modos, y él insistió en hacer la entrevista en pastún.

—¿Y qué dijo?

—Que había sido un idiota por hablar tanto en el reportaje. No entendía por qué lo había hecho. Y que había sido por mi culpa. Yo era fantástica. Una amazona y no sé qué más. Por un momento pensé que intentaba ligar conmigo, a su manera un poco torpe y tímida, pero luego me di cuenta de que en realidad buscaba una cosa bien diferente.

—¿Qué?

—No quería que el reportaje se volviera a emitir ni que se vendiera a otros países.

—¿Por qué no lo quería?

—Eso lo sabrán ustedes mejor que yo. Le preocupaba algo.

—¿Te dio alguna idea de qué podía ser?

—Supongo que los talibanes. Como lo habían torturado y eso...

—¿O más bien porque era uno de ellos?

Tove le lanzó una mirada escéptica.

—¡Vamos ya! —dijo.

—¿Y por qué resultaría tan difícil de creer?

Tove reflexionó.

—No tenía aspecto de ser un fanático. Tomaba bastante, por ejemplo.

Así que se pasaron de copas también, pensó Micaela, y te lo callaste. Se esforzó en no mostrar su enojo. No quería activar los mecanismos de defensa de Tove, de modo que se limitó a sonreír entretenida, como si solo le pareciera una anécdota divertida.

—¿Qué bebió?

—Primero cerveza, y luego quiso vodka. Y no me dio la impresión de que fuera la primera vez que lo probaba.

—¿De qué hablaron?

Tove Lehmann reflexionó antes de elegir sus palabras con mucho cuidado.

—De todo un poco. De si estaba a gusto en Suecia y eso. Luego de futbol, claro; jugadores favoritos y cosas así. Me contó que había comprado su uniforme de árbitro en un mercado de Kabul. Uno de los años cincuenta, creo recordar, que le encantaba porque era muy retro. La verdad es que se trataba de un tipo... bastante especial, y me impresionó con las cosas que sabía.

—¿Como qué?

—Había leído a Dostoievski y autores así, o al menos eso decía. Pero luego se le enturbiaba la mirada y se ponía a hablar de cosas terribles que había visto en Afganistán. De un presidente al que los talibanes habían colgado de un semáforo y al que le habían cortado el pene. Y de una mujer a la que le habían pegado un tiro en la cabeza. Lo habían obligado a presenciar la ejecución.

Micaela pensó en el asesinato de la violinista de la que le habló Jonas, pero después se acordó de que los talibanes realmente organizaban ejecuciones públicas en las que mataban a mujeres a tiros, y ordenaban a la gente a acudir a presenciarlo. Había visto una grabación terrible del Gazhi Stadium en Kabul.

—¿Por qué crees que te habló de eso?

—No lo sé —dijo Tove—. Él estaba bastante borracho, y yo ya no me acuerdo muy bien. Pero por lo que contaba debía de haberse encontrado muy cerca. La mujer estaba tan delgada, dijo. Había visto sus omóplatos bajo la blusa.

—¿La blusa?

—O el burka más bien. No me acuerdo. Lo que no olvido es esa mirada increíblemente intensa cuando me lo contó. Como si realmente se le hubiera quedado grabado.

—¿Por qué no nos lo dijiste?

Tove Lehmann recorrió con la mirada el local dejando traslucir de nuevo sus ganas de escaparse de allí.

—Porque me llamó otra vez un par de días después, muy enojado.

—¿Por qué?

—Porque habían repuesto el reportaje en uno de los noticieros de la mañana, y la AFP había retransmitido partes de la entrevista en un programa sobre el futbol bajo el régimen talibán, que se podía ver en unos quince países.

—Así que no conseguiste impedir que se volviera a transmitir.

—Una vez que nuestros reportajes ya se han emitido, no tenemos mucho control sobre ellos.

—¿Se lo habías dicho antes de entrevistarlo?

Tove bajó los ojos a sus manos.

—Quizá no de forma muy clara.

—De modo que estaba decepcionado.

—Dijo que ahora iban a ir por él. Gritó que lo había engañado y todo tipo de tonterías. Pero yo no me callé: «Si tienes tanto miedo de ellos, ¿por qué demonios te has dejado entrevistar, para empezar?». Colgó de sopetón. Ese fue nuestro último contacto.

—Y luego lo asesinaron.

Tove miró por la ventana. Sus mandíbulas se tensaron.

—¿Y tú lo pasaste mal por haber atraído a sus enemigos y decidiste no decirnos nada de su encuentro? —continuó Micaela.

—¿Y qué se supone que debería haber hecho? ¿Subirme a una maldita máquina del tiempo para arreglarlo todo?

Micaela, pese a todo, se la quedó mirando con un gesto reconciliatorio.

—Si te sirve de algo, los que arruinamos la investigación fuimos nosotros, no tú.

—Gracias.

—De nada.

—¿Puedo preguntarte qué te pasó en la cara? —preguntó Tove.

—Me caí.

—Tal vez deberías haberte quedado en casa hoy.

—No me digas —fue la respuesta de Micaela—. Esa mujer a la que pegaron un tiro en la cabeza, ¿te dijo algo más sobre ella?

—No. Pero ahora en retrospectiva..., no sé.

Micaela se inclinó hacia delante.

—¿Qué?

—Me pareció que se excitaba cuando hablaba de ella. Tenía *schadenfreude* en la mirada, como habría dicho mi padre.

Los pasos se acercaron y ahora Sigrid vio el contorno de una figura masculina perfilarse en la puerta. Se asustó tanto que tardó un rato en darse cuenta de que se trataba de Magnus.

—Dios mío, Magnus, qué susto me has dado —dijo al tiempo que sentía por dentro que debía regañarlo por no tocar el timbre ni tampoco responder cuando le hablaba.

Pero no llegó a hacerlo. Algo en la mirada y en la postura ligeramente inclinada del hombre hizo que no se relajara del todo. Magnus llevaba un traje con saco cruzado y una corbata roja, y sus ojos erraban inquietos por la recámara como si buscara algo. Había subido de peso desde la última vez que lo vio, cosa que reforzaba ese aire de apisonadora que tenía su cuerpo.

—¿Qué demonios está pasando? —quiso saber.

¿Y a ti qué demonios te pasa?, estuvo tentada de contestar Sigrid.

—Tu hermano se encuentra mal —dijo.

—Oh, no —respondió Magnus; se acercó corriendo a la cama, levantó los párpados de Hans y le propinó un par de bofetadas él también.

Entonces Hans empezó a gemir e incluso a balbucear un par de frases sin sentido.

—No le pasa nada. Ya verás como enseguida está dando guerra de nuevo.

—Creo que deberíamos llamar al doctor Richter de todos modos.

—Bah, déjalo dormir. Pero ¿qué es este circo que hicieron aquí?

—¿A qué te refieres? —dijo Sigrid.

—Hace poco tocaba la moral de todo dios como si lo hubiera poseído el diablo, y ahora está ahí tirado atiborrado de drogas —continuó.

—Está otra vez deprimido, ya lo sabes, Magnus.

—Sí, ya. Pero normalmente suele atenerse a un solo estado a la vez —prosiguió con una voz que a Sigrid le pareció fría, y estuvo tentada a preguntarle si tenía algo que ver con ese auto diplomático estacionado enfrente de la puerta.

Tal vez Magnus se diera cuenta de su irritación, porque le dio unas palmaditas en el hombro y se puso a hablar de la suerte que tenía Hans de poder contar con ella.

—Eres mi roca, Sigrid. Anda, ¿le preparas un poco de café, por favor? Y yo daré una vuelta por la casa. Tengo mucha curiosidad por ver cómo vive Hans aquí.

Abandonó la recámara con su caminar algo inclinado, un poco agresivo, y por un momento Sigrid no sabía muy bien qué hacer. Al final decidió seguirlo y no tardó en comprender que buscaba algo en concreto.

—No entiendo la distribución de este armatoste de casa, es un auténtico laberinto —se quejó.

—¿Qué buscas?

—Su oficina.

—Está allí a la izquierda, pero...

No le dio tiempo a terminar la frase. Magnus se precipitó a la habitación, se acercó al escritorio y se puso a hurgar entre los papeles de su hermano con una energía impaciente que bordeaba la irritación. Sigrid sintió en su interior que no estaba bien, que no debía dejarlo hacer eso.

—De verdad que no creo que... —empezó.

—*Iris afghanica* —leyó Magnus de un cuaderno que había encima de la mesa—. ¿Es algún tipo de investigación botánica a la que se dedica ahora o qué?

—Por favor, Magnus... —imploró Sigrid.

—¿Tienes la contraseña de su computadora?

—Debo pedirte que salgas de aquí.

—Bah, entre Hans y yo no hay secretos —aseguró Magnus mientras encendía la computadora, impasible ante las palabras de Sigrid Hansson.

Se preguntó si no se vería obligada a sacarle de allí a rastras, amable pero firmemente. En eso oyó unos pasos de alguien que se acercaba arrastrando los pies y luego las palabras:

—Yo más bien diría que secretos es lo único que hay entre nosotros; son pocas las veces que levantamos el velo un poco y fingimos ser sinceros.

—¡Hans! —exclamó Sigrid al tiempo que se daba la vuelta—. No deberías haber salido de la cama.

Tenía razón. Hans Rekke presentaba un aspecto lamentable, empapado de sudor, aturdido, con el pelo sucio y enmarañado pegándosele a una de las sienes. Le costaba mantenerse de pie. Se apoyó contra el marco de la puerta, jadeando, visiblemente mareado. Pero al menos se había levantado de la cama, lo cual debería significar que su estado no revestía tanta urgencia.

—Así que, Magnus, en otras palabras: sal de aquí —continuó.

—Sí, sí. Claro, claro. Es que me preocupé por ti

cuando volviste a delirar sobre el tipo ese, Kabir. ¿No te parece que te has ganado suficientes enemigos ya?

—Hago colección. ¡Fuera! —le espetó Hans, y por un momento pareció que los hermanos fueran a lanzarse el uno contra el otro.

Sin embargo, pasado un rato se fue perfilando una sonrisa en el rostro de Magnus, no por entero desprovista de calidez. Se dirigió a Sigrid:

—Ya ves, no le pasa nada. —Salió de la habitación y dio unas palmaditas amables en la espalda de su hermano. Casi podía haberse percibido como un gesto conmovedor.

Hans le devolvió una sonrisa torcida, como si la situación de pronto, para él también, le resultara más entretenida que desagradable. Sigrid se acordó de escenas de la infancia de los dos hermanos cuando, tras pelearse de esa manera, en un santiamén se reconciliaban, aunque... aunque en esa ocasión la reconciliación solo tuvo lugar en un nivel muy superficial. Una tácita amenaza subyacía en el ambiente.

Magnus dirigió una mirada escrutadora a su hermano mientras parecía debatir consigo mismo.

—Y puedes dedicarte a lo que te dé la gana, claro —dijo.

—Muy generoso de tu parte —replicó Hans.

—Pero me preocupa cuando el resultado de tus investigaciones se difunde, y por lo visto directamente, a la policía de Solna.

Hans miró asombrado a su hermano, como si

no entendiera, o más bien quizá como si de repente la sangre dejara de correr por sus venas.

—¿Qué quieres decir? —dijo.

—Acabo de recibir una llamada del comisario jefe Falkegren. Sonaba muy estresado y quería saber si era verdad que habíamos confirmado tus conclusiones sobre las lesiones de Kabir.

Hans no contestó. Caminó hacia la sala. De pronto se tambaleó, y Magnus se acercó raudo a ayudarlo y llevarlo al sillón. Hans jadeaba pesadamente, y al dejarse caer en el sillón cerró los ojos, como si el enfrentamiento con su hermano hubiera consumido todas sus fuerzas. Magnus lo contemplaba vigilante.

—¿Me puedes explicar por qué el comisario jefe de repente ha despertado de su letargo y se ha vuelto del todo paranoico? —añadió.

—Quizá porque, por ejemplo, le has ocultado la verdad.

—Las cosas no son tan sencillas, y tú lo sabes.

—Sobre todo cuando uno está ansioso por someterse al poder —musitó Hans.

—Tú ya no sabes de qué trata esa historia —le espetó Magnus—. Pero te lo aclararemos con mucho gusto. Kleeberger te recibirá hoy a las tres.

Hans se llevó la mano a la frente.

—No sé si voy a tener fuerzas.

—¿Y no sería mejor que te olvidaras de todo esto e ingresaras en una clínica de desintoxicación?

—Sí, es posible.

Sigrid advirtió enseguida que la respuesta contentaba a Magnus, aunque hacía lo que podía para disimularlo.

—En todo caso, no es nada que te sirva de estímulo.

—No, tal vez no.

—Por cierto, ¿qué te ha hecho volver a interesarte por el tema? —continuó Magnus, con un aire distraído, como de pasada.

La pregunta despertó la atención de Sigrid. Aunque no entendía de qué se trataba, se dio cuenta de dos cosas. La primera, que la respuesta a la pregunta era Micaela; ella había hecho que Hans retomara algún tipo de investigación. La segunda, que Magnus ocultaba algo y no quería que Hans empezara a hurgar en ello. En circunstancias normales no le habría cabido la menor duda de que Hans se hubiera percatado de esto mucho antes que ella, pero ahora no lo tenía claro y le preocupaba que Hans hablara de más.

—Creo que Hans necesita descansar —terció.

—No te metas en esto, Sigrid. No es asunto tuyo —dijo Magnus. Se dirigió a su hermano—. ¿Con quién has hablado?

—Conocí a una persona en el metro —dijo Hans sin dar muestras de desconfianza; ni siquiera parecía que estuviera del todo presente.

—¿En el metro?

—Exacto. No paro de probar nuevas formas de entretenimiento.

Dirigió la mirada con ojos entornados a la ventana y posiblemente sonreía, lo cual debería ser una buena señal, pensó Sigrid.

—¿Y quién era?

—Debía de estar algo aturdido entonces también —explicó con voz lenta y vacilante—. No me acuerdo muy bien.

—No digas tonterías.

—En absoluto. Hablo en serio, como siempre. Pero te puedo dar la alegría de que no voy a poder ver a Kleeberger hoy. Los dejo intrigar en paz.

—Una sabia decisión —comentó Magnus con un gesto de complacencia tal que Sigrid quiso gritarle a Hans: «¡No te doblegues, vete a ver a Kleeberger, exígeles explicaciones!».

Seguramente no era más que un deseo primitivo de venganza por el susto que Magnus le había dado. En todo caso no era asunto suyo. Acompañó a Magnus a la puerta.

Micaela salió del edificio de la televisión pensando en Kabir. ¿Quién era en realidad? Seguía sin tenerlo claro. El dolor de cabeza tampoco remitía, y se arrepentía de no haberse quedado en casa con Vanessa. No debería pretender ser tan fuerte siempre. Además, era ridículo pensar que iba a poder conseguir algo en lo que habían fracasado todos los demás del grupo.

Más allá en Oxenstiernsgatan estaban rodando una película. Cruzó la calle y continuó hacia Strandvägen. Estaban en el mes de abril, pero no había atisbo alguno de la primavera en el aire. El cielo se veía oscuro y se ajustó el abrigo para protegerse del frío. En el puente de Djurgårdsbron, a lo lejos, creyó divisar a Julia. Era probable que se equivocara. A distancia todas las mujeres por aquí se parecían a Julia, pensó: esbeltas, guapas y vestidas con elegancia. ¿Cómo habría sido crecer como hija de Rekke?

¿Tienes miedo de no dar la talla y de decepcionarlo? ¿O das por hecho que la brillantez te será transmitida sin esfuerzo alguno, como parte de los privilegios con los que has nacido? Micaela dejaba que sus pensamientos fluyeran libremente hasta que se detuvieron en la Prison of Darkness, la cárcel que sonaba como a cuento de terror.

Las informaciones sobre la prisión no solo habían cambiado por completo el rumbo de la investigación, sino también su forma de ver a Kabir. La tortura siempre había tenido una carga especial para ella. Su padre la sufrió en Chile. Formaba parte de su personalidad, y quizá por eso ella enseguida sintió compasión por Kabir. Había creído que había sido sometido a tortura por sus convicciones, al igual que su padre, pero ahora... ahora era como si algo de la oscuridad de esa prisión se le hubiera pegado también a él.

En cualquier caso, había sido torturado. Incluso de manera más cruel de la que habían pensado al principio, tal vez. En su cabeza chocaban dos imágenes: Kabir la víctima y Kabir el potencial autor de algo innombrable que había sucedido en

Kabul. Intentaba no especular, al menos no antes de hablar con Rekke, y no se hallaba muy lejos de su casa.

¿Debería subir directamente o llamar primero? Ninguna de las dos alternativas le resultaba muy tentadora. Bien era cierto que deseaba verlo para contarle lo que había dicho Jonas Beijer —incluso sentía la tensión de las expectativas en su cuerpo—, pero también le volvían los viejos sentimientos de inferioridad. ¿Por qué seguía con esa tontería? Apartó el recuerdo de Rekke en la villa de Djursholm y en su lugar lo visualizó en el andén del metro.

Eso le dio un poco de valor, así que lo llamó. Como era de esperar, no respondió. Micaela se planteó regresar a casa, a ver si Vanessa todavía estaba, pero entonces Rekke devolvió la llamada. La agarró desprevenida.

—Hola —dijo Micaela.

—¿Qué tal?

Rekke sonaba cansado.

—Bien —respondió ella—. Suenas cansado.

—Tampoco es para tanto.

—Tengo información nueva —anunció ella.

—Muy bien —dijo Rekke como si le diera igual, o ni siquiera escuchara.

Micaela se preguntó si no debería dejarlo en paz, aunque luego decidió que era mejor soltárselo de golpe.

—Kabir, él...

—¿Dónde estás? —la interrumpió Rekke.

—Muy cerca de tu casa.

—Pues sube.

Farfullaba un poco, pero Micaela no le dio importancia. Enfiló Grevgatan y se acercó a la puerta amarilla bajo el letrero 2B.

Capítulo 21

Martin Falkegren estaba sentado a su escritorio, sintiendo una sombra de pánico recorrer su cuerpo. ¿Eran realmente los americanos los que habían torturado a Kabir? ¿Tenía razón Rekke pese a todo?

Le había dado esa sensación cuando habló con su hermano. ¿Volvería todo como un bumerán para atizarles una bofetada en la cara? Fue duro cuando tuvo que soltar a Giuseppe Costa, y ahora... ¿qué podría ocurrir? La prensa le haría pasar por otro calvario, para empezar, eso por descontado.

Intentó no darle más vueltas a eso y pensó en Rekke, en cuando lo vio dar esa conferencia en la universidad. Había tanta expectación en torno a su figura, y el poder involucrarlo en la investigación lo había llenado de orgullo. Qué idea tan genial, había pensado. Qué jugada tan magistral.

Pero luego... ¡cómo se había torcido todo!

Charles Bruckner, de la embajada estadounidense —al que acababa de conocer, de pura casualidad, o al menos eso esperaba—, lo había llamado para decirle que el profesor no era de fiar, y, como el idiota que era, se había dejado convencer. Pero ahora..., ¡demonios!..., se preguntó si Charles Bruckner en realidad no lo habría engañado, mintiéndole descaradamente.

Pero no... Martin se negaba a creerlo. ¿Los americanos encadenando al árbitro para torturarlo, como unos bárbaros? No, eso era imposible.

Aun así... tenía que hacer algo. Se comió el último trozo de regaliz que quedaba en el recipiente que había sobre la mesa y llamó a Fransson. El comisario respondió al instante y dijo que su llamada era muy oportuna.

—¿Por qué?

—Porque estamos pensando en volver a incorporar a Vargas a la investigación —explicó Fransson.

Martin se acordó de que Jonas Beijer había dicho algo al respecto. ¿Tendría algo que ver con las nuevas informaciones?

—Ni hablar —se opuso—. ¿No es su hermano una especie de mafioso?

—Sí, más o menos —reconoció Fransson—. Pero el caso de Kabir necesita savia nueva, y resulta que ella ha conseguido averiguar nuevos datos muy relevantes.

—¿Ah, sí? —dijo Martin malhumorado.

—Además, está trabajando en el caso de todos modos.

—¿Qué quieres decir con eso?

—Acabo de recibir una llamada de Tove Lehmann, la reportera, ya sabes, la que hizo el reportaje sobre Kabir en el noticiero de deportes. Vargas ha hablado con ella por iniciativa propia.

—Pero eso no es algo que debemos premiar, ¿cierto?

—Quizá no, pero creo que podría ser bueno tenerla cerca en esta fase de la investigación.

Falkegren intentó ordenar sus pensamientos; era como si tuviera una tormenta en la cabeza.

—¿Ha sido idea de Jonas?

Fransson dudó.

—Sí.

—¿Dijo que habló conmigo?

—No, no me suena.

Menos mal, pensó Martin, y decidió hacer otra llamada a Magnus Rekke y esta vez exigirle que hablara claro.

Micaela se dio la vuelta. Tuvo el presentimiento de que alguien la estaba vigilando, pero la única persona que vio fue un hombre joven que estaba en la puerta de al lado mirando hacia el agua. No será nada, me lo estaré imaginando, pensó. Subió en el elevador. La señora Hansson la recibió en la puerta. Estaba hablando por teléfono e indicó con gestos que Rekke se encontraba en la cama. Micaela se quitó el abrigo y cruzó la sala, por delante del piano de cola. Pisar el parqué de la sala le confería una sensación de solemnidad. Todavía era como acceder a un mundo ajeno y prohibido. Se acordó de su padre y todos los libros que tenían en casa cuando vivía pero que Lucas había tirado, como si quisiera mostrar que ahora era él el que mandaba.

—Hola, ¿puedo pasar? —dijo cuando se acercaba a la recámara.

—Bienvenida —contestó Rekke.

Al oír su voz Micaela sintió de nuevo hasta qué punto tenía ganas de contarle todo lo que había oído. Sin embargo, la emoción de las expectativas se desvaneció al instante en cuanto lo vio. Estaba sentado, incorporado en la cama, vestido, y todo en él resultaba marchito e inexpresivo. Apenas era capaz de mantener los ojos abiertos. Tenía mejor aspecto en el andén del metro.

—Buenas tardes —saludó.

—Más bien, buenos días —respondió Micaela.

—Ah, sí, es verdad —musitó Rekke—. ¿Cómo va tu dolor de cabeza?

—Al verte a ti ha mejorado mucho de repente.

—Ya ves, ya he conseguido algo.

—¿Qué has hecho? —preguntó ella.

—Una estupidez.

—Debería haber tirado tus pastillas. Quizá lo haga ahora.

Rekke esbozó una pálida sonrisa. Sus labios se movían como si quisiera despachar también ese comentario con una broma, pero le faltaban fuerzas. Su cara se descompuso. Se limpió el sudor de la frente con una mano temblorosa.

—Tienes que espabilarte —dijo ella con un ardor que la sorprendió.

—Es verdad —admitió Rekke.

—La señora Hansson dice que han empezado a vigilarte. Que había un misterioso auto estacionado delante de la puerta.

—No creo que sea para tanto.

Ella se quedó observándolo; le pareció apagado por completo. Pensó en cómo debía formular lo que le pasaba por la cabeza.

—Tengo novedades sobre el caso —comenzó, y aguardó un poco con la esperanza de que le preguntara de qué se trataba.

Pero Rekke no se inmutó. Daba la impresión de que lo único que quería era desaparecer de su vista.

—Ya me lo dijiste —murmuró.

—Kabir estaba realmente relacionado con los talibanes.

—¿Ah, sí? —masculló sin curiosidad alguna.

—Era amigo del mulá Zakaria, el egipcio apátrida, ya sabes, el que se convirtió en uno de los principales líderes del movimiento talibán. Al que mató la policía secreta danesa el año pasado en Copenhague.

Rekke asintió con la cabeza y Micaela se convenció de que ya tenía su plena atención, pero acto seguido cerró los ojos y frunció el ceño.

—Lo siento. Necesito descansar. Quizá podamos vernos mañana —dijo.

Micaela quiso pelear con él, pero se dio cuenta

de que no serviría de nada. En su lugar se dejó caer en el sillón café de la recámara, mientras se debatía entre esperar a que se despertara o irse a casa ya. Ninguna de las dos alternativas le gustaba mucho. De repente se sintió muy sola. Estaba tan ansiosa por hablar con él... y tal vez —resultaba inevitable— abrigaba la esperanza de que él viera de nuevo algo en el caso que nadie más había detectado.

Ahora el hombre se limitaba a permanecer acostado en la cama con cara atormentada, al igual que Simón y otros yonquis que había conocido en su trabajo. Le pasó un poco como en el andén del metro: toda la admiración que le había profesado se esfumó, y en lugar de un brillante investigador e incorruptible buscador de la verdad veía a un desastre de hombre, alguien incapaz de tomar las riendas de su propia vida, y durante un rato Micaela no hizo más que quedarse ahí sentada dejando que los pensamientos revolotearan en su mente.

Lo oyó suspirar, retorcerse, y dijo más que nada por decir algo:

—Perseguía a músicos. Rompía sus instrumentos.

Rekke abrió los ojos.

—¿Qué? —dijo con la vista clavada en el techo.

—Kabir se puso furioso y destrozó, entre otros instrumentos, un clarinete y un violín en un arrebato enloquecido —explicó Micaela mientras Rekke lentamente volteaba la cabeza para mirarla.

A continuación cerró los ojos de nuevo respirando con pesadez, y Micaela pensó: «No vale la pena hablar con él». Se oía el aullido de una ambulancia en Strandvägen, y el viento hacía temblar los cristales de la ventana. Se levantó para irse, o al menos para salir a la cocina y ver si la señora Hansson había dejado de hablar por teléfono.

Justo en ese momento, cuando se disponía a salir, Rekke pegó un respingo. Las pupilas bajo sus párpados se movieron como si soñara o visualizara algo y el cuerpo se le puso rígido como si el agotamiento se tornara en una enorme tensión.

Luego trazó un amplio gesto con la mano derecha que le resultó extrañamente familiar, y que lo recordó a un grácil movimiento en un baile.

—¿Qué me quieres decir con eso? —preguntó Micaela.

—¿Me puedes ayudar? —le pidió Rekke—. Necesito... —Le tendió una mano y Micaela lo sacó de la cama de un tirón.

—¿Qué? —insistió—. ¿Qué necesitas?

—Algo que haga disipar la niebla. Tengo que pensar —dijo antes de ir al baño con pasos tambaleantes.

Carl Fransson quería subir corriendo a la oficina del comisario jefe y hacer un numerito, pero se sentía demasiado pesado para movimientos drásticos. Tenía que bajar de peso. Tenía que hacer muchas cosas. Aunque eso lo dejaría para más adelante, para el verano, porque ahora estaba demasiado ocupado. Jonas Beijer estaba sentado enfrente con un aire de enojo y ganas de exigir explicaciones, y lo que le acababa de contar era una auténtica locura.

—¡¿Cómo demonios pudo ocultar una cosa así?! —exclamó.

Jonas Beijer hizo un gesto de incredulidad con los brazos.

—Una fuente de la embajada estadounidense lo desmintió, y quizá ni siquiera se lo creía para empezar. Es que tiene a Estados Unidos en alta estima como Estado de derecho.

Fransson se enojó aún más.

—Es como para llevarlo a juicio, carajo —espetó.

—Es bastante grave, sí.

—¿Qué hacemos ahora?

—Habría que comprobarlo en primer lugar. Pero no consigo dar con nadie de Exteriores que sepa algo.

—¿Y cómo se enteró Vargas? —preguntó Fransson.

Le dio la impresión de que Jonas Beijer lo sabía pero no quería decirlo, y eso le irritó sobremanera.

—Ya me figuraba yo que Kabir era algún tipo de terrorista —murmuró.

—¿Sí? ¿Lo sabías? —Jonas Beijer se sorprendió.

—Desde el primer momento —contestó, cosa

que quizá no fuera del todo cierta, pero tampoco del todo errónea.

Había sido escéptico aun cuando todos los demás ponían a Kabir por las nubes, y cuanto más avanzaba la investigación, más claro le quedaba que tenía razón. Todavía no sabían quién era en realidad, cierto, pero había sido tan condenadamente complicado obtener información desde Kabul... No solo por culpa de la lengua y las pésimas conexiones telefónicas y la lenta burocracia afgana. También se intuía algo turbio, algún tipo de resistencia a compartir información.

—No deberíamos haber confiado tanto en los americanos de Kabul —concluyó Beijer.

—Ya, pero ¿qué opciones teníamos? —dijo Fransson con enojo. La policía local es corrupta a más no poder.

—No sé yo, tampoco creo que esté tan mal.

—Bueno, vamos, vete ya, a ver si consigues confirmar estas locuras —dijo bruscamente mientras por algún motivo pensaba en Lovisa Rekke.

Solía aparecer en sus pensamientos cuando se sentía expuesto, como si ella le recordara todo lo que no podía tener. Conminó a Jonas Beijer a que se diera prisa.

Rekke abrió el botiquín del baño, sin saber muy bien qué tomar. Necesitaba algo para subirle el ánimo. Necesitaba desesperadamente aclararse los pensamientos.

Rebuscó en el botiquín hasta que al final se fijó en una cajita de Attentin.

Se tragó un puñado entero de pastillas, un poco exagerado quizá, pero esto era algo que tenía que intentar comprender.

Encontró a Micaela en el sillón delante del piano con expresión preocupada a la vez que curiosa. Se esforzó en intentar caminar sin tambalearse. Luego se sentó en el sillón enfrente de ella y se puso a examinar su moretón.

—De modo que Kabir rompía instrumentos de música —constató.

—Sí, en arrebatos de ira por lo visto —dijo Micaela.

—¿Solo? ¿Por iniciativa propia?

—No, parece ser que participaba en las persecuciones a los músicos que hacían los talibanes. Estaba vinculado a uno de sus ministerios.

Rekke se quedó pensando un momento.

—Mencionaste un clarinete y un violín. No son instrumentos muy habituales en ese país.

Ella le dedicó una mirada intensa, esperanzadora.

—Sucedió en la primavera de 1997. Los talibanes perseguían a las personas que tocaban música clásica y que habían sido formados por los rusos —explicó ella—. También hubo asesinatos, según mi colega, entre otros de una violinista muy buena.

—Interesante —concluyó Rekke antes de cerrar los ojos.

Rekke parecía entrar en una especie de estado de trance. Su cuerpo se tensó y las pupilas volvieron a movérsele bajo los párpados. ¿Estaba a punto de sufrir un ataque? Micaela tuvo esa sensación. Pero de súbito abrió los ojos y su pierna izquierda empezó a temblar.

—¿Qué te pasa? —preguntó ella.

Rekke se volteó hacia ella.

—¿Cómo te lo digo sin sonar como un loco? Muy pronto me picó la curiosidad por los movimientos de Kabir en el campo.

—Todos nos fijamos en eso. Eran muy especiales.

—Sí, mucho, pero también vi algo más específico. Al menos durante un tiempo, antes de descartarlo como una proyección, un signo de *déformation professionnelle*.

—¿De qué?

—Creía que mi antigua profesión distorsionaba mi mirada. Cuando estoy maníaco, veo el mundo un poco como un espejo. Veo mi propia realidad en otros.

—¿Y qué fue lo que descubriste en los movimientos de Kabir?

—Vi una técnica que daba la impresión de haberse trasladado de un mundo a otro. Pero sobre todo me vi a mí mismo en Juilliard. Vi lo que yo nunca llegué a dominar.

—¿Y eso qué era?

—El movimiento ascendente del *crescendo* y el descendente del *diminuendo*. Me parecía ver el movimiento breve, intenso, del *staccato*, así como el más bajo y amplio del *legato*. Me parecía ver la grandiosidad de alguien que inicia y silencia —continuó.

—¿Qué es lo que estás intentando decir?

—Que hubo momentos en Grimsta en los que las manos de Kabir se movían de una manera que me parecía aprendida, como algo que había quedado almacenado en su cuerpo, como si hubiera practicado durante horas, días y años, pero no para arbitrar, sino para ponerse delante de una orquesta. Me dio la sensación, simplemente, de que Kabir había sido director de orquesta. O al menos de que se había formado para ello o había soñado con serlo. Incluso me pareció ver algo ruso en su técnica. Rasgos de Musin y Belinski.

—Me suena... raro —dijo ella.

—Pues, sí —asintió Rekke pensativo—. No es lo que esperas de un mecánico de motos de un pequeño pueblo cerca de Kandahar, que se diga.

—Pero ¿tú crees que puede ser cierto?

—Al menos creo que no estoy necesariamente loco del todo.

Micaela se estremeció, como cuando Rekke había explicado las lesiones de Kabir.

—O sea —empezó Micaela—, quieres decir que ese odio contra la música, quizá una vez...

—¿... fuera amor? —completó Rekke.

—Hay que fastidiarse, ¿y qué hacemos ahora?

—Creo que deberíamos indagar más en esa persecución de músicos, y procurar hacernos una idea de por qué Kabir participaba en ella. ¿No has dicho que también habían matado a una violinista?

—Sí —confirmó Micaela.

—Está bien, vamos a estudiar a fondo ese caso y a investigar el círculo de personas que se dedicaba a la música clásica durante la ocupación soviética.

Micaela desvió la mirada al piano de cola mientras sonreía para sí misma, como si hubiera recuperado algo que ni siquiera sabía que había perdido.

Capítulo 22

Micaela salió a la cocina para pensar. Se acordó del momento en el que se había fijado por primera vez en los gestos de Kabir en el campo.

Fue durante su primera semana en la investigación. Como tantas veces durante esa época, no le habían dado ninguna tarea concreta. Pasaba los días esperando a que la enviaran a realizar alguna gestión o la comprobación rápida de algún dato. Disponía de tiempo de sobra para, en secreto, tomar la iniciativa por su cuenta y dedicarse a cosas que a lo mejor no eran importantes pero por las que se interesaba en ese momento.

Una de esas mañanas estaba viendo la grabación del partido de Grimsta, realizada por el club Brommapojkarna, sobre todo para estudiar a Beppe mientras entraba corriendo enfurecido en el área al final del partido, pero también para hacerse una idea general de las circunstancias en torno al campo. En eso empezó a fijarse en Kabir. Al principio no sabía qué era lo que le llamaba la atención, y tampoco aparecía muchas veces en el video. Al cabo de unos segundos, sin embargo, se dio cuenta de que lo interesante con Kabir no solo era su semblante serio y triste, sino también sus movimientos. Además de resultar bastante especiales y bruscos, había algo en su ritmo.

—Kabir gesticula de una manera muy rara —le dijo a Jonas Beijer, que en ese momento pasaba cerca de su mesa.

Jonas mostró una sonrisa torcida.

—Ya lo sé. Como un pequeño Napoleón.

No le había parecido que Napoleón fuera una comparación muy acertada. Los movimientos le resultaban intensos y forzados pero al mismo tiempo suaves, como caricias. Como si Kabir, aparte de arbitrar el partido, también comandara el propio juego. Vamos, vamos, parecían decir sus manos cuando los equipos se posicionaban sobre el terreno de juego. Adelante, adelante, gesticulaba cuando los jugadores atacaban.

Abordó el tema con Fransson. «Bueno, está bien —dijo—. Puede que sea un poco especial, pero no tiene importancia. Todos gesticulamos de manera diferente», y eso era verdad, claro. En cualquier caso aquello se le quedó grabado en la mente, no como algo esencial, pero de todos modos desde entonces le había dado muchas vueltas. Había pensado que los gestos reforzaban su autoridad, pero de ahí a que fuera director de orquesta... ¿Sería posible?

—¿Estás seguro? —preguntó cuando regresó de la cocina con un vaso de agua.

Rekke estaba sentado con la cabeza apoyada en las manos. Las ráfagas de viento golpeaban la amplia ventana.

—¿Hasta qué punto estás seguro de que ha sido director de orquesta? —insistió.

Él se hundió un poco más.

—No estoy seguro de nada —contestó—. No soy nadie en quien puedas confiar. Ya te lo he dicho.

—Pero... —empezó Micaela mientras se sentaba a su lado.

—Pero claro —continuó Rekke, como para complacerla—. Una vez que se formula una idea así, siempre aparecen circunstancias que la avalan. La luz comienza a caer de otra manera.

—¿Estás diciendo que es lo que nos está pasando ahora?

—Sí, un poco, aunque creo que necesito volver a ver las fotos de la autopsia, para empezar.

—¿Qué crees que vas a ver en ellas?

—De momento es mejor que no diga nada. Pero lo que sí te puedo decir es que si realmente fue director de orquesta, o se formó para serlo, también tiene que haber tocado algún instrumento. Nadie se hace director de orquesta sin antes haber dominado un instrumento, y antes yo podía, a veces, o al menos me imaginé que podía...

Se interrumpió y se pasó la mano por la frente.

—¿Qué podías?

—Nada. No podía hacer nada —dijo.

Parecía oscilar todo el tiempo entre un estado esperanzador y otro de total resignación. Micaela venció el impulso de agarrarlo fuerte del brazo o incluso de sacudirlo como a un muñeco de trapo.

—Lo comprobaremos de todos modos, ¿no? —preguntó ella—. ¿No íbamos a revisar al círculo que tocaba música clásica durante la ocupación soviética?

—Pues sí, y quizá nuestro punto de partida no sea tan malo.

—¿En qué sentido?

—Afganistán tiene una herencia musical muy diferente —explicó—. Tienen otras tradiciones y otros instrumentos. Cuando hablan de música clásica, casi siempre se refieren a la indostaní, la música clásica del norte de la India.

—¿Cómo suena?

Rekke parpadeó mientras se acercaba una mano al pecho.

—Totalmente diferente. Si nuestra música clásica tiene una historia de quinientos años, esta es una tradición cuyo origen se remonta a unos tres mil años atrás, y está íntimamente vinculada con la religión. La música indostaní tiene doce semitonos, al igual que la música occidental, pero la distancia entre ellos no es la misma, y los músicos no diferencian entre el modo menor y mayor. No utilizan acordes ni partes distintas, y a menudo se improvisa la melodía.

—De acuerdo. ¿Y eso qué significa para nosotros?

—Casi todos los músicos abrazan la tradición musical indostaní. Los que tocaran el clarinete o el violín según el modelo occidental y dirigieran a la manera que parece haberlo hecho Kabir no pueden haber sido muchos. Me cuesta imaginarme que existiera algún tipo de formación superior para ellos, a no ser que fuera bajo la batuta soviética.

—O sea, nuestra búsqueda se reduce bastante.

—Sí, desde luego, y creo que los que se dedicaban a la música clásica occidental habrán crecido en ambientes con algún tipo de influencia británica o europea.

Micaela permaneció callada intentando aclarar sus pensamientos. ¿Se estaban dejando llevar por ideas descabelladas? ¿O podían ser ciertas las teorías de Rekke? No lo sabía. Pero, si así lo fueran, Kabir habría sido una persona muy distinta a la que pensaban que era. Además, lo más probable era que tuviera otro nombre también.

Recordó las palabras de Tove Lehmann: Kabir hablaba un buen inglés y había leído a escritores rusos. Es más... La impaciencia invadió a Micaela.

—¿Puedo preguntarte otra cosa?

Rekke asintió.

—Por supuesto.

—*Schadenfreude* —dijo ella—. ¿Qué significa?

Rekke la observó con asombro; a todas luces no era la pregunta que se esperaba.

—Es una expresión alemana —respondió—. De *Schade*, «daño», y *Freude*, «alegría». Siempre me ha gustado más que la expresión sueca, *skadeglädje*. ¿Por qué preguntas?

—Vi a Tove Lehmann, la reportera que hizo aquel reportaje para el noticiero de la televisión. Kabir le habló de una mujer que vio morir de un tiro en Kabul. Tove dijo que contaba su historia con *schadenfreude*.

—No es muy habitual que la gente joven utilice esa expresión —comentó Rekke.

—Creo que Tove tiene un padre alemán.

—Ah, bien.

—Pero ¿qué me dices de eso?

—Bueno —respondió Rekke—. No lo sé. Pero creo que todos sentimos cierto grado de *schadenfreude* cuando una persona que no conocemos sufre algún contratiempo. Pensamos instintivamente: «Qué suerte que no me haya pasado a mí». A veces incluso nos anima un poco ser testigos de algo dramático. Estos sentimientos a menudo conviven en paralelo con otros más empáticos.

—Pero esto parecía ser más que eso.

—Bueno, también hay otras explicaciones.

—¿Como cuáles?

Rekke se pasó la mano, nervioso, por el pelo.

—No siempre somos tan humildes o nobles. A veces, cuando vemos sufrir a alguien que nos cae mal, el sentimiento de unión con los nuestros se refuerza. Confirmamos nuestros valores y el estatus como grupo, y se fortalece nuestra concepción de la vida. Es un poco como la alegría de la turba en un linchamiento: la satisfacción de ver al otro castigado por ser diferente.

—Entiendo.

—En otras ocasiones nos da la sensación de que la vida crea su propia justicia. De que los que nos han hecho daño, o los que se han portado mal así en general, reciben su justo castigo. Es la dulzura de la venganza en muchos sentidos. Luego, naturalmente, podemos sentir una ventaja evolutiva cuando un competidor, un rival, sufre. Experimentamos la alegría de avanzar nuestra posición en el rebaño a costa de otro.

—¡Qué desagradable!

—Pero humano.

—Hasta cierto punto.

—Y a veces, claro, se trata de sadismo puro.

—Te lo pregunto porque la ejecución que Kabir describió a Tove Lehmann tenía cierto parecido con el asesinato de aquella violinista de la que te hablé.

Rekke la miró concentrado.

—Eso es interesante. ¿Cómo se llama la violinista?

Micaela sintió una punzada de vergüenza.

—No lo sé —dijo—. Pero lo voy a averiguar enseguida.

Sacó su Nokia y envió un sms a Jonas Beijer. Recibió una respuesta de inmediato.

Latifa Sarwani. Muerta
de un tiro en 1997 en
Kabul. Creo que voy
a poder meterte en
la investigación.
Fransson se está
ablandando.

Ablandar quizá era excesivo. Vargas lo hacía sentirse inseguro, y tampoco confiaba en ella; una maldita tipa de Husby con hermanos criminales. Era la última persona en el mundo por la que quería ser aleccionado. No obstante, Fransson era lo suficientemente listo como para entender que necesitaban ayuda, y Vargas parecía tener sus propias fuentes de información. Además, así podía seguir presionándola para que hablara de su hermano. Tocaron la puerta. ¿Ahora qué? Beijer otra vez, claro.

—¿Y ahora qué quieres?

—Asuntos Exteriores me lo acaba de confirmar —dijo Jonas.

—¿Confirmar el qué?

—Que Kabir realmente fue torturado por la CIA. Estaba preso en aquella cárcel que nadie conoce. Salt Pit, o Dark Prison, como la llaman los presos.

—¡Maldición! —exclamó Fransson.

—Y lo peor de todo... ¿Sabes qué es lo peor de todo? —continuó Jonas.

—No, no lo sé.

—Que la CIA seguramente haya conseguido sacarle más porquería de su pasado que no nos han dicho.

Fransson no podía más. No soportaba todo el circo en torno al caso, ni tampoco la constante sensación de no saber ni controlar lo que estaba pasando.

—¿Y eso qué podría ser?

—No tengo ni idea. Pero si lo han torturado tanto como parece, deben de haber averiguado algo, digo yo, y hace un momento... —Jonas vaciló antes de volver a sentarse frente a la mesa de Fransson. Se empezó a mover, inquieto, en su silla.

—¿Sí?

—Estoy bastante seguro de que Micaela está en contacto con Rekke.

—¿Y por qué crees eso?

—Porque me dio esa sensación cuando la vi.

—¿Cómo diablos se han encontrado esos dos?

—No lo sé. Pero creo que están en posesión de material al que nosotros no tenemos acceso.

—Pues lo parece, la verdad.

—Y sospecho que aparte de lo de la CIA y la tortura hay más cosas.

—¿Por qué dices eso?

—Hace un par de minutos he recibido un sms de Micaela. Quería que le dijera el nombre de la violinista de Kabul que fue asesinada en el sótano de su casa.

—¿Y para qué quiere ese nombre? Ya sabemos que Kabir no estaba implicado.

—Lo sabemos —dijo Jonas, pero no parecía tan seguro como Fransson había esperado, y entonces se le vino a la cabeza Lovisa Rekke de nuevo, y el violín que tocaba la hija en aquel caserón de Djursholm.

Por un momento era como si comprendiera por qué la gente quiere destrozar aquello que se halla fuera de su alcance. Apartó la idea y le dijo a Jonas que tenía trabajo que hacer.

Entraron en la oficina de Rekke para buscar el nombre en internet. No había demasiada información, pero algo sí había. Encontraron, entre otras, una página de MySpace, una especie de lugar para los fans. Al dar clic, una imagen empezó a desplegarse lentamente en la pantalla. Al principio solo se divisaba el pelo, que era negro como el carbón y sobresalía como un ala, luego fueron apareciendo la frente y los ojos. Uy, pensó Micaela.

Los ojos eran grandes, oscuros, fuertemente maquillados, y brillaban con fulgor. Había una rebeldía en ellos, algo indómito, como si la mujer quisiera decir: «A mí no me van a someter. Conmigo no van a poder». No era raro, en realidad, que los talibanes la hubieran matado, pensó Micaela para su propio asombro, pero es que esa mujer parecía capaz de hacer que cualquiera perdiera los estribos. Al mismo tiempo era consciente de que era un pensamiento estúpido, casi se avergonzaba de que se le hubiera pasado por la cabeza. Aun así, no dejaba de preguntarse qué sentimientos podría despertar una persona así en hombres que pretenden encerrar y ocultar a las mujeres.

La mujer atrajo la mirada de Micaela como un imán. No cabía duda de que se trataba de una mujer bella, aunque tal vez no de una manera tradicional; la nariz y los ojos eran desproporcionadamente grandes. Pero ella relucía. Tenía los labios carnosos, pintados de rojo y un poco separados, y en la mano izquierda sostenía un violín, levantado en gesto dramático. Lo más probable era que acabara de dar una violenta sacudida con la cabeza. Debía de ser por eso que el pelo estaba echado a un lado como un ala.

—¿Cuántos años crees que tiene en la foto? —preguntó Micaela.

Rekke se volteó hacia ella.

—Diecisiete quizá.

—¿Solo?

—Interpreta el papel de una mujer experimentada. Supongo que es su persona escénica.

A medida que iba bajando por la página aparecían más fotos, casi todas tomadas cuando era muy joven, y aunque se diferenciaban entre sí, todas desprendían el mismo fulgor de rebeldía y pasión. Por debajo había textos en árabe, o quizá en pastún, pero también había información en inglés y enlaces a artículos, e incluso —con una advertencia— una foto de ella muerta. Estaba tirada en el suelo en un pequeño sótano, al lado de una silla volcada, con sangre saliendo de su cabeza; llevaba un chal verde sobre la cabeza y una blusa café oscuro.

Micaela pensó que Rekke se detendría en esa foto, pero siguió bajando, y juntos se hicieron una idea general de la vida de Latifa Sarwani. Nació en febrero de 1968 en Kabul y murió, de un tiro en la cabeza, en la misma ciudad, la madrugada del 5 de abril 1997, en plena persecución talibán a los músicos.

Sin embargo, no había nada, como decía Jonas Beijer, que indicara que el asesinato había sido autorizado por el régimen, aunque sin duda estaba relacionado con las persecuciones que tenían lugar en esa época. Tampoco daba la impresión de que el régimen hubiera investigado la muerte, sino que a todas luces la habían considerado como una consecuencia de la violación de los preceptos de Alá y su profeta. Lo único que parecía seguro era que Latifa conocía a su asesino. Aparentemente lo había dejado entrar en mitad de la noche, y lo había llevado hasta el sótano donde guardaba su violín, su Gagliano del siglo XVIII, escondido bajo unas tablas del suelo.

Como la silla, que se halló tirada en el suelo, había sido trasladada de su lugar junto a la pared, se suponía que Latifa se había sentado en ella para tocar, una teoría apoyada por el hecho de que su violín fue encontrado pisoteado al lado del cadáver. Según *The Guardian* la habían matado de un tiro a corta distancia con una vieja pistola soviética, una Tokarev.

A Latifa, leyeron, se le consideraba algo así

como una niña prodigio. A los dieciséis años consiguió una plaza en el conservatorio de Moscú, pero cuando la Unión Soviética retiró sus tropas de Afganistán y la colaboración cultural entre los países cesó, se vio obligada a regresar a Kabul. No se sabía nada de su vida durante los años siguientes, pero no cabía duda de que debió de cambiar drásticamente.

Durante la ocupación soviética se habían ofrecido muchas oportunidades para actuar y tocar. Sin embargo, ya en 1992, bajo el gobierno del presidente Rabbani, se prohibió a las mujeres músicas ejercer su profesión, algo que con toda probabilidad puso fin a la carrera de Latifa. Y luego... Micaela intentó imaginárselo... los talibanes llegaron al poder, y lo que antes había estado prohibido se tornó directamente peligroso. Sobre todo para una mujer que no solo era música, sino que además había colaborado con los impíos comunistas.

—¿Por qué no se fue del país? —comentó Micaela.

—Es como para preguntárselo, desde luego —convino Rekke—. ¿Qué me dices? ¿La escuchamos?

Debajo de una de las fotos de juventud había un enlace a un archivo de sonido, y cuando Micaela asintió con la cabeza, Rekke le dio clic y se reclinó en la silla. Todavía se le veía exhausto: pálido y sudoroso, con los ojos nebulosos entrecerrados. Es cierto que dirigía la mirada a la estatua de bronce de la niña, pero parecía más bien encerrado en sí mismo sin ver nada. La música de un violín triste llenó la habitación. Lloraba. Tuvo un impacto inmediato en Micaela.

Latifa tocaba como si fuera cuestión de vida o muerte. Micaela no podía evitar pensar en la pieza como un réquiem de lo que le había sucedido a la mujer, como un canto fúnebre de su propia muerte, con años de antelación. Pero al cabo de unos momentos Micaela también se dejó llevar por la música, presa de una sensación de que algo que había desaparecido de forma irrevocable volvía ahora a la vida, y no fue hasta que la música terminó cuando preguntó:

—¿Qué es lo que toca?

Rekke la miró como si todavía no estuviera del todo presente.

—El adagio del concierto para violín de Bruch —contestó.

—Qué bonito, ¿verdad?

—Sí, es bonito —convino Rekke—. Expresivo y temperamental. Pero también un poco descuidado.

—¿Descuidado?

—No es una perfeccionista la que toca, sino más bien una mujer que confía en sí misma y que se atreve a tocar de forma descuidada. No está ni reprimida ni subyugada a una particular disciplina. Es consciente de su talento y no teme los grandes gestos emocionales. Es bonito, sí. Pero también un poco melodramático. No creo que haya pasado por muchas experiencias tristes, aunque lo disimula con mucha habilidad. Tiene un don teatral, justo como intuí al ver las fotos. Un poco provocadora e indómita. Una persona no del todo fácil de controlar, supongo.

—¿Y todo eso lo oyes en la música, así como así?

Rekke hizo un gesto de disculpa con las manos.

—Creo oírlo, al menos, aunque siempre resulta un poco complicado con los violinistas. A veces percibes una personalidad muy clara en su música, y te equivocas por completo porque lo que oyes solo existe cuando tienen el instrumento en las manos. De lo contrario resulta invisible. Lo que percibes es lo que mantienen oculto, como una pasión secreta en el pecho. En fin, de todos modos..., aquí, ¿cómo decirlo?, aquí intuyo un componente de formación rusa, tal y como me esperaba, pero al mismo tiempo... ningún músico occidental se deslizaría entre las notas de esa manera. No cabe duda de que también se detecta una influencia qawwali e indostaní. Adivino que esta mujer entraba en una sala como si fuera una reina.

—¿Te das cuenta de lo absurdo que suena que hagas este tipo de observaciones después de haber escuchado una sola pieza de música?

—En parte sí. Pero, por otra parte, hablo mucho, y en realidad no es eso en lo que estoy pensando.

—Entonces ¿en qué piensas?

—Me pregunto si no deberíamos investigarla más de cerca a ella y a los otros que se dedicaban a la música clásica occidental en Kabul durante esos años. Quizá aparezca Kabir por ahí de alguna forma, si no me equivoco por completo.

—¿Tienes algo por donde comenzar?

—Pues sí —contestó Rekke consultando su reloj.

Se levantó bruscamente y caminó como si de repente tuviera mucha prisa. Acto seguido se dio la vuelta y miró a Micaela con una inesperada concentración.

—¿Sabes qué? —dijo—. Me has devuelto la vida un poco.

Micaela se quedó conmocionada.

—Casi empieza a ser una costumbre —replicó.

Rekke levantó la mano como para acariciarle el pelo, pero la retiró, igual que antes.

—Mi hermano ha estado aquí hoy —continuó—. Me había organizado una reunión, pero no me sentía con fuerzas para acudir.

—Y ahora sí, ¿o qué?

—Sí, es posible —admitió—. Pero primero tengo que... —Sacudió la cabeza antes de desaparecer en dirección al baño.

Micaela estaba segura de que iba a buscar alguna pastilla en su botiquín, pero en esta ocasión no se molestó en detenerlo, tal vez porque lo había visto con algo de espíritu de lucha.

Cuando volvió tenía el pelo y las mejillas mojados, como si se hubiera echado agua en la cara. Entornaba los ojos mientras murmuraba que debía hacer una llamada.

—Discúlpame un momento —dijo. Al cabo de

un rato lo oyó hablar desde la cocina. La voz sonaba irritada—. Sí, sí, voy a ser breve.

Al regresar le contó que su reunión se había reprogramado, aunque solo sería de diez minutos, o máximo quince. «Será suficiente», constató. No dio más explicaciones, sino que se limitó a entrar en la sala y sentarse ante el piano, con mucho sosiego, como si buscara inspiración, o como si simplemente se sumergiera de nuevo en sus pensamientos.

Luego sus manos empezaron a moverse por las teclas. Al principio solo sonaba angustioso y raro, inquietante, como si tocara mal adrede, hasta que de pronto se pudo apreciar la tentativa de una melodía, quizá la misma de la pieza de Bruch, aunque Micaela no estaba segura. La melodía desapareció igual de rápido que había aparecido, y fue sustituida por otra muy diferente. Era, no lo podía explicar mejor, como si buscara algo también entre las notas.

Capítulo 23

Julia lo oía desde el elevador. Rekke tocaba libre, saltando entre tonalidades y modos, piezas conocidas e improvisación. Sonaba como alguien perdido que buscaba una salida. Eso la inquietó aún más.

Ese intento de suicidio con el que la señora Hansson había delirado y que su padre y Micaela habían negado había vuelto a resonar en su cabeza y la había mantenido en vilo toda la noche. Condenado idiota, su padre. Podía ser maravilloso y de una lucidez extraordinaria y estar pendiente de ella más que nadie en el mundo entero, pero en otras ocasiones, como en ese momento, no era más que un desastre de hombre que dejaba que los demás se aprovecharan de él.

Había llegado a sus oídos que Magnus había andado por aquí husmeando, lo cual la enfurecía, pues aunque Magnus fingía ser el amigo tonto de su hermano, en el fondo se moría de celos. Estaba absolutamente convencida y no dudaba lo más mínimo de que Magnus traicionaría a su padre en cuanto tuviera oportunidad. Tras inspirar hondo entró en casa. En la sala se topó con la señora Hansson, que parecía bastante contenta a pesar de todo lo ocurrido.

—¿Qué está pasando? —quiso saber Julia, señalando hacia la sala y el piano.

—No lo sé exactamente. Micaela está aquí —contestó la señora Hansson, como si se tratara de una obviedad, y Julia musitó:

—Pues sí que se han vuelto íntimos de la noche a la mañana.

Se paró de camino a la sala al acordarse de que se acababa de fumar un porro. Sacó un par de chicles de menta del bolsillo del pantalón y se puso a mascarlos con ímpetu. Continuó hasta el piano, saludó con un gesto a Micaela, puso una mano en la espalda de su padre y lo oyó olisquear.

Estaba segura de que la dejaría en evidencia, pero cuando terminó de tocar y se volteó hacia ella daba la sensación de encontrarse en otro mundo.

—¿En qué andas metido? —preguntó ella.

—Aquí pensando, poco más... —respondió su padre.

Ella reculó un poco por si acaso.

—La señora Hansson dice que Magnus ha estado aquí husmeando.

—Ha tenido la amabilidad de venir y mostrar cierto interés por mi salud.

—¿Puedes dejar de ser tan condenadamente irónico?

—Lo intentaré. ¿Qué hora es?

—Las tres menos cuarto —dijo Julia irritada.

—Hora entonces de ponerme en camino.

—¿Adónde vas?

—Tiene una reunión —intervino Micaela, que estaba a su lado, con cierta tensión en la voz.

—¿Y por qué te vas de repente a una reunión?

—Necesito algunas respuestas.

Ella lo miró de nuevo, su pelo enmarañado y el sudor que relucía en su frente.

—Date un baño antes —dijo ella.

—No me da tiempo de bañarme.

—Al menos cámbiate de ropa. Tienes un aspecto que da miedo.

Rekke bajó la vista hacia sus manos y sus pantalones como para inspeccionarlos.

—Es posible. Pero con que me busques una chamarra pasable y un abrigo, me las arreglaré.

—¿Que combine con esa camisa?

—Que combine con lo que sea.

—Parece que hoy hubieras dormido con esa camisa puesta.

—Es que dormí con ella puesta.

—¿Y con quién tienes la reunión?

—Con Kleeberger.

—¿Vas a ver a Kleeberger? —intervino sorprendida Micaela, que se acercó un poco a ellos, y que ahora parecía aún más tensa—. ¿No es eso un poco arriesgado? —continuó—. Teniendo en cuenta...

—No, no —interrumpió Rekke—. Solo quiero ver si es posible que él y Magnus digan las cosas claras.

—¿Sobre el árbitro? —preguntó Julia.

—Sí, exacto. ¿No querías tú que me levantara a hacer cosas? Perdona..., ¿te puedes dar un poco de prisa? Es que hace un momento me ha venido a la mente una idea de lo más extraña y he acabado perdiendo la noción del tiempo y del lugar.

—Claro, claro —dijo Julia, y desapareció de camino al guardarropa, que era mucho más grande de lo que él necesitaba, aunque sin tomarse el encargo especialmente en serio.

Se limitó a agarrar una chamarra azul jaspeada, que de ninguna manera era adecuada para el Ministerio de Asuntos Exteriores, y un abrigo de primavera gris, más serio. Volvió a la oficina donde su padre y Micaela a todas luces hablaban de Kleeberger. Los dos callaron en cuanto Julia entró y tampoco pronunciaron palabra alguna mientras ella le ponía la chamarra a su padre y le adecentaba el pelo.

—Bien. Ahora estás rozando lo respetable de nuevo.

—Rozando lo respetable me parece más que suficiente.

—Pero todavía das la impresión de estar drogado.

—Creo que acaba de tomarse algo para subirse el ánimo e intentar corregir esa impresión —terció Micaela.

—Hay que fastidiarse contigo, papá.

—Por cierto, ¿no te habrás fumado un porro por casualidad?

—Claro que no.

—Tienes que dejarlo.

—Tú, ahora mismo, no tienes derecho a decir nada sobre eso —bufó Julia, y entonces Rekke se inquietó como si las palabras le hubieran calado de verdad.

Al momento sacudió la cabeza y dijo: «*Alea iacta est*». Después le dio un beso en la mejilla a su hija, se despidió de Micaela con un pequeño gesto de cabeza y se marchó con un paso no demasiado firme. Julia se quedó en silencio un rato, absorta en sus pensamientos, antes de volverse hacia Micaela.

—¿Así que la reunión tiene que ver con la Prison of Darkness? —preguntó.

—Me imagino —dijo Micaela.

—Magnus es una víbora.

—Lo tendré en cuenta.

—Dijo que se le había venido a la mente una idea de lo más extraña.

—Sí, desde luego.

—¿Qué era?

Al principio Micaela no respondió. Después, como si quisiera evitar la pregunta, dijo:

—¿No me comentaste una vez que tu padre se puede equivocar más que ninguna otra persona que conozcas?

—¿Eso dije?

A Julia le molestó que Micaela cambiara de tema.

Con toda probabilidad le irritaba también que su padre y Micaela se hubieran vuelto tan íntimos en tan poco tiempo, y se planteó pasar de contarle nada. Pero era verdad que su padre a veces soltaba cosas así de improviso, probando algo bastante rebuscado o que directamente no tenía ni pies ni cabeza. En ocasiones resultaba difícil saber si hablaba en serio o en broma, y en otras formulaba conclusiones que más bien parecían producto de un estado alucinatorio.

—A veces se pierde —dijo—. Incluso te puede dar la sensación de que se le ha ido la olla. Creo que su cerebro tiene dificultades para lidiar con el desorden.

—O sea, crea su propio orden.

—Sí, ve estructuras donde no las hay. Puede sumar uno más uno y llegar a tres. ¿Qué es lo que te ha contado?

Micaela vaciló, indecisa, mientras se pasaba la mano por el pelo y parecía meditar bien sus palabras.

—Tu padre... —comenzó.

Julia se puso en tensión. Sintió que de veras quería saberlo. Pero en ese momento sonó el teléfono de Micaela y, en cuanto vio quién llamaba, su lenguaje corporal cambió por completo. Julia dio un instintivo paso atrás.

—Tengo que tomarlo —dijo Micaela—. Nos vemos luego.

—Sí, claro —respondió Julia con cierto malestar en el cuerpo.

No solo porque la mirada de Micaela se había vuelto sombría, sino también porque temía que Magnus y Kleeberger le tendieran algún tipo de trampa a su padre, tal vez también a Micaela, si es que estaba metida en todo eso. Por un instante pensó que a lo mejor debería advertirla del peligro, pero para entonces Micaela ya se había ido.

A Rekke le pesaban el cuerpo y la mente. No sabía si Kleeberger y Magnus lo recibían porque tenían miedo o porque lo consideraban inofensivo. Ya se vería. El viento arreciaba desde el agua mientras Rekke bajaba por Strandvägen. La técnica de Kabir tenía algo de ruso, había dicho. ¿Era una tontería o había algo de cierto en ello? No lo sabía. Lo que hacía un instante le resultaba evidente se volvía turbio, casi onírico; como si de nuevo hubiera sufrido una regresión.

De pequeño, Rekke asistía a menudo a cenas o conciertos en los que intentaba imaginarse la vida que llevaban las personas sentadas a su lado. Estudiaba sus manos, vestimenta, rostros, gestos, modales, y la mayoría de las veces hacía observaciones bien sensatas y realistas. Pero en ocasiones empezaba a fantasear en exceso, y después nunca estaba seguro de cuándo ocurría, cuándo el mundo real o posible se deslizaba al de la ficción. Quizá era lo que le estaba pasando en ese momento. Quizá había encontrado una conexión que solo existía en el mundo de su imaginación, una pista deseada, que no solo le hacía avanzar en la investigación sino también retroceder a los momentos más dolorosos de su propia vida. ¿O tal vez, simplemente, se estaba volviendo loco de nuevo?

Fuera lo que fuera, ¿tenía alguna importancia? Al fin y al cabo, lo extraordinario era que algo se había encendido en su interior. El mundo y él se habían vuelto a cruzar el uno con el otro.

El claxon de un auto sonaba a lo lejos. El tráfico ya era denso. Bajó la mirada y pensó otra vez en Micaela, en sus ojos y en el repiqueteo de sus pasos acercándose en el andén.

Tienes que espabilarte, esas fueron sus palabras.

Tenía que...

Un ruido estrepitoso partió en dos la ciudad. Un taladro, entendió, que intentaba penetrar el asfalto. Otra dosis más de inquietud se abrió paso por todo lo pesado y torcido de su cuerpo. ¿Quizá eran las anfetaminas, que hacían efecto?

Se dio la vuelta. ¿Lo estaba siguiendo alguien? Imaginó que sí. Tonterías, musitó. Paranoias, nada más. Entró en el parque de Kungsträdgården, y siguió hasta la Ópera y la plaza de Gustaf Adolf. En ese preciso momento recibió un sms. Odiaba los sms, todo ese apretar de botones para cada letra. Magnus obviamente había aprendido ese arte, al extremo de llegar al derroche de palabras. Le había escrito:

Por todos los
demonios, ¿no estarás
llegando tarde?

No se molestó en responder, pero aceleró el paso.

No fue Lucas quien había llamado, sino Simón. No le gustaba nada hablar con él, pero tenía un mal presentimiento, pues Simón no daba noticias suyas salvo que estuviese absolutamente obligado, y según su madre presentaba peor aspecto que nunca. Micaela le devolvió la llamada en cuanto puso un pie en la calle.

—¿Qué quieres? —dijo.

—¿Es que siempre tengo que querer algo?

Sonaba ronco.

—Podemos platicar del tiempo si quieres, pero por tu tono de voz siento que hay algo.

—Lucas cree que alguien te ha dado una paliza.

—Nadie me ha dado una paliza.

—Dice que te salió un moretón en toda la cara.

—Ya no queda ni rastro del moretón —mintió Micaela.

—También se pregunta por qué sigues metida en la historia del árbitro ese.

—¿Y por qué se preocupa por eso?

—Lucas se preocupa siempre por todo.

—¿Qué es lo que quiere?

—A lo mejor no le resulta tan fácil tener una poli como hermanita.

Micaela se paró en el cruce con Riddargatan.

—Así que te ha pedido a ti que sondearas un poco el terreno.

Simón no respondió.

—¿Dónde estás? —le preguntó ella.

—¿Por qué?

—Deberíamos vernos.

—Estoy en Husby. En casa de Mustafa.

—Quedamos en la puerta dentro de cuarenta minutos —dijo Micaela, y colgó para que su hermano no le viniera con excusas.

No porque pensara que Simón podía contarle algo de valor, pero no le iría mal verlo. Y de todas formas así aprovecharía para dejarse caer por casa de su madre.

De camino a Karlaplan se planteó sacar algo de dinero del cajero para él, aunque seguro que Lucas ya le había dado más que suficiente. Pasó por la iglesia Oscarskyrkan y tomó el teléfono de nuevo. ¿Debería llamar a Jonas? Lo hizo. Al no obtener respuesta se sintió decepcionada. Pero ¿por qué iba a estar de brazos cruzados solo esperando a que ella llamara?

Apresuró el paso. Soplaba un viento cortante, un ambiente más de noviembre que de abril. A lo lejos se oían sirenas, aullidos distantes que nada más remitir parecían volver a la carga, pero entonces ya no se trataba de ninguna sirena: era el teléfono de Micaela, que al sonar se mezclaba con el rumor de la ciudad.

—¿Sí? —dijo Micaela.

—Tenías razón sobre la cárcel —respondió Jonas Beijer —. Con eso creo que voy a poder reincorporarte al equipo.

Micaela alzó el puño al aire, pero las dudas la invadieron de inmediato.

—¿Y Fransson qué dice?

—Tiene otras cosas en las que pensar. Aquí se ha armado un revuelo de mucho cuidado —continuó Jonas—. Hasta se ha implicado el mismísimo director general. Ha llamado al ministro de Asuntos Exteriores.

Pensó en Rekke, que en ese instante estaba de camino al ministerio para ver a Kleeberger. Luego cerró los ojos y disfrutó del momento: había hecho una contribución decisiva a la investigación.

—Pero, Micaela, ¿podrías ser sincera conmigo ahora? ¿A que fue Rekke el que te dio el soplo? —añadió Jonas.

Micaela dudó mientras paseaba la mirada por Narvavägen.

—Sí —reconoció.

—¿Cómo contactaste con él?

—Ya te lo contaré.

Ahora Jonas parecía dudar.

—Podríamos tomarnos una cerveza.

—Sí, cuando quieras.

Jonas se contentó con la respuesta.

—¿Puedo saber para qué querías el nombre de la violinista?

—Nos preguntábamos si... —comenzó Micaela midiendo sus palabras.

—¿Se preguntaban qué?

—Nos preguntábamos si Kabir no sería músico también.

Jonas Beijer se quedó callado, como si le hubiera tomado por sorpresa.

—¿Estás bien de la cabeza? —dijo al final.

—No es más que una pista —respondió Micaela a la defensiva.

—Pero ¿cómo llegaste a eso? ¿Porque se cargó un par de instrumentos de música?

¿Debería decir que fue por sus movimientos en el campo? No, pensó Micaela. Sonaría demasiado rebuscado.

—¿Y por su parte no han visto indicaciones en esa dirección?

Jonas volvió a quedarse callado.

—No sé qué decir. Para serte sincero, ni siquiera se me había pasado por la cabeza.

—¿Así que no tienen ningún indicio de que tuviera formación en música clásica?

—Ningún indicio en absoluto.

Micaela se dirigió al metro de Karlaplan y bajó la escalera en dirección a los tornos de entrada.

—¿Y Kabir no conocía a Latifa Sarwani? —continuó.

—Que no, ya te lo he dicho. Pertenecían a mundos muy dispares.

—Se podían haber conocido aun así, ¿no?

—Claro que sí. Pero lo hemos investigado a fondo. No tenían nada que ver el uno con el otro, ni en Kabul ni en cualquier otro lugar de Afganistán.

—¿Y no se han podido conocer fuera del país? Sarwani, sin ir más lejos, estudió en Moscú.

—Pero Kabir no. El chico no era más que un simple mecánico de motos.

Era verdad. Las palabras de Jonas la hicieron dudar, y se preguntó una vez más si Rekke no estaba chalado solo por haberlo sugerido.

—Kabir hablaba idiomas —dijo.

—Hablaba inglés mejor de lo que creíamos, eso es cierto.

—¿Y no podría haber sido bueno en otras cosas también?

—Sí, claro. Pero eso es todo lo que sabemos.

—Aunque parecía que odiaba la música.

—Es posible.

—Y ese odio tenía que haber venido de algún lado, ¿no?

Jonas guardó silencio.

—El odio no siempre se deja explicar de manera sencilla —dijo al cabo de un momento.

Micaela se quedó pensando.

—Lo único que digo es que se os ha escapado algo.

—Ya lo creo, carajo. Claro que se nos ha escapado algo. Si no, ya habríamos resuelto el caso, ¿no te parece?

—Sí, es verdad —reconoció Micaela, sorprendida por el repentino mal humor de Jonas—. Luego lo hablamos. Ahora estoy entrando en el metro.

—Sí, ya lo hablaremos. Perdona que me haya enojado un poco —se disculpó Jonas—. Tengo muchas ganas de tomar esa cerveza contigo.

—Antes, asegúrate de que me reincorporen a la investigación.

—Haré lo que pueda.

—Y dile a Fransson que sea sin condiciones esta vez.

—Bien... —dijo Jonas preguntándose qué significaba.

Micaela colgó y siguió andando hacia el andén.

CAPÍTULO 24

El ministro de Exteriores Mats Kleeberger recorrió su oficina con la mirada y la detuvo, descontento, en el espejo sobre la chimenea de mármol. Sabía que el caso Kabir era un maldito forúnculo que tarde o temprano acabaría por reventar.

Al otro lado de la ventana se alzaban el Palacio Real y el Parlamento. Posó sus ojos vacíos en uno y otro, y se desahogó soltando un par de improperios. No había asumido aún haber transigido. Los atentados terroristas, evidentemente, tenían la culpa. Todo se había vuelto blanco o negro después del once de septiembre, y no había sido el único que había cedido a las presiones que se dijera. Pocos de sus homólogos europeos habían tenido fuerzas para resistir. ¿Qué no estaríamos dispuestos a hacer para combatir el terrorismo? Cualquier cosa, habían respondido como obedientes soldados. Pero a toro pasado todo se ve fácil. En su momento hubo una sensación de emergencia tan urgente que parecía razonable no ser tan quisquilloso, y eso era lo que quería transmitirle a Rekke:

«¿Habría sido mejor si hubiéramos saltado por los aires?».

Miró su reloj y pensó que Hans debería estar al caer. Iría directo, había dicho, y el ministerio a fin de cuentas no estaba muy lejos de su piso en Grevgatan. Maldita sea, Rekke. Su padre, que en paz descanse, solía decir que hay personas que hacen que te quieras callar, mientras que con otras no puedes parar de hablar; así había sido con Hans durante mucho tiempo. Ante él despertaba a la vida, parecía comprenderle antes siquiera de que le hubiera dado tiempo a formular sus ideas.

Pero luego... Hans cambió y dejó de mostrar consideración alguna por la política. Solo soltaba sus condenadas verdades, así que ya no le extrañaba a nadie que se le empezase a considerar un peligro. Tan temeroso, pensó Kleeberger, tan estúpido. Tenía muchas ganas —y ya ni siquiera le daba vergüenza reconocerlo— de echarle una pelea de tres pares de narices y meterle un poco de miedo en el cuerpo para que se callara.

No debería resultar imposible. Últimamente se podía llegar a él de muchas maneras, aunque era un fastidio, claro, no saber nunca cómo iba a reaccionar, ni siquiera cuando estaba deprimido. Luego estaba Magnus. Kleeberger estaría perdido sin él, pero era astuto como un zorro y en el fondo nunca tenía del todo claro si Magnus estaba del lado de Hans o no. Con toda probabilidad las dos cosas. Quería encerrarlo y ayudarlo al mismo tiempo. Tocaron la puerta.

—El profesor Rekke está aquí —anunció Lena, su secretaria.

Kleeberger se enderezó y puso un gesto que, creía, irradiaba tanto autoridad como compasión. Vio enseguida que había acertado totalmente.

No era el Hans Rekke de siempre quien entró en la oficina, sino más bien un pobre hombre pálido y exhausto, vestido con una camisa arrugada y una chamarra... Por el amor de Dios... ¿Se trataba de algún tipo de broma? Tenía el aspecto de un arlequín. Y ese pelo... ¿No podría haberse peinado al menos?

—Siéntate, querido amigo —le pidió.

Rekke tomó asiento en el sillón amarillo delante del escritorio y se secó una gota de sudor de la frente. Miró de manera fugaz las paredes doradas. Su mano temblaba débilmente. Todo apuntaba a un prometedor encuentro.

—Disculpa que te lo diga, Hans, pero te veo cansado.

—He estado en mejor forma —convino Rekke con una sonrisa forzada.

A Kleeberger casi le daba pena.

Con esfuerzo, Rekke levantó la cabeza y lo miró.

—Pero me alegro de que tú te encuentres en mejor forma —continuó—. Veo que te estás aplicando con el tenis.

—¡Anda! ¿Se nota?

—En tu braquiorradial. Sobresale más en tu brazo izquierdo, aunque golpees de revés a dos manos, ¿verdad?

—Efectivamente, sí. Lo copié de Björn Borg en los años setenta. Pero vayamos al grano; me temo que no tengo demasiado tiempo.

Rekke asintió. Acto seguido Kleeberger llamó por el teléfono interno.

Magnus entró con una carpeta en la mano. Kleeberger lo miró rápido para estimar su grado de inquietud, pero Magnus solo desplegaba sus habituales modales elegantes. Parecía preparado para combate, en tanto que su hermano, con la mirada perdida, daba la sensación de estar cada vez más hundido y apático. Esto va a estar bien, se convenció.

—¿Así que ya han comenzado? —preguntó Magnus.

—Tu hermano estaba elogiando mis músculos de tenista.

—¿Ah, sí? Bueno, siempre ha tenido una fijación por el cuerpo.

—Pues bien, como íbamos diciendo —añadió Kleeberger dirigiéndose a Hans—, tu hermano me ha comentado que necesitas ayuda.

Hans, incómodo, se llevó la mano a la frente mientras corregía su postura en la silla.

—Sí, es cierto. Me siento un poco desconcertado.

—¿Acaso no nos sentimos todos igual? —contestó Kleeberger con generosidad.

—Aunque para Hans sin duda es peor —intervino Magnus mientras tomaba asiento al lado de su hermano.

—Eso me dicen —siguió Kleeberger—. Por lo

visto, nuestros amigos estadounidenses se meten contigo, aunque no he entendido muy bien por qué. ¿Me lo podrías explicar en pocas palabras?

Hans se movía en su silla, como si no tuviera un especial afán en contarlo. Magnus tomó el relevo en la conversación.

—Todo comenzó con un chico que estuvo preso en Guantánamo porque recibió una llamada de su tío desde el teléfono por satélite de Osama bin Laden. Sospechoso, claro. No obstante, el chico parecía no tener ni la más mínima idea de Al Qaeda. Luego, de repente, lo sabía todo. Charles Bruckner, de la CIA, que en esa época estaba en Langley, quería que Hans estudiara las transcripciones de los interrogatorios.

—¿Y a qué conclusiones llegaste? —dijo Kleeberger, dirigiéndose de nuevo a Hans.

—Hans concluyó que el chico no había dicho lo que sabía sino lo que creía necesario para evitar ser torturado —continuó Magnus.

—Vaya —comentó Kleeberger—. Mal asunto.

—Después de esto, la CIA lo inundó de documentación de interrogatorios para que detectara lo que había de cierto y de falso en ellos, lo cual contribuyó a que Hans estuviera cada vez más..., ¿cómo decirlo? Confundido; ¿es esa la palabra más adecuada, Hans? ¿O hasta enojado?

Rekke se limitó a encogerse de hombros.

—Bueno, ahora carece de importancia. Lo primordial es que Hans señaló una serie de estudios que demostraban que la violencia no es una manera muy efectiva de obtener información, sobre todo cuando las personas que conducen los interrogatorios no están seguras de la culpabilidad del interrogado ni saben muy bien lo que buscan. Hans comprendía, por supuesto, que en tiempos turbulentos resulta tentador hacer del interrogatorio parte del castigo, pero dejarse llevar por impulsos morales en lugar del empirismo científico, decía, rara vez acaba siendo intelectualmente provechoso.

—Esa crítica la podrían haber encajado sin mayores problemas, ¿no?

—Y lo hicieron muy bien al principio —prosiguió Magnus—. Pero Hans poco a poco lo llevó más lejos. Afirmó que nunca había oído peor cacofonía de voces contradictorias, arrancadas por la fuerza, y que esa forma de afrontar los interrogatorios no solo constituía un fracaso, sino que también resultaba contraproducente. En lugar de liquidar al enemigo, así se creaba más enemigos, y advirtió que si salía a la luz, tendría consecuencias fatales para la imagen de Estados Unidos.

—Entiendo —dijo Kleeberger.

—Además —señaló Magnus—, fue muy concreto en su crítica: dijo que la CIA corría el riesgo de pasar por alto lo verdaderamente importante por culpa del aluvión de información irrelevante y defectuosa.

Rekke miró a su hermano como si lo que contaba Magnus no fueran más que tonterías.

—Y cuando contactó con *The Washington Post*,

la cosa tampoco mejoró mucho que digamos —añadió Magnus.

—Ya, algo había oído al respecto —dijo Kleeberger.

—Si se me permite, fue *The Washington Post* el que contactó conmigo —intervino Hans.

—Puede que haya sido así —admitió Magnus—, y tampoco creo que les dijeras más que un par de verdades bien conocidas. Aun así... aquello inquietó a nuestros amigos de la CIA, de modo que decidieron desacreditarte... ¿antes de que tú los desacreditaras a ellos haciendo un escándalo de mucho cuidado en la prensa? ¿Lo he resumido bien, Hans?

—No mucho —respondió este.

—Bueno, pues, tal vez no. Pero algo de verdad sí que había, sin duda.

—¿Vas a hacer un escándalo ahora? —inquirió Kleeberger con una sonrisa prudente.

Hans no le devolvió la sonrisa, sino que bajó la mirada a sus largas manos. Kleeberger todavía pensaba que la cosa estaba tranquila. No veía ni rastro de la habitual agudeza de Hans, nada del brillo de antaño.

—Dudo que tenga ese poder.

—¿Así que no estás aquí preguntándote si obedecer a la ley o a la voz de tu conciencia? —dijo Kleeberger buscando conscientemente provocarlo.

—No estoy seguro de lo que dicen ninguna de esas voces. Mis ambiciones son más modestas. Solo quiero algo de información —contestó Hans.

—¿Sobre Kabir? —preguntó Magnus.

—En efecto, sobre él —fue la respuesta de Hans, y el ministro dirigió una mirada a Magnus que decía: «Suéltalo ya, dale duro».

—Acabo de hablar con Bruckner —continuó Magnus.

—Me tranquiliza saber que se apoyan mutuamente en situaciones de crisis —dijo Hans.

—Charles ha señalado con firmeza que tus acuerdos de confidencialidad estipulan que no puedes hacer uso de los conocimientos obtenidos en tu trabajo con la CIA para ningún tipo de investigación posterior.

—Si lo he entendido bien, en caso de hacerlo te arriesgarías a que te lleven a juicio —apostilló Kleeberger—. Incluso a que te extraditen a Estados Unidos.

—No estoy tan seguro —contestó Hans con una calma que puso un poco nervioso a Kleeberger a pesar de todo—. *Leges sine moribus vanae.*

—Las leyes sin moral son inútiles —tradujo Magnus.

—Además, nos movemos en una zona gris donde la ley y el poder político no están tan separados como cabría esperar, por lo que, con todo, estoy convencido de que me van a ayudar —siguió Rekke.

—¿Por qué íbamos a ayudarte?

—Por su propio interés, claro. La cosa no tiene más misterio. ¿Puedo recordarles brevemente el asunto?

—No creo que sea necesario.

—Se lo recordaré de todas formas —insistió Hans, y de pronto parecía venirse arriba.

O si venirse arriba no fuera la expresión más adecuada, al menos podía afirmarse que era el viejo Hans el que volvía, y que exponía, con una leve irritación, como si le diera mucha pereza, su versión de la verdad. Kleeberger lanzó otra mirada de inquietud a Magnus.

—El 22 de agosto de 2002 llega a Suecia un hombre que se llama Jamal Kabir —comenzó Hans—, pero que con toda probabilidad tiene otro nombre. Viene directo de una cárcel secreta al norte de Kabul, con el nombre en clave Kobolt o Salt Pit, donde fue torturado bajo condiciones extremas de frío, oscuridad y con música a todo volumen.

—Sí, sí... —dijo Magnus impaciente, mordiéndose el labio, y a Kleeberger se le pasó por la cabeza en ese momento la preocupante idea de que los hermanos, cada uno a su manera, sabían algo que él desconocía. Pero desechó enseguida el pensamiento.

—Eso ya de por sí resulta bastante raro, ¿no? —reflexionó Hans—. ¿Cada cuánto tiempo se libera a un preso de un lugar así y se le envía generosamente en avión a un lugar nuevo?

—No muy a menudo.

—Pero lo más llamativo es que ni los de Inmigración ni la policía fueron informados del tema.

—Claro que la policía fue informada, no me fastidies —saltó Kleeberger alterado, no solo porque se había asegurado de que la información llegara de veras a los altos mandos policiacos, sino también porque comprendió que esa sería la cuestión más delicada si al final se filtraba la historia.

—Yo mismo informé a Falkegren —recalcó de manera seca Rekke—. Pero la información nunca se transmitió al resto de la organización.

—Eso difícilmente podría considerarse culpa nuestra.

—Yo creo que sí —puntualizó Rekke—. Alguien debe de haber desmentido la información a Falkegren. Si no, no creo que se hubiera atrevido a guardar silencio sobre el tema.

Magnus asintió, como si supiera a la perfección quién había desmentido qué, lo cual no hizo más que aumentar el malestar de Kleeberger.

—Bueno, vamos —dijo este irritado—. Continúa.

—No informar a las autoridades policiacas cuando se ha abierto la investigación de un asesinato es, cuando menos, problemático, y luego comentaré por qué —declaró Rekke—. Antes querría hablar un momento de la lógica que hay detrás. ¿Por qué eran tan reacios a revelar lo que sabían? La respuesta es, evidentemente, que estaban expuestos a presiones. Estados Unidos no quería que saliera a la luz que habían torturado a un hombre de esa forma, arriesgándose a que se hablara de una cárcel que se había mantenido hasta entonces oculta a la opinión pública. No me cabe duda alguna de esto. No obstante, me cuesta creer que ese sea el único motivo.

Kleeberger se cruzó de brazos.

—¿Ah, sí? —dijo.

—Tiene que haberse cerrado algún tipo de acuerdo también. Ignoro de qué tipo de pacto se trata, así que en ese aspecto pueden estar tranquilos.

Menos mal, pensó Kleeberger, menos mal.

—Sin duda, tengo mis teorías al respecto. Por ejemplo, sé que muchos de los líderes talibanes nunca fueron capturados, y que de algunos de ellos ni siquiera existen fotografías. Me imagino que la misión de Kabir en Suecia consistía en identificar a alguno de ellos. El mulá Zakaria, sin ir más lejos, vivió durante un tiempo en Norsborg antes de huir a Copenhague, donde lo mataron a tiros. Pero eso en el fondo puede no importar, a mí lo que me interesa ahora es otra cosa.

—¿Y qué es lo que te interesa ahora?

—La ocultación en sí. El secreto en torno a los hechos.

Kleeberger volvió a mirar lleno de inquietud a Magnus.

—¿En qué sentido?

—A ver por dónde empiezo... Desconocemos por qué asesinaron a Kabir. Sin embargo, no podemos excluir que uno de los motivos que permitieron que sucediera fuera que no se había informado a nadie ajeno a un círculo limitado de que estaba en peligro.

—Yo creo que... —comenzó Kleeberger.

—Pero eso sobre todo —interrumpió Hans—

afectó a la investigación policiaca. Un hombre inocente fue detenido y sometido a prisión preventiva porque a los investigadores les faltaba información. Mientras tanto, el autor del crimen tuvo ventaja. Incluso podríamos interpretarlo como que quienes soltaron a Kabir en nuestro país no querían que se resolviera el caso, puesto que el esclarecimiento los pondría en mal lugar.

—¿Adónde quieres llegar? —dijo Kleeberger.

—Quiero, como he insinuado, efectuar un pequeño intercambio de favores, como el que deben de haber hecho con la CIA.

—Vamos, dílo.

—No voy a hacer un escándalo mayúsculo, como Magnus lo formuló antes, si me cuentan lo que Kabir hacía bajo el régimen talibán y por qué terminó en Salt Pit, a las afueras de Kabul. Quiero saber qué motivos había para que lo mataran.

—¿Y por qué se supone que lo deberíamos saber nosotros?

—Porque con toda seguridad han recibido un informe, o parte de un informe, de la CIA. De lo contrario, jamás se habrían atrevido a dejarlo entrar en el país.

Mats Kleeberger miró de manera inquisidora a Magnus. Durante un rato todos permanecieron en silencio. Se oyó el ruido del tráfico fuera. Acto seguido resonó una carcajada; venía de Magnus, que parecía haberse decidido a ver el lado cómico de toda esa historia.

—De acuerdo —dijo.

—¿Cómo que de acuerdo? —cuestionó, inseguro, Kleeberger.

—Creo que lo mejor es ser complacientes con Hans. De lo contrario, no se va a rendir nunca —continuó Magnus.

—¿Estás realmente seguro de...? —empezó Kleeberger, pero se interrumpió. Se sintió débil.

—Comprobé la flor que estabas mirando —indicó Magnus, como si no se hubiera percatado de las dudas del ministro.

—¿De qué flor estás hablando? —quiso saber Kleeberger.

—*Iris afghanica*. Crece en las montañas de Kabul. Una florecita bonita y vigorosa. Se considera un símbolo de la resistencia. —Magnus se dirigió a su hermano—. ¿Tiene algo que ver con el crimen?

—No lo sé. Pero creo que alguien tuvo motivos para matar a Kabir —señaló Hans, como ausente.

Kleeberger sintió que debía recuperar su autoridad.

—Bien, está bien —accedió con voz adusta mientras se levantaba—. Tú ganas, al menos de momento; te felicito. Pero no pienso darte ninguna documentación clasificada así como así. Encargaré a nuestro jurista revisarla primero, y Magnus puede pasar mañana por tu casa con lo que podamos entregar.

—Muy bien —dijo Hans levantándose también.

Se despidió estrechándoles la mano y salió de la oficina con una prisa inesperada. Mats Kleeberger cerró los puños bajo el escritorio sin saber si era por miedo o por ganas de devolver el golpe con todas las armas que tenía a su disposición.

Capítulo 25

Simón no vino, y por muchas llamadas que hizo, no consiguió enterarse de su paradero. Mustafa negó incluso que Simón hubiera estado ahí en algún momento. Al cabo de un rato desistió y tomó el elevador a casa de su madre. Atravesó el pasillo de la galería exterior hasta el piso del que su madre debería haberse mudado hacía mucho tiempo, y tocó el timbre.

Su madre abrió la puerta con un vestido *flower power* con un estampado de flores rojas y verdes. Parecía una hippie con el pelo negro y canoso suelto y despeinado. Micaela estaba a punto de preguntar «¿Qué estás haciendo?» cuando su madre se quedó con los ojos muy abiertos.

—¡¿Qué te ha pasado?! —exclamó.

—¿Cómo que qué me ha pasado?

—Tu mejilla.

—No es tan malo como parece —la tranquilizó Micaela—. ¿Has retomado la pintura?

—¿Por qué lo dices? —preguntó su madre mientras invitaba a Micaela a pasar con grandes, exagerados gestos.

—Pues porque llevas puesto eso —dijo Micaela señalando su vestido.

Tampoco era nada raro que a su madre le diera el arranque de comprarse ropa nueva de segunda mano. Solía ocurrir cuando sacaba sus óleos y se lanzaba de nuevo a sus viejos días felices como hippie en los tiempos de Allende.

—¿Cómo? No, no es más que un trapito que me estoy probando. Debes de estar muerta de hambre.

Micaela se sentó en el sillón de piel de la sala e iba a responder que no tenía hambre cuando su madre se metió en la cocina y volvió enseguida con empanadas y mate.

—Gracias, mamá. De veras que no hacía falta sacar nada. Por lo que veo, parece que estás durmiendo mejor ahora.

—Bah, ¿quién duerme hoy en día?

Micaela se tapó con una cobija que había en el sillón y se quedó mirando una vez más el vestido de su madre. Daba la impresión de que iba a empezar a corear *«peace and love»* en cualquier momento.

—Había quedado de verse con Simón, pero no ha aparecido.

—¿No ha aparecido? ¿Es que alguna vez aparece? A mí ya me han salido canas de tanto esperarlo —dijo agarrándose un mechón de pelo para enseñarlo—. Pero, Micaela, por el amor de Dios, dime la verdad, ¿no te habrán pegado?

Micaela negó con la cabeza.

—Me caí. Estaba de fiesta por ahí con Vanessa.

—No comprendo por qué no te buscas un hombre en lugar de salir por ahí —dijo la madre.

—Así que si hubiera tenido un hombre habría estado allí para tomarme en brazos cuando me caí...

La madre de Micaela la miraba como si se preguntara si era eso a lo que se refería.

—Con un hombre en tu vida, no habrías tenido que salir de un lado para otro con Vanessa. Esa chica es demasiado guapa para su propio bien. ¿Sabes lo que decía tu padre?

—¿Qué decía papá? —respondió Micaela, contenta de que estuvieran cambiando ya de tema.

—Decía que las chicas guapas se vuelven perezosas.

—¿Y eso por qué?

—Porque nunca necesitan esforzarse. Pero mujeres como nosotras...

—Muy bonito de tu parte recordármelo —interrumpió Micaela.

—Tú eres mucho más guapa de lo que crees, cariño. Pero para mujeres como nosotras, que no llegamos a creernos lo maravillosas que somos, no nos queda otra que luchar y esforzarnos todo el tiempo, y no dar nada por hecho.

—Y mira lo bien que nos va.

—Pero ¿de qué me estás hablando? A ti te va superbién. Pero tienes que cambiarte el peinado y quitarte ese fleco tan largo. Da la impresión de que quisieras esconderte.

—Ya estás como Lucas.

—¿Qué tiene de malo?

Micaela suspiró.

—¿No hay nada divertido que me puedas contar? ¿Algún chisme? Aparte de que te has vuelto hippie de nuevo.

—Nunca me ha gustado esa palabra, lo sabes. Pero todos van a hablar sobre ti y tu cara, te lo aseguro. Aunque ahora que lo mencionas... —continuó radiante—. ¿Sabes quién vuelve a dejarse ver por el Husby Krog?

—¿Quién? —dijo Micaela.

—Beppe. Ha regresado como si no hubiera pasado nada. Pavoneándose y alardeando de Mario. Carlos estuvo por aquí y me lo comentó.

Micaela se quedó pensando unos instantes. Se quitó la cobija y la dobló.

—¿Sabes, mamá? Voy a ir al Husby Krog a ver si me lo encuentro.

La madre la miró con la misma cara de asustada que cuando abrió la puerta.

—¿Qué dices?

—Es que no nos hemos visto desde que estuvo detenido.

La madre pareció ofendida.

—Por el amor de Dios, pero si acabas de llegar. ¿Ni siquiera te terminas tu mate?

Micaela se levantó.

—Lo siento, mamá.

—Así que prefieres juntarte con ese borracho que pasar tiempo con tu propia madre —continuó.

—Me estoy ocupando de nuevo del caso del asesinato.

—Pero ¿es que Beppe acaso ha dicho alguna vez algo sensato? Miente más que habla.

—Han tratado a Beppe de manera injusta.

—Eres peor que Simón —se quejó la madre—. No haces más que entrar y salir. Con Lucas es más fácil. Siempre tiene tiempo.

—Sí, sí... —dijo Micaela y abrazó a su madre.

En la sala sacó su cartera y dejó tres billetes de cien en la cómoda que había al lado de la puerta. Después recorrió la galería, bajó en el elevador y salió. Las temperaturas habían descendido y el cielo se iba nublando. Pasó por delante de los edificios de viviendas, de color blanco y verde, con sus galerías exteriores y sus antenas parabólicas.

Tomó la calle Edvard Griegsgången hacia el centro, «la ciudad», como decían antes, a pesar de que «la ciudad» no era mucho más que una plaza y unas pocas tiendas. Veía gente conocida por todos lados, por supuesto, aunque también había caras nuevas, que seguramente también sabían que era policía. Se le notaba en los ojos. Recogió unos trozos de cristal que había en el suelo al lado de la entrada del metro, más que nada como una especie de declaración de intenciones, mientras miraba a un grupo de chicos sentados en un banco verde delante del supermercado Ica que le sonreían socarronamente.

—¿Todo en orden, chicos? —les preguntó.

—Todo en orden. Haciendo unos negocios con

tu hermanito —dijo el más alto de ellos, un chico que se llamaba Fadi.

—Ándate con cuidado que no te engañe.

—No te preocupes. Lo tengo todo bajo control —aseguró el chico, dándose palmadas en los bolsillos del pantalón mientras paseaba la mirada por sus amigos con cara boba.

Micaela le devolvió una sonrisa forzada antes de continuar su camino hasta el Husby Krog. Una luz débil salía de su interior. Inspiró hondo, como si solo verlo de nuevo exigiera un gran esfuerzo.

El lugar estaba casi vacío, y Micaela se convenció de que ya se había largado, o de que nunca había llegado a estar ahí siquiera. Por eso se limitó a saludar a Yusuf, que estaba detrás de la barra, con un breve movimiento de cabeza, y se disponía a irse cuando oyó cómo la llamaban con un grito.

—¡Micaela!

Se volteó y lo descubrió. Estaba sentado en el rincón del fondo con Amir, y su mirada dejaba entrever cierta alegría. Apenas lo reconocía. Iba demasiado bien vestido, y bastante sobrio, aunque lejos de estarlo del todo, claro. Llevaba un traje café, se acababa de cortar el pelo y lucía un rasurado apurado. Es cierto que tenía una herida en el labio superior y las mejillas estaban tan encendidas como de costumbre, pero con todo presentaba un aspecto inesperadamente acicalado.

—Beppe —saludó ella—. Bienvenido de vuelta.

—De vuelta al lugar del crimen —dijo con sonrisa socarrona—. Ven y siéntate. Ya conoces a Amir.

Vamos a salir a celebrar el fichaje de Mario. El club invita.

Micaela se sentó y miró a Beppe, al tiempo que intentaba determinar si estaba tan contento como su aspecto parecía indicar. Debía de haber pasado por un infierno. Medio Husby seguía pensando que era culpable, y Micaela sabía que le habían escrito «asesino» en la puerta de casa antes de que recogiera sus cosas y se mudara a Kristineberg.

—Tienes buen aspecto —dijo Micaela.

Abrió sus brazos y sacó pecho como para confirmar las palabras que acababa de pronunciar la policía.

—¿Sabes, Amir? Si no fuera por Micaela, no estaría hoy aquí sentado.

—Que sí. No teníamos nada contra ti. Hemos sido unos idiotas.

—Pero tú no, Micaela —le corrigió Beppe—. Luchaste por mí.

Se inclinó hacia delante para darle un abrazo, pero al momento se detuvo abruptamente y se fijó en la mejilla de Micaela.

—¿Qué te pasó? —quiso saber.

—Me caí —respondió Micaela—. Ven y damos un paseo

Beppe la miraba sin comprender nada, y quizá también dejaba entrever cierta inquietud.

—Pero si acabamos de pedir una ronda —protestó.

Micaela lo miró a sus ojos brillantes.

—No creo que sea buena idea aparecer borracho en la fiesta.

—¿Quién está hablando de emborracharse?

—Lo siento, Amir, volvemos enseguida —se disculpó Micaela.

Beppe accedió y se levantó reticente. Saliendo del bar, le susurró a Micaela al oído:

—¿Esto no será algún problema grande?

—No, no te preocupes.

Beppe pareció inmerso en cavilaciones.

—Oí que coincidiste hace poco con Mario. ¡Qué fastidio!, ¿no?

—No, fue un encanto —aseguró ella.

Al cruzar la plaza lo sintió de inmediato: atraían todas las miradas. La gente susurraba a sus espaldas. Beppe terminó reaccionando igual que antes; sacó pecho y caminó con el estilo de los vaqueros de las películas, balanceando los brazos.

—¿Has visto con qué descaro nos miran? —comentó Beppe—. Creen que me vas a llevar a la cárcel.

Micaela sonreía a todos para demostrar que Beppe y ella solo estaban dando un paseo, como viejos vecinos que eran.

—No les hagas caso —dijo Micaela—. Debes estar orgulloso. Lo de Mario es fantástico.

A Beppe se le iluminó la cara y se acercó un paso a Micaela. Resultaba imposible no acordarse de la brutal fuerza que albergaba el cuerpo de Beppe, la que en su momento hizo que su presunta culpabilidad no le resultara del todo increíble, a pesar de todo.

—Lo que he luchado con él. Te acuerdas, ¿no? Todos los días estábamos ahí jugando futbol. Hiciera el tiempo que hiciera, carajo. A veces con nieve hasta las rodillas.

—Sí, me acuerdo —señaló Micaela, aunque no recordaba haberlos visto juntos ni una sola vez, y mucho menos en invierno.

—Va a ser increíble.

—Seguro que sí —afirmó ella.

—Lo logramos juntos, él y yo. ¿Sabes lo que siempre le he dicho?

—¿Qué le has dicho siempre, Beppe?

—No dejes nunca de luchar. Nunca, jamás.

—Sabias palabras, deben de haber sido valiosas para él.

—Es la mente de lo que se trata —continuó Beppe señalándose la frente—. La mente.

Micaela sonrió y le entraron ganas de decirle algo de su propia mente, pero no sucumbió a la tentación.

—Bajemos al campo de futbol —propuso—. A lo mejor me puedes enseñar lo que hiciste.

Beppe asintió y pasaron por delante de la iglesia y de la mezquita. Cuando un grupo de jóvenes los miró con curiosidad y con aire de querer acercarse, Micaela indicó con un gesto que estaban ocupados. Se acordó de la primera vez que había oído hablar del crimen en el barrio. Se acordó de la agitación en el aire, los rostros excitados, las voces que hablaban a la vez interrumpiéndose. «*Scha-denfreude*», pensó.

—Carajo, Micaela —dijo Beppe—. Me alegro tanto de verte... ¿Sabes? Hubo un momento en que pensé que estaba acabado. Casi empecé a creerme que lo había hecho.

—Lo siento —respondió Micaela.

—Al contrario, eres mi heroína. ¿Y Lucas, qué tal está?

—Como siempre —contestó Micaela.

—Es un poco gánster, ¿no?

—No creo que sea para tanto.

Beppe se paró pensativo. A Micaela le dio la sensación de que quería hacer algo por ella, igual que Mario en el Spy Bar, como para devolverle el favor.

—¿Recuerdas que me preguntaste por la letra del rap de Simón que cantamos en la plaza?

—Claro.

—Me acordé de una cosa.

Ella lo miró con curiosidad.

—¿De qué?

—Cantamos sobre su viejo y sobre toda la movida que hubo.

—Algo me suena —dijo Micaela.

—Me acuerdo de una rima —continuó.

—¿De cuál?

—«Mi hermano tenía ganas de control de sobra, y el tipo hizo toda una maniobra.»

Micaela asimiló las palabras.

—¿Se refiere a Lucas?

—¿A quién si no?

—Todos siempre piensan lo peor de él —comentó Micaela.

—No, qué va... yo no —respondió Beppe—. Recuerdo cómo cuidaba de ti. Nadie se atrevía casi ni a acercarse a ti. Fuiste como la reina de Husby durante un tiempo, ¿verdad?

—No te creas —dijo ella—. He oído que has comenzado a recordar más cosas de Grimsta.

—¿Cómo? Sí, quizá. Pero es más bien cosa de Mario. Los maderos... —Beppe hizo una mueca.

—¿Qué pasa con los maderos?

—Bah, nada. Es que ahora tengo una terapeuta.

Micaela lo miró sorprendida. No conocía a nadie que fuera a terapia, y si tuviera que imaginarse a alguien, definitivamente no sería a Beppe.

—Me mandaron a una chica después de la prisión preventiva —explicó—. Para ayudarme con mi rabia.

—Qué bien, ¿no?

—No lo soportaba. La chica parecía creer que yo era culpable. Pero al cabo de un tiempo me sentó bien. Comprendí que nunca había pensado mucho en el tema. Me di cuenta de que en los interrogatorios solo había estado peleando todo el tiempo.

—Y te acordaste de haber visto a alguien.

—Me acordé de haber visto a alguien en Gulddragargränd, sí.

—¿Quién se supone que era esa persona?

Beppe la miró con ojos humedecidos, como si no estuviera seguro de creerse a sí mismo.

—Todo aquello fue tan raro... —continuó—. Lo sabes tú casi mejor que yo.

—No sé yo. Pero estabas borracho y te habías caído en una cuneta.

—Estaba de lodo hasta las orejas, y había vuelto a la calle y me crucé con ese mocoso que me señaló luego.

—Filip Grundström —dijo Micaela.

—Llovía y hacía mucho viento, e intenté llamar a Mario para preguntarle dónde estaba. Pero el teléfono estaba chorreando y no funcionaba, así que me enojé y seguí caminando. Después hay otra curva en el camino, ¿verdad?, y por ahí vi a un chico que andaba haciendo eses. En plan como si también estuviera borracho.

—¿Y cómo era?

—No lo sé muy bien. Estaba hecho un problema y me dolía el codo y solo quería irme a casa. No pensé precisamente que era importante acordarme de todo lo que pasaba en ese momento. Aunque me fijé en algunas cosas.

—¿Cosas como...?

—Era bastante joven y fuerte, y desapareció por el camino hacia Vällingby.

—¿Dices que bastante joven?

—En todo caso no era un hombre mayor. De ninguna de las maneras ese viejo del que han estado hablando todo el tiempo.

—Interesante —dijo Micaela—. ¿Te acuerdas de algo más?

—No paraba de limpiarse con la mano, como

si tuviera alguna porquería pegada, y creo que iba murmurando un poco, como canturreando. Daba mala espina.

—Pero ¿no le viste la cara?

—No, solo la espalda. Llevaba una mochila, una mochila gris, y tenía un tatuaje o algo en la nuca.

—¿Un tatuaje de qué tipo?

—Podría haber sido una mancha también. No sé.

El rostro de Beppe se iluminó, de repente se le vio alegre, y Micaela quiso soltarlo: «¿Qué tiene de gracioso que no te acuerdes?».

—Ahí —dijo.

—¿Qué?

—Ahí estuvimos Mario y yo, jugando futbol, cientos de veces. —Señaló hacia el campo de futbol que había más abajo detrás de una valla.

Por unos momentos Micaela apenas era capaz de procesar lo que veía, pues en su cabeza seguía bajo la lluvia en Gulddragargränd.

—¿Estás seguro de que no confundes el campo de futbol con el Husby Krog?

—Carajo, Micaela, tú misma nos viste.

—Es que en esa época andabas bastante descontrolado, lo sabes, ¿no?

Beppe pareció ofendido.

—No digas tonterías —refunfuñó—. Te lo juro... Yo creé a ese chico, y él es consciente. Gracias, papá, dice. Gracias, papá, por haber sido tan duro y directo conmigo.

—Seguro, Beppe. Si tú lo dices... En todo caso,

cuando me crucé con él lo vi con ese mismo aire enrollado que tú tienes.

—¿Sí?

—Claro que sí. El mismo encanto tambaleante.

—Micaela, tú eres buena gente —farfulló Beppe, dando la sensación de estar más borracho de lo que ella creía.

—Gracias —contestó un poco irritada.

—¿Sigues sin tener novio? —continuó, sonando igual que su madre—. Alguien que pueda cuidar de ti.

—No, ¿y tú? —replicó Micaela, preguntándose si no debería llamar a Rekke para ver cómo le había ido con Kleeberger.

Tenía un mal presentimiento, pero lo dejó estar.

Cuando Rekke regresaba a casa tras salir del Ministerio de Asuntos Exteriores, andaba tan distraído que no se percató del auto con matrícula diplomática que circulaba a poca velocidad detrás de él a lo largo de Kungsträdgårdsgatan. Por tanto, tampoco podía imaginarse que Charles Bruckner y su compañero Henry Lamar sopesaban meterlo en el auto a fin de darle un susto de muerte.

Estaba muy lejos de la ciudad por la que caminaba en ese momento, pero eso no significaba que su mundo interior tuviera contornos especialmente nítidos tampoco. Se sentía drogado y pesado, y se planteaba muy en serio olvidar toda la historia hasta que se hubiera recuperado del todo.

Tenía la sensación de que algo importante se le escapaba, algo que estaba ahí, delante suyo, y que todo el tiempo lo esquivaba. Giró hacia Hamngatan y la plaza de Nybroplan y un tranvía estuvo a punto de atropellarlo. Un auto le silbó también, por si no se había enterado. Rumiaba sobre Kabir y sus gestos en el campo. No cabía duda de que debajo de todo se escondía otra historia bien distinta a la conocida. Pero ¿se trataba de lo que él se había imaginado? Había bastantes cosas en contra, claro. El hecho de verse a sí mismo en el relato, sin ir más lejos, era ya de por sí una señal de alarma. Aun así... algo había. Viktor, pensó, querido Viktor. ¿Podría ayudar? Buscó entre sus contactos y le envío un sms.

Viktor Malikov era —al menos la última vez que hablaron— catedrático de Armonía en el conservatorio de Moscú donde había estudiado Latifa Sarwani, de Kabul. Pero se acordó de Viktor también por otra razón. Solo tenían diecisiete años y eran compañeros en Juilliard, y una noche estuvieron tomando vino en el Kings Theatre viendo a la Filarmónica de Brooklyn. Ya en aquel entonces Viktor se emborrachaba en cuanto tenía ocasión. Era desertor y disidente desde el momento en que, muy joven, había tenido la oportunidad de tocar en la orquesta mundial juvenil de Leonard Bernstein. En aquella época le estresaba tener que estar atento a la posible presencia de agentes de la KGB en cada esquina, y se quejaba continuamente de múltiples achaques, ya fueran reales o inventados.

Pero en su defensa había de reconocer que se quejaba con estilo. Como todo buen hipocondríaco, conocía en profundidad todas sus enfermedades y sabía contar un sinfín de anécdotas de personas famosas que habían padecido lo mismo que él sufría. Aquella tarde en concreto le pasaba algo a su espalda y a sus hombros. «Estoy echando raíces en el maldito piano —había dicho—, me estoy poniendo igual de anguloso y cuadrado.»

A Rekke le gustaba la idea de que todas las horas de ensayo dejaran su huella en el cuerpo. Adquirió la costumbre de adivinar qué instrumento tocaban los músicos antes de que ocuparan su lugar en la orquesta. No era una ciencia muy exacta, claro está, pero Rekke lo llevó cada vez más lejos buscando de forma obsesiva durezas en las manos, rastros de colofonia, marcas en la piel, cicatrices, músculos pequeños muy entrenados, hendiduras en las yemas de los dedos, labios de trompetista... Todo lo imaginable, señales en la postura y en la mirada que revelaran el estatus de los músicos dentro del grupo.

Terminó siendo un pequeño arte en sí mismo, y ahora, mientras recorría la ciudad de camino a casa y pensaba en Kabir y su lenguaje corporal, se convenció aún más. No de que el chico había sido director de orquesta, sino de lo contrario más bien.

Sus gestos resultaban demasiado forzados y teatrales para ser profesionales, aunque no dejaban de ser movimientos de un director, o al menos de alguien que anhelaba convertirse en director de orquesta. Detrás de ellos latía una manifiesta ambición, y de ser cierto, como le había dicho a Micaela, el chico debía de tocar también un instrumento. Nadie sueña en serio con ser director de orquesta a no ser que haya tocado algo hora tras hora, año tras año. Pero ¿qué instrumento? Al llegar a Strandvägen, Rekke apresuró el paso y descubrió que Viktor ya había respondido a su mensaje.

Hermano. Qué alegría
tan grande saber de ti.
¿Han pasado cien años
o diez?

A Rekke no le gustó el tono desmedido. Quería mantener todo esto sin excesos, ser objetivo. Al mismo tiempo estas palabras lo hicieron aún más resuelto, como si el mero hecho de haber enviado un mensaje y haber recibido una respuesta fuera una señal de que se había puesto en marcha, de que había roto su apatía.

Enfiló Grevgatan, contento por recordar el código de acceso de la puerta. Seguía sin darse cuenta de la presencia del auto con matrícula diplomática que había recorrido la calle detrás de él. Subió en el elevador imaginándose de nuevo la mirada de Micaela, esos ojos negros que lo habían escrutado críticos y duros, como si él la hubiera privado de una bella y enorme ilusión.

Tienes que espabilarte, había dicho.

«Sí, carajo, me voy a espabilar», pensó.

Parecía que el elevador iba más despacio que de costumbre, claramente una buena señal. Quería ir hacia delante, no persistir en la huida, en la búsqueda del olvido, y de repente tomó una decisión drástica. Tal vez fuera por la sensación de prisa o por el aspecto deplorable que reflejaba el espejo del elevador, aunque sobre todo se debía a Micaela y a Julia.

Al entrar en su casa, fue directo al baño y abrió el botiquín. Sacó sus pastillas, inyecciones y envases de todo tipo y los metió en una bolsa de plástico, y antes de que le diera tiempo de arrepentirse, salió a la escalera y lo tiró todo por el ducto de basura. De vuelta a casa, se encontró a la señora Hansson. Por Dios, ¿nunca lo iban a dejar solo?

—Perdona, Hans, ¿cómo estás?

—Acabo de tirar mis pastillas a la basura —dijo.

La señora Hansson lo miró perpleja, como sin saber si se trataba de una buena o mala noticia. Al final esbozó una sonrisa.

—Esa chica te hace bien, ¿verdad?

—¿Qué chica?

—Micaela, ¿quién si no?

—Bueno, sí, quizá.

—Se parecen un poco, ¿sabes? —siguió la señora Hansson.

—Sigrid, querida, no nos parecemos en absoluto. Ella es joven y fuerte.

—Y tú también. Solo te imaginas que eres débil.

—Ya, ya.

—Además, a ella, como a ti, la vida le ha dado muchos golpes. Hasta yo lo veo.

—Puede ser.

—No vas a preguntarle si...

Rekke no terminó de escuchar a la señora Hansson, sino que continuó hacia la cocina al tiempo que se preguntaba si no debería comenzar a beber ahora que había dejado las pastillas. Pero no estaba en condiciones físicas para eso tampoco. Entretanto, la señora Hansson se aproximó a él y se puso a su espalda.

—No te enojes conmigo por hablar tanto —pidió—. Pero tienes que llevarte algo al estómago. Andas tan ensimismado que te olvidas de comer.

—Tienes razón —admitió Rekke, y se acercó al frutero de la barra.

—Eso es un limón, Hans.

—Ah..., sí..., claro —dijo—. Mi fruta favorita. Para los hombres fuertes y jóvenes como yo, los limones son las nuevas naranjas.

—Te voy a preparar algo para cenar.

—Me niego, no vas a preparar nada. Bájate a tu casa a descansar —replicó, y se fue a su oficina, se sentó a la computadora y comenzó a examinar imágenes de la autopsia de Kabir.

Hizo repetidas muecas de desagrado, como si

fuera él mismo el que yacía ahí impotente, con el cráneo machacado. No obstante, en muy poco tiempo se recompuso, y entonces volvió a un paisaje devastado que ya había contemplado antes. En otro tiempo. En un tiempo mejor, en el que su mirada registraba más cosas que ahora. Se quedó sentado un buen rato observando las antiguas heridas que en una ocasión lo habían conducido a la Prison of Darkness. Después se concentró en las manos.

Eran las manos de alguien que se gana la vida con ellas, de un mecánico. Había aceite reseco, suciedad, pequeñas cicatrices, arañazos, pero también... Amplió las imágenes y miró con detenimiento las yemas de los dedos, y detectó unas líneas extremadamente vagas, apenas visibles, que discurrían en diagonal con respecto a las crestas papilares. No estaba seguro de cómo interpretarlas; el espacio entre las líneas era demasiado grande. Sacudía nervioso la cabeza. No cuadraba, y quizá en realidad no había nada ahí.

Era como buscar huellas en la arena. Como buscar algo ya barrido por las olas varias veces.

Se levantó y masculló unas palabras inaudibles. Se le vinieron a la mente un par de frases de la *Grosse Fuge* de Beethoven, como una suerte de inquietante acompañamiento a las imágenes de la autopsia, o tal vez como... se quedó paralizado, tuvo repentinamente una idea y entró en internet para buscar algo con lo que comparar.

No halló nada, siguió dudando. Aun así sintió

una creciente vitalidad, como si se hubiera abierto la puerta a otro mundo, y se puso a escribir una rápida respuesta a Viktor Malikov. *«Claritas, claritas»*, dijo entre dientes.

Capítulo 26

Había preparado algo de pasta con salsa de jitomate. Afuera seguía lloviznando, pero el cielo estaba más despejado que antes. Todo apuntaba a que sería una tarde agradable. Estaba en la cocina, y mientras comía recordaba las palabras de Rekke con relación a los movimientos de Kabir. En realidad sus observaciones no aclaraban nada. Aun así a Micaela le resultaban alucinantes, y se planteó si debería llamar a Jonas Beijer; aunque, pensándolo bien, si estaban ponderando su posible vuelta a la investigación, mejor no molestarlo.

Micaela entró en la sala, encendió la computadora y fue pasando las fotos de Latifa Sarwani. Otra vez más fue incapaz de apartar la mirada de los ojos de Latifa, que ejercían una atracción hipnótica. Se preguntaba si Kabir se habría topado con esa mirada y, de ser así, ¿qué había sentido?

¿La había amado y había acabado despechado? ¿O se había sentido ignorado y había querido destruir lo que no había podido ser suyo? Imposible saberlo, al menos de momento, y quizá no tenía nada que ver con la historia. Buscó la imagen de Latifa muerta que, por absurdo que pueda parecer, se había publicado en la página, y contempló la silla volcada y el cuerpo acurrucado con una mano extendida hacia el violín destrozado.

Junto al cadáver había pequeños restos del instrumento desperdigados, que debieron de saltar volando al romperse el violín, así como pequeños trozos de tierra o lodo. Un río de sangre había brotado de la parte posterior de la cabeza, envuelta en un velo que se había teñido de un color café oscuro. Resultaba difícil comprender que se trataba de la misma persona cuyos ojos brillaban tan rebeldes y orgullosos en las otras imágenes. Ahora bien, era verdad que no se podía ver el rostro en la fotografía, solo el cuerpo delgado, las piernas, las caderas, el fino cuello, así como la espalda en la que se intuían los omóplatos debajo de la blusa. Los omóplatos... Micaela se acordó de Tove Lehmann. ¿Podría haber sido Latifa de quien Kabir había hablado?

Sonó el teléfono. Era Lucas. Mostraba su faceta más amable y quería saber si Micaela se encontraba mejor. Dijo que sí, que se encontraba mejor. Se le vino a la cabeza lo que Beppe había hablado sobre la letra de la canción de Simón, pero sin duda se molestaría si sacara el tema, pensó, especialmente ahora que estaba de buen humor. Por eso se limitó a platicar de todo un poco, y cuando le dio las gracias por su ayuda la última vez que se vieron, cambió un poco la actitud de Lucas y le preguntó de dónde venía ese renovado interés por Kabir. A Micaela se le escapó que había conocido a un catedrático de Psicología que le había dado nuevos datos sobre el asesinato. Se arrepintió enseguida.

—¿Es el Rekke ese? —preguntó Lucas.

Micaela se alarmó.

—¿Cómo es que lo conoces?

—Se comentaban cosas de él hace un tiempo. ¿No es un tipo rico? —continuó.

Micaela dijo que no lo sabía, y le explicó que estaba cansada y que los dolores de cabeza no habían remitido. Lucas fue comprensivo y dijo que iría al día siguiente a su casa a ver cómo estaba.

—Mejor no —murmuró Micaela, pero para entonces Lucas ya había colgado, y Micaela medio gritó—: ¡Maldita Vanessa! Tuvo que ser ella la habladora.

Vanessa nunca había dejado de admirar a Lucas. Además, siempre hablaba de más. Aunque también era verdad que, hacía seis meses, cuando Micaela más hablaba de Rekke, no tenía la menor idea de que su nombre podría convertirse en información sensible. Seguro que no pasaba nada, se convenció, y a falta de otras cosas más importantes se puso de nuevo con las fotografías de Latifa Sarwani. Tampoco en esa ocasión le dio tiempo a profundizar en ellas. Volvió a sonar el teléfono. Era Jonas Beijer, y parecía acelerado.

Rekke estaba en su oficina preguntándose si le habían intervenido las llamadas. Se imaginaba que sí; quizá debería pedirle el teléfono a la señora Hansson. No, no quería inmiscuirla en la historia, decidió, y se puso a ver de nuevo las fotografías de la autopsia, fijándose sobre todo en las líneas casi imperceptibles en las manos y en las puntas de los dedos de Kabir. ¿Podría tener razón? Creía que sí, de modo que escribió un correo electrónico a Viktor Malikov, que estaba en Moscú:

¿Cómo te va, Viktor?

Recibió una respuesta directa, como si Viktor hubiera estado esperando su mensaje.

¿Qué le dices a un hombre que adivina la intención detrás de todas las frases y al que consideran capaz de desenmascarar al mismísimo diablo?

Rekke respondió, un poco forzado él también:

Te limitas a brindarle algunas informaciones bien adaptadas. Se contenta con muy poco.

Viktor dio una rápida contestación de nuevo.

Empiezo a arrepentirme de haber regresado a la patria. Parece que tampoco esta vez va a haber una democracia tampoco. Pero me he vuelto a casar con una bailarina y tenemos cuatro hijos, y ya no toco tanto, solo lo indispensable para las clases. Pero no estoy demasiado amargado. Leo mucho y bebo mucho y, por supuesto, sufro dolores difusos e indeterminados todo el tiempo. Y a ratos te extraño. Alguien me susurró que has perdido tu trabajo.

El trabajo todavía está ahí, contestó Rekke. Pero me han echado del país y me han puesto una mordaza.

¡Vaya! ¿Qué ha pasado?

¿Te puedo llamar?, escribió Rekke.

Sí, por favor.

Rekke se quedó parado un momento, preguntándose si no debería enviar un mensaje a la CIA durante la conversación, si es que estaban interviniendo sus llamadas. Al final decidió llamar sin más. Inspiró hondo para prepararse para hacer un poco de teatro social.

No porque Viktor no conociera su personalidad depresiva, sino porque solía ser oportuno adaptarse un poco al bullicioso encanto de su amigo.

—¡Qué maravilla oír tu voz! —exclamó Viktor—. Pero ¿qué me estás contando? ¿Te han echado de Estados Unidos?

—Tampoco es para tanto —dijo Rekke—. Me las arreglo. Es que a veces me cuesta callarme.

—Lo sé, hermano, lo sé.

—¿Te acuerdas de cuando jugábamos a adivinar qué instrumento tocaban los músicos?

—Claro que sí.

—He vuelto a practicar esa disciplina. Pero necesito un poco de información.

—Cuenta, cuenta. Ya me está picando la curiosidad.

Rekke respiró profundamente antes de hablar:

—Querría informarme un poco sobre los músicos afganos que estudiaban dentro del sistema educativo soviético en los años ochenta. En realidad busco a un hombre que después se hacía pasar por Jamal Kabir. Pero quizá sería más sencillo si comenzáramos por una mujer que, supongo, recuerdas, al menos los que tienen cierta edad. Sasha Belinski seguro que se acuerda de ella.

—Sasha empieza a estar un poco despistado.

—Con un poco de suerte tal vez pueda rescatarla de la memoria, de todos modos. Estudió en el conservatorio de 1985 a 1988. Extremadamente dotada. Con algo de tendencia al drama. Era consciente de su valor, y sin duda podía despertar sentimientos. Se llamaba Latifa Sarwani y era de Kabul.

—¿Qué le ocurrió?

—Le pegaron un tiro en la cabeza en Kabul el 5 de abril de 1997, durante un tiempo en el que los músicos eran perseguidos y sufrían un fuerte acoso por parte del régimen talibán.

—Dios mío, ya sabía yo que me brindarías una historia de detectives, ¿no era eso lo que siempre hacías? —dijo Viktor.

Rekke esbozó una desganada sonrisa.

—Lo pretendía quizá. En cualquier caso, me gustaría saber todo lo posible sobre Latifa, y acotar el círculo de personas de su país de origen alrededor de ella.

—¿Buscas a alguien en especial?

—¿No es así siempre en las historias de detectives?

—Sí, claro.

—En este caso se trata de un hombre, muy joven por aquel entonces, de la misma edad que ella o de un año o dos menos, moreno, de complexión fuerte, bastante bajo, facciones limpias. Te mando un par de fotos y una breve descripción. Aunque no tengo un nombre, al menos ninguno que crea que pueda ser válido.

—¿Qué tocaba?

—Tocaba... —empezó, pero decidió aguardar con la respuesta—. No lo sé —continuó.

—Eso no suena al Rekke que yo conozco.

—Ese Rekke ha pasado a mejor vida.

—No lo creo.

—Eres muy amable, Viktor. De todos modos, creo que ese joven abrigaba serias ambiciones de hacerse director de orquesta.

—¿También una estrella, o qué?

—No estoy tan seguro. Más bien veo una tendencia de grandiosidad en él, y señales de que se sobrevaloraba. Pero quizá debería tener cuidado con lo que digo.

—Por el amor de Dios, especula todo lo que puedas, por favor. Eso era la gran fiesta de estar contigo.

Rekke volvió a sonreír y sintió unas repentinas

ganas de presentar sus teorías. No obstante, resistió la tentación.

—No dispongo aún de información suficiente —dijo él—. ¿Puedo confiar en que te pongas manos a la obra con esto?

—Haré lo que esté en mi mano. Me has alegrado el día, Hans.

Tras despedirse de Viktor, Rekke cerró las imágenes de la autopsia y sopesó la idea de registrar la casa por si hubiera algunas pastillas escondidas en algún lugar, o incluso la de llamar a Freddie, su antiguo traficante.

¿Había sido Kabir músico también? Al principio las palabras de Micaela le habían sonado absurdas, pero según las iba asimilando, Jonas Beijer se sentía cada vez más inseguro. Se acordaba de pequeños detalles, cosas en las que apenas había reparado antes pero que ahora veía bajo una nueva luz.

Entre otras, el interrogatorio de Emma Gulwal, la clarinetista. Él mismo la había interrogado en Berlín y recordaba lo hostil que se había mostrado al principio, aunque se le pasó enseguida. Lo había interpretado como la manifestación de ese malestar que muchos experimentan al hablar con la policía.

Buscaba información de una noche en la que ella recibió la visita de tres representantes de la policía religiosa en Kabul. Era el 24 de marzo de

1997, a última hora. Sus dos hijos dormían. Hacía tiempo que tenía miedo, decía; el ambiente de la ciudad se había tornado cada vez más hostil. Cuando irrumpieron en su casa se sobresaltó llena de temor, pero al ver que uno de ellos era Kabir se sintió aliviada. Jonas había preguntado por qué. Había oído hablar bien de Kabir, decía; era una persona más moderada, se dedicaba al futbol y hacía cosas buenas también. Por eso casi sin dilación sacó su clarinete del cajón del mueble y se lo dio, «para evitar que pusieran toda la casa patas arriba».

«Prometió cuidarlo, y yo no podría tocarlo de todas formas», había relatado ella, y todo sonaba lógico en opinión de Jonas.

Reinaba un ambiente tal que la gente hacía lo que fuera para no sufrir daños o arriesgarse a que se los llevaran. Al principio, decía, todo parecía esperanzador. Kabir pasó la mano por el clarinete y lo levantó, «casi como si quisiera tocarlo». Acto seguido se transformó. Sus ojos se oscurecieron y rompió el instrumento contra el marco de la puerta, «como si quisiera vengarse de toda una vida». Esa frase era la que ahora le venía a la mente a Jonas, y la que le impulsó a llamar a Micaela una vez que hubiera llegado a su casa en Swedenborgsgatan y se hubiera encerrado en la recámara para que Linda y los chicos lo dejaran en paz.

—¿Cómo estás? —dijo.

—Bien —respondió Micaela—. ¿Tienes algo que contarme?

—Todavía no. Pero puedes estar tranquila, porque no pararé hasta que consiga volver a meterte en el grupo. Lo que quería decirte es que..., carajo..., me da casi vergüenza.

—¿Qué es lo que te da vergüenza, Jonas?

—No hemos sido capaces de levantar la mirada. A veces me pregunto si no nos hemos dejado desmoralizar.

—¿A qué te refieres?

Sintió una resistencia interior, pero al mismo tiempo la imperante necesidad de expresarlo.

—Intuíamos todo el tiempo, después de haber soltado a Costa, que los altos mandos no daban ninguna prioridad al caso, y permitimos que eso nos afectara. Quizá también por lo difícil que era trabajar con los de allí abajo, y los representantes americanos, que deberían habernos ayudado, en el fondo nunca aportaron nada a la investigación. De alguna manera resultó un alivio librarse de todo esto.

—Jonas, ¿adónde quieres ir a parar?

—Tal vez haya algo en eso de que Kabir tenía un pasado relacionado con la música.

Jonas notó cómo se despertaba el interés de Micaela.

—¿Y por qué dices eso?

—Porque he empezado a creer que Emma Gulwal conocía a Kabir desde hacía tiempo, pero sobre todo por lo raro que se comportó con su clarinete.

Jonas le contó lo que Emma había dicho. Micaela se quedó pensativa.

—¿Por qué iba a ocultar que se conocían?

—No lo sé —respondió Jonas—. No lo sé. ¿Y si tomamos esa cerveza que tenemos pendiente y lo comentamos?

—Me duele la cabeza demasiado —se excusó Micaela, y aunque Jonas sabía que probablemente era verdad, de alguna manera se lo tomó como algo personal.

Después de colgar se puso a revisar la investigación hasta la una y media de la madrugada.

Fue una noche en blanco. Rekke no se había esperado otra cosa. Se sentía fortalecido por haber sobrevivido a las peores horas antes del alba, las horas del lobo, aunque también sabía que el primer día de abstinencia no era nada. Hasta el séptimo u octavo día no llegarían los verdaderos tormentos. Intentaba no pensar en eso. Se fue a Djurgården a correr y volvió tan hecho polvo que apenas se percataba de los nerviosos temblores de su cuerpo. Se dejó caer de cuclillas bajo la regadera jadeando sin parar. Después se vistió con una camisa azul claro y un traje gris, antes de sentarse en su oficina y mirar el correo electrónico. Viktor le había enviado algo por la noche a las 2:48: fotografías, por lo visto, así como una petición de llamarlo «tan pronto como fuera posible, con tal de que hayan dado las nueve y me haya podido tomar café, pues he estado bebiendo vino y vodka toda la maldita noche por ti».

Rekke miró su reloj y sumó una hora. Eran las ocho y veinte en Moscú, prácticamente las nueve, en otras palabras. Llamó, y tras el quinto tono de llamada se topó con un gruñido.

—¿Qué pasa? —contestó Viktor en ruso.

—Despiértate, Viktor. Mientras tanto voy revisando las fotos que me has mandado —dijo Rekke, y se puso a ver lo que había recibido.

Sobre todo eran retratos de los estudiantes del tercer curso del conservatorio de Moscú en otoño de 1987, y Rekke no tardó en encontrar a Latifa. Estaba sentada en la segunda fila, abajo a la derecha, y tenía más o menos el aspecto que se esperaba: guapa y orgullosa, con ojos desproporcionados y una mirada que no tenía intención de pedir perdón por nada. Aunque quizá —Rekke la examinó con más detenimiento— podía percibirse algo nuevo que no reconocía de las fotografías de la Latifa joven en Kabul, una luz asimétrica y un poco inquietante que la hacía más difícil de interpretar.

—Por todos los diablos, ¿son ya las nueve? —refunfuñó Viktor.

—Más o menos, sí. ¿Con quién estuviste bebiendo anoche?

—Con Belinski. Todavía aguanta. Medio senil a ratos, pero bebe como si no hubiera un mañana. Me estuvo contando que tocaste una vez a Ravel en Berna bajo su dirección.

—Uf, qué recuerdo tan horrible. Aunque sin Sasha no habría sobrevivido. ¿Tienes algo en claro?

—Demasiado. Belinski no paró de hablar de tu violinista. Parecía que hubiera estado enamorado de ella. Un talento extraordinario, según él; a menudo, ciertamente, sobreactuaba tanto que se acercaba al melodrama más pretencioso, pero a veces era capaz de detener el tiempo. Se le salieron las lágrimas hablando de ella. La mejor de todos mis alumnos, dijo, y la mataron. ¿Eso qué nos dice de nuestra época?

—Es como para preguntárselo.

—Afirma que tocaba como un ángel —continuó Viktor—. Brahms, Sibelius y Paganini sobre todo. Ensayaba a todas horas. Pero no por eso era la típica chica buena y obediente. Tenía un humor de mil demonios. Daba portazos y provocaba peleas. Y siempre era el epicentro de todo, según Belinski; se hablaba de ella constantemente, y a veces mal también, claro. Provocaba muchas envidias, pensaban que tenía aires de diva y que estaba sobrevalorada. Incluso hay cínicos que dicen que no era raro que la acabaran matando. Belinski, en cambio, no parece llegar a comprender cómo nadie, ni siquiera los talibanes, fue capaz de hacerla callar. Creía que ella iba a superarlo todo.

—¿Has encontrado a otros músicos afganos en su círculo de amistades?

—Sube tres filas en la foto de la clase, un poco a la derecha. Ese de ahí es Darman Dirani, ¿lo ves?

Rekke lo vio: un hombre joven, de unos diecinueve años, veinte a lo sumo, de tez oscura, pelo rizado, ojos pequeños y una nariz prominente de puente curvado, y con algo de timidez en la mirada. Llevaba una camisa oscura, abotonada hasta el cuello, y unos lentes redondos.

—Darman era compatriota y de la misma edad, también violinista —continuó Viktor—. Él y Latifa entraron a la vez en el conservatorio y eran buenos amigos desde la adolescencia. Habían tenido la misma profesora en Kabul, e incluso puede que fueran pareja durante un tiempo, Belinski no lo sabía con seguridad. Darman no debió de haberlo tenido nada fácil en la vida. Revisa la segunda foto que te he enviado de su cuarteto de cuerda. ¿Ves cómo la está mirando? Con admiración, ¿verdad?, pero también con inseguridad, casi de manera abnegada. Darman la quería, clarísimamente, y Latifa lo quería a él, pero no tanto.

—Darman, ¿sigue con vida?

—Sí, ahora vive en Colonia.

—En Colonia... —murmuró Rekke.

—Sí, es el segundo violín de la Filarmónica de Colonia. Estoy convencido de que merecería la pena hablar con él. Por lo visto siempre estaba atento a sus movimientos, siempre la seguía de cerca. Pero lo interesante de verdad es otra cosa.

Rekke miró de nuevo la foto de la clase de Latifa e intentó comprender qué es lo que había cambiado en ella. Era, pensó, como si ya la hubieran privado de algo.

—¿Estaba Latifa enferma? —preguntó.

A Viktor, a punto de contar una cosa diferente, le costó un poco cambiar de tema.

—¿Cómo? Bueno, sí... Al parecer había sospechas de que padecía epilepsia. Sufrió un ataque mientras tocaba en una *masterclass*. Aunque lo que te quería contar era que Latifa y Darman Dirani vinieron de un conservatorio en Kabul con el nombre un poco rebuscado de «Universidad de la Amistad Soviético-Afgana por la Música Clásica» —continuó—. Estaba bajo la dirección de Elena Drugov, ¿la conoces?

—No, en absoluto.

—Claro, ¿por qué ibas a conocerla? Era una violonchelista y directora de orquesta de Novosibirsk. Pero ante todo era una misionera, una entusiasta. Creo que ni siquiera hacía falta que el partido le encomendara ir a Kabul; se fue por iniciativa propia para poner su escuela. Supongo que entiendes la idea que había detrás. La guerra no se ganaría solo con armas, sino también con cultura y marxismo-leninismo. La escuela nunca llegó a ser especialmente popular. Nada soviético fue muy popular en Kabul. Con todo, se inscribía un número sorprendente de estudiantes, también del extranjero. Unos cuantos convencidos comunistas, sin duda, pero la mayoría de ellos eran jóvenes que solo buscaban la oportunidad de tocar música de compositores occidentales y de desarrollarse como músicos. En poco tiempo la escuela adquirió renombre y era de todos conocido que

Elena tenía un presupuesto nada desdeñable para becas. Podía mandar a sus mejores estudiantes a la Unión Soviética, por lo general a nuestro conservatorio. Nadie más tuvo una oportunidad como la de Latifa y Darman, pero a muchos se les dio la opción de venir un corto período de tiempo a tocar y recibir enseñanza de primera en Moscú, y es aquí donde la historia empieza a dar un poco de miedo.

—¿En qué sentido?

—Varios de los estudiantes becados desaparecieron después bajo el régimen talibán. A una de ellos, Latifa, la encontraron muerta a disparos en su casa. Pero otros se esfumaron y nunca se supo de ellos.

—Interesante —dijo Rekke.

—Corrían peligro, evidentemente —añadió Viktor—. Se habían aliado con el poder soviético, y practicaban algo que estaba prohibido por el régimen y que se asociaba con Occidente. Pero aun así me resulta sospechoso. Es cierto que en Afganistán perseguían a los músicos; he intentado estudiar el tema un poco. Les rompían los instrumentos, los castigaban a latigazos, los acosaban. Incluso llegaban a matarlos a veces.

—Pero no era lo habitual.

—No, y en este caso son demasiados. Estadísticamente resulta preocupante, en mi opinión. Pero, claro, mi cometido era ser detective.

Rekke calló y digirió lo que acababa de oír. No lejos de él estaba la señora Hansson, nerviosa, como si le quisiera decir algo. Sentía una opresión en el pecho y una punzada de dolor subirle hacia el hombro y el corazón. Pensaba en Latifa Sarwani y consiguió olvidar a la señora Hansson, que, algo avergonzada, terminó yéndose.

—Estos estudiantes becados de Kabul —dijo Rekke—. ¿No tendrás por casualidad una lista de ellos?

—Tengo los nombres de los que acogimos nosotros en el conservatorio durante esos años.

—Estupendo. Da gusto tratar contigo, Viktor. ¿Elena Drugov vive todavía?

—Murió de cáncer de útero en agosto de 2001. Pero hacia el final de su vida parece que temía que alguien quisiera hacer daño a sus antiguos estudiantes.

—Interesante —dijo Rekke—. Y la foto del árbitro que te envié, ¿nadie ha podido reconocerlo?

—Ah, sí..., olvidé comentártelo. Belinski se la llevó a casa ayer. Dijo que la foto lo dejó aturdido.

—¿Porque el hombre le resultaba familiar?

—No sé si interpretarlo así. Solo explicó que la fotografía tenía algo raro. Pero quizá era por el extraño traje que llevaba el chico.

—¿No le puedes informar a Sasha de que creo que el chico tocaba la viola? A lo mejor le ayuda a acordarse de él —le pidió Rekke.

Viktor se rio.

—Así que al final resulta que has deducido qué instrumento tocaba. Lo sabía.

—Analicé un par de cositas, pero no estoy seguro del todo.

—Por cierto, ¿respiras mal? Te noto con una respiración muy acelerada.

—No, no me pasa nada. De todas formas has hecho un trabajo magnífico, Viktor. Volvemos a hablar pronto.

—¿No me irás a colgar ya? Si apenas nos hemos saludado.

—Sí, te cuelgo. Duerme para que se te pase la borrachera y hablamos —se despidió Rekke dando por terminada la conversación. Notaba que, efectivamente, su respiración era pesada.

Además su cuerpo temblaba, como si hubiera recibido una descarga eléctrica. Masculló para sí mismo: «¿Qué es esta tontería? ¿Este estúpido masoquismo?».

Llamó a Freddie Nilsson. No se podía permitir un maldito síndrome de abstinencia. Sin embargo, no le dio tiempo a esperar a que se oyeran los tonos, porque la señora Hansson volvió a aparecer para anunciarle que Micaela estaba de camino. Entonces Rekke decidió posponer un rato su recaída.

Se puso a escudriñar la foto de la clase de Latifa de nuevo, pero no sacó nada en claro. Le costaba centrar la mirada y lo veía todo un poco difuso, pero finalmente descubrió qué era lo que le había llamado la atención antes: el ojo izquierdo de Latifa. Allí una vez había brillado algo, pero ya no lo hacía.

Micaela se despertó a las ocho del martes con la sensación de que algo había cedido. Llevaba diez horas durmiendo. Fuera caía la lluvia, una aliviadora lluvia de primavera. Se quedó un rato acostada en la cama con las manos en el estómago, mientras el recuerdo de la noche anterior acudía a su cabeza, y de pronto comprendió por qué esa mañana traía tanta esperanza.

El dolor de cabeza había desaparecido, y habían dado un paso adelante en la investigación. Era como si hubiera recuperado lo perdido. Sopesó qué hacer: ¿debería llamar a Vanessa y regañarla por hablar de más? Mejor no, pensó. ¿Qué más daba si Lucas sabía a quién había visto? Además, la información podría haber venido de cualquiera de la comandancia. Dejó vagar los pensamientos un rato, y se acordó de lo que Jonas Beijer había dicho de Emma Gulwal: que Kabir había pasado su mano por el clarinete con mimo, «casi como si quisiera tocarlo», pero que acto seguido se había vuelto como loco y lo había golpeado contra el marco de la puerta «como si quisiera vengarse de toda una vida».

Por supuesto que esto no tenía por qué significar nada, pero tampoco contradecía la teoría de que Kabir hubiera sido músico. Se levantó, entró en el baño y oyó resonar en su cabeza un par de notas musicales. Era el adagio de la pieza de Bruch. Tarareó la melodía mientras se preguntaba si realmente iba a poder reincorporarse al grupo. No le quedaba más remedio que esperar. En todo caso, quería dedicarse a la investigación ese día también. Examinó el moretón en el espejo. Dolía menos, pero tenía un aspecto horrible. Pues mejor, pensó, y antes de que le diera tiempo a pensárselo dos veces, a volverse de nuevo una persona responsable, llamó por teléfono para decir que estaba enferma.

—Me encuentro muy mal —mintió.

Su jefe no pareció dudarlo ni por un momento.

—Claro, por Dios, lo entiendo perfectamente —dijo, y eso era justo lo que un policía que evitaba su trabajo quería oír.

Luego se miró al espejo un poco más y se preguntó:

«¿Qué pensará Rekke de mí?».

«¿Cómo me verá? ¿Quién seré yo para él?»

Las preguntas no le sentaron demasiado bien. Solo provocaron que empezara a buscar defectos en su aspecto. Probó a cambiarse el peinado, quitarse el fleco y dejarse la frente descubierta, como todo el mundo le sugería. Le quedaba mejor, tuvo que admitirlo, aunque se negaba a dejarlo así por no darles la razón. En cambio, estaba decidida a cortarse el pelo, que ahora le llegaba hasta los hombros, y los ojos la hacían..., ¿cómo decirlo?..., demasiado seria. Simuló reírse y adoptó unas poses idiotas, como si fuera una modelo. Por suerte la interrumpió el teléfono. Llamó la señora Hansson que, naturalmente, inició la conversación disculpándose por molestar.

—¿Ha ocurrido algo? —preguntó Micaela.

—Ha tirado sus pastillas y no ha dormido nada. Lo oí caminar de un lado para otro la noche entera.

—¿Y eso? ¿No ha sido una temeridad de su parte?

—Claro que sí. Sufrirá un síndrome de abstinencia terrible; aunque, de todos modos, es una señal de vitalidad. Has hecho milagros con él, Micaela. ¿Por qué no vienes a casa antes de que vuelva a hacer alguna tontería?

—¿No sería mejor preguntárselo a él primero?

—Ahora mismo está hablando por teléfono. Creo que se trata de lo que tienen entre manos los dos. ¿No es un tema de unos músicos de Afganistán que han acabado mal?

—Sí, eso es.

—Entonces ¿qué esperas?

—Enseguida voy —dijo Micaela.

No obstante, tardó un poco en salir. Se probó una prenda tras otra, incluso unos zapatos de tacón, solo para al final decidirse por unos tenis, unos jeans y una sudadera, como siempre. Tampoco se puso ni más ni menos maquillaje del habitual, pero por primera vez desde el sábado sentía una ligereza en el cuerpo. Bajó la escalera corriendo. Por eso no prestó atención a los familiares pasos que subían del piso de abajo.

Charles Bruckner estaba sentado en su auto diplomático en Grevgatan, bastante seguro de que pronto volverían a ir por Rekke. No cabía duda de que el profesor constituía un factor de riesgo. Deberían subir ahora mismo a detenerlo, aunque... también quería mantener la calma un poco más, a ver si podía sacar más datos agravantes. Como siempre, se trataba de esperar el momento oportuno.

A veces Charles extrañaba su antigua vida. No había participado en una operación de relevancia desde que eliminaron a Gamal Zakaria en Copenhague, en la que había resultado al final que Hassan Barozai —o Kabir, como se hacía llamar— realmente había aportado información importante y que, a fin de cuentas, no había sido una locura excarcelarlo.

A decir verdad, a Charles nunca le había parecido una locura. La única vez que había albergado algún tipo de duda había sido esos últimos días, por culpa de todo el revuelo que se había armado, pero en el fondo su crudo modo de verlo no había cambiado: habían soltado a un pez pequeño para poder atrapar al pez grande. No era nada raro. Respondía a la lógica bélica más elemental. Pero también era cierto que desconocían por completo lo que Kabir había hecho en Kabul. No habían conseguido romper su voluntad del todo durante los interrogatorios. Quedaban interrogantes y eso les preocupaba, porque nadie —y mucho menos el Ministerio sueco de Asuntos Exteriores— quería que pesara sobre su conciencia haber acogido en el país a un asesino y terrorista.

No ofrecería una imagen muy buena, menos aún ahora que en el horizonte amenazaba tormenta. Tanto la CBS como *The New Yorker* estaban a punto de publicar información comprometedora. En el fondo no se trataba de novedades, estrictamente hablando, pues la *Associated Press* ya publicó un largo artículo del tema en noviembre del año pasado, pero, claro..., resultaba preocupante. Se hablaba de que existían fotografías: de árabes con capuchas en la cabeza y electrodos por el cuerpo, de hombres desnudos sujetos con correas como si fueran perros o encadenados en posturas nada naturales, a veces con excrementos en el cuerpo, a veces acostados desnudos amontonados unos sobre otros con soldados americanos al lado, sonriendo socarrones y con los pulgares levantados. Todo eso causaría gran daño, de eso no cabía duda.

Sea como fuera siempre se podría culpar a unos pocos sinvergüenzas. Nada de eso venía de órdenes superiores. Se trataba de aberraciones, y los responsables recibirían su castigo. No decía nada de la estrategia general. Por eso sería devastador si al mismo tiempo saliera a la luz la existencia de Salt Pit. Maldito Rekke. Sonó el teléfono: era Henry Lamar, de la embajada.

—¿Cómo va eso? —dijo Henry.

—Rekke espera la visita de una mujer —respondió Charles—. Una tal Micaela, estamos investigando quién es. Van a hablar de la violinista, Sarwani, que fue asesinada a tiros en Kabul en abril de 1997. Rekke está buscando información sobre ella.

—¿Kabir tuvo algo que ver con ella? —preguntó Henry.

—Espero que no —contestó—. Pero un segundo. —Miró calle arriba—. Hablamos luego. Estoy viendo algo.

Estaba viendo a una mujer joven bajando la calle por la banqueta de enfrente, que bien podría ser Micaela. La voz que había oído en el celular de Sigrid Hansson sonaba joven y algo insegura, y esta chica rondaba los treinta años y era latina. No muy guapa, pero sin duda interesante, con ojos negros, inquietos, un buen moretón en la mejilla y con algo vigilante e intenso en su porte.

A su lado iba un chico algo mayor, latino también, con cierto parecido a ella, posiblemente un familiar: moreno, explosivo, con una cicatriz que le cruzaba la frente. Un delincuente, pensó Charles. Un delincuente de cierto nivel. Dio vueltas a la situación con algo de preocupación e impaciencia porque se percató de que los dos iban de camino a casa de Rekke. Se dio cuenta por la manera en que Micaela reparó en su auto. Había algo a la vez nervioso y profesional en su mirada, como si comprendiera enseguida lo que él estaba haciendo.

Tomó el teléfono y llamó a Henry Lamar para decirle que tenían que identificar a esa tal Micaela de inmediato y ponerle vigilancia. Pero tampoco en esa ocasión le dio tiempo de hablar mucho, porque vio que algo no iba bien entre ella y el hombre ahí fuera. La tensión era evidente, como si fuera a estallar.

Capítulo 27

Para alguien como Rekke había muchas trampas en la investigación de un asesinato. Una de ellas era dar con una pista que le interesara demasiado, no porque fuera importante para la resolución del caso, sino porque atrajera su atención por sí misma, y le asaltó la duda de si no era eso lo que le estaba ocurriendo con Latifa Sarwani.

Fuera como fuera, cada vez estaba más seguro de que su asesinato y el de Kabir estaban relacionados. Varias pequeñas observaciones que había hecho a lo largo de la noche habían acabado por convencerlo. Además, Viktor le había proporcionado una pieza más del rompecabezas, aparentemente nada notable por sí sola, pero tenía relevancia. Por eso estaba examinando una imagen reciente de Darman Dirani, el amigo de Latifa en el conservatorio de Moscú. Dirani presentaba un aspecto más distinguido que en su juventud. Tenía treinta y nueve años y en sus ojos no quedaba ni rastro del Dirani tímido e inseguro de antaño; más bien daba una impresión orgullosa, incluso un poco engreída. Al contrario que Latifa, había completado su formación para luego trasladarse a Europa, lo cual, como era evidente, había resultado ser una decisión acertada.

Mientras que la vida de Latifa se ahogó más y más en Kabul, Dirani se abrió camino en Europa, y ahora ocupaba el puesto de segundo violín en la Filarmónica de Colonia, lo cual no estaba nada mal. ¿Tendría fuerzas para hablar con él? Le daba pereza. Todo le daba pereza, pero no se podía permitir sucumbir ante la fatiga. Inspiró hondo y marcó el número, y tras dos o tres señales respondió una voz que sonaba cascada y ligeramente chillona.

—Darman.

—Espero no molestarlo. Mi nombre es Hans Rekke —dijo en alemán.

—¿El pianista?

—De eso hace ya mucho.

—Un honor, en cualquier caso. ¿Por qué lo dejó?

—Al final ya no estaba en mi mejor forma psíquica y tuve un pequeño percance en Helsinki.

—Creo recordar algo al respecto, sí.

—Me alegra ser recordado. Ahora soy psicólogo, y a veces recurren a mí como asesor en investigaciones de crímenes. He trabajado, por ejemplo, en el caso del asesinato en Estocolmo de un compatriota suyo, Jamal Kabir.

—¿Ah, sí? —dijo Darman con un tono más tirante que antes.

—Puede que haya oído hablar del caso.

—Sí, pero muy por encima.

—Excelente —contestó Rekke—. Sin embargo, lo que más me interesa de todo este tema es la guerra de los talibanes contra la música, que afectó a tantas personas que usted conocía, si no me equivoco.

—Es cierto.

—Los antiguos alumnos del conservatorio de la profesora Drugov, como usted, estuvieron especialmente en el punto de mira.

—No se nos tenía solo por músicos. Nos veían como traidores y enemigos impíos del islam.

Rekke guardó silencio, fingiendo meditar sobre esas palabras.

—¿Y nadie tuvo un final tan espantoso como su amiga Latifa?

—Me temo que no —dijo—. Me faltan las palabras para describirlo.

Rekke decidió cambiar el tono.

—No resulta nada fácil comprender a los talibanes desde nuestra mentalidad occidental, ¿no es cierto? Esa voluntad de destruir todo lo que procura felicidad a los demás... Aunque también es verdad que muchos de esos hombres jóvenes no habían recibido otra educación que la de las escuelas coránicas que enseñaban una interpretación literal del islam y que deseaban volver al siglo VII. Difícilmente se preocupaban por conocer al enemigo, por entender aquello que querían aniquilar con su furia sagrada.

—Eso es —convino Darman—. Eran bárbaros.

—En cambio... —continuó Rekke—, aquel talibán al que Latifa dejó entrar en su casa la noche del 4 al 5 de abril de 1997 parecía conocer bien su mundo.

—¿Por qué dice eso?

—Latifa le enseñó a su asesino el violín que su padre y ella habían escondido en el sótano con muchas precauciones.

—¿Y no podrían haberla forzado a hacerlo bajo amenazas? —cuestionó Darman.

—Sí, claro —reconoció Rekke—. Pero todo indica que también lo tocó para el asesino. Y no solo porque la posición del cuerpo y del instrumento sugiere que lo sostenía en el momento en que recibió el disparo. También leí en *Al Jazeera* que se escuchó música de violín en su casa esa noche. Un vecino describió la música como bella y triste, y lo sé, lo sé, podían haber coaccionado a Sarwani a tocar, pero aun así... el asesino quería oírla. Corrió el riesgo, de modo que algún interés debía de haber tenido, a lo mejor incluso lo había añorado.

—Está bien, ¿y qué es lo que me quiere decir?

—Que tal vez no fue solo fanatismo religioso lo que había detrás de la muerte de Latifa Sarwani, sino también... —Rekke se interrumpió e hizo una pausa adrede. Al mismo tiempo se estremeció.

—¿Qué? —preguntó Darman.

—Pensaba que llegado este punto quizá usted tuviera la amabilidad de ayudarme. Creo que el autor del crimen puede haber sido una persona que conocía bien su vieja escuela.

—Bueno, es posible, claro.

—¿Y no tendría alguna idea?

—¿Alguna idea de qué?

—De quién de su círculo podría haber sido capaz de hacer algo así.

Dirani pareció ofendido.

—No, claro que no. De lo contrario, lo habría dicho hace tiempo.

Rekke se estremeció nuevamente. ¿Igual debería bajar al cuarto de la basura y comprobar si sus pastillas seguían allí? Haciendo un esfuerzo dijo:

—Latifa y usted eran íntimos amigos, ¿no?

—En los años ochenta, sí.

—Pero ¿después no?

—Intentamos mantener el contacto, pero la distancia lo hacía difícil. Unos amigos y yo tratamos durante un tiempo de sacarla del país, pero al final era como si ella ya no quisiera salir. Estuvo muy deprimida y enferma los últimos años.

—Siento mucho oír eso. Se había casado, por lo que he visto.

—Fue un matrimonio forzado. Durante el régimen talibán era imposible estar soltera. Ahora bien, su padre pagó al marido para que se mantuviera al margen.

—¿Y con quién se relacionaba más durante esos últimos años?

—Con su padre y su hermano Taisir, aunque Taisir y ella tenían sus más y sus menos.

—¿Y eso por qué?

—Taisir era más conservador que su padre y nunca le gustó el acuerdo al que llegaron para el matrimonio.

—Debe de haber estado a la sombra de su hermana durante toda su vida.

—Sí, seguro.

—¿Con qué otras personas se relacionaba Latifa?

—No muchas más. Se aislaba o se pasaba el día en la cama, al menos los últimos meses. Perdió muchísimo peso y se le caía el pelo. Estaba en muy malas condiciones.

—Debió de haber supuesto un considerable riesgo guardar un violín escondido en la casa —continuó Rekke.

—¿Y dónde guardarlo si no? —repuso Darman—. Era la posesión más valiosa de la familia.

—Un Gagliano, si no me equivoco.

—Sí, hecho por Nicolò Gagliano a finales del siglo XVIII.

—¿Y estaba oculto bajo dos tablones en el sótano?

—Mohammad, su padre, lo sacaba de vez en cuando y lo cuidaba para mantenerlo en buen estado. Pero por lo general el violín permanecía escondido en el sótano. Decían que lo habían vendido en Europa.

Rekke se levantó para dar otra vuelta sin sentido por la casa para ver si alguna pastilla de morfina pudiera aparecer en algún escondite.

—Estuve mirando la fotografía del cuerpo sin vida de Latifa —dijo.

—Ajá.

—Y me pregunto quién tomó esa fotografía —continuó mientras daba vueltas a los cojines del sillón de la sala en busca de alguna pastilla caída por los resquicios—. No tenía aspecto de ser parte de la investigación de la escena del crimen.

—Mohammad, su padre, la tomó a pesar del shock en el que se encontraba. Comprendió que los talibanes no harían demasiado para resolver el crimen. Quería documentarlo.

Rekke entró en la recámara.

—¿Para tener pruebas?

—Quería justicia.

Rekke se agachó y miró debajo de la cama. ¿No había algo allí...? No, maldición, era una pasa. ¿Cómo podría haber llegado una pasa hasta ahí?

—Claro —dijo—. ¿Estaba usted enamorado de Latifa?

La pregunta tomó completamente por sorpresa a Dirani.

—Todos estábamos enamorados de ella de una u otra forma —explicó—. Sé que apenas se ha conservado nada, pero debería haberla oído. Tocaba el violín de una manera divina.

—Pero también era una persona un poco difícil, ¿no? Exigente, segura de ser única, la típica solista.

—Era fácil perdonarle todo.

—¿De modo que no cree que su personalidad podía haberle ganado enemigos?

—Es posible, claro.

—Perdone que insista, pero ¿no se le ocurre nadie en especial, alguien con el que hubiera algún conflicto en el conservatorio?

—Le he dado muchas vueltas al tema, naturalmente, pero no... no se me ocurre nadie que pudiera llegar a esos extremos.

—¿Ha dicho que todos estaban enamorados de Latifa de alguna manera?

—Tenía ese don.

—Quizá fue alguno entre esos enamorados quien la mató —sugirió Rekke.

—Me cuesta creerlo.

—Aun así, no sería una lógica del todo disparatada, ¿no cree?

—¿En qué sentido?

—El deseo de destruir también requiere una gran pasión, ¿no está de acuerdo?

—Es posible.

—Supongo que a todos aquellos que la quisieron les gustaría saber quién la mató.

—Sí, claro.

—¿Y han llegado a alguna conclusión?

—Solo que el responsable último debe de haber sido el mulá Zakaria. Fue él quien incitó al odio a los músicos y a las mujeres como ella. A veces ni siquiera le hacía falta usar a sus propios hombres. Consiguió que la gente se tomara la justicia por su mano.

—De modo que no había duda de que el peligro era muy real.

—Pues no.

—Y a pesar de todo...

—¿Qué?

—Dejaron sola a Latifa esa última noche.

—Le volvía loca tener a su padre y a su hermano en casa a todas horas. Quería llevar su propia vida.

—¿Y no sería que ella quería pasar esa noche a solas con alguien?

—Lo dudo, porque en los últimos tiempos vivía completamente aislada.

Rekke dijo de la manera más tranquila que pudo:

—Pero hay algo que me está ocultando, ¿no es así?

Dirani se quedó callado un momento.

—¿Por qué dice eso? —preguntó al final.

—Son cosas que percibo, nada más.

—¿Cosas que percibe?

—Es otro tipo de sensibilidad musical, supongo —continuó Rekke—. Pero también pienso en las casualidades que hay en la historia.

—¿En qué casualidades?

—En que ahora el padre y el hermano de Latifa y usted residen en la misma ciudad.

Dirani soltó un suspiro ofendido.

—Cuando uno vive en el exilio es normal que busque la compañía de compatriotas.

—Por cierto, ¿no se lesionó Latifa el ojo en Moscú? —añadió Rekke.

Dirani se sorprendió.

—¿Cómo puede saber eso?

—Un ojo que ya no ve bien destaca. Es un poco como un espejo en el que nadie mira.

—Si usted lo dice... —comentó inseguro Dirani—. Pero sí, Latifa sufrió un ataque de epilepsia el último año que pasó en la Unión Soviética y se golpeó en la parte posterior de la cabeza. Ese fue uno de los motivos por los que no llegó a acabar su formación, a pesar de que el profesor Belinski podría haberse ocupado del tema.

Rekke miró la bandeja de entrada de su correo electrónico y vio que había recibido un nuevo mensaje de Viktor de Moscú; una lista, al parecer. La imprimió enseguida.

—Hay otra cosa más que le quería comentar —dijo Rekke—. Tengo entendido que también hubo otros estudiantes de Kabul con becas de períodos más breves.

—Así es —corroboró Darman—. Me daban mucha pena.

—¿Por qué?

—No recibían mucha ayuda y pocas veces daban la talla. No eran más que peones en el juego político.

—Tengo una lista aquí de seis de ellos, seis jóvenes afganos que estudiaron en el conservatorio durante un breve tiempo mientras Latifa y usted estuvieron allí. ¿Podría revisar los nombres y comprobar si le dicen algo?

—Podría hacerlo —constató Darman—. Pero ahora me tengo que ir a ensayar.

—¿Qué va a tocar? —quiso saber Rekke.

—Dvořák.

—¿La Novena sinfonía?

—Exacto, un programa demasiado complaciente con el gran público tal vez.

—Qué va —dijo Rekke—. Tiene un *molto vivace* fantástico. Bueno, doy por sentado que volveremos a hablar pronto.

—Sí, quizá —respondió Darman Dirani mientras Rekke sentía un deseo repentino de volver a ver Colonia.

En realidad no le sorprendió ver a Lucas en el rellano de abajo. La había visitado por las mañanas más de una vez sin ninguna razón especial, así que pensó a modo de conjuro: «Solo quiere ver cómo me encuentro». Quiere asegurarse de que todo está bien.

—Hola —saludó Micaela mientras examinaba el rostro de su hermano.

No le gustó su sonrisa, ni tampoco la manera en que caminaba. Estaba en tensión, y la camisa le quedaba demasiado ceñida. Sus ojos le resultaban fríos o, en todo caso, calculadores, y la cicatriz sobre la frente se movía más de lo habitual, como si tuviera vida propia. Algo no olía bien, pero aun así fingió estar alegremente sorprendida.

—Qué sorpresa y qué honor —dijo Micaela.

—El honor es todo mío —aseguró Lucas.

Ya iba con retraso, dijo. Tenía que darse prisa.

—¿Vas al trabajo? —le preguntó Lucas, y ella, con lo idiota que era, dudó un segundo de más al responder.

—Voy al centro.

—Entonces te acompaño —fue su respuesta, y fueron juntos al metro, con pasos apresurados bajo la lluvia.

Como de costumbre a esa hora del día, en el metro se daban encuentro dos mundos diferentes: el de los que vivían en Kista y salían de casa, y el de los que bajaban a toda prisa del tren hacia las oficinas de sus empresas de alta tecnología en la Science City. «Los que avanzan por la vida y los que se han quedado parados», como Micaela solía describirlo con cierto tono dramático. Lucas la acercó hacia él, en un gesto que no supo interpretar. Olía a loción después de rasurar.

—Creo que mamá ha vuelto a pintar otra vez —dijo.

A Lucas no le interesaba, y mientras subían al tren desvió el tema hacia el aspecto que tenía ella:

—¿Te has puesto perfume? —quiso saber.

Micaela negó con la cabeza.

—Creo que es tu colonia, que huele por los dos —contestó.

A Lucas no le hizo gracia el comentario.

—¿Qué quieres? —le preguntó Micaela.

—¿Vas otra vez a Östermalm?

—Más o menos.

—Micaela, creo que ese hombre no es bueno

para ti —dijo Lucas, y al oírlo pensó en personas distintas a Rekke a las que pudiera referirse.

—¿A qué te refieres? —indicó.

—Creo que esa persona te hace remover un montón de basura que no te conviene.

Micaela se enojó.

—Oye, yo remuevo lo que me dé la gana, ¿eh?

Lucas agarró a su hermana por las muñecas.

—Tienes que entender cómo todo esto me parece a mí. Conoces a un viejo rico de Östermalm y vuelves con el ojo morado.

—Eso no tuvo nada que ver con él —dijo Micaela quitándose las manos de Lucas de encima.

Viajaron en completo silencio. Cuando llegaron a T-Centralen, donde ella tenía que cambiar de línea para seguir en dirección a Ropsten, pensó en salir en el último segundo a fin de dejarlo solo en el vagón, pero al final decidió tratar de aliviar la tensión. Le dio las gracias por su consideración y le prometió andar con cuidado. Luego se levantó y entonces su hermano hizo lo mismo. «Déjame en paz», quiso decirle, aunque no dijo nada.

—Es que me preocupo por ti —explicó él.

—Lo sé —comentó Micaela—. Pero ¿no podemos vernos más tarde?

—Te acompaño un rato más —dijo, y subieron a otro vagón del metro juntos.

Los ojos de Lucas le resultaban ya más relajados y amables, y no fue hasta que habían salido del metro y estaban bajando desde Karlaplan hacia

Strandvägen cuando ella empezó a preocuparse de veras.

—Gracias —dijo—. Ya me las arreglo yo sola desde aquí.

—Claro que sí —repuso Lucas, pero no hizo además alguno de irse.

Micaela tuvo el impulso de darle un empujón, pero se calmó y pensó: «No me acompañará todo el camino. Tan tonto no es». Sin embargo, su hermano no mostraba ningún signo de querer irse, por lo que a la altura de Riddargatan, más o menos en el mismo lugar en que la había recogido en su auto la última vez, decidió cambiar de dirección para alejarse de la casa de Rekke. Pero estaba claro que no se dejaba engañar.

—¿No vivía en Grevgatan? —preguntó su hermano con algo amenazador en la voz.

Micaela comprendió que se había informado sobre Rekke o, al menos, que conocía su dirección.

—Tienes que irte —le señaló—. No puedes hacerme esto.

—Te acompaño hasta la puerta —contestó su hermano, y ella pensó: «Está bien, de acuerdo, pero ni un milímetro más».

De modo que bajaron juntos por Grevgatan, y fue entonces cuando descubrió el auto diplomático de cristales polarizados. Se sobresaltó, y Lucas se dio cuenta.

—Te noto tensa —afirmó.

—Estoy tensa por tu culpa, metiche —replicó ella.

Lucas negó con la cabeza como si no le creyera, mientras miraba el auto él también, y le dijo que había decidido subir a saludar a Rekke.

—Ni se te ocurra —protestó Micaela, planteándose seriamente partirle la cara.

Pero eso, claro está, habría sido una locura. Al momento se dejó llevar por una especie de pensamiento mágico: va a estar bien, puede incluso que Lucas se quede impresionado. No iba a querer permanecer allí mucho tiempo, eso lo tenía clarísimo, pues se sentiría perdido entre tantos libros y cuadros. Al final Micaela entró y subió en el elevador acompañada por su hermano, con una sensación de que algo estaba a punto de ir muy mal.

Capítulo 28

—Te pido disculpas —dijo Micaela en la puerta—. Mi hermano quería pasar a saludar.

Rekke, que sostenía un papel en la mano y parecía absorto en sus cavilaciones, sonrió al descubrir la presencia de Lucas y le tendió la mano.

—Encantado —saludó—. Me llamo Hans Rekke. Entra, por favor.

Su voz transmitía calidez, la condenada seguridad innata de la clase alta, pensó Micaela, y Lucas lidió con la situación sin problema. Otro profesional del saludo; se presentó, vio lleno de curiosidad el departamento e intercambió un par de comentarios superficiales, como si se moviera a diario en ambientes similares.

—Qué alegría conocer a más miembros de la familia —aseguró Rekke—. ¿Los puedo invitar a desayunar? Me muero de hambre.

—No me puedo quedar. Solo quería decir que Micaela es muy importante para mí y que si algo le pasara...

Se calló, y por un instante Micaela creyó reconocer el lenguaje corporal que había visto en el bosque de Husby y temió que fuera a hacer algo violento, quizá incluso sacar un arma.

—Claro, claro —dijo Rekke con una sonrisa—. Lo entiendo a la perfección. Son tres hermanos y tú eres el mayor, ¿verdad? ¿Fuiste el hombre de la casa? ¿El que siempre cuidó de su hermana?

—Sigo cuidando de ella.

Rekke dio un paso hacia él y, aunque continuaba sonriendo, su lenguaje corporal cambió. Estaba alerta. Sus brazos se tensaron.

—Como tiene que ser —convino Rekke—. Pero también cuidas de otros, ¿verdad? Eres un hombre responsable.

—Puede que sí —respondió Lucas.

—No seas modesto. Posees autoridad, un don valioso y algo peligroso.

—Hago lo que tengo que hacer.

—No lo dudo —contestó Rekke mirándolo fijamente a los ojos, sin perder la sonrisa, pero ahora con el cuerpo del todo quieto—. Estoy impresionado —añadió.

—¿Por qué?

—Por tu capacidad de hablar en el silencio.

—Me alegro de que nos hayamos conocido —dijo Lucas.

—Todo un placer... Pero no te irás ya, ¿verdad?

Lucas inspeccionó de un vistazo la casa una vez más, antes de lanzar una mirada rápida y crítica a Micaela.

—Veo que lo has entendido, profesor.

—Lo he entendido. Espero que tengamos pronto más ocasiones de vernos —indicó Rekke con una amplia sonrisa. Acto seguido su cuerpo volvió a estremecerse.

De súbito algo se incendió, pero se apagó casi al instante. Quizá no era nada, porque a continuación se dieron la mano y Rekke se ofreció a acompañar a Lucas al elevador. Tardó más tiempo del que hubiera debido, y no fue hasta que volvió, no antes, que Micaela se dio cuenta de lo nerviosa que estaba. Era como si solo quisiera desplomarse en una cama o en un sillón. Respiró pausadamente al tiempo que Rekke la examinaba concentrado. «¡No me mires así!», quería gritarle.

—Lucas puede parecer malo, pero no lo es. Se preocupa por mí, nada más.

Rekke siguió escrutándola con máxima concentración.

—Es un hombre muy interesante —concluyó—. Tus pupilas están más pequeñas.

—¿Cómo? ¿Qué estás diciendo?

—¿Me dejas tomarte la mano?

—Por supuesto que no —contestó Micaela, y se fue a la sala, donde se hundió en el sillón que había frente al piano de cola y cerró los ojos.

Oyó cómo Rekke se sentaba delante de ella. Sintió que debía decirle un par de cosas más, sobre todo aclararle por qué había aparecido con Lucas en su casa. Sin embargo, no llegó a pronunciar palabra alguna porque en ese momento tocaron la puerta y la señora Hansson entró en la habitación.

Les dijo que se aseguraría de que nadie los molestara. A lo mejor Micaela solo se estaba poniendo paranoica, pero no pudo evitar preguntarse si la señora Hansson no se había topado con Lucas abajo y ese era el motivo por el que había empezado a preocuparse por ellos.

—Había pensado en tomarme una copa —dijo Rekke—. ¿Me acompañas?

Micaela lo miró como si no comprendiera de qué le estaba hablando.

—¿No acabas de invitarnos a desayunar?

—Es verdad —contestó Rekke—. Te pido disculpas. La abstinencia me ha hecho perder la noción del tiempo.

Micaela se le quedó contemplando con suspicacia.

—¿No será que piensas que soy yo la que necesita una copa? —preguntó ella.

—Pienso que... —respondió Rekke, pero no completó la frase; mejor, pensó Micaela, porque mal que le pesara debía admitir que tenía razón: se moría de ganas de beber alcohol, por muy temprano que fuera.

—¿No tendrás una cerveza? —preguntó Micaela.

—Tengo un par de Heineken si el monstruo de mi hermano no se las ha bebido ya.

—Está bien.

—¡Sigrid, querida, perdona que sea pesado, pero ¿podrías ir a buscar un par de cervezas frías para Micaela y para mí?! —dijo Rekke a gritos, sin que ella pudiera comprender por qué no iba él mismo a por las cervezas si tenía que disculparse por pedírselo a la señora Hansson.

No te precipites con los diagnósticos, pensó Rekke, no sería la primera vez que te has dejado engañar. En los ojos oscuros del hermano le había parecido ver narcisismo, psicopatía, maquiavelismo. La tríada oscura por completo. Tuvo la sensación de posar la mirada en una maldad negra y pura, un vacío de cálculos gélidos, y de alguna manera sabía que Micaela había visto lo mismo y que llevaba mucho tiempo conviviendo con ello, aunque sin atreverse a reconocerlo del todo.

Recordó cuando la vio por primera vez en Djursholm, no pudo apartar los ojos de ella. Era como si cargara con un gran peso, pero que no la llegaba a doblegar, sino que la hacía más fuerte. Como si sacara fuerzas del mismo movimiento que la alejaba del trauma. Había algo extrañamente atractivo en eso, pensó, una especie de antítesis de su propia huida buscando refugio en la depresión.

—¿Cómo te encuentras? —preguntó.

Micaela casi se había terminado la cerveza.

—Bien —contestó ella.

Supuso que era lo que siempre respondía.

—¿Y tú?

—Como me merezco, imagino. Aunque me parece que la investigación se está volviendo cada vez más interesante.

Micaela se inclinó hacia delante.

—¿Sigues pensando que era músico?

—Sí —dijo Rekke—. Incluso creo que el asesinato de Latifa Sarwani y el de Kabir están relacionados.

Cuando ella le dirigió una intensa mirada, él volvió a sentirse atraído por la oscuridad de sus ojos y por la contenida fuerza que albergaba en su cuerpo. Eres consciente de que tu hermano es un tipo muy peligroso, ¿verdad?, quiso decirle, pero se lo calló.

En su lugar le habló de sus conversaciones con Viktor y Darman Dirani. Después permanecieron un rato en silencio mientras apuraban lo que quedaba de las cervezas.

—¿Crees que Kabir y Sarwani tocaron juntos alguna vez? —preguntó Micaela.

—Diría que no es improbable.

—¿Lo dices porque has hecho algún descubrimiento nuevo?

Rekke asintió y lanzó una mirada al piano.

—He estudiado sus manos —dijo mientras visualizaba en su mente las puntas de los dedos de Kabir—. Había aceite reseco, surcos, pequeñas heridas. Señales de que era mecánico de motos, como decía.

—No suena precisamente como un director de orquesta con frac y mancuernillas.

—Pues no —reconoció Rekke—. Pero lo interesante es que también se podían detectar huellas de otras cosas. Al examinar en detalle las yemas de sus dedos percibí unas líneas muy pálidas que discurrían en diagonal con respecto a las crestas papilares.

—¿Y eso qué se supone que significa?

—Lo interpreté como que los dedos habían presionado las cuerdas de un instrumento durante tanto tiempo que se habían formado cicatrices.

—¿Qué clase de cuerdas?

—Mi primera idea fue que eran cuerdas de violín —dijo—. He visto este tipo de líneas en muchos violinistas, pero luego me entraron dudas. No eran lo suficientemente finas. Entonces pensé que se trataba de algo más grande, como un chelo. Al final también descarté el chelo, puesto que había visto, o me había parecido ver, variaciones en la piel causadas por una presión contra el cuello ejercida de manera constante a lo largo de mucho tiempo. Entonces empecé a... —Dudó, poniendo de nuevo en tela de juicio sus conclusiones.

—¿Empezaste a...? —le instó Micaela.

—Empecé a pensar en una viola —fue su respuesta—. Por un instante incluso llegué a convencerme de que todo encajaba.

—¿Qué encajaba?

Los hombros de Micaela se tensaron y sus ojos parecían empequeñecer, como esperando que se abriera una brecha decisiva, lo cual podía ser el caso. Si estuviera en lo cierto, sería posible rastrear con toda seguridad la verdadera identidad de Kabir.

—La viola es más robusta —dijo bajando la mirada a sus propias manos—. El diapasón es más grande, las cuerdas son más largas y cuentan con mayor separación. Se necesita pisar las cuerdas con más peso y más fuerza para tocar la viola, por lo que es más que probable que las marcas permanezcan durante más tiempo. También pensé en otra cosa, que quizá resulta aún más especulativa, pero que encaja.

—¿El qué?

Rekke sintió que una oleada de terror recorría su cuerpo. Contestó pausado, estirando las palabras:

—Creo que Kabir tuvo una gran decepción o una gran adversidad en su vida.

—Parecía triste —apuntó Micaela.

—En efecto —dijo—. Pero también percibo cierto afán de revancha en su forma de hablar; no quiero abrigar prejuicios con respecto a la viola, me gusta su timbre algo áspero, melancólico, y tengo una buena opinión de la mayoría de los violistas que he conocido. Sin embargo, la viola no es un instrumento con el que inicias tu carrera o con el que sueñas tocar, sino que casi todos llegan a la viola porque no dan la talla como violinistas. Existe un cierto estigma.

—¿En qué sentido?

Sopesó sus palabras, como si temiera que algún violista le pudiera oír.

—Porque no es un instrumento que se asigna al músico del que se espera que sea la estrella de la orquesta. Se le da al músico cuyo papel es el de quedarse en un segundo plano, tocar el acompañamiento, o tocar la segunda parte en los cuartetos de cuerda, y muchos se contentan con eso, por supuesto, pero no todos. Los violistas se encuentran lejos de los directores de orquesta y de los solistas, y también es el instrumento sobre el que más chistes burlones se cuentan.

—¿Como por ejemplo...? —quiso saber Micaela.

Él sonrió y dejó escapar una risa un poco melancólica.

—Afortunadamente he olvidado la mayoría, pero, ya sabes, del tipo: «¿Por qué el violista nunca juega al escondite?».

—¿Por qué?

—Porque nadie se molesta en buscarlo. O este: «¿Qué diferencia hay entre una pizza y una viola?».

—¿Cuál? —dijo Micaela.

—Una pizza puede dar de comer a una familia de cuatro. —Miró de nuevo al piano de cola—. Nadie con un mínimo de inteligencia se toma estos chistes en serio, claro —continuó—, pero aun así... ahí están, en algún lugar dejan huella. Me hace pensar que pudieron haber ocurrido muchas cosas entre dos personas como Latifa y Kabir.

—¿A qué te refieres?

—Entre una persona tan carismática y con tanto talento, y alguien como Kabir... —explicó.

—Que quería triunfar y no llegó a hacerlo como ella —completó Micaela.

—Sí, es posible —dijo, y se fue a la cocina por más cervezas.

Capítulo 29

Octubre de 1987, calle Malaya Gruzinskaya 26, edificio número 1, Moscú

Se despertó con lágrimas en los ojos sin saber por qué. ¿Qué me está ocurriendo?, pensó, no suelo llorar nunca. Con todo, quizá no era tan raro. Se había pasado día y noche ensayando hasta tal punto que le dolían los dedos, llenos de heridas, pero por fin había llegado. Llevaba tanto tiempo soportando una tensión espantosa...

Sumido en la oscuridad, intuía la lámpara gris del buró y, al fondo, en las paredes blancas, el retrato de juventud de Chaikovski. Había llegado la noche anterior, muy tarde, y había caído derrumbado en la cama. Ahora le dolía la cabeza. Intentó dormirse de nuevo. No podía.

Las lágrimas corrían por sus mejillas. ¿He soñado algo extraño?, pensó. En tal caso no debió de ser nada triste, puesto que estaba sonriendo también, como si fuera feliz. Decidió cerrar los ojos con la esperanza de volver a ese mismo sueño, con el único resultado de que se despejó aún más, al tiempo que se daba cuenta de que estaba oyendo música. Un violín solitario sonaba en la lejanía. Comprendió que en ningún momento se había tratado de un sueño; el violín había penetrado en el sueño y le había provocado un vaivén de confusión.

Olvídalo, pensó. Vuélvete a dormir y recobra fuerzas. Las vas a necesitar. La música, sin embargo, acabó sacándolo de la cama y, tras buscar a tientas el interruptor de la luz, se puso unos pantalones y un suéter, y salió al pasillo. Se perdió enseguida. Todas las puertas parecían idénticas. Muy pronto comenzó a dudar si venía de la izquierda o si venía de la derecha. Siguió, tambaleándose somnoliento, hasta llegar a la habitación de la que salía la música, y sin siquiera tocar la puerta, abrió y entró.

Una mujer joven tocaba el violín, sentada al lado de una cama sin hacer. Sus omóplatos se movían por debajo de una fina blusa blanca, y el largo pelo negro caía suelto sobre su hombro derecho. Se quedó sin aliento; un campo de energía se desplegaba alrededor de ella, y la música lo envolvía. Se perdió en ella, y esta lo transportó al pasado, hasta las canciones de cuna de su madre. Su respiración seguramente se había vuelto demasiado pesada, porque la mujer se giró, con cierto temor al principio. Luego, como si se diera cuenta de inmediato de que el visitante era inofensivo, siguió tocando, y entonces le pareció tan increíblemente bella que apenas sabía lo que era ella y lo que era la música.

—Perdón —murmuró.

—Estás llorando —dijo ella en inglés, y paró de tocar.

—No, no, qué va, para nada —respondió mientras buscaba una buena explicación para sus lágrimas.

En ese mismo momento lo comprendió: era la mujer de Kabul. No la había visto aún en persona, en la vida real. Solo había visto fotos y había oído historias sobre ella. Era el orgullo de la profesora Drugov.

Era el orgullo de todo el conservatorio. Y allí estaba frente a ella, desorientado y con lágrimas en los ojos. Y su confusión no se alivió precisamente cuando volvió a tocar y se dio cuenta de que ni siquiera llevaba brasier debajo de la blusa.

—Podrías haber llamado antes de entrar —dijo ella.

—¿Qué estabas tocando? —replicó en pastún, todavía aturdido.

Ella lo miró de arriba abajo.

—«Méditation» de *Thaïs*, la ópera de Massenet. ¿Fue Elena la que te ha mandado venir aquí?

—Me recordaba a... —tartamudeó.

Se dio cuenta de que apenas sabía lo que recordaba. Era como si hubiera estado en un sueño y se acabara de despertar, desnudo y desamparado, y cuando ella se levantó de su asiento y le extendió la mano fue demasiado para él. Se limitó a salir de allí con pasos tambaleantes sin prestar atención a su voz llamándole:

—Espera, espera.

Cuando Rekke se fue a la cocina, Micaela se acordó del paleontólogo del que Julia había hablado, el que había recreado mundos perdidos a base de unos fragmentos de huesos. ¿No era un poco lo que hacían ahora? Partiendo de un par de pequeñas cicatrices en los dedos de un hombre, Rekke los había llevado en una nueva dirección. Por otra parte, ¿no era ese siempre el trabajo de un detective? En el pequeño detalle rastreaba lo grande, lo atroz. Quizá incluso fue por eso por lo que ella se hizo policía, si no fuera por... Se le vino a la mente Lucas y su cara cuando miró a Rekke. Apartó la imagen de sus pensamientos.

Rekke volvió, le dio a Micaela otra Heineken y se sentó en el sillón.

—¿Tu ama de llaves ha desaparecido? —preguntó.

—Sí, mmm... —respondió Rekke—. Supongo que se siente segura cuando estás tú. Lograste dar una buena impresión enseguida.

—Es que entre la servidumbre hacemos buenas migas con mucha facilidad.

—¿Soy un señor tan terrible?

Micaela calló y ardía en deseos de decirle sí, por Dios, sí que lo eres. Solo tu forma de apoyarte en el sillón te deja en evidencia.

—Te has podido permitir el lujo de ser débil —contestó Micaela.

—Eso es verdad.

—Julia dijo que en su familia piensan que es un signo de elegancia de alguna manera.

—Hemos hecho un poco de la necesidad virtud.

—En mi familia había que ser fuerte.

—¿Y te hiciste fuerte?

—Ser débil era lo peor. Recuerdo que Lucas dijo una vez que no despreciaba a nadie a no ser que fuera débil.

Apareció un gesto de preocupación en el rostro de Rekke.

—Es bastante típico de... —Se calló.

—¿De qué?

—Nada.

Lo miró con enojo.

—Has visto a Lucas como un total de dos segundos y ya crees que sabes algo sobre él.

—Tienes razón, claro.

Micaela decidió cambiar de tema.

—Le estoy dando vueltas a una cosa —dijo—. Emma Gulwal, la clarinetista, dijo que sabía quién era Kabir, aunque solo por lo del futbol. ¿No es un poco raro? Si era violista y el círculo de los que se dedicaban a la música clásica occidental en Afganistán era tan reducido, ¿no deberían tanto ella como los otros músicos a los que atacó haber sabido perfectamente quién era?

—Desde luego —dijo Rekke.

—Quizá no era de Afganistán.

Rekke fijó su intensa mirada en ella.

—Kabir podría haber sido uno de los muchos extranjeros a los que atrajeron los talibanes, uno de los que aparecieron en Kabul en esos años para unirse a la lucha.

—Quizá fue la lucha contra la música lo que lo atrajo —añadió Micaela.

—Quizá —dijo Rekke antes de apurar su cerveza. Movía inquieto la mirada de un lado para otro y cruzó los brazos en el pecho.

—¿Cómo estás? —preguntó Micaela.

—El paciente extraña sus drogas, pero ya se las arreglará.

—¿Por qué tenías que tirarlo todo de golpe?

—Por la misma imprudencia, me imagino, que me llevó a tomarlas en primer lugar.

—Has dicho que creías que Darman Dirani ocultaba algo cuando hablaron por teléfono —sacó a colación Micaela.

Rekke reflexionó unos momentos.

—En efecto, no mostró suficiente interés por el asesinato de la mujer a la que una vez había querido. Era como si ya tuviera la respuesta a todas sus preguntas.

—Igual deberíamos interesarnos más por él.

—Sin duda.

—Y luego...

Micaela se inclinó hacia delante y sintió el impulso de poner la mano alrededor del cuello de Rekke, pero enseguida rechazó la idea.

—Luego he vuelto a pensar en Emma Gulwal —continuó Micaela.

—¿Por qué piensas en ella?

—Contó que Kabir miró su clarinete con cariño, casi como si quisiera tocarlo, y luego lo rompió en un arrebato de locura. Parecía que quisiera vengar su propia vida, así lo describió.

—Suena interesante —dijo Rekke.

—¿Cómo lo interpretas?

Rekke sonrió.

—Me veo tentado, claro, a formular una emocionante teoría de improviso. Es que el amor y la furia son viejos hermanos, una pareja desgraciada. Pero creo que debería esperar antes de extraer conclusiones. Hemos de averiguar más.

—¿Por dónde empezamos?

Rekke estiró el brazo hacia la mesa de sillón para recoger el papel que llevaba en la mano cuando Micaela y Lucas entraron por la puerta.

—Yo creo que deberíamos empezar por aquí —dijo.

—¿Me lo dejas ver?

Se lo dio, y Micaela estuvo un rato estudiándolo. El papel contenía una lista con seis nombres. Seis nombres que, según tenía entendido, correspondían a alumnos de la escuela de Elena Drugov en Kabul que habían sido becados para una corta estancia en el conservatorio de Moscú entre 1985 y 1988.

—Emma Gulwal figura entre los nombres —constató Micaela.

Rekke asintió.

El resto de los nombres eran:

Gedi Afridi
Jabroot Safi
Pazir Lohani
Hassan Barozai
Taara Jadun

—¿Les llamamos y vemos si alguno sabe quién era Kabir? —preguntó Micaela.

Rekke se movió en el asiento, se puso otra vez las manos en el pecho y estuvo a punto de decir algo, pero no le dio tiempo. Sonaron los dos teléfonos: primero el de Micaela y después el suyo.

El profesor Alexander Belinski había contribuido a la formación de numerosos grandes nombres del violín, pero en nadie había puesto tantas esperanzas como en Latifa Sarwani. Ningún alumno lo había movido tanto, y no solo porque había estado, en secreto, como enamorado de ella. Su música le había devuelto la fe en la vida.

—Anoche soñé con Latifa —dijo Belinski—. O quizá haya sido esta mañana.

—Pues sí, habrá sido por la mañana.

—No está bien que impulses a un hombre mayor a beber de esta manera. Ni siquiera si así le das una oportunidad de caer en la nostalgia y ser feliz —continuó.

Viktor Malikov estaba sentado frente a él en su oficina del conservatorio y esbozaba amablemente una media sonrisa, dejando entrever no obstante cierta impaciencia. Más elegante que de costumbre, llevaba un traje de *tweed* gris y un sombrero negro, que en ese momento apoyaba en su rodilla. Pero, gracias a Dios, también en él se veía que tenía una resaca de caballo. Su papada era más evidente que cualquier otro día y sus ojos enrojecidos brillaban.

—Olvidas lo malvado que soy —dijo Viktor—. Mi especialidad es llevar a los vejetes a la perdición. Pero en mi defensa puedo alegar que ayer irradiabas vitalidad. ¿Y qué soñaste?

—Que corría por un pasillo y trataba de detenerla. Su espalda quedaba cada vez más lejos hasta que la perdí de vista en la oscuridad.

—No parece muy difícil de interpretar.

—Puede que no —dijo Belinski—. Pero es que no paro de pensar en su muerte.

—Lo entiendo.

—¿Sabías que estaba tocando en el sótano en medio de la noche cuando le dispararon?

—Me lo contaste ayer. Espantoso. Ni en la peor de las pesadillas.

Sasha se imaginó por un instante a Latifa frente a él con una claridad apabullante: estaba sentada en su clase y agitaba la cabeza haciendo volar su cabello. Se le veía inmensamente bella. Casi podía oír cómo la gente cuchicheaba a su espalda, con avidez y admiración, llena de celos.

—Rekke me ha pedido que te diga otra cosa más. El hombre de la fotografía que te di tocaba la viola —continuó Viktor.

—¿Con ese atuendo? —repuso sin ánimo de bromear ni siquiera.

No consiguió ocultar la confusión que sentía, y que le había acompañado desde que vio por primera vez la foto del joven en un campo de futbol con esa ropa blanca y negra tan extraña.

—No creo que tocara la viola con esa ropa.

—No, claro que no.

—¿Y cómo ha sabido Rekke eso?

—Es lo suyo, sabe enterarse de esas cosas.

Sasha se acordó de Hans sentado en su camerino, en Berna, tembloroso.

—¿Y no sería mejor si supiera cuidar de sí mismo?

—Me temo que no nos queda otra que aceptar a Rekke tal y como es, con todas sus facetas. Pero ¿te parece conocido el tipo de la foto?

Sasha tomó la fotografía que se había llevado al conservatorio para comprobar si alguien reconocía a esa persona y que ahora estaba encima de su mesa atiborrada de papeles. ¿No le parecía un poco familiar, a pesar de todo? Creía que no, pero aun así... Escrutó la foto unos segundos más, intentando no tener en cuenta la mandíbula dañada y torcida, y de pronto descubrió una sombra de tristeza en el joven, lo cual no estaba necesariamente reflejado en la fotografía, sino más bien en la imagen que se hizo en su propia cabeza.

—No lo sé —respondió—. Quizá.

El rostro de Viktor se iluminó como si ese «quizá» fuera la más prometedora de las respuestas posibles. Eso impulsó a Sasha a hacer un mayor esfuerzo por recordar, y entonces se convenció aún más: había un trazo de infelicidad en el hombre. Si mal no recordaba, había pasado por algo muy triste.

—¿No habías dicho que movía los brazos con gestos de director de orquesta? —preguntó.

—Según Rekke, sí.

—Qué extraño.

—¿Qué es lo que te parece extraño?

—Hacer gestos de director de orquesta en un campo de futbol. ¿No confundiría a los jugadores haciendo esas cosas?

—Sí, mucho. Se ponían a correr todos al compás de sus gestos.

—¿De veras?

—Es una broma, Sasha, es una broma.

—Está bien, entiendo —dijo sintiéndose un poco avergonzado y tonto, pero enseguida se recompuso cuando se le vino a la mente una pequeña figura agazapada entrando en su clase.

—Me estoy acordando de algo —dijo.

Capítulo 30

Micaela dio un respingo cuando sonó el teléfono. Se imaginó que sería Lucas, pero resultó ser Jonas Beijer, y lo notó bastante nervioso. Salió a la sala a buscar un lugar apartado, y advirtió que Rekke se escabullía hacia el otro lado, con el teléfono en la mano al igual que ella.

—Tengo buenas noticias —anunció Jonas.

—¿Qué?

—Has vuelto al grupo.

Micaela se había esperado sentir una punzada de alegría, pero en realidad experimentó más bien una extraña desazón, como si ese aviso pudiera tirar por tierra algo que ya tenía.

—¿Es una decisión firme? —preguntó Micaela.

A lo lejos, en otra parte del piso, oía a Rekke, agitado, deambular de un lado para otro.

—Tendrás que buscar a alguien que se encargue de tu trabajo actual —continuó Jonas— y estar un poco pendiente de esos temas también; hace mucho que nadie ha podido dedicarse a esta investigación a tiempo completo. Pero sí..., es una decisión firme y estamos ahora con las gestiones prácticas. Y hay otra cosa que quiero comentar contigo.

—Dime.

—También nos gustaría contratar a Rekke.

Micaela asintió con la cabeza para sí misma.

—No es mala idea.

—¿Sabes por casualidad cuáles son sus honorarios?

—No tengo la más remota idea —dijo Micaela —. Pero creo que le puede interesar, incluso es posible que le parezca bien.

Jonas se quedó en silencio al otro lado del teléfono, como dándole vueltas a lo que iba a decir a continuación.

—Me da la impresión de que lo conoces muy bien de repente.

—Bueno, un poco.

—Micaela...

—¿Sí?

—¿No tendrás una relación con él?

—¡Que no, carajo!

—Está bien, ha sido un desmentido muy claro.

Micaela hizo una mueca.

—Se lo preguntaré.

—Si está de acuerdo, a lo mejor podrían presentarse mañana a primera hora y nos ponemos al día. Yo me encargo. Fransson seguramente prefiera alejarse de ustedes todo lo posible.

—¿Qué dice Falkegren?

Jonas guardó silencio un momento antes de responder.

—No se atreve a decir gran cosa. Fransson no para de vociferar que debe dimitir, pero creo que la cosa se calmará.

—¿Y eso por qué?

—Hemos recuperado la ilusión. Tenemos ganas de resolver el caso ya de una vez por todas. Por cierto, ¿cómo van tus dolores de cabeza?

—Mejor —dijo Micaela mientras oía a Rekke caminar de un lado para otro en la cocina.

—Nos vemos mañana entonces.

Micaela cerró los ojos.

—Sí —respondió—. Nos vemos mañana.

Jonas dudó un momento, luego se rio.

—Carajo, Micaela... Apareces de la nada como el último mono, y lo revolucionas todo.

Micaela se rio también, pero se sentía bastante conmovida por la información. Quería buscar un lugar apartado para reflexionar y asimilarlo tranquilamente. Ni siquiera era consciente de haberse despedido de Jonas, solo de que se había quedado parada en el lugar tratando de procesarlo todo. En eso Lucas reapareció en sus pensamientos: amenazador, inquietante, la mirada fija. A lo lejos en la cocina se oía a Rekke, que decía:

—Al revés, ¿no te resulta extraño que haya tardado tanto?

Micaela volvió a la sala y sintió la necesidad de ocuparse de algo. En la mesa del sillón había una nota: era la lista de estudiantes afganos que en los años ochenta recibieron una beca para ir al conservatorio de Moscú. ¿Debería trabajar en ello enseguida? Eso sería lo razonable, ¿no? Mantén la mente ocupada, decía una voz en su interior. Olvídate de Lucas. Pero necesitaba una computadora, de modo que se sentó en el sillón y esperó a Rekke.

Mirpur, Pakistán, 1977

Era un niño que jugaba al futbol a solas delante del edificio anexo en el que vivía. Su padre era el chofer de la familia Lumley, que tenía su residencia en la enorme casa victoriana de al lado. Su madre era el ama de llaves, y durante toda su corta vida —tenía ocho años— se había sentido acogido como un hijo en ambas casas. No había nada que le gustara más que el futbol.

Fue Stephen Lumley, el hijo mayor, quien le había enseñado a jugar al futbol. Esa tarde estaba tirando balonazos al garage. Bang, sonaba contra la pared, bang. Se encontraba en su propio mundo. Marcaba un gol en la final del mundial. Era Mario Kempes con Argentina. Era todo lo que se proponía, y casi oía el estadio bullir. Al final se fue abriendo camino otra cosa: la música. En casa de los Lumley no dejaba nunca de oírse música. «La casa que tiene miedo al silencio», solía comentar su padre, no sin cierta mordacidad.

«Hemos de escuchar a Alá también. Esperar su voz en la oscuridad.»

El chico no se preocupaba ni de Alá ni de la música. Solo vivía para el futbol. Era un niño con un solo pensamiento en la cabeza, como decía su madre; y aun así, en ese momento, el niño se paró a escuchar. Con toda probabilidad porque se dio cuenta de que no se trataba del gramófono ni de las hermanas ensayando. Parecía la televisión, y la televisión siempre había ejercido un poder de atracción sobre él, y no solo porque no tenían una en su casa, sino porque los Lumley, además, poseían un aparato de video y a veces traían películas y grabaciones de Inglaterra, lo que le había permitido vislumbrar otro mundo, un mundo más grande. Por eso apartó el balón de una patada y entró corriendo en la casa sin siquiera tocar la puerta, subió la escalera hasta la sala donde todos lo saludaron de manera algo distraída.

—Hola, Hassan, ¿has estado jugando al futbol?

Luego pareció que se olvidaban de su presencia y él de la de ellos. Miraba maravillado la televisión, donde un hombre con una enmarañada cabellera blanca y vestido con un traje negro, largo como un abrigo, hacía movimientos con las manos ante una gran orquesta. Al principio Hassan no sabía si lo que más le fascinaba era la música o el hombre. Comprendió que eran las dos cosas; iban unidas, y pensó: «Un mago, seguro que es un mago», y no solo porque tenía una varita en la mano derecha. Cada vez que realizaba un gesto, pasaba algo con la música. Era como si hiciera aparecer las notas musicales como por arte de magia, para luego fusionarse con ellas. Al acabar, el público estalló en aplausos, y el hombre se giró e hizo una reverencia. La gente se levantó vitoreando con lágrimas en los ojos.

Hassan observaba embrujado, como si hubiera tomado consciencia de algo nuevo y grande de la vida, y durante los días que siguieron apenas pensó en otra cosa. A menudo se ponía en el jardín a hacer los mismos gestos con una ramita, fingiendo dirigir una orquesta, y sin que él se diera cuenta, la familia Lumley empezó a hablar de él con un interés nuevo.

—Al revés, ¿no te resulta extraño que haya tardado tanto?

A Charles Bruckner le tradujeron la conversación, y le entraron ganas de interrumpir y decir: «Qué fácil es decirlo ahora, maldito idiota».

Transcurrido un rato consiguió tranquilizarse e intentó verlo todo de manera más serena. Estaba a punto de desencadenarse una complicación enorme, y entonces el problema de Rekke y Kabir no sería más que una parte de un caos mucho más grande. Hasta donde había oído, solo era cuestión de días, quizá horas, antes de que *The New Yorker* y la CBS publicaran sus reportajes sobre tortura y trato degradante en la cárcel de Abu Ghraib en Bagdad. Sin duda alguna causaría importantes daños, y desde su posición ni él ni nadie podrían hacer nada para remediarlo.

Lo que les tocaba hacer era callar a Rekke y a su policía latina, a la que nadie le había pillado el tranquillo todavía. Se llamaba Vargas y era una chica capaz, decían, lista, en apariencia una buena chica. Pero por debajo de esa fachada taimada y obstinada, y hermana de un criminal que —tal y como Charles se había imaginado— parecía odiar que Rekke y ella se vieran. A decir verdad, a qué gánster le gustaría eso.

Pero ninguno de ellos comprendía cómo se habían conocido, aparte de que, razonablemente, debían de haber estado en contacto cuando Vargas trabajaba con la investigación del asesinato. Charles había llegado a la inquietante convicción de que compartían información, de modo que el problema que tenían con Rekke se había multiplicado por dos. En fin, quién dijo que sería fácil. Solo les quedaba aumentar la presión, pensó, y ponerse en marcha. La cuestión era cómo y cuándo. Charles oyó cómo Rekke terminaba la conversación por teléfono. Su joven compañero Henry Lamar se volteó hacia él; sus ojos se desplazaron nerviosos por la sala.

—¿Qué vamos a hacer? —dijo.

—Tendremos que atraparlos a los dos —respondió Charles—. Amenazarlos para que desistan.

Lamar lo miró con evidente desgano.

—¿Y así no nos arriesgamos a empeorar las cosas? —objetó.

—No si lo hacemos con contundencia. No podemos quedarnos con los brazos cruzados —continuó, con voz convencida, aunque en realidad lo ponía muy nervioso imaginarse el as que Rekke podía guardar en la manga.

Ya le resultaba raro que hablara por teléfono de esa forma tan abierta, como queriendo enviarles un mensaje. ¿O se trataba solo de una típica negligencia suya? ¿Se había vuelto maníaco de nuevo? Charles esperaba que sí.

Cuando Rekke regresó a la sala, traía otras dos cervezas. Al rechazar Micaela la suya, parecía contento de poder tomarse las dos él mismo.

—Veo que tienes noticias —dijo Rekke.

Micaela se abstuvo de preguntar cómo lo sabía.

—Vuelvo a estar en la investigación —anunció, y levantó su vaso.

—Entonces permíteme que transmita mi enhorabuena... —añadió Rekke, e hizo una breve pausa.

—Gracias.

—A ti no, al grupo.

Micaela sonrió.

—Te quieren a ti también —dijo.

—¡Mira tú por dónde! —Le recorrió otro estremecimiento por el síndrome de abstinencia.

—Querrían saber tus honorarios.

—Pues, no sé, ¿qué debería pedir?

Más drogas, pensó Micaela, otra tanda de pastillas.

—Más que nada pediría que te dieran más libertad de movimientos esta vez —continuó Rekke.

—Pero ¿aceptas?

—Haré lo que pueda para ayudaros.

Micaela sonrió y puso una mano en su brazo.

—¿Y tú con quién hablabas, por cierto? —le preguntó.

—Con mi hermano.

—¿Le preocupa que todo este tema de Kabir salga a la luz?

—Está preocupado, pero también pletórico, como siempre cuando se avecinan escándalos públicos.

—Decías antes por teléfono que era raro que no se hubiera filtrado aún a la prensa.

Rekke pasó a la segunda de las cervezas que acababa de traer.

—Parece que los caprichos del destino han querido que seamos una pequeña parte de un gran drama. El extenso uso que la CIA ha hecho de la tortura y de la humillación está a punto de salir a la luz. Y sin ningún tipo de mediación mía.

Micaela se hizo hacia delante.

—¿Y cómo va a salir?

—Por lo visto, Seymour Hersh, el gran maestro reportero que destapó la masacre de My Lai en Vietnam, va a publicar un reportaje en *The New Yorker*.

—¿En serio? —dijo Micaela con una sensación de estar cerca del gran mundo internacional.

—Pero a Magnus, claro, solo le preocupa cómo le puede afectar a él y a Asuntos Exteriores. Es que Kleeberger y él —continuó Rekke— ya están metidos en el asunto. Han permitido que varios sospechosos salieran del país para ser torturados en suelo extranjero por cuenta de la CIA. No van a salir indemnes.

Micaela se quedó pensando.

—Y cuando dejaron entrar a Kabir, soltaron a un posible asesino y terrorista en el país.

—Supongo.

—Huele mal.

—Sí —asintió Rekke.

Micaela permaneció en silencio un rato más antes de levantarse e ir a la cocina. Se asomó a la ventana que daba a Grevgatan para comprobar si el auto con matrícula diplomática seguía aún ahí fuera, o incluso si se estaba tramando cualquier otra cosa.

No vio nada, solo a una señora mayor que paseaba a un perro blanco en la banqueta. Al volver a la sala, Rekke la miró con gesto compungido.

—Lo siento —dijo.

—¿Qué es lo que sientes?

—No lo sé aún —contestó.

Micaela cruzó la mirada con Rekke, intentando sacudirse la repentina sensación de inquietud que la invadía.

—Has dicho que no debería ser muy difícil dar con la identidad real de Kabir si es que realmente fue violista.

—Exacto —aseveró Rekke.

—¿Y si nos ponemos las pilas y repasamos esa lista que nos envió tu amigo?

Rekke puso la botella de cerveza en la mesa del sillón.

—¿Qué te parece si empezamos mañana? —propuso.

—Vamos ya.

—Me tengo que serenar un poco antes.

La miró con un inesperado ardor.

—Pues entonces lo hago yo —dijo Micaela, tomó la lista de la mesa y se levantó, aunque dubitativa, preguntándose si no sería mejor quedarse con él, por si acaso—. ¿Tienes una computadora que pueda usar?

—Claro que sí —contestó Rekke y se levantó también, dando la impresión de estar decepcionado, o quizá solo agobiado por la ansiedad.

Posó la vista en el piano de cola, como si quisiera volver a tocar. Luego acompañó a Micaela por todo el departamento hasta una habitación que ella no había visto nunca, donde había una computadora. Tras encenderla e introducir la contraseña, la dejó sola.

Micaela inspeccionó la habitación. Había una librería allí también, cómo no, una cama de invitados y un cuadro que representaba a una chica con un vestido azul y una mandolina en la mano. No siguió mirando más. Pensó un momento en Rekke y en sus ojos. Acto seguido se puso a leer los nombres de la lista:

Emma Gulwal
Gedi Afridi
Jabroot Safi
Pazir Lohani

Hassan Barozai
Taara Jadun

¿Por quién empezaría? Eligió a Gedi Afridi, y pronto pudo constatar que era un pedagogo musical y un pianista del que no se sabía nada desde marzo de 1997, un hecho interesante, pues esa misma primavera atacaron a muchos otros músicos en Kabul, y todo Kharabat, el barrio de los músicos, quedó en silencio y la gente fue enviada a prisión y castigada a latigazos al mismo tiempo que destruían y quemaban sus instrumentos. Pero Micaela quería empezar las pesquisas por alguien con quien pudiera hablar, y a ser posible sin intérprete de por medio.

También decidió esperar con Emma Gulwal hasta que hubiera podido sacar más información, de modo que continuó con Jabroot Safi, que sonaba como un nombre inusual. La búsqueda no dio ningún resultado, ningún tipo de hilo del que jalar relacionado con ese nombre. Así que siguió con Pazir Lohani, y de él —porque era un nombre masculino, ¿no?— había cosas, pero nada que ella pudiera leer, porque todo estaba en pastún.

De Hassan Barozai, en cambio, encontró varios resultados, algunos en inglés incluso, pero nada que cuadrara con una persona que hubiera podido estudiar un tiempo en el conservatorio de Moscú. Había un Hassan Barozai doctor en Medicina interna, un Hassan Barozai coronel del ejército pakistaní, otro Hassan Barozai que tenía una empresa en Yalalabad que facilitaba «soluciones digitales

413

e inteligentes», así como un par de resultados que no entendía, entre otros uno de Mirpur AJK, sin duda otra empresa, creía Micaela. Sin embargo, no había nada que le diera la sensación de encajar con el perfil que buscaban, de modo que al final lo dejó, salió de la oficina y consiguió orientarse lo suficiente para encontrar la sala, pero Rekke ya no estaba.

Sasha Belinski se quedó solo en su oficina y poco a poco le volvió el recuerdo de lo sucedido; entre nieblas, cierto, pero con la suficiente claridad como para rememorarlo a grandes rasgos. Debió de ser en 1986 o quizá en 1987. Latifa ya era una estrella consolidada, llevaba puesto algo rojo y desvió la mirada hacia un nuevo alumno que Sasha no había visto antes. Sus ojos rezumaban curiosidad, o quizá incluso amor; seguramente por eso Belinski recordaba a ese alumno.

Quería saber a quién miraba Latifa con tanto interés, y de ahí que se acordara del alumno más bien como un reflejo en los ojos de Latifa, una reacción de su cuerpo, que se tensó. También formaba parte del recuerdo la viola que había al lado de ese alumno, y el rasgo orgulloso y decidido en su rostro, facciones que le hacían pensar en el hombre vestido con el uniforme de árbitro.

Aquel alumno irradiaba algo que hizo creer a Sasha que él también poseía un enorme talento. El brillo en los ojos de Latifa aumentó sus expectativas.

Debía de haber sido en una *masterclass*. Belinski recordaba que los alumnos tocaban, y que al final, inevitablemente, se dirigió al nuevo y le pidió que interpretara algo; y en ese momento el chico se transformó. Ya no le parecía duro y orgulloso, sino más bien asustado, y durante un instante miró de reojo a Latifa. Había una clara unión entre ellos y, sin duda, Latifa deseaba lo mejor para él.

Latifa no estaba ensimismada como de costumbre, sino que observaba intensamente al chico, y Sasha recordó que él mismo sintió cierta tensión al hacer un gesto con la cabeza a Yelena, que acompañaba al piano. Cuando un alumno al que nadie había oído tocar iba a interpretar algo era siempre una ocasión especial, por lo que en la sala reinaba un ambiente silencioso y un poco solemne. Ya al tocar las primeras notas se percibía nerviosismo y tensión en los movimientos del arco, pero en lugar de parar, serenarse y volver a comenzar, el muchacho siguió, lo cual empeoró todo aún más.

Tocaba de manera inexpresiva y sin fluidez, incluso desafinaba. Resultaba patente que lo estaba pasando mal, que Latifa lo estaba pasando mal; Latifa, que parecía haber preparado toda una lista de cumplidos que dedicarle, pero ahora ya resultaba imposible, por muy buena voluntad que tuviera. Belinski había olvidado lo que pasó después; normal, tampoco era para tanto, solo se trataba de una actuación fallida, nada más. Pero el episodio se había quedado anclado en su memoria y ahora sabía por qué: había vuelto a ver al chico, y en esa otra ocasión estaba muy borracho y manchado de sangre, mascullando entre dientes como un niño que quería irse, que quería regresar a casa.

Micaela encontró a Rekke en su oficina, junto a la estatua de bronce. Estaba sentado frente a la computadora, esta vez con una botella de vino tinto. Cuando ella entró, se giró y la miró con ojos ausentes, como si siguiera absorto en su mundo interior, en algo que no parecía ser la investigación.

—Así que tu padre era historiador. Especialista en el pueblo inca —constató Rekke.

Ella asintió.

—Su madre, o sea, mi abuela, era quechua, un pueblo descendiente de los incas.

—Vamos, qué bien —dijo Rekke.

—No sé yo —respondió.

La mirada de Rekke vagaba inquieta entre la computadora y Micaela, como si no supiera qué hacer. Luego preguntó si ella había encontrado algo. Micaela negó con la cabeza y se sentó a su lado.

—Me costaba concentrarme —explicó.

—¿Qué le ocurrió?

—¿A mi padre? Murió —dijo escuetamente.

—Lo he visto, he dado con un artículo —continuó Rekke.

—¿Por qué estás viendo eso?

—Me interesa.

Micaela refrenó el impulso de espetarle que dejara en paz a su padre.

—¿Has sabido algo más de tu amigo de Moscú? —preguntó.

—No —contestó Rekke—. Pero, dime, no está del todo claro cómo murió tu padre, ¿verdad?

—Déjalo.

—¿Cómo fue calificado?

—Suicidio.

—Pero sigue habiendo interrogantes, ¿no? Esa caída desde la galería exterior de la que hablan en el artículo no la entiendo muy bien.

Habla con Simón, pensó. Habla con Lucas. Pero no dijo nada. Se limitó a levantarse preguntándose si no sería mejor que se pusiera de nuevo con la lista, y no solo porque quisiera huir de la conversación. Algo en esa lista roía en su interior; seguramente nada importante, pero bien podía revisar de nuevo, sobre todo ahora que Rekke volvía a estar tan pesado.

—Voy a ver una cosa —dijo.

Kabul, enero de 1986

Elena Drugov llevaba un traje negro que ya no le quedaba demasiado bien. Había ganado peso. Es el estrés, suponía él. Elena había recibido amenazas de muerte y había habido tiroteos en el barrio. Pero seguía siendo guapa, a pesar de que ya era mayor. Al menos para él, que solo tenía diecisiete años. Elena tenía cuarenta, algunas canas en las raíces, fumaba sin parar y llevaba siempre un vaso de vodka o de whisky en la mano.

Pero se movía con mucha elegancia, y a él le encantaban sus movimientos cuando dirigía o, como ahora, los gestos que hacía sentada en su silla. Sus ojos grises eran a la vez duros y suaves, y no había manera de tener claro si te iban a acariciar o a atacar.

—Estoy orgullosa de ti, Hassan —dijo, y él sabía que era verdad.

Hacía un año que había llegado a Kabul, animado por madame Bukhari, su profesora de violín en Mirpur, y con algo de dinero de la familia Lumley en el bolsillo, una pequeña beca, como decían. Sin embargo, no había sido nada fácil. Sus padres habían puesto todo su empeño en intentar parar el viaje. Los comunistas son unos infieles, le había repetido su padre. Son señores de la guerra. Ocupan tierra musulmana. Pero ya desde el primer momento, cuando se enteró de los cursos de dirección de orquesta de Elena Drugov, fue consciente de que tenía que ir. Lo necesitaba para luego poder dar el salto con el que había soñado; y aunque andaba muy escaso de dinero y se veía obligado a compartir habitación con otros tres estudiantes en la residencia, y en una ocasión hasta recibió una paliza en la calle, había valido la pena.

Había aprendido a leer partituras y se dio cuenta de que se le daba bien. No solo porque era analítico y rápido, sino también porque tenía facilidad para hacerse una idea tanto de los detalles como de la obra en su totalidad. Poseía las cualidades de liderazgo. Sabía llenar el espacio cuando entraba en una sala. La gente lo escuchaba, incluso los mayores. En fin, estaba predestinado a ser director de orquesta, se sentía convencido y, además, nadie ensayaba tanto como él. Ensayaba siempre, sin descanso. Doce, catorce horas al día. No era de extrañar que la profesora Drugov estuviera orgullosa. Él mismo lo estaba. Había dejado todo lo demás, incluso el futbol. Elena no podría haber tenido mejor alumno. Aun así, ahora parecía acercarse a un «pero». Lo oía como una sombra en el tono de su voz. Lo veía en las arrugas de su frente, y en la manera en que apagaba el cigarro en el cenicero azul.

—Gracias —dijo.

—Pero empezaste tarde con el violín, lo sabes, ¿no? Te falta la destreza técnica necesaria —continuó ella, y entonces él quería protestar o, mejor, sacar el violín y mostrarle de una vez que era tan capaz de tocarlo como cualquier otro virtuoso.

Era solo ella, esa maldita vieja, que no tenía oído.

Pero era consciente de que no serviría de nada protestar, así que se limitó a mirarla cuando se inclinó y sacó un instrumento que puso sobre la mesa. No dijo nada. Ninguno de ellos pronunciaba palabra alguna, puesto que no era necesario. Los dos sabían lo que había en la mesa, justo al lado del cenicero. Era una viola.

—Creo que la viola te iría mucho mejor —dijo

Drugov, y él fue incapaz de articular ninguna respuesta.

Se levantó con la sensación de haber recibido un puñetazo en el estómago.

Micaela oyó a Rekke decir un par de palabras, pero ya estaba demasiado alejada de él, de camino de vuelta a la oficina con la computadora. Buscó la página sobre el Hassan Barozai en la que se hablaba de Mirpur AJK. Había interpretado Mirpur AJK como una empresa o una región, pero igual, se le ocurrió, podría tratarse de una asociación deportiva, un club de futbol. Hizo una búsqueda y no encontró nada más que información general sobre el distrito de Mirpur, en la zona de Azad Cachemira en Pakistán. Pero no desistió. Siguió buscando y acabó dando con un equipo de futbol que se llamaba FC Mairpur AJK. ¿Podría ser eso a lo que se referían?

La palabra había aparecido en un texto en pastún, en el que solo los nombres estaban en inglés, los nombres y la pertenencia a cosas tipo Mirpur AJK, Baloch Quetta, Humma y WAPDA. Buscó el resto de los nombres y eran... sintió una punzada de excitación... todos equipos de futbol. Tranquila, tranquila, no tiene por qué significar nada, pensó. En cualquier caso, merecía la pena investigarlo más a fondo.

Para empezar, Mirpur. ¿Qué era? Al parecer, una ciudad al noroeste de Pakistán, con más de cien mil habitantes. Muchos emigraron desde allí a Inglaterra en los años cincuenta y sesenta, según pudo leer. De ahí que a veces llamaran a la ciudad Little England. Decían que había una importante influencia británica, y en las tiendas se encontraban muchos productos ingleses. Un dato interesante, sin duda. Según Rekke difícilmente comenzarías a tocar música clásica occidental en esa parte del mundo si no vives en una región con algún tipo de influencia europea.

Llamó al servicio de información telefónica internacional para averiguar si había alguien que se llamara Barozai en Mirpur y, efectivamente, había cuatro o cinco familias con ese nombre. Inspiró hondo y probó a llamar al número de un tal Fahmi Barozai. No respondió, por lo que siguió con Yafir Barozai, un hombre amable que no hablaba mucho inglés pero que se mostraba dispuesto a ayudar.

—*I am looking for a Hassan Barozai* —dijo Micaela, a lo que el hombre respondió con un «*yes, yes*» nada fácil de interpretar pero que parecía indicar que conocía a un Hassan en Mirpur.

Le dio un número que repitió con cierta dificultad tanto en inglés como en francés, y Micaela no pudo evitar ponerse un poco nerviosa; ¿había dado en el clavo? Luego se fue tranquilizando. En ningún caso podría ser Kabir, porque estaba muerto y era poco probable que difícilmente tuviera un número de teléfono en Pakistán. Pero quizá era el Hassan Barozai que había estudiado un tiempo en el conservatorio de Moscú, y si encima estaba relacionado con un equipo de futbol, no era del todo improbable que conociera a Kabir. Valía la pena comprobarlo. Marcó el número y las señales del teléfono resonaban como lejanas sirenas en la niebla. Estaba a punto de colgar cuando respondió una voz femenina, presumiblemente de cierta edad.

—*Do you speak English?* —preguntó.

—*Yes* —dijo la voz—. ¿Qué quiere?

—Yo... —comenzó Micaela dubitativa, para luego decidir verlo como cualquier otra conversación propia de su profesión—. Me llamo Micaela Vargas —continuó—. Llamo de la policía sueca porque buscamos a un tal Hassan Barozai. ¿Hay alguien con ese nombre?

—Está en la mezquita ahora mismo —contestó la mujer—. ¿Por qué quiere hablar con él?

—Puede que tenga información valiosa para nosotros.

—Es un hombre mayor muy piadoso —dijo la mujer.

—No lo dudo en absoluto. Pero solo quería...

—Llame más tarde —interrumpió la mujer.

—Lo haré con mucho gusto.

Un hombre mayor y piadoso, pensó. Debía de haberse equivocado de hombre.

—¿Así que nunca le ha interesado la música clásica occidental?

—No —respondió la mujer.

—De acuerdo, le pido disculpas por haberlo molestado.

—No es necesario —dijo la mujer—. ¿Eso era todo lo que quería?

—Sí, era todo. Gracias —se despidió Micaela, y colgó.

Capítulo 31

Viktor Malikov acababa de sentarse con la intención de preparar su clase cuando Sasha Belinski tocó la puerta. Dios mío, pensó, qué deshecho humano. Si ayer daba la sensación de ser un hombre relativamente joven, hoy parecía tener cien años. Estaba pálido y tiritaba, y las bolsas de sus ojos, que nunca habían sido demasiado atractivas, se veían hinchadas, enfermizas.

—¿Te has acordado de algo? —preguntó Viktor mientras Sasha se sentaba a su lado.

La parte superior del cuerpo de Sasha temblaba cuando se dejó caer en la silla. Se secó el sudor del cuello.

—Creo que sí —dijo—. ¿Sabes?... —Se quitó los lentes y los limpió con un pañuelo—. A menudo me preguntaba por qué Latifa caía mal a tanta gente.

—Tampoco era tan raro, ahora que lo pienso —contestó Viktor, dejando a Sasha recuperar el aliento.

—No, quizá no —convino Sasha—. Poseía

tanto talento y era tan guapa que la gente tenía que bajarla del pedestal para aguantarla. Pero no solo se trataba de eso. Irradiaba luz, desprendía una especie de pasión, creo, que se reflejaba en toda su personalidad. Ahora bien, también podía apagarse, como si perdiera todo el interés por ti o por el mundo, y cuando eso ocurría, te dolía.

—¿Adónde quieres ir a parar?

Sasha lo miró un poco desconcertado.

—No lo sé muy bien. Es que tuvimos un alumno en los años ochenta durante un breve período de tiempo. Al igual que Latifa, vino gracias al intercambio cultural y a la labor de Elena Drugov en Kabul.

—Está bien —dijo Viktor, de repente muy atento a lo que contaba su amigo.

—Debió de haber ocurrido algo entre Latifa y él, eso es lo que quería decir. Parecían tener una unión fuerte, adivino que se trataba de un romance. Ella lo miraba de una manera que casi me provocaba celos. ¿Qué pasa con ese chico?, pensé. ¿Quién es ese creído? Le pedí que tocara algo delante de todos en una *masterclass*, y después me dio mala conciencia, la verdad. Se convirtió en una situación demasiado tensa, y el pobre se bloqueó por completo. Sonaba mal. Tocó la *Fantasía cromática*, de Bach, y desde entonces...

—Latifa no lo miró de la misma manera.

—No es que fuera antipática ni que lo ignorara, pero se notaba que se sentía incómoda en su compañía y que él, por su parte, la evitaba y solo la miraba desde lo lejos y con algo negro en la mirada.

—Y crees que se trata del mismo chico que el de la fotografía que Rekke nos envió —señaló Viktor.

Sasha pensó en el hombre de nuevo, y en la sensación que tenía de haber visto algo trágico o triste en su rostro.

—Se me ha ocurrido que podía ser, sí —contestó—. Es que unos días después el chico se me acercó, ¿sabes? Se mostraba como tímido y acelerado a la vez, y me contó que me había visto en la televisión en los años setenta.

—Sasha, todos te vimos en la televisión en los setenta. Eras el gran excéntrico del pelo alborotado.

—Sí, sí... ¡Qué tiempos aquellos! —dijo mientras se jalaba unos mechones sueltos—. Así que, al parecer, yo significaba algo para ese joven. Me contó que fue por mí que quería ser director de orquesta, y no solo eso. Ver una actuación mía cuando dirigía la Segunda de Rajmáninov en Londres cambió su vida. De alguna manera supuso una experiencia vital decisiva. Casi quise pedirle disculpas, pero siguió hablando y me dijo que había ensayado todo lo que estaba en su mano. Soy un líder nato, afirmó, un líder. De eso me acuerdo especialmente: allí estaba el muchacho perdido, tímido, al que todos evitaban, insistiendo casi a gritos en que era un líder.

—¿Qué hiciste? —preguntó Viktor.

—Le debí de hacer un par de vagas promesas,

supongo. Como poner en marcha un pequeño grupo que él pudiera dirigir. Algo así. Pero, claro, no salió nada adelante. Yo también empecé a evitarlo, y supongo que me habría olvidado de él si no fuera porque lo vi una última vez.

—¿Qué pasó?

—Me había quedado hasta tarde en la escuela, y ya salía de camino a casa cuando advertí que había una pelea al lado de la puerta principal, así que fui corriendo para allá. Un hombre estaba tendido en el suelo al pie de la escalera. Estaba borracho y sucio, y tenía la frente manchada de sangre, de modo que muchos nos acercamos a intentar ayudarlo, pero en cuanto se despertó se soltó con brusquedad de nuestras manos y nos lanzó una mirada que nunca olvidaré. Parecía una persona marginada, alguien que había perdido una batalla terrible y decisiva. Todos sentimos instintivamente que había que dejarlo en paz. Al poco tiempo volvió a su país.

—¿A Afganistán?

—O Pakistán. No me acuerdo muy bien —dijo Belinski, que por un momento parecía también desvalido y solo, como si se identificara con el pobre muchacho.

Micaela fue a ver a Rekke, que de nuevo estaba sentado en el sillón frente al piano de cola con las manos cruzadas sobre el pecho. No daba la impresión de encontrarse muy bien, y casi se había terminado la botella de vino. Aun así, parecía profundamente absorto en algo con una dolorosa concentración.

—¿Qué estás haciendo? —preguntó Micaela.

Rekke no debió de oír nada, porque seguía sentado inmóvil, mascullando para sí mismo.

—¿Qué haces? —repitió.

—Sí... Perdona —contestó Rekke—. Estoy intentando ordenar mis pensamientos.

—¿Y ya has sacado algo en claro?

Se giró hacia ella con una sonrisa.

—Tal vez —dijo.

—Suena prometedor.

—También he estado pensando en tu padre.

Micaela sopesó si pedirle que cerrara la boca o no.

—Tenías once años, ¿verdad? —continuó Rekke.

O simplemente levantarse sin pronunciar palabra y volver la computadora. Pero se quedó ahí, sentada en el sillón.

—¿Tenían una relación estrecha?

—Sí —afirmó.

—He leído que se quedó sordo después de ser torturado en Chile. ¿Se comunicaban con lengua de signos?

—Nos escribíamos notas —respondió.

Rekke asintió y en realidad no dejó traslucir crítica alguna. Aun así, se sintió obligada a defender esas notas de papel que habían marcado su infancia.

—Era un poco engorroso a veces, pero nos obligaba a pensar.

—Entiendo —dijo Rekke.

Micaela quería explicarlo más, a pesar de todo.

—Aunque a veces todo iba muy lento, y entonces leía mis labios y respondía con una voz demasiado alta o baja. Pero casi siempre escribía.

—¿Porque le resultaba más digno?

—Era una persona que se sentía a gusto escribiendo —respondió, y pensó en Simón.

A Simón nunca le habían gustado esas notas. Era muy impaciente, además de disléxico, así que prefería las imágenes a las palabras, como su madre, algo que seguramente tuvo su importancia.

—¿Qué escribía? —quiso saber Rekke.

—Bromas, comentarios a las cosas del día a día, cumplidos, pequeños enigmas, cualquier cosa. Mucho de política siempre. «El mundo es injusto y es nuestra obligación hacer algo al respecto», cosas así.

—Suena como un buen padre.

—Sí que lo era. Pero durante el último otoño e invierno le pasó algo —continuó Micaela—. Quizá le ocurrió un poco como a ti. Vimos cómo se apagaba y enmudecía, y ya no era agradable leer las notas que escribía. Tal vez también tuviera que ver con el invierno. Estábamos a veinte grados bajo cero ese año y el viento soplaba con fuerza. A menudo se pasaba las noches sin dormir, sentado en la cocina con libros que creo que ni siquiera leía. Una de esas noches, o más bien una mañana a primera hora, mi hermano Simón llegó a casa arrastrándose, drogado y con una buena borrachera. Empezaron a discutir. Sus gritos me despertaron, pero era tan tonta que me quedé en la cama confiando en que Lucas se encargaría de poner paz entre los dos.

—Así que Lucas se levantó.

—Salió disparado a la cocina. En esa época era ya como si hubiera asumido el papel de cabeza de familia. Escuché cómo les gritaba: «¡¿Se quieren callar ya, carajo, y dejarnos dormir?!».

—¿Qué sucedió?

—No lo sé —dijo Micaela—. Se hizo el silencio y me dormí de nuevo. Cuando me desperté, hacía frío y el viento entraba por la puerta de fuera. Me levanté y descubrí que Lucas y Simón estaban en la galería exterior. Me quedé mirando sus espaldas y vi que se fijaban en algo abajo. Ya estaba tiritando del frío que hacía. Lucas se giró y me dijo que volviera a la cama. Pero tenía que ver lo que era. Me incliné por el barandal, y allí yacía, boca abajo, con los brazos extendidos. Todavía movía las manos, como buscando algo o como si pensara que aún estaba cayéndose, y en ese mismo momento mi madre apareció corriendo por el patio, descalza y en camisón, gritando «¡No, no!». Murió esa misma tarde en el hospital Karolinska.

Rekke puso su mano sobre la de ella.

—¿Y fue declarado como suicidio?

—No había otra explicación posible. Simón y Lucas se habían ido a la cama después de la discusión, y de todos era conocido que mi padre había tenido graves episodios depresivos. La pelea con mis hermanos vino a ser considerada como el factor desencadenante.

Rekke se quedó pensativo, y por un breve instante Micaela tuvo miedo de que fuera a decirle algo que contrariara todo aquello de lo que había estado convencida hasta ese momento. Pero no eran más que paranoias.

—Lo siento —dijo Rekke.

Permanecieron un rato en silencio, y Micaela dejó vagar sus pensamientos. Le vino a la mente la conversación con la anciana de Mirpur, pero ya no solo como una experiencia idiota o embarazosa, sino por la voz nerviosa y un poco nasal de la mujer. Había algo que no la dejaba en paz. Miró a Rekke, que se apoyaba una mano sobre el hombro como para controlar los espasmos.

—Tengo una pregunta.

—A ver —contestó Rekke.

—Si yo te lanzara una pregunta cualquiera, algo que no te esperas en absoluto, como... «¿Has sido alguna vez patinador artístico en Rusia?», ¿qué responderías?

—No tardaría en hablarte de mis fantásticas piruetas.

—No me refiero a ti en concreto, sino a la gente en general.

—Imagino que la mayoría respondería: «¿Por qué demonios me haces esa pregunta?».

—Exacto —dijo ella—. Exacto.

Rekke la observó lleno de curiosidad mientras Micaela pensaba en lo incómoda que había sido la conversación por teléfono, en la sensación de que la señora quería colgar todo el tiempo.

—¿Qué es lo que has encontrado?

—No lo sé con certeza. Pero necesito hacer una llamada.

Rekke asintió y Micaela volvió a la oficina con la computadora. Después se acordaría de cómo se quedó sentada mucho tiempo, quieta, sin hacer nada más que respirar, antes de tomar el teléfono y marcar el número. Esta vez la señora respondió enseguida, como si hubiera estado esperando la llamada.

—Soy yo de nuevo, de la policía sueca —se presentó.

—La he reconocido —afirmó la mujer.

—La persona de la que hablamos antes era su marido, ¿verdad?

—Sí, así es.

—¿Y él tampoco ha tenido nada que ver con el club de futbol de la ciudad, el FC Mirpur AJK?

—No —respondió la mujer.

—Aun así, hay un Hassan Barozai que sí.

Al otro lado del auricular se hizo el silencio. Micaela pudo oír la respiración pesada de la mujer, así como un ligero repiqueteo, unos dedos tamborileando quizá.

—Nuestro hijo jugó en el equipo de pequeño.

Micaela inspiró hondo.

—¿De verdad?

—Un tiempo después fue entrenador también. Era muy bueno.

—Entiendo —dijo Micaela—. ¿Hacía de árbitro también de vez en cuando?

—Sí, a veces —confirmó la mujer.

Una oleada de excitación le recorrió el cuerpo; se esforzó al máximo para que no se notara.

—¿Y le interesaba la música clásica occidental? De nuevo se instaló el silencio.

—Tocaba el violín —terminó por contar la mujer—. Era muy bueno. Fueron nuestros vecinos ingleses, la familia Lumley, para los que trabajábamos, quienes le enseñaron. Pero más tarde en su vida se alejó de la música.

—¿Por qué?

La mujer dudó, como si no supiese qué decir.

—Empezó a llevar una vida piadosa como su padre.

—Así que consideraba la música algo impío.

—Consideraba que la música ofendía a Dios y a su profeta, que en paz esté. No era momento para la alegría, decía, sino para el duelo y la seriedad.

Micaela asimiló las palabras y se concentró en no decir nada que pudiera perturbar la atmósfera de confianza que se había generado.

—¿Fue ese el único motivo? —preguntó Micaela.

—¿Acaso no es suficiente?

—Tal vez. Pero a veces puede haber una razón desencadenante.

La mujer se calló otra vez más.

—Lo trataron de manera injusta.

—¿Quién lo trató de manera injusta?

—Los comunistas. Perseguían a los musulmanes, y se volvieron contra Dios.

—La creo —dijo Micaela—. ¿Estuvo su hijo en Moscú?

—Muy poco tiempo, pero regresó como un hombre cambiado. Estamos muy agradecidos por eso.

—Lo entiendo. ¿Dónde se encuentra su hijo ahora?

Una vez más se oía la respiración pesada por el auricular.

—Volvió a Afganistán.

—¿Al Afganistán de los talibanes?

—Sí —confirmó la mujer—. Pero no tuvo nada que ver con terroristas. Era una persona considerada. Transmitía alegría.

—¿Por medio del futbol?

—Sí, entre otras cosas, sí.

—¿Murió en Afganistán? —preguntó Micaela.

—Sí —respondió la mujer.

—Disculpe que le haga esta pregunta —continuó Micaela—, pero ¿pudieron enterrar a su hijo?

La mujer no respondió. De nuevo reinó el silencio al teléfono, solo se oía la respiración de la mujer. Micaela sopesó si le correspondería a ella contarle que su hijo no había muerto en Afganistán, sino que había sido asesinado lejos de allí, en Estocolmo.

—¿Fue declarado desaparecido? —sugirió Micaela.

—Sí —admitió la mujer—. Pero el verano pasado la embajada estadounidense nos informó de que ya no había ninguna esperanza de encontrarlo con vida. Aun así, querríamos...

No terminó la frase.

—¿Quién la llamó de la embajada?

—Necesito hablar con mi marido, disculpe.

Micaela inspiró hondo.

—Lo comprendo. La llamaré en otro momento, pero ¿podría hacerle una última pregunta?

—Si es la última, sí.

—¿Con quién más se relacionaba su hijo en Mirpur? ¿Y puede decirnos quién podría saber más acerca del motivo por el que se sintió tratado injustamente?

—Madame Mariam Bukhari, su profesora de violín. Lo quería mucho. Todos lo queríamos. Hassan era una buena persona. Nunca haría nada malo a nadie.

—¿Hay alguien que haya dicho eso?

—Tengo que colgar.

—No, espere.

La mujer colgó, y Micaela se dio cuenta de que no había conseguido una identificación segura. Debería haberle preguntado por la marca de nacimiento de Kabir en el muslo o haberle enviado una imagen por correo electrónico. Sin embargo, no quería llamar una tercera vez y, en el fondo, no era necesario, pensó. Kabir y Hassan Barozai de Mirpur debían ser la misma persona; demasiadas cosas coincidían y eso significaba... ¿qué? Mucho, sin duda. Se trataba de un gran avance, en definitiva, y sentía en todo el cuerpo las ganas que tenía de ir a contarle todo a Rekke enseguida. Pero no le dio tiempo.

Sonó el timbre de la puerta, y se sobresaltó temerosa.

Charles Bruckner estaba en la embajada escuchando la llamada de Micaela y pensó: «Allí se fastidió mi superioridad informativa o, en todo caso, la mayor parte de ella. Ahora solo les queda a Rekke y a su amiga Vargas averiguar el vínculo entre Barozai y Gamal Zakaria. Doy por hecho que solo es cuestión de tiempo».

Se trataba de una conexión que difícilmente se podría pasar por alto, aunque —y le resultaba bastante embarazoso— sus conocimientos no iban mucho más allá de eso, por la simple razón de que había cosas que no había sido posible esclarecer ni siquiera con la tortura.

Barozai, más bien con ánimo vengativo, se había puesto a cantar enseguida todo lo que sabía sobre Zakaria y sus secuaces. Pero en lo que concernía a sus presuntos crímenes, había algo indecible allí que ni el sufrimiento físico podía sonsacar. Por eso Charles no sabía si fue Barozai el que mató a Latifa Sarwani, ni tampoco hasta qué punto estuvo implicado en la guerra contra la música que se llevó hasta extremos tan demenciales durante el otoño de 1997.

Por otra parte, no le importaba lo más mínimo,

tan poco como le importaba la pobre madre en Mirpur. Había sido él quien la llamó para informarle de que su hijo estaba muerto, «puesto que hemos encontrado su ADN en los restos de un atentado terrorista en Kabul», y por esa razón no había cuerpo que enterrar. Lo había hecho el verano pasado para quitarse de encima preguntas innecesarias: antes que nada su cometido era dejar todo bien atado para que no se filtrara nada, motivo también por el cual había reunido a un grupo de personas para entrar en casa de Rekke esa noche o al día siguiente a primera hora. Todavía aguardaba el momento oportuno, aunque se le hacía cada vez más difícil. Ardía de impaciencia, y todo el tiempo se imaginaba que a Rekke se le ocurriría algo inesperado que daría al traste con todo. Se oían pasos acercándose por el pasillo, de modo que Charles se levantó y se preguntó si debería contarle a Magnus —que estaba de camino a casa de su hermano— lo que había averiguado la maldita Vargas. Pero no quería revelarle hasta qué punto seguían de cerca la evolución del caso, así que se limitó a salir para saludar a Henry Lamar, que estaba igual de impaciente por actuar como él.

Micaela escuchó a Rekke saludar y dar la bienvenida. Un hombre respondió al saludo y le preguntó si había bebido.

—Intento aliviar un poco los inconvenientes del síndrome de abstinencia —respondió Rekke. Había un tono familiar y ligeramente provocador entre los hombres—. ¿Has traído las actas de Kabir o me vas a dar el gusto de oírte improvisar una versión censurada? —continuó.

Su hermano, tenía que tratarse de su hermano Magnus, contestó con un par de palabras que Micaela no captó pero que incluían una risa altiva, y en ese momento ella, de la manera más inoportuna, se levantó, bien para oír mejor o bien porque se había puesto nerviosa y agitada.

—¿Tienes visita? —quiso saber el hermano, y se hizo el silencio durante unos segundos, como si Rekke no supiera qué decir, y entonces ella decidió que era mejor darse a conocer.

Fue un error. Cuando salió, se topó directamente con la mirada de Magnus Rekke y, a diferencia de la de su hermano —era como si no se hubiera dado cuenta hasta ese instante—, que era curiosa y abierta, ahora se enfrentó a unos ojos de censura inmediata. Magnus apenas tuvo tiempo de verla antes de despacharla como a una don nadie, lo que le permitía a Micaela estudiarlo con cierta osadía. Se trataba de un hombre grande, una figura que sin duda podía considerarse imponente, con delgados ojos penetrantes, labios gruesos y carnosos, y una nariz prominente que le daba una apariencia de oso. Su mirada parecía absorber todo lo que le circundaba como si evaluara lo que merecía la pena rapiñar.

—¿Es tu señora de la limpieza? —preguntó Magnus.

Hans Rekke puso un brazo sobre los hombros de su hermano, y quizá no transcurrieron tantos segundos a pesar de todo. Quizá era solo la sensación que le daba a Micaela. Magnus se acercó la mano al cuello, nervioso, para aflojar la corbata. Rekke se tocó su reloj de muñeca.

—Querido Magnus, creo que no llevas más que cuarenta y tres segundos en mi casa y ya has conseguido soltar una grosería. Esta es mi amiga Micaela —dijo haciendo un gesto hacia ella.

—Perdón —se disculpó Magnus—. Pensaba que...

—No tiene la más mínima importancia lo que pensaras —le interrumpió Rekke—. Pide disculpas y reconoce que has sido un zopenco.

Magnus se liberó del abrazo de Rekke y sacudió la cabeza.

—Vaya —dijo—. Por supuesto. Pido disculpas y claro que sí: he sido un zopenco. Incorregible.

Sonrió, no con demasiada culpabilidad, pero como si de veras estuviera esforzándose.

—Perdón. He sido un idiota —admitió extendiendo la mano a Micaela—. Simplemente me ha desconcertado tu... —Se acercó la mano a la mejilla, como para mostrar que el moretón no le había pasado desapercibido.

Quizá no fuera la mejor manera de pedir disculpas, pero ella no le dio ninguna importancia.

—No pasa nada —lo tranquilizó Micaela, estrechándole la mano.

—¿Seguro? En cualquier caso, soy Magnus Rekke, el hermano mayor pero siempre el más maltrecho.

—Micaela Vargas.

—Encantado. ¿Me permiten que les pregunte de dónde se conocen?

—Somos compañeros de trabajo —contestó Rekke.

Micaela sintió un pequeño pinchazo de alegría.

—Vaya. ¿En qué ámbito?

—Soy policía —dijo ella.

—O sea, son colegas detectives.

—Más o menos —comentó Rekke, e hizo un gesto con las manos como para indicarles que pasaran a la sala.

Magnus, sin embargo, se quedó parado como si se le hubiera ocurrido algo, al tiempo que volvía a examinar a Micaela, esta vez con una sonrisa, todavía amable pero con cierto recelo.

—¿No trabajarás por casualidad en la investigación de Kabir? —preguntó Magnus.

Micaela dudó unos segundos, pero acabó asintiendo. Magnus reaccionó inmediatamente.

—Dios mío, eso lo explica todo. Así que eres tú la que está detrás de todo este circo —constató Magnus.

Rekke se pasó las manos por el pelo.

—Si esto es un circo, Magnus, lo han organizado ustedes solos —dijo antes de invitarlos con un gesto a los dos a sentarse en el sillón.

Magnus se acomodó negando con la cabeza al

tiempo que inspeccionaba la botella de vino que había en la mesa.

—Aunque no deja de resultar un poco emocionante —continuó Magnus— intentar establecer la cronología del drama. ¿Son viejos amigos o sus caminos se cruzaron hace poco?

—Nuestros caminos se acaban de cruzar como viejos amigos —repuso Rekke—. Pero vayamos al grano. ¿Qué nos puedes ofrecer de las actas?

—Quizá sea mejor que vuelva en otro momento.

—Qué va. Somos todo oídos.

Magnus se llevó la mano a la frente, ostensiblemente molesto. Se dirigió a Rekke.

—Tengo entendido que Micaela investiga el crimen y que los dos trabajan juntos, o lo que sea que hacen. Pero, Hans, vamos, esto era un trato que teníamos entre los dos. Debo pedirle a Micaela que salga de la habitación mientras hablamos.

—Tonterías —dijo Hans—. Vamos, dispara.

—Así que Micaela se ha convertido en tu Watson de repente...

—Más bien en mi Virgilio. Mi Sancho Panza. Vamos, dílo.

—Bien, está bien —contestó Magnus como si se hubiera rendido.

—En aras de hacerlo más fácil, ¿qué te parece si empezamos por el verdadero nombre de Kabir? —continuó Rekke.

Magnus vio a su alrededor con una mirada que al menos parecía genuinamente insegura.

—No tengo otro nombre. Solo nos informaron de las sospechas que pesaban sobre él, así como de su red de contactos.

—Tonterías —dijo Rekke.

—No, no, lo juro —insistió Magnus con un repentino enojo, lo cual pareció hacer dudar a Rekke, quizá ya no del todo convencido de que su hermano estuviera mintiendo, pese a todo.

—Así que a ustedes también los engañaron.

—Debería haberme dado cuenta —refunfuñó Magnus—. Pero no, lo prometo, no tengo otro nombre. Solo sé que se trataba del preso número doce de Salt Pit, detenido en diciembre de 2001 y liberado en agosto de 2002. Bien es cierto que estaba traumatizado, decían, pero era fuerte. Sin tendencias a recurrir a la violencia, no se le conocía como extremista. La convicción islamista que había tenido la había abandonado. Se le consideraba un importante cauce de información, y podía llevar a la CIA hasta destacados representantes del movimiento talibán que habían huido antes de la invasión estadounidense.

Rekke parecía estar profundamente inmerso en pensamientos.

—Pues entonces tendremos que averiguar su nombre nosotros mismos —comentó.

Micaela se inclinó hacia delante y de nuevo sintió la misma excitación que la que acababa de experimentar en la oficina.

—Se llamaba Hassan Barozai y era de Mirpur, Pakistán —anunció, y los dos hermanos se quedaron observándola estupefactos, y quizá fue por eso por lo que se permitió una pausa retórica, durante la cual pudo constatar que Rekke no le lanzaba de inmediato una pregunta, como si no deseara arruinar ese momento.

—¡Caray! —dijo Magnus, ahora nervioso—. Esa no es una información de la que disponga.

—Me lo acaba de confirmar su propia madre. Se marchó de Mirpur en los noventa para unirse a los talibanes. Antes había jugado al futbol y había tocado el violín. Estudió en Kabul con la profesora Drugov y durante una estancia corta en el conservatorio de Moscú.

Rekke apuró el resto de su vino antes de sonreír a Micaela, un poco de soslayo, con una mirada que ella percibía como de orgullo.

Estaba orgulloso de ella.

—Carajo —dijo Magnus—. ¿Esa información es segura?

Micaela asintió.

—Quiero estrangularlos. Barozai, dices. Pakistaní. No resulta del todo inverosímil teniendo en cuenta su idioma. ¿Qué más sabes de él?

—Bueno, la idea no era que fuera Micaela la que nos contara cosas, sino tú —intervino Rekke—. ¿Qué había hecho para llamar la atención de la CIA?

A Magnus no parecía gustarle mucho que las preguntas ahora se dirigieran a él. Pero, aun así, terminó admitiendo:

—Creo que eso es algo que ya saben los del grupo de investigación.

—Todo lo que sabemos con certeza es que tenía algún tipo de vínculo con uno de los ministerios del régimen talibán y que acosaba a músicos, rompiendo sus instrumentos —contestó Micaela.

—Exacto, eso es, no solo le encantaba el futbol, sino que también odiaba la música. Al fin y al cabo, algo bastante racional en toda su perversión puritana, ¿verdad, Hans? —dijo Magnus en un intento de volver a un tono más ameno—. Pero, como ya se ha dicho, y como supongo que ya han deducido, no fue el historial de Kabir lo que interesaba a la CIA principalmente, sino su relación con el mulá Zakaria.

Rekke se inclinó hacia delante y juntó las manos como si rezara.

—¿Se conocían bien?

—Sí, y desde hacía bastante tiempo, por lo visto. Se conocieron en Pakistán, precisamente, si lo he entendido bien. Gamal Zakaria es una persona bastante interesante: no se trata en absoluto del típico provinciano que se deja adoctrinar en las madrasas wahabíes. No sé cuánto sabes de él.

—Ilumíname, querido hermano —pidió Rekke.

—Era egipcio, estudió Ciencias Políticas y Derecho en Alejandría, al parecer un poco mujeriego, muy influido por Occidente hasta bien entrados los años setenta, de izquierdas en esa época, coqueteó con el comunismo y tocaba en una banda de pop con letras de crítica social.

—Así que él también era músico.

—Más que cantar, daba berridos, creo, pero

bueno. Se radicalizó y en los primeros ochenta participó en ataques islamistas a los coptos en El Cairo. No tengo ni idea de si estuvo involucrado en el asesinato de Sadat, pero fue una de los cientos de personas detenidas y torturadas, un hecho que fue determinante en su vida. Durante la tortura el mismísimo profeta Mahoma bajó a verlo, afirmó, e imagino que también un montón de ángeles, y le exhortó a echar a los comunistas de Afganistán para crear allí un Estado islámico.

—¿De modo que se hizo muyahidín?

—Eso es. En poco tiempo se convirtió en un hábil soldado de guerrilla, y se le consideraba muy carismático y una fuerza unificadora. Es que era alto, 1.96 metros, y corpulento. Se lesionó varias veces; tenía heridas de metralla en la cara y de balas en la pierna y en el hombro. Aparentemente dejaba una profunda huella en la gente. Una especie de Che Guevara islamista.

—Aun así, había pocas fotografías de él, ¿verdad? —comentó Rekke.

—Ninguna, en realidad, aparte de un par de fotografías de pésima calidad de su juventud en Alejandría.

—Tuvieron que tomarle fotos al detenerlo, ¿no? —dijo Micaela.

—Desaparecieron o fueron borradas. Sin embargo, lo más interesante es que de vez en cuando iba a Pakistán a descansar, y según nuestras fuentes fue allí donde conoció a Kabir, aunque las circunstancias de ese encuentro no están del todo claras, en todo caso no para mí.

—¿Fue Zakaria el que lo reclutó para el movimiento talibán? —inquirió Micaela.

—Creemos que sí, y también fue él quien lo ayudó con los campeonatos de futbol en Kabul y quien salió en su defensa de aquellos que querían prohibir ese deporte. Su relación, no obstante, no estaba libre de complicaciones: Zakaria se volvió cada vez más violento, alentado por sus cuadrillas más jóvenes, mientras que Kabir más bien parecía haberse sentido dividido, incapaz de elegir bando.

—Como si al mismo tiempo quisiera destrozar instrumentos musicales y cuidarlos.

—Sí, puede ser, y una vez que llegó a Salt Pit, no quedaba gran cosa de esa amistad. Kabir lanzó las acusaciones más terribles y afirmó que Zakaria personalmente había ejecutado a mujeres indefensas que estaban de rodillas ante él, y que incluso había disfrutado haciéndolo. Dijo que Zakaria era el responsable de que tantos músicos desaparecieran y fueran asesinados durante esos años en Kabul.

Rekke miraba concentrado a Magnus.

—¿Alguna de esas mujeres se llamaba Latifa Sarwani? —preguntó.

—Me temo que no sé nada al respecto —contestó Magnus—. Pero si me permiten hacer una conjetura, creo que sucedió algo dramático entre ellos. Algo de gran importancia. En Salt Pit, Kabir empezó a decir que estaba dispuesto a hacer lo que fuera para que detuvieran y mataran a Zakaria.

—Y la CIA mordió el anzuelo —dijo Rekke.

—Al final sí. Tenían una necesidad bastante desesperada de aplacar la opinión pública en casa presentando un trofeo de ese calibre, y poco a poco se iban convenciendo de que Kabir constituía su gran oportunidad para atrapar a Zakaria. Por esa razón lo soltaron con un GPS y un teléfono intervenido.

Rekke asintió y se quedó contemplando un punto más allá del piano con los ojos entornados.

—¿Y por qué llegó a parar a Suecia?

—Porque la pista lo condujo hasta aquí. Primero estuvo en Abbottabad, en Pakistán, pero al cabo de algún tiempo le llegaron informaciones, que encajaban con inteligencia obtenida por la CIA, de que Zakaria había viajado con un pasaporte falso a Suecia y se escondía en un barrio de la periferia suroeste de Estocolmo, así que la CIA decidió enviarlo aquí.

—¿Y lo recibieron sin rechistar y se pusieron a mentir como villanos por el bien de la CIA? —preguntó Rekke.

—Nosotros...

—¿O más bien tú? —interrumpió Rekke.

—Naturalmente informé a Kleeberger y, siendo sinceros, ¿qué otra cosa podía hacer? Se trataba de una operación importante, los estadounidenses nos estaban metiendo presión.

—Pero tú aprovechaste la situación, claro, para negociar unos bonitos tratados de comercio.

—Desde luego, no soy tonto. Pero ahora, carajo...

—Te preguntas si no nos han ocultado cosas.

—Exacto, y sí, me enoja. Voy a tomarme un trago, aunque te obsesionas siempre con estos vinos italianos —dijo.

Tomó la copa vacía de Rekke, echó lo que quedaba de la botella y bebió un poco. Todos guardaron silencio. Micaela pensó: «Vaya juego a dos bandas, vaya porquería tan falsa», y durante unos instantes estuvo convencida de que no se callaría y de que iba a decir cuatro cosas. Sin embargo, la figura arrogante de Magnus la hizo dudar, de modo que se limitó a comentar tranquilamente, como reflexionando:

—Aun así, fue en Copenhague donde mataron a Zakaria y no en Estocolmo.

—Le dieron el aviso y salió huyendo de Suecia en un viejo Volvo. Pero la información de Kabir era correcta, así que cumplió con su deber antes de encontrarse con la fatalidad.

—Debe de haber sido un enorme consuelo para él —apostilló Rekke sarcástico, y entonces Magnus dijo que tenía que volver al trabajo antes de que toda esta porquería le explotara en la cara.

Capítulo 32

Mirpur, Pakistán, 1993

Durante mucho tiempo Hassan pensó que lo superaría, que incluso lo vería como parte indispensable de la vida. «Crecer significa abandonar los sueños», como había dicho Claire Lumley cuando Hassan regresó a Mirpur. Desde luego no fue nada sencillo, y lo ocurrido en Moscú a menudo le volvía como punzadas en el cuerpo.

Le pasaba con algo tan trivial como que pusieran una obra de Brahms o de Chaikovski en el radio, o con el mero hecho de que mencionaran a un músico con palabras de admiración en el periódico. La cosa más nimia podía reabrir viejas heridas, y en momentos así pensaba que no solo había echado por la borda una carrera como director de orquesta o como violinista, sino que también había perdido la capacidad de disfrutar de la música.

Sin embargo, la vida continuaba, así que volvió al futbol, ahora como entrenador y árbitro. De vez en cuando acompañaba a su padre a la mezquita, y uno de esos días se le acercó un hombre corpulento, provisto de una larga barba. Tenía un brazo escayolado y heridas de metralla en la cara. Cojeaba ligeramente. La impresión que causaba era, no obstante, muy profunda, y a Hassan le encantaba su sonrisa. Era una sonrisa que lo hacía sentirse apreciado, y después de haber platicado sobre futbol —el hombre lo había visto entrenar al equipo de juveniles— la conversación derivó en muy poco tiempo hacia temas de la vida y la muerte.

El hombre, que se llamaba Gamal, hablaba con un fervor y una seriedad inauditos para Hassan, si bien muchas de sus opiniones eran extremas. Pero poseía una autoridad incuestionable, que le recordaba a la de Elena Drugov, y se expresaba con una voz baja, como si cada palabra albergara un secreto. A menudo comentaba lo que tenía ante sus ojos con una contenida solemnidad. Un día cerca del parque Nangi oyeron música bhangra de un balcón en la lejanía.

—Bonito, ¿verdad? —dijo el hombre.

Hassan asintió.

—Aunque toda esta clase de música se prohibirá.

—¿Por qué? —preguntó Hassan.

—Porque nos aleja de la única belleza que es importante —explicó Gamal, y entonces Kabir argumentó en contra con bastante vehemencia, aunque luego llegaría a entender las palabras de Gamal.

Existe una belleza, pensó, que solo nos excluye y que genera furia y odio, y poco tiempo después, cuando pasearon de camino al lago, Hassan le habló de Latifa y de cómo la había visto tocar el violín aquel día en Moscú con esa blusa transparente junto a la cama deshecha.

—Era como si me perdiera a mí mismo —reconoció.

—Fue ella la que te hizo perder la cabeza, era una zorra —dijo Gamal, y aunque Hassan protestó también en esa ocasión, defendiendo a Latifa, esas palabras aliviaron un poco el dolor que el recuerdo le traía.

Al cabo de algún tiempo dar un paseo con Gamal se convirtió en una costumbre cuando salía de su trabajo en el taller de Honda en la calle Allama Iqbal.

En realidad Martin Falkegren quiso colgar de inmediato. Se sentía furioso con Bruckner. Estaba convencido de que Charles Bruckner le había mentido y de que había sido él quien lo había metido en todo este lío. Con todo, se veía incapaz de terminar la conversación.

—¿Qué quieres? —dijo.

—Quiero pedirte disculpas —contestó Charles, y Martin no se lo creyó ni por un momento.

De todos modos le resultaba agradable oírlo decirlo, especialmente ahora, yendo a toda prisa hacia su auto para dirigirse al centro a ver al director general.

—Ya no me importa —repuso—. Me van a regañar por su culpa.

Charles parecía meditar bien su respuesta.

—Eso no va a pasar, Martin. Te cubrimos las

espaldas y, de haber cualquier información nueva, tú serás la primera persona en enterarse.

Martin abrió la puerta del auto.

—Dame algo. Convénceme de que están hablando en serio.

De nuevo daba la impresión de que Charles lo pensaba bien antes de contestar.

—Kabir se llamaba realmente Hassan Barozai. Había sido íntimo amigo del mulá Zakaria, aunque terminaron mal, hasta el punto de que Hassan lo odiaba al final. Nosotros y Asuntos Exteriores de aquí lo soltamos en Suecia para que nos ayudara a localizar a Zakaria, como parte de una operación secreta. Una operación exitosa.

Martin Falkegren asintió y arrancó el auto.

—Se lo contaré al grupo —explicó.

—De acuerdo —dijo Bruckner—. Luego te daremos más información, pero hay otra cosa.

Martin paró el auto.

—¿Qué? —preguntó.

—Se trata de la chica esa, Vargas, a la que has vuelto a incluir en la investigación. Tiene un hermano...

—Que es un delincuente, ¿crees que no lo sabemos? —lo interrumpió Martin.

—Entiendo perfectamente que tienen ese tema bajo control —continuó Charles—. Solo quiero decirte que, según informaciones nuestras, los dos hermanos tienen una relación más cercana de lo que se creía. Lucas Vargas ha sido el sostén de la familia durante casi toda la vida de Micaela. Ella debía de saber de dónde venía ese dinero.

Martin volvió a arrancar el auto y enfiló Sundbybergsvägen.

—¿Qué me quieres decir?

—Nada —contestó Bruckner—. Solo que a una chica como ella le pueden pasar muchas cosas.

—Sí, claro —dijo Martin mientras aceleraba, reanimado al mismo tiempo que sentía una desagradable desazón por dentro.

Mientras Micaela regresaba a la oficina, veía ante sí los movimientos de Kabir en el campo de futbol. Sus gestos se perfilaron en su mente con una fuerza nueva. Al principio no comprendió por qué, pero luego se dio cuenta de que había una paradoja en ello. Si Kabir había renunciado a la música, considerándola *haram*, prohibida, ¿por qué reaparecían esos viejos gestos de director de orquesta en el campo? ¿Le salían de manera natural o había convertido el oficio de árbitro en un sustituto de lo que había perdido?

Micaela tenía una hoja en formato A4 delante de sí en el escritorio. Rekke había apuntado un par de líneas allí a las que no había prestado atención antes, y llena de curiosidad intentó leerlas. La letra era tan descuidada que se asemejaba a unas anotaciones taquigráficas, pero creyó distinguir la palabra *Obscuritas*. Latín, constató. *Obscuritas*. Se quedó sentada un rato tratando de asimilar todas las implicaciones de la palabra. Hizo una búsqueda de la definición: significaba oscuridad y, a veces, lo turbio y tenebroso, aquello que es impreciso, que se oculta. ¿Por qué había escrito eso? ¿Se refería a su propia oscuridad o a...? De pronto sus pensamientos se interrumpieron.

Descubrió que ella misma había anotado algo en ese mismo papel: «Madame Bukhari», ponía. Madame Mariam Bukhari. Era la profesora de violín de la que la mujer de Mirpur le había hablado. Tras quedarse completamente quieta pensando durante un par de minutos, volvió a llamar al servicio de información telefónica internacional.

Mariam Bukhari contaba hoy con setenta años, aunque aparentaba cincuenta, le decían a menudo. Alta y elegante, o así opinaba de sí misma, aunque le habría gustado tener unos labios más carnosos y una nariz más pequeña. Sus hijos decían que sus andares eran agresivos, de hombre, como si siempre estuviera de camino a una reunión importante. En ocasiones le molestaba, pero por lo general lo tomaba como un cumplido. Quería dar la impresión de ir apresurada e irradiar autoridad, especialmente ahora que tenía menos cosas que hacer en la vida y apenas había alumnos que quisieran aprender a tocar el violín y el violonchelo. Los tiempos habían cambiado. Los Lumley se habían ido hacía mucho tiempo, y lo occidental ya no gozaba de muy buena reputación. A veces se sentía como una reliquia de un mundo antiguo y olvidado.

Por eso intentaba siempre mantenerse activa y ocupada; ahora estaba en la cocina, preparando la cena mientras escuchaba el concierto para violín de Mendelssohn, que tarareaba. Sonó el teléfono. Se imaginaba que sería su hermana, que solía llamar después de comer, pero la llamada venía de lejos, oyó chisporroteos en la línea. Al otro lado alguien, muy joven, se presentó como algo Vargas, de la policía sueca. La llamada la incomodó, a pesar de que sabía que no había hecho nada que pudiera ser de interés para las fuerzas del orden, ni en su tierra ni fuera de sus fronteras.

—¿Habla inglés? —preguntó la policía.

—Sí —contestó.

—¿Ha sido usted profesora de violín?

Incluso una pregunta como esa la ofendió.

—Soy profesora de violín —corrigió.

—Entonces no me he equivocado de persona. Puede que suene un poco extraño que le pregunte por esto después de tanto tiempo —continuó la mujer—, pero ¿tuvo en algún momento un alumno que se llamaba Hassan Barozai?

A Mariam le dio un vuelco el corazón, y recordó la mirada intensa de Hassan.

—Ay, sí —dijo—. En su día fue mi mayor orgullo, aunque luego, claro, cambió. ¿A qué viene la pregunta?

—Investigo las circunstancias en torno a su muerte —explicó la mujer, y entonces le dio otro vuelco, pero decidió considerarlo algo natural: era lógico que la policía intentara averiguar lo que había ocurrido con los que desaparecieron durante la guerra. Pero ¿por qué llamaba desde Suecia?

—¿Por qué me llama desde Suecia?

—Necesito información —continuó la policía como si no la hubiera oído—. Ha dicho que Hassan cambió. ¿Podría hablarme de él?

—Creció en casa de los Lumley, una de las mejores familias inglesas aquí en la ciudad. El padre, George, era de Londres, del West End, creo, y había sido un destacado violinista en su juventud. Se casó en los años sesenta con una muchacha de aquí, una auténtica belleza, y vinieron a vivir aquí cuando le designaron responsable de la importación de Honda al país.

—Entiendo —dijo la mujer.

—Pero en el fondo creo que quería ser músico más que nada. Tocó durante toda su vida y mandó a sus hijas a que aprendieran conmigo. Se trataba de una familia maravillosa, aunque el hijo, Stephen, la verdad, era un poco delincuente.

—¿Y Hassan Barozai?

—Hassan era el hijo único de Hassan sénior y de Yalina. Los dos trabajaban para los Lumley y vivían en una pequeña casa para el servicio. Las dos familias veían a Hassan como un hijo, algo muy bonito, claro, aunque también generaba ciertas tensiones: creo que ya desde pequeño Hassan se debatía entre el mundo estricto de su padre y el estilo de vida más permisivo de los Lumley.

—Jugaba al futbol.

—Todo el tiempo, casi siempre en la vieja pista de tenis de los Lumley, que Stephen, el hijo, había acondicionado como campo de futbol. Podía pasar horas, y varias veces he pensado en eso; cómo Hassan estaba allí dándole al balón mientras las hijas tocaban el violín en la casa. Debía de haberle marcado de alguna manera.

—¿Jugar al futbol con música clásica de fondo?

—Sí, eso es. Las hijas ensayaban sin pausa, eran realmente buenas en esa época, y a menudo se sentaban en la terraza que daba a la pista. No creo que Hassan se preocupara demasiado por la música al principio; a los chicos no les importa ninguna otra cosa cuando están en lo suyo. En cualquier caso, un día apareció por mi casa y dijo que quería aprender a tocar, a pesar de que no sabía ni siquiera por dónde tomar el instrumento.

—¿Llegó a ser bueno?

Visualizó a Hassan: su semblante serio y sus hombros en tensión, los ojos alzándose hacia ella, ávidos de elogios.

—Creo que nunca he vuelto a ver tanta energía, tanta determinación —constató—. Ya desde el principio tocaba como si fuera cuestión de vida o muerte, así que hizo un progreso rápido, un progreso fantástico.

—Después se marchó a Kabul, a la escuela de Elena Drugov, ¿verdad?

—Sí, con solo dieciséis años. Siendo sincera, conmigo ya no podía aprender nada. Necesitaba clases más avanzadas, y yo había estado en contacto con la profesora Drugov. Cuando se lo conté a Hassan se volvió loco de entusiasmo.

—Para un chico de dieciséis años, ir a Kabul debió de ser algo muy grande.

—Lo fue, aunque su padre se opuso de todas las maneras posibles.

—Pero terminó yéndose.

—Sí, quería progresar a toda costa. Era ambicioso como nadie, y cuando la familia Lumley se ofreció a apoyarlo económicamente, nada pudo frenarlo. Luego... casi se me olvida; la profesora Drugov daba cursos de dirección. Ella había sido directora de orquesta, y a Hassan le apasionaba dirigir.

—Sospechaba que fuera así —dijo la policía.

—¿Ah, sí? ¿De verdad? Creía que había hecho todo lo que estuvo en su mano para reprimirlo después.

—¿Qué le pasó?

—Lo que les pasa a muchos hombres jóvenes: se relacionó con malas compañías. Y sus opiniones fueron cada vez más extremas. Estaba lleno de un odio que me asustaba, si le soy sincera. Era como si pretendiera vengarse de todo lo que había encontrado bello antes.

—¿Cómo empezó eso?

—No lo sé muy bien. Por aquel entonces ya hacía mucho que habíamos perdido el contacto. Se podría decir que Drugov pasó a ocupar mi papel, y se convirtió en su nueva heroína.

—Y Drugov lo envió a Moscú, si no me equivoco.

—Sí, y quizá se rompió un poco allí. No sé. Supongo que se desilusionó. En cualquier caso...

—¿Sí? —dijo la mujer.

—Al principio lo llevó bien. Lo vi poco tiempo después de su regreso de Moscú, cuando ya se había reconciliado con su padre. Empezó a entrenar al equipo de juveniles. Derrochaba energía y confianza en el futuro, pero luego conoció a ese hombre horrible.

—¿Qué hombre horrible?

—Gamal. Gamal Zakaria, se llamaba.

—¿No me diga? —dijo la mujer, de repente con un tono de mayor interés en la voz.

—Sí, era egipcio, y terminó siendo uno de los líderes talibanes. Un hombre brutal, por lo que he oído. Despiadado. A veces tengo miedo de que... —Dudó, y antes de continuar se puso a recoger el fregadero.

—¿De qué tiene miedo?

—De que Hassan se metiera en eso. Es que vi tanta oscuridad en su mirada en los últimos años que en ocasiones me preguntaba si no estaría empleando esa energía que antes dedicaba a la música en causar el mal. Espero que esté con Alá ahora.

Rekke se había despedido de su hermano y estaba en su oficina hablando por teléfono con Viktor Malikov, y sin que se diera cuenta su pierna izquierda había empezado a pegar saltitos. Hizo unas distraídas búsquedas en la computadora.

—Interesante —dijo—. ¿Sabes algo de lo que pasó después?

—Habíamos anotado que Elena Drugov estaba preocupada por Barozai y que le había reclamado a Sasha por haber sido demasiado duro con él, aunque eso es prácticamente todo lo que te puedo decir. Desapareció y quedó fuera del radar de la escuela.

Rekke recordó la mano de Belinski sobre su nuca cuando estaba temblando en el camerino de Berna.

—¿De veras fue tan severo Sasha?

—Me cuesta creerlo —dijo Viktor—. Además, si he entendido bien esta historia, no hubo nadie más duro con Barozai que el propio Barozai. Por lo demás parece que las reacciones que tuvo la mayoría de las veces eran las de un silencio de cortesía.

—Ese silencio puede ser la respuesta más dura.

—Aunque tampoco el móvil de un asesinato precisamente —continuó Viktor.

Rekke aguzó el oído por si Micaela andaba por ahí.

—Móviles más raros hay —comentó—. Le arrebataron algo de enorme importancia. Se cerró una puerta. No sería el primero dispuesto a incendiar el mundo por un motivo así.

—¿No estarás pensando en nuestro pequeño cabo que no consiguió entrar en la Academia de Bellas Artes de Viena?

—Más bien estoy pensando en lo que puede haber ocurrido después con toda esa amargura; en qué molde se habrá vertido.

—¿A qué te refieres?

—Me pregunto —explicó Rekke— si los sentimientos fueron incorporados a una religión que los legitimaba. Pero tienes razón..., todavía me falta mucha información. ¿No dijiste que Sasha creía que Sarwani y Barozai tenían un romance?

—Sí —confirmó Viktor—. Al principio creía que sí. Antes de que Barozai empezara a tocar.

—Tal vez sea algo en lo que valdría la pena indagar más —dijo Rekke pensativo.

—¿Quizá también hay una historia tipo Mozart y Salieri? A lo mejor Barozai comprendió que nunca tocaría como Latifa y decidió vengarse. Y no intentes venderme el cuento de que Pushkin se lo inventó todo y que Mozart y Salieri solo fueron amigos.

—Pushkin se lo inventó todo y Mozart y Salieri solo fueron...

—Ya sabes lo que te quería decir...

Rekke lo sabía, claro. Ya le había dado un par de vueltas a esa posibilidad.

—Sí, lo sé. Recuerdos a Sasha y dale también las gracias. Es mi héroe. Hablamos. Hasta luego —se despidió, y permaneció sentado un rato sin moverse, como si se hubiera quedado congelado.

Luego entró en internet, buscó la foto del cadáver de Latifa Sarwani que su padre de manera incomprensible —o quizá no tanto— había puesto en su página de MySpace, y sin que se diera cuenta transcurrió una hora o más mientras examinaba la fotografía, que era de una calidad sorprendentemente buena.

De pronto oyó pasos detrás de él. Era Micaela. Vio en sus ojos que tenía algo que contarle, y pensó otra vez en el tren que salía a toda velocidad del túnel y en el repiqueteo de los pasos que venían desde la otra dirección.

Kabul, Afganistán, 1997

Hassan nunca olvidó la liberación que sintió en la furia, en la ira negra, y el silencio que la siguió. Se acordaba también, y con la misma claridad, de la música que volvía después, como una ola, un contraataque, y que a veces resurgía en sus gestos, en sus movimientos. Había comenzado poco tiempo después de la toma de Kabul por los talibanes, en otoño de 1996.

Había acompañado a Gamal y a sus guardaespaldas a Kharabat, el barrio de músicos en Kabul, y quedó conmocionado, no solo por la violencia de los talibanes, sino sobre todo por su indiferencia. Afrontaban la destrucción distraídos, como si fuera una obligación, un trabajo que había que hacer, nada más, y durante mucho tiempo Hassan no lo soportaba. Le dolía cuando destrozaban tamburas y zurnas contra las paredes y las calles. Hasta que un día..., debió de ser en diciembre.

Hacía frío y mucho viento, e iban a casa de un

hombre de su edad que decía ser escritor y pedagogo. El hombre vivía en un piso amplio en la parte antigua de la ciudad, con su mujer y sus cuatro hijos. Era sij, lucía una barba bien cuidada y un turbante rojo. Los recibió en la puerta, no con miedo como muchos otros, ni siquiera con rabia, sino con desprecio, un desprecio sin disimulo, que se metía bajo la piel. La casa era bonita, llena de libros y de cuadros, y en una de las habitaciones al fondo colgaban sitares de las paredes, y Gamal dirigió sus pasos hasta allí de inmediato. Se quedó unos minutos quieto, como si admirara los instrumentos, antes de bajar uno de ellos, el más hermoso, decorado con florecillas blancas, y se lo dio a Hassan.

—Rómpelo —dijo Gamal—. Será para regocijo de Dios.

Para Hassan seguía siendo impensable hacer algo así. Pero luego volvió a ver el desdén en los ojos del sij, y lo oyó decir «No, ese no, es un Sharma», y entonces le sucedió algo.

Perdió los estribos por completo y se puso a golpear el sitar contra la pared, asombrado ante la ira que le brotaba de su interior. No había creído que lo llevara dentro, pero se dejó llevar por la furia descontrolada, y después le sorprendió aún más la ausencia de vergüenza. En lugar de culpa lo invadió una sensación de levedad, como si se hubiera quitado una carga de encima; y así comenzó todo, con un sitar, un Sharma de 1954.

A partir de ese día empezó a acompañar de vez en cuando a Gamal en sus redadas. Se convirtió en una rutina más en su vida, como el trabajo en el taller de motocicletas y el futbol, y su resistencia inicial iba cediendo con cada una de las incursiones. Incluso sentía ansia por entregarse a la destrucción; aunque era verdad que no era su mundo. Al principio sus ataques se dirigieron a músicos de una tradición distinta a la clásica, por lo que le resultaba más fácil ocultarse entre los soldados de Gamal.

Con los músicos de la escuela de Drugov era muy diferente. Le costaba mucho más, y tardó un buen tiempo hasta que se atrevió a acercarse a ellos. Aun así, sintió la atracción. Una tarde del año siguiente estaba dando una vuelta con Gamal y pasaron por delante de los viejos palacios presidenciales. Era una tarde agradable, se respiraba un aire fresco y había muy poca gente en la calle, aunque Gamal, como siempre, llevaba un séquito de guardaespaldas y súbditos. En la banqueta yacía un perro muerto, de eso se acordaría después, pero Gamal no lo vio. Alzó la mirada y señaló el monte Asamayi.

—Ahí —dijo Gamal.

—¿Ahí qué?

—Ahí arriba en Deh Mazang vive tu zorra.

—¿Quién?

—Sabes a quién me refiero. Vive sola y en pecado. Se rumorea que por las noches toca el violín embriagando a la gente. Vamos a hacer una incursión en su casa.

Hassan —o Jamal, como había empezado a llamarse— se quedó paralizado.

—¿Quieres que los acompañe? —preguntó.

Gamal reaccionó de manera burlona.

—Quiero que tengas la oportunidad de estar solo con ella primero. Te doy mi permiso para hacer lo correcto. Que Alá te bendiga.

—No sé —contestó.

—No es momento para dudar. Esta es tu oportunidad. Y avísame cuando vayas a ir, porque tenemos que protegerte de su hermano.

Hassan asintió y se marchó, resuelto, al tiempo que sentía despertar algo nuevo en su interior: un deseo de venganza. Era el 2 de abril de 1997 y subiría al monte Asamayi dos veces antes de atreverse a ir a la casa.

Capítulo 33

Rekke y Micaela hablaban sobre el caso cuando la señora Hansson subió a preparar la cena.

—Pescado —dijo—, trucha del mercado de Östermalm, con salsa de vino blanco acompañada de puré de apio nabo. Es que Hans no come carne. Vive según el principio de que puede destruirse a sí mismo, pero no el clima —añadió, y Hans se retorció molesto en su silla mascullando que lo único malo de la autodestrucción era que al final acababas causando problemas a otros.

Dicho esto, Rekke tuvo a bien guardar silencio y desaparecer en su estado cercano al trance, lo cual permitió que Micaela ayudara a la señora Hansson con la cena y mitigara así su sentimiento de culpa por dejarse invitar. Se preguntaba si Rekke se daba cuenta siquiera de que otra vez más eran las mujeres las que atendían a sus necesidades.

—Está riquísimo —aseguró Micaela a la señora Hansson antes de que esta bajara a su casa.

—Sí, riquísimo —repitió Rekke, como si no

tuviera ni idea de lo que decía, y durante un rato Micaela se limitó a observarlo mientras comía.

—¿Sabes siquiera lo que estás comiendo? —preguntó.

Rekke la miró con gesto extrañado.

—¿Cómo? Bueno..., más o menos —dijo.

—Pero lo que a ti te pasa en realidad es que estás lleno de frases oportunas para cada ocasión, ¿verdad? Que te salen de manera automática, como un reflejo: gracias, gracias, disculpas, disculpas, muy rico, muy bien.

Rekke la contempló con un gesto entretenido.

—Una observación interesante, y tienes razón, claro. Viene a ser como una suerte de tic, ¿verdad? Daños de una vida privilegiada. En cambio tú... —le clavó la ojos— has sido la que atiende a los demás, ¿verdad? Con dos hermanos consentidos, siempre has estado pendiente de frenar conflictos.

La pregunta la desazonó.

—¿Por qué dices eso?

—Porque lo veo en tu rapidez, en la eficacia de tus movimientos y en cómo miras atrás inconscientemente. Desde muy pequeña ya cargabas con una gran responsabilidad en casa, ¿verdad?

—Mi madre hacía mucho también —respondió en tono defensivo.

Rekke no hizo ningún comentario, quizá por consideración, quizá porque se sumió de nuevo en sus pensamientos. En cualquier caso, tenía razón: Micaela apenas pudo contar con su madre tras la muerte de su padre, y Lucas se consideraba liberado de cualquier tarea doméstica.

—¿Te hallabas pensando en Latifa Sarwani? —preguntó.

Rekke volvió a mirarla.

—Más bien en ti —contestó.

Micaela se sintió incómoda, pero no pudo evitar preguntarle:

—¿En qué sentido?

—Empiezo a pensar que vamos mal de tiempo y me preocupa haberte metido en toda esta historia. Temo que estén más desesperados de lo que me había imaginado.

—¿Hablas de la CIA?

Asintió.

—Voy a hacer lo que pueda para contraatacar.

—No te preocupes, todo se arreglará —lo tranquilizó Micaela.

—Eso espero, y confío en que nos ayude lo que hemos averiguado hasta ahora. Incluso puede que hayamos vislumbrado el mismísimo libreto de este drama —continuó, esforzándose en poner una cara más despreocupada.

Micaela dejó el cubierto sobre la mesa.

—¿Y cómo es ese libreto?

—Bueno, para darle una estructura en tres actos: un violista con grandes ambiciones ve sus sueños hechos añicos en Moscú. Regresa a su ciudad natal en Pakistán y entabla amistad con Gamal, que más tarde se convertirá en el mulá Zakaria en Kabul. Nuestro héroe empieza una nueva vida con un nuevo nombre. Transforma su viejo amor por la música en algo completamente distinto, y consigue convencerse de que lo que pensaba que eran celos y amargura en realidad se trataba de la ira de Dios. Bajo esa terrible ilusión comete un crimen atroz.

—Pero... —intentó decir Micaela.

—Quizá demasiado simplificado; y es verdad que hay cosas que no encajan bien. Que entorpecen la dramaturgia.

—¿Como qué?

—Que arbitraba como si aún quisiera ser director de orquesta, como tú señalabas, y me cuesta creer que tuviera esas cicatrices en los dedos si había dejado de tocar tan pronto.

—Así que piensas que al final no abandonó la música, a pesar de todo.

—Antes que nada lo que me pregunto es si mató a Latifa Sarwani, si albergaba tanto odio.

Micaela se quedó dando vueltas a estas palabras.

—Pero primero debemos averiguar quién lo mató a él.

—Sí, en efecto —contestó Rekke, y de repente empezó a temblar por los espasmos de ese condenado síndrome de abstinencia suya, lo cual irritó sobremanera a Micaela.

¡Tómate tus malditas drogas para que puedas resolver esto y no te quedes ahí desvariando sobre libretos!, quería gritar. En su lugar, se levantó y recogió los platos de la mesa, seguramente de esa forma tan eficaz que había mencionado Rekke, mientras se preguntaba si a él se le ocurriría ayudar.

Como no se movió, Micaela salió de la cocina y decidió darle una nueva oportunidad a una idea que no la había dejado en paz durante las últimas horas. Se trataba del padre de Latifa Sarwani, Mohammad, que aparentemente era el administrador de la página de fans de su hija en internet.

Mohammad Sarwani era ginecólogo, nacido en 1925 y aún en activo, al menos de vez en cuando, en una clínica de Colonia. En una fotografía que Micaela había encontrado, el hombre mostraba unos ojos pequeños y amables y una leve sonrisa que inspiraba confianza y que estaba desprovista de cualquier rastro de petulancia. Sus hombros eran delgados, algo inclinados, y su cabello oscuro, ralo.

En el fondo no había nada especial o llamativo en el hombre, pero no pudo evitar pensar que su aspecto bien podía coincidir con la descripción del anciano que paseaba cerca del campo de futbol en Grimsta después del partido.

Era cierto que no se trataba de una coincidencia al cien por cien, y la descripción del tipo de Grimsta como alguien humilde y huraño parecía encajar mal con la discreta autoridad que Sarwani irradiaba en la fotografía. Ahora bien, evidentemente valdría la pena revisarlo, y por eso buscó el número de Niklas Jensen, el padre que había visto al anciano merodear por el campo de futbol con una chamarra verde.

Niklas la atendió con poco entusiasmo, al igual que la última vez que se vieron.

—¿Estás delante de una computadora? —le preguntó Micaela.

No era el caso, pero podía acercarse a uno «si fuera necesario», y cuando al final llegó, se quejó de que la computadora no funcionaba demasiado bien. «A veces tengo que darle una buena patada —dijo—, como a un auto viejo.» Micaela tuvo que esperar al menos diez minutos hasta que el hombre consiguió abrir el enlace que le había mandado.

—¿Y bien? —preguntó Micaela.

Niklas permaneció un buen rato en silencio.

—No —terminó diciendo—. No es él.

—¿Estás seguro? —insistió Micaela.

—Imposible estar seguro de nada después de tanto tiempo —fue la respuesta de Niklas.

—Pero si miras los hombros y el pelo, quizá también los ojos, coincide bastante con tu descripción.

—Es posible —admitió él.

—Y si resultara que cojea también...

—En tal caso, sí que estaríamos cerca, imagino.

No consiguió sacar más de Niklas Jensen. Volvió a la cocina, donde Rekke seguía sentado en la misma posición que antes.

—Tenemos que llamar al padre de Latifa Sarwani —dijo Micaela.

Rekke no respondió, inmerso en sus cavilaciones. Estaba dando vueltas al modus operandi del asesinato: muerte por dilapidación, como en los antiguos libros de leyes de Abraham. Era como si el asesinato fuera religioso y solemne, a la vez que ciego e impetuoso. ¿Qué era lo que se le escapaba?

—¿Cómo? —dijo.

—Tenemos que averiguar si Mohammad Sarwani cojea —comentó Micaela, y Rekke la miró con una repentina timidez, como si su figura le recordara todo lo que debería hacer, y terminó murmurando «¿Ah, sí?, ¿lo tenemos que hacer?» mientras pensaba por enésima vez dónde podía encontrar unas pastillas de morfina en su casa.

Kabul, 4 de abril de 1997

Poco a poco había llegado a comprender una cosa: la adrenalina que experimentaba al romper instrumentos se le pasaba cada vez más rápido. Era como un balón que se empujaba hacia el fondo de un agua negra y que siempre salía rebotando a la superficie; así que decidió no volver a ver a Latifa. Decidió dejarla en paz, y se lo hizo saber a Gamal.

—Nunca es fácil servir al islam —le contestó—, pero al final recibiremos nuestra recompensa multiplicada por mil.

Hassan fingió estar de acuerdo, pero también dijo, con una inusual sinceridad, que se sentía pequeño y fracasado cuando subía hacia la casa de Latifa. Volvían los recuerdos de todo el tiempo que había pasado en Moscú.

—Tienes que superarlo —dijo Gamal—. Ve esta misma tarde. Quizá yo te acompañe.

Hablaron sobre eso un rato, y justo antes de salir Gamal le dio a Hassan una pistola, una vieja Tokarev soviética, por si acaso, como decía. Hassan tomó dubitativo el arma y la puso en su bolsa de nailon. Después se marchó mientras pensaba que debería mostrar más valentía ahora que los tiempos habían cambiado, pero oscilaba entre un estado de ánimo y otro. Se sentía fuerte y débil alternativamente.

Esa misma tarde arbitró en el Ghazi Stadium un partido entre dos equipos juveniles, el Maiwand y el Ordu. Las gradas estaban vacías. Se creía que el estadio estaba poseído por los fantasmas de los muertos. No obstante, el campo estaba bien cuidado y las líneas recién pintadas. El color se hacía pegajoso bajo el brillo del sol. No había basura a lo largo de las líneas de banda, ni casquillos de cartuchos, ningún rastro de sangre en el punto de penalti, donde se solía situar a los condenados para dispararles o mutilarlos todos los viernes por la tarde. Aunque todo eso no ayudaba nada.

Daba la impresión de que los muertos permanecían ahí, como fantasmas y espíritus. Hassan sudaba más de lo habitual. A veces durante el partido pensaba en Latifa y entonces la rabia le latía en todo el cuerpo. Otras veces oía música que se elevaba del césped, piezas de Sibelius, Brahms y Mendelssohn, que se extendía hasta sus brazos y gestos.

Cuando marcó el final del partido, el sol le abrasaba en la nuca. Saliendo del estadio se cruzó con mendigos por las calles, y le entró el temor de que olía mal. Estaba empapado de sudor a pesar de que se había cambiado de ropa después del partido. Su *tunban* absorbía la transpiración. Lo apartó de su mente y apresuró el paso. Deh Mazang estaba en la parte sur del monte Asamayi, y llevaba aún puestos sus tenis de futbol con tacos para agarrarse en las pendientes.

Le había sorprendido que viviera allí arriba. Cuando le hablaron por primera vez de ella, siempre la describían como una niña de buena familia de Wazir Akbar Khan. Suponía que la familia había pasado penurias desde entonces. Durante un trecho tuvo detrás de él a una pandilla de chicos que querían que organizara un partido. Se limitó a apartarlos con un gesto de la mano mientras subía por la pendiente, donde pudo ver un poco por todas partes restos de la guerra. De vez en cuando se topaba con mujeres con burka y veía burros jalando carros.

Al acercarse, se detuvo detrás de un granero abandonado y se colocó la Tokarev en el cinturón bajo el *tunban*. El arma le rozaba la cadera, y varias veces pensó en volver a meterla en la bolsa, pero terminó por dejarlo estar. Poco tiempo después apareció la casa, y el pequeño prado de flores amarillas que se extendía delante del balcón del primer piso. La casa era una de las más modernas de la zona, con un jardín vallado y una pequeña torre verde. Vio a su alrededor. Había gente en todas partes, pero nadie lo miraba con particular suspicacia. Cuando se acercó por primera vez vislumbró al padre, el viejo médico; para esta ocasión Gamal le había asegurado que ni él ni su hermano Taisir estarían en casa. Pensó que eso debía de ser algo muy difícil de garantizar. Además, ¿no había llegado demasiado pronto? Consultó su reloj. Las diez de la noche. Gamal le había sugerido que fuera tarde, cerca de medianoche, cuando los vecinos dormirían y Latifa estaría en la cocina mirando hacia el valle, como al parecer hacía a menudo.

Decidió dar un paseo. Anduvo inquieto de un lado para otro mientras la música continuaba abriéndose camino en su cabeza, y se ponía cada vez más nervioso. Cuando volvió, transcurridas unas dos horas, el barrio estaba a oscuras, por lo que se atrevió a acercarse a la ventana de la cocina. Una lámpara estaba encendida en el interior de la vivienda, y se preguntó si no debería simplemente tocar la puerta, pero no se movió. Varias veces estuvo a punto de irse y regresar a la ciudad. Al final acabó dando un par de pasos adelante, y entonces advirtió un movimiento dentro de la casa. Las cortinas se apartaron.

Acto seguido la vio; le impactó más de lo que esperaba. Estaba en la cocina con el rostro sin cubrir mirándolo directamente a la cara. Se dio cuenta enseguida de que había perdido mucho peso. Estaba ojerosa y delgada como un pájaro, aunque su mirada seguía siendo la de siempre. Se sintió de nuevo perdido y avergonzado, algo que Latifa quizá percibió, porque pareció tranquilizarse un poco. Dejó la ventana entreabierta. Sus labios se movieron.

—¿Cómo? —dijo él.

—Te reconozco.

—Nos hemos visto antes —indicó, y se palpó la larga barba como para indicarle que se lo imaginara sin ella.

—¿Dónde?

—En Moscú.

Su rostro cambió. Abrió la boca, como de asombro o de conmoción.

—No puede ser verdad —dijo ella—. ¿Eres tú?

—Soy yo —contestó Hassan, sintiéndose un poco idiota.

—¿Has vuelto ahora o has estado aquí todo este tiempo?

No supo qué responder, pero probablemente había algo en su lenguaje corporal que la llenó de preocupación, porque de pronto parecía querer cerrar la ventana y refugiarse dentro de la casa.

—No —repuso él.

Latifa dudó, pero no quitó la mano de la ventana.

—¿Tengo algo que temer? —preguntó ella.

—Quiero ayudar —respondió, y casi se lo creyó.

Ella dio un paso atrás.

—No te vayas —pidió él.

—¿Qué quieres? —La voz de Latifa sonaba asustada, pero quizá no solo transmitía temor.

—Yo... —comenzó a decir titubeante; se le hacía difícil mirarla a los ojos.

—¿Qué? —replicó ella.

—Querría escucharte tocar el violín otra vez —continuó Hassan, sorprendido de sus propias palabras.

Lo miró con cara de desconcierto y desamparo, y entonces él de pronto se sintió más confiado.

—Tengo contactos. Conozco a... —Se dio cuenta de que no quería nombrar a Gamal—. Te puedo ayudar.

—Estoy enferma —explicó Latifa—, y ningún hospital trata a mujeres.

—Haré todo lo que pueda —continuó Hassan.

Latifa se quedó pensativa.

—Te gustaba oírme cuando tocaba el violín en mi habitación en el conservatorio, ¿verdad?

—Me... —empezó sin conseguir completar la frase.

—Recuerdo tus lágrimas —añadió ella.

No fue capaz de articular una respuesta a eso tampoco.

—Solo me gustaría oírte —dijo, y pensó en añadir «una última vez», pero comprendió que no quedaría bien.

Eran las ocho menos diez de la tarde. Rekke estaba en su oficina cautivado por la imagen del cuerpo sin vida de Latifa Sarwani, que su padre había subido a internet. Era una fotografía de gran nitidez, daba la impresión de haber sido hecha por un profesional. La terrible escena le absorbía por completo, y por un momento le pareció ver dos cuerpos en el sótano: Latifa y el violín machacado.

477

Los dos yacían sobre el suelo, cada uno destrozado de una manera diferente, encima de las tablas de madera pintadas de verde que no cubrían toda la superficie hasta la pared. Había una parte de tierra, así que cuando ya no le quedaban fuerzas para seguir estudiando el delgado cuerpo de Latifa con la cabeza atravesada por una bala, se fijó en la parte del suelo con tierra. A pesar de que estaba bien pisada, creyó ver huellas en ella, y posiblemente una mancha blanca, una pequeña tira, pero no estaba seguro. Buscó una lupa en el cajón del escritorio.

No sirvió de gran cosa. Respiraba con tanta vehemencia que se empañó el cristal. «Maldición», dijo, y se fue a sentar ante el piano, pero no era capaz de tocar una sola nota. No puedo seguir así, pasándolo tan mal, pensó. Es indigno, ridículo. «Vamos, espabílate», dijo en voz alta. Tras añadir un «eres patético», tomó el teléfono y se fue a un lado para que Micaela no lo oyera.

—Freddie Nilsson al habla —dijo una voz al aparato.

—Soy Hans.

—Te he reconocido. Estás jadeando.

—Qué va, te equivocas. Necesito encargarte de todo un poco.

Freddie Nilsson guardó silencio, y Rekke sintió en todo su ser hasta qué punto odiaba llamarlo.

—Deberías tener ya suministros de sobra como para una buena temporada —comentó Freddie.

—Lo tiré todo. Quería ser libre y estar limpio.

—¿Y ya no?

—Ahora quiero estar en tus manos, amén.

—¿Ninguna mejoría en perspectiva? Algo te habrá hecho tirar todas tus existencias.

—Tuve un momento de optimismo. De alguna manera, me crucé con un ángel. Ahora termina con el interrogatorio, pedazo de canalla. Te depósito en tu cuenta lo que quieras.

—Bien, está bien —asintió Freddie, preparándose para tomar nota.

Micaela habló con Jonas Beijer sobre Mohammad Sarwani y su hijo Taisir. Tenía la impresión de que le estaba dando mucho más de lo que recibía. Quería comentarlo con Rekke, pero este se había largado sin despedirse ni dar explicaciones, así que después de colgar con Jonas se limitó a dar vueltas por la casa viendo los libros que había.

A veces pensaba en su padre. Sentía en ese momento más que nunca que un mundo entero se había ido con él, como si Lucas hubiera querido deshacerse de todo lo viejo cuando tomó las riendas del hogar; aunque también podría ser que le fallara la memoria. Además, ya no tenía importancia; así estaban las cosas, y a ella lo que le tocaba era buscarse su propio camino.

A las diez menos veinte de la noche la llegada de Rekke interrumpió sus cavilaciones. Parecía encontrarse mejor. Ya no estaba tan tenso, y nada más entrar anunció que ella tenía razón y que claro que debían averiguar si Mohammad Sarwani era cojo, como el viejo de Grimsta.

—Mañana a primera hora nos vamos a Colonia.

—¿Cómo? —replicó Micaela, sorprendida por ese repentino carácter resolutivo.

—¿No has dicho antes que nos teníamos que poner las pilas?

Micaela se quedó pensando.

—Sí, seguro que sí, pero Jonas Beijer quiere esperar un poco más e intentar conseguir una autorización para intervenir el teléfono de Sarwani antes de que nos acerquemos a él.

Rekke negó impaciente con la cabeza.

—No tenemos tiempo para esperar a eso.

Se imaginó que Rekke quería actuar antes de que la CIA lo impidiera.

—Mis compañeros no se van a poner muy contentos si me voy a Alemania antes de empezar siquiera —intentó explicar Micaela.

—Eso, evidentemente, es algo que lamento.

—Aunque, pensándolo bien, creo que ya no me preocupa demasiado —continuó.

Rekke sonrió y extendió la mano hacia ella, aunque al final la retiró.

—Creo que, por cortesía, deberíamos llamar al viejo médico y anunciarle nuestra visita —dijo Rekke.

—Quizá podrías preguntarle de forma discreta si cojea.

—Eso haré —contestó Rekke, y salió a la sala, donde tocó unas inquietas notas al piano, a modo de introducción, de acompañamiento a la conversación.

Después pasaron unos minutos antes de que Micaela lo oyera decir:

—Mi nombre es Hans Rekke. ¿Prefiere que hablemos en inglés o en alemán?

CAPÍTULO 34

Mohammad Sarwani era viudo y vivía en el exilio. Había perdido a la hija que quería más que a su propia vida, pero no estaba solo; tenía a su hijo y a dos nietos y todo un círculo de exiliados afganos que veían su casa como un punto de encuentro. De alguna manera, podía considerarse afortunado, a pesar de todo. Se acercaba a los ochenta años y aún ejercía su oficio.

A veces, en los momentos buenos, afrontaba la vida con mucho orgullo. Había dado la cara por lo justo. Había mantenido su dignidad, y tampoco pensaba transigir con ella a estas alturas, ahora que Darman Dirani le acababa de avisar de que un tal profesor Rekke le había llamado para hacerle preguntas bastante entrometidas.

Mohammad, naturalmente, lo había tranquilizado. Le dijo que había pasado mucho tiempo y que no podían probar nada. Sin embargo, después comprobó ese nombre con la ayuda de un compañero médico de la Universidad de California, y lo que este le contó podía considerarse tanto bueno como malo. Bueno porque el catedrático había sido expulsado del país, y se le conocía como alguien psicológicamente inestable, y malo porque ese tal Rekke al parecer había sido un mítico asesor experto de la policía de San Francisco.

Apagó las noticias de la televisión. Habían emitido un reportaje de Afganistán, sobre la violencia y la represión de las mujeres que de nuevo aumentaba de cara a las primeras elecciones libres en el país, que se iban a celebrar en otoño. Las desgracias que sufría su patria no se acababan nunca. Se levantó y rozó con los dedos el retrato de Latifa que había sobre la cómoda. Latifa le dirigía una mirada exigente con el violín en su mano izquierda, y Mohammad le dijo:

—Ya verás, voy a arreglar esto también.

Justo en ese momento el teléfono pegó un aullido y se asustó. Sin embargo, a pesar de que era justo el profesor Rekke quien llamaba, supo guardar la compostura.

—¿Prefiere que hablemos en inglés o en alemán? —preguntó Rekke en cuanto se presentó, y eso que sin duda sabía que Mohammad se había criado en la colonia británica de Kabul.

—En inglés —contestó.

—Estupendo —dijo el profesor—. Siento molestarlo a estas horas.

Mohammad se concentró un poco más.

—Llamadas de renombrados catedráticos solo suponen una alegría para un anciano como yo.

—Es usted muy amable —continuó el profesor—, y me gustaría devolverle el cumplido y decirle que me resultó profundamente conmovedor oír a su hija tocar el concierto de violín de Bruch. Maravilloso.

—Tocaba que hacía llorar a los ángeles, ¿verdad?

—¿No tendrá por casualidad más grabaciones?

—Esa es una de mis muchas desgracias. Los talibanes destruyeron todas las demás grabaciones; pero gracias a la bondad de Alá no dejo de oírla en mi cabeza. Su música era tan hermosa que nadie puede extinguirla. Ni siquiera el paso del tiempo.

—La belleza tiene una rara capacidad de resistencia —convino Rekke—. Espero que una terrible venganza haya recaído sobre su asesino.

—De eso estoy convencido. Dios ve y Dios juzga. Aun así... es horrible, ¿verdad? Algunas personas parecen ser demasiado bellas para esta vida. Todas aquellas almas viles y atrofiadas se confabulan contra ellas.

—Sí, por desgracia a veces es así —dijo Rekke.

—La envidia y la adulación están en la naturaleza humana —continuó Sarwani.

—Es cierto, pero no solo eso, ¿verdad? Hay muchas otras cosas también. Sobre todo en hombres como usted, doctor Sarwani.

—Soy un hombre humilde.

—No lo dudo.

—Usted, en cambio, profesor Rekke, fue un destacado pianista, ¿no?

—Tuve mis años en los que apunté alto, pero

ahora mi trabajo es mucho más prosaico. Asisto en la investigación de un asesinato en Estocolmo de un hombre conocido como Jamal Kabir.

—¿Ah, sí? —comentó—. Algo he oído sobre ese caso.

¿Qué otra cosa podría decir? Miraba el retrato de su hija como buscando consejo, mientras esperaba la respuesta de Rekke. Sin embargo, no la hubo, y se puso cada vez más nervioso. Guardó silencio él también, por si acaso, pero tampoco lo hizo sentirse mejor; los segundos que transcurrieron le parecieron minutos.

—¿Está ahí todavía? —preguntó.

—Sí, disculpe —se excusó Rekke—. Me he distraído. ¿Por dónde íbamos?

—Me hablaba del hombre que fue asesinado en Estocolmo.

—Sí, es verdad. Lo mataron con una piedra en un bosque, justo después de un partido de futbol, como quizá ya sabe.

¿Qué iba a decir ahora? ¿Qué iba a decir?

—Suena brutal —respondió.

—Sí —dijo el profesor—. ¿No le dolerá algo, doctor?

El malestar que sintió Mohammad se intensificó.

—En absoluto. ¿Por qué lo dice?

—Por cortesía, nada más. Tiene problemas con su pierna, según he oído.

Mohammad miró nervioso sus delgados muslos.

—Solo ha sido una operación de rodilla que no salió bien. Pero ahora está mejor.

—Me alegro —afirmó Rekke, y volvió a guardar silencio unos momentos antes de continuar—. Mañana por la mañana mi compañera y yo viajamos a Colonia.

—¿Cómo dice?

—Sería un honor poder verlo, doctor Sarwani. Creo que llegaremos a la hora de comer.

—El honor será todo mío, naturalmente. Pero aunque mi casa siempre está abierta a amigos y extraños, querría preguntarle por qué me quiere ver.

Rekke permaneció callado un momento, y Mohammad cayó en la cuenta: el profesor sabía que él sabía por qué.

—Queremos hablar de su hija y de aquel asesinato en Estocolmo.

—No hay nada que estime más que hablar de Latifa. Pero no sé nada del caso de Estocolmo.

—Creo que se infravalora —dijo Rekke—. Quizá sería una buena idea invitar también a Darman Dirani. Seguro que puede ayudarnos a recordar.

—¿Por qué lo tendríamos que invitar?

—¿No sería agradable si somos más?

—No lo sé.

—Sobre todo su hijo Taisir es más que bienvenido.

A Mohammad lo invadió una ira repentina, y en cierto sentido le resultó liberador.

—Suena como si usted fuera el anfitrión y no yo.

Rekke guardó silencio de nuevo.

—Lo siento, reconozco que es una grave violación de las reglas de etiqueta. Lamentablemente, cierta desatención a las normas de la cortesía es parte de la naturaleza de una investigación de asesinato. Será un placer verlo.

Al finalizar la llamada, mientras el corazón todavía le palpitaba con fuerza, se dirigió al retrato que había encima de la cómoda.

—No te preocupes, querida, no pasa nada —dijo, y esta vez Latifa parecía responder: «¿Estás seguro, papá? ¿Estás seguro?».

—Ni hablar. Jamás les daré permiso para ir a Colonia.

Jonas Beijer se había encerrado en el baño y ahora se separó el auricular de la oreja; Carl Fransson podía gritar todo lo que quisiera. No había nada que hacer. Jonas, por su parte, había intentado impedir el viaje, pero Rekke había dado con una vía por encima de ellos, y ya había asientos reservados para Vargas y él en un vuelo a Colonia de las 9:20 de la mañana siguiente.

—Falkegren ya ha dado su visto bueno —informó.

—¿Y qué demonios hace ese maldito en todo esto? —bramó Fransson, una pregunta relevante a todas luces.

Resultaba incomprensible que Falkegren quisiera que Rekke trabajara otra vez en el caso. Además, la voz de Falkegren le había parecido muy rara cuando lo llamó por teléfono, casi como si creyera que no llegarían a despegar de todos modos. «Que lo intenten si quieren —había dicho—. Que prueben suerte.»

—No sé —respondió Jonas—. Me da mala espina. A lo mejor quiere buscar una especie de revancha. La verdad es que la pista que siguen resulta plausible.

—¿Por qué?

—Bueno, pues por muchas razones. No solo porque Muhammad Sarwani perfectamente podría ser el viejo que fue avistado en Grimsta. Su hijo Taisir...

—¿Qué pasa con él?

—Fue condenado en Alemania por un delito grave de lesiones —continuó Jonas—. Parece ser un auténtico matón, y tiene una serpiente tatuada en la nuca, así que bien podría coincidir con el tipo que Costa vio en Gulddragargränd.

Fransson tardó en responder.

—Bien, vamos —dijo transcurridos unos segundos—. Que vayan. Pero luego yo me hago cargo, espero que lo tengas claro. ¿Hemos informado a la policía alemana?

Jonas masculló un sí, aunque ya estaba perdido en otros pensamientos. Lo único que realmente le preocupaba en ese momento era que Micaela viajara sola con el profesor Rekke, y lo raro que Falkegren había sonado por teléfono, como si ya supiera lo que iba a pasar con ese viaje.

Kabul, la noche del 4 al 5 de abril de 1997

Latifa había soltado sus canarios esa tarde, de acuerdo con las nuevas reglas comunicadas por la Radio Sharía. Pero Júpiter y Venus rehusaban esa libertad, y se quedaron en el marco de la ventana, quietos y extrañados, como añorando la jaula. Al final Latifa los espantó y cerró la ventana.

—Van a morir —musitó—. Vamos a morir todos.

Después se quedó sentada en la cocina, apática, y por mucho que su padre y Taisir intentaran hacerle comer algo, resultaba inútil. No quería tomar nada, ni tampoco escuchar sus palabras de ánimo. «Estoy demasiado enferma para huir —dijo—. Déjenme en paz.» Pero no la dejaban en paz. Nunca jamás. Incluso se quedaron a dormir en su casa. La ponían nerviosa.

Todo la hundía: el aislamiento, la inactividad, la nostalgia, la depresión. Ya no quería hacer nada, nada de nada, y llevaba mucho tiempo sin escapar al sótano a tocar, pues no había nadie que la escuchara o al que le importara.

«Váyanse —insistió varias veces—, váyanse», y alrededor de las once su padre y Taisir acabaron yéndose por fin, pues Taisir había oído que no pasaría nada esa noche. El muy idiota tenía sus contactos entre los talibanes, y en ocasiones estaba casi igual de mal de la cabeza que ellos.

Ahora estaba sentada en la cocina con la mirada vacía, preguntándose si Venus y Júpiter se hallaban tan paralizados y entristecidos como ella. Se acercó a la ventana, no porque esperara verlos, sino más que nada para contemplar la ciudad, como de costumbre, y asombrarse de cómo todo se había vuelto tan silencioso y muerto. Fue entonces cuando lo descubrió: un hombre de su edad, vestido con un *tunban* blanco y un pacol café en la cabeza. Como todos los varones esos días —incluso su padre—, llevaba una barba hasta el pecho.

No podía distinguirlo muy bien en la oscuridad. Además, había perdido visión en el ojo izquierdo. No obstante, no cabía duda de que tenía la vista clavada en su cocina. Había algo suplicante y temeroso en su cuerpo que la transportó a la época en que los hombres se ponían nerviosos al estar cerca de ella.

¿Debería preguntarle qué estaba haciendo? En absoluto. Debería volver a su habitación y apagar la luz. Debería avisar a su hermano. Sin embargo, no hizo nada de esto, sino que se quedó allí, de alguna forma fascinada o incluso expectante, como si por fin estuviera a punto de ocurrirle algo. Una tontería, claro. Vanas ilusiones de un cerebro que acusaba la carencia de absolutamente todo, y se dijo a sí misma corre, escóndete.

Pero con toda probabilidad se puso incluso más a la vista. El hombre se acercó y ella sospechó que quizá no era solo su actitud o nerviosismo lo que la afectaba. También le resultaba familiar, pero ¿de dónde? No lo sabía. Lo único que sabía era que la música, silenciada durante tanto tiempo, volvía.

Pudo oír el arco de su violín frotar las cuerdas. Su agitación aumentaba cada vez más, y aunque oía todo el tiempo una voz por dentro, «No lo hagas», terminó abriendo la ventana. Él se sobresaltó, y ella pensó: «Que pase lo que tenga que pasar, que descubra mi rostro prohibido». Luego fue como si se olvidara de todo. Se dio cuenta de quién se trataba, y apenas pudo asimilarlo. Era ese chico en quien había pensado, a menudo no, pero sí alguna que otra vez cuando intentaba evocar aquellos buenos tiempos en los que ella era capaz de despertar tantos sentimientos. Ahora le costaba entender lo que decía.

Quería oírla tocar; algo que resultaba impensable, evidentemente. No sabía nada de él, ni siquiera en aquellos tiempos lo había sabido y mucho menos ahora. Y aun así... le pareció ver la nostalgia en sus ojos, y de algún modo era lo que ella anhelaba, un público que no fuera su padre y que no estuviera todo el tiempo con miedo a oír pasos.

—De acuerdo, entra —dijo, a lo que él reaccionó como un estudiante que no esperaba que lo invitaran, y eso era algo bueno, creyó, debía de ser una buena señal.

Me admira, pensó. Era él quien lloraba en Moscú. Soy yo quien juega con ventaja. Envolvió su cabeza con un pañuelo, inspiró hondo y abrió la puerta. Lo primero que le impactó fue el hedor; olía a sudor, y no le gustó el tono de su voz cuando le preguntó:

—¿Todavía tienes el violín?

No lo encontrarás nunca, quiso decir, nunca. Aun así, asintió mientras pensaba que no podía llevarlo hasta el sótano, ahora no, nunca, todo era un error. Grita y pide ayuda, se dijo. Pero no, ya era demasiado tarde. Había recibido la visita de un hombre en medio de la noche. Tenía que hacerse cargo ella misma de la situación. Tenía que restablecer una suerte de normalidad.

—¿Sigues tocando? —preguntó ella.

—Ya no —respondió él de manera demasiado escueta y seca.

—¿No vivías en Pakistán?

—He vuelto —dijo, y ella se preguntó por qué un violinista regresa a un país donde la música está prohibida.

—¿Por qué...? —empezó.

—Se hizo el silencio —explicó él.

—Sé lo que es eso —contestó ella sin saber si hablaban de lo mismo.

—Pero últimamente he comenzado a oír la música de nuevo. Vuelve por fragmentos.

Evitó mirarla a los ojos.

A ella le pareció ver un temblor en sus hombros.

—Eso está bien, ¿no? —dijo ella.

—Me gustaría oírte tocar otra vez. Creo que me sanaría un poco —continuó él, y entonces ella caminó, como si ya no fuera ella quien dirigía sus pasos, hacia la habitación de invitados donde había colocado el sillón blanco de madera que protegía la escotilla al sótano.

Micaela se despertó pronto. Estaba en la misma habitación en la que se había quedado trabajando la noche anterior, y al abrir los ojos se encontró con la librería que tenía a su izquierda. Le resultaba extraño haber pasado la noche en casa de Rekke, y aún más viajar con él. No le había dado tiempo de comprar una muda, pero Julia le había dejado ropa interior y un par de blusas que no le quedaban demasiado ceñidas. Fuera, en el patio, caía la lluvia.

El cielo se veía oscuro. Se oyeron pasos en la escalera. Debía de ser la señora Hansson, pensó Micaela. Pero luego le pareció que sonaban como varias personas, por lo que se levantó y se puso los jeans y la sudadera. Eran las seis y diez de la mañana. Todavía tenían tiempo de sobra antes de ir al aeropuerto de Arlanda, y justo se estaba preguntando si Rekke estaría ya despierto cuando tocaron la puerta. Lo hicieron con fuertes golpes y Micaela hizo una voz que resonó en todo el piso:

—Hans, ¿puedes abrir?

No obtuvo respuesta, y cuando volvieron a tocar se acercó a la puerta y vio por la mirilla. En el rellano había tres hombres, todos trajeados, uno de ellos un chico latino bajito con mirada errabunda. Volvió a llamar:

—¡Rekke!

Como seguía sin respuesta, buscó su teléfono. No tenía cobertura, así que comenzó a preocuparse de veras, y dio un paso atrás. En ese momento, por fin, oyó pasos a su espalda y las palabras «Perdón, ya abro yo».

Rekke iba recién bañado y rasurado, llevaba pantalones grises de traje y una camisa azul claro, así como un chaleco de un estilo un poco anticuado. Tras murmurar «Lo siento, Micaela», dejó pasar a los hombres, que se situaron enseguida de modo que bloqueaban la puerta. Había algo en ellos —sobre todo en los dos hombres más jóvenes— que insinuaba una pronta disposición a emplear la violencia. Pese a ello, Rekke se mostraba de lo más distendido. Se limitó a extender los brazos al tiempo que esbozaba una amplia sonrisa.

—Charles —dijo—. Qué alegría verte. Te he extrañado.

El hombre de más edad, con ojos cafés y barba cuidada, respondió con una voz amable:

—Yo también, Hans. Disculpa que nos presentemos a estas horas tan tempranas.

—No pasa nada, todo lo contrario, han llegado justo a tiempo para desayunar. Perdona, soy un maleducado, no he saludado a tus amigos. Hans Rekke —dijo tendiendo la mano a los dos hombres, que se presentaron como José Martín y Henry Lamar—. Todo un placer —continuó Rekke—, y permitan que les presente a mi amiga y compañera, Micaela Vargas. Una policía de primera, aunque eso ya lo saben, claro.

Micaela les dio la mano, al tiempo que sentía instintivamente que se estaban midiendo las fuerzas. Adoptó esa mirada fría y desafiante que Lucas le había enseñado hacía ya mucho tiempo.

—¿Quieren café o té? —prosiguió Rekke.

—No creo que... —empezó el que se llamaba Henry.

—¿No? Bueno, andan muy atareados, me imagino. Henry..., perdona que te lo pregunte, tu hombro izquierdo..., estoy fascinado. ¿Eras lanzador de jabalina o pitcher? Más bien lanzador de jabalina, ¿verdad? ¿Durante cuánto tiempo?

Henry lo miró desconcertado.

—¿Cómo puedes saber...? —dijo titubeante, pero recuperó enseguida la compostura, como si de repente recordara quién era la persona que tenía ante sí—. Hasta los veintiuno.

—Eras muy bueno, si no me equivoco.

—Cuarto en el campeonato nacional.

—Impresionante. Pero qué mala suerte lo de la lesión en el hombro. Nunca se ha terminado de curar, ¿no es así? Bueno, vamos todos adentro, y perdona, José, tú también hiciste deporte. Futbol americano, ¿verdad?, aunque, claro, eras más bien un intelectual. Por cierto, buena decisión la de liberarte del catolicismo. Aunque tuvo su costo, ¿verdad?

—No entiendo...

—Tu cadena al cuello, exigió algo de esfuerzo quitar el crucifijo, ¿no? El gancho está torcido y un poco desgastado por abajo y reconozco a un hermano seglar cuando lo veo. Pero no se queden ahí, entren.

El hombre de más edad que se había presentado como Charles esbozó una pequeña sonrisa, como si la exhibición de Rekke solo le hubiera resultado entretenida. Pero al escrutarlo con más atención, Micaela detectó que estaba en guardia, como ante un combate, un duelo, y que no paraba de recorrer con la mirada toda la casa, como buscando algo.

—Hans, viejo amigo. Ya sabes por qué estamos aquí.

—Claro que sí —dijo Hans—. No quieren que vayamos a Colonia.

Charles asintió con la cabeza, casi con un hálito de tristeza, al tiempo que José y Henry daban un paso hacia Rekke.

—Me temo que tenemos la ley de nuestro lado, Hans, ya lo sabes —advirtió Charles antes de dirigirse a Micaela —. Nos vemos obligados a llevarla a usted también, miss Vargas. Será solo el tiempo imprescindible.

—Creo que ella, lamentablemente, tiene otras cosas que hacer. Pero estábamos hablando de deporte, ¿no? —continuó Rekke, sonriendo con un gesto de ánimo a José y Henry, situados ya muy cerca de él.

—Tú estabas hablando de deporte, sí —precisó Charles.

—Sí, es verdad, por supuesto —admitió Rekke—. Hablo sin parar mientras tú, como de costumbre, piensas en cosas más importantes. Pero permíteme que siga un poco con el mismo tema.

Supongo que tienes a otros dos tipos más, abajo, en la puerta, ¿verdad?

—Puede que sí —respondió Charles.

—Una decisión acertada —dijo Rekke—. Porque mi amiga Micaela es asombrosamente rápida y explosiva. A veces oigo repiquetear sus pasos en mi cabeza como un tambor.

—¿Ah, sí? ¿De veras? —comentó Charles confuso.

—Y yo mismo, por paradójico que pueda parecer, o quizá como consecuencia de mi inquietante neurosis, soy bastante fuerte a nivel físico, y como sabes, Charles, mi deporte es el karate. Quería boxear, pero mi madre lo consideró demasiado salvaje. El karate fue una solución salomónica. Mi madre apreciaba la reverencia que se hace al principio. Un gesto cortés, y después, ¡zas! En cierto sentido, como su propia metodología.

Rekke hizo un gesto con las manos que se asemejaba más al principio de una danza que a un ataque, pero que aun así consiguió agarrar desprevenidos a José y a Henry, que se llevaron las manos al interior de sus respectivas chamarras. Resultaba evidente que iban armados. Micaela observó estupefacta a Rekke. ¿Qué demonios estaba haciendo? ¿Pretendía deshacerse de ellos a base de golpes?

—Mira tú por dónde —dijo Rekke con una sonrisa—. Me acabas de dar un poco más de información. Tampoco tienes unos reflejos demasiado rápidos, ¿verdad, Henry? Y me pregunto, José, si no empieza a darte tortícolis. Tienes el lado izquierdo algo rígido. Yo me centraría en ese lado, claramente.

Charles sacudió la cabeza, riendo o refunfuñando, resultaba difícil determinar cuál de las dos cosas.

—Karate, ¿es esa tu estrategia?

Rekke dio un paso atrás hacia la cocina.

—Ahora mismo veo unas siete u ocho alternativas que creo que me podrían salir bien. Pero antes de nada querría señalar sus dificultades de actuar en este asunto, y ahí mis ejercicios de karate no son más que una ilustración, por supuesto, una puesta en escena algo infantil de sus problemas.

Charles, nervioso, paseó la mirada por la casa.

—¿A qué te refieres? —preguntó.

Rekke elevó las cejas y sonrió de nuevo.

—Anoche salí un ratito e hice un par de llamadas desde un teléfono al que dudo que tengan acceso. Así que te puedo mandar recuerdos de, entre otros, Maureen Hamilton de *The Washington Post*.

—¿Qué demonios...? —dijo Henry acercándose.

—Tranquilo, tranquilo —continuó Rekke—. No revelé nada en absoluto de todo lo que sé. Soy un hombre de palabra. Pero sí que me informé un poco, y comprendí mejor lo que está a punto de salir a la luz. Al parecer *The New Yorker* y la CBS están en posesión de una exhaustiva documentación sobre las torturas y las humillaciones de una cárcel de Bagdad, así que será difícil defender *exitus acta probat*. Daba la impresión de tratarse más bien de un sadismo adolescente llevado a cabo por unos soldados aburridos, por lo que ahora, obviamente, tanto *The Washington Post* como *The Times* están haciendo todo lo que se halla a su alcance para documentarse y ponerse a la altura de los demás medios. ¿Crees de verdad que sería buena idea detenerme justo antes de que se publique todo esto?

Charles se encogió de hombros y lanzó un suspiro teatral.

—Hacemos nuestros propios cálculos de riesgos.

—Evidentemente —continuó Hans—, y los conozco muy bien. Pero permíteme que les diga otra cosa: tengo a mi disposición, como todo el mundo hoy en día, abogados, y a uno de ellos, una existencia de lo más huidiza y enigmática, debo admitir, le he dejado parte de lo que he aprendido trabajando con ustedes. Esa información se mantiene estrictamente confidencial, por supuesto. Aunque... bajo ciertas condiciones; entre otras, poder ir a Colonia, como había planeado.

—Qué demonios, Hans.

Rekke vio a su reloj.

—Pues sí, así es. Hay que aprovechar los trucos que uno tiene a su disposición, ¿no crees?

—No cambia nada —constató Charles, ahora con voz más severa.

—¿Seguro? —repuso Rekke—. Bien, en tal caso aún no he terminado. Creo, para ser sincero, que es mi compañera quien debe preocuparlos más.

—¿Y eso por qué? —dijo Charles, mirando con suspicacia a Micaela.

—Porque ella forma parte de una investigación policiaca que está ante un avance importante, y la mera sospecha de que tuvieran la intención de impedirlo los dejaría en muy mal lugar. Sobre todo porque su comisario jefe, el desgraciado Falkegren, ha ocultado información a los investigadores puesto que tú, querido Charles, lo has estado manipulando.

La mirada de Charles se volvió nerviosa, casi agresiva.

—¿Cómo se te ocurre decir algo así? —protestó.

—Anoche también estuve con mi hermano. Magnus me contó que Falkegren y tú salen a correr juntos por Djurgården, y comparten secretos.

Charles hizo un gesto como si quisiera estrangular a alguien, probablemente a Magnus.

—Pues sí —continuó Rekke—. Magnus es un caso perdido. Es imposible saber de qué lado está. Con todo, ¿estás seguro, Charles, de que no quieren quedarse a desayunar? Me encantaría platicar sobre esa estrambótica idea suya de disolver el ejército iraquí; pues, como imagino que saben, muchos de los soldados se han unido a un nuevo grupo terrorista. Se han dado un nombre largo y complicado, que ahora mismo no recuerdo, pero doy por hecho que pronto se les ocurrirá un nombre con más relevancia. Unas siglas quizá.

Charles Bruckner inspiró hondo, como si se rindiera, a lo que Rekke respondió con una sonrisa melancólica antes de ir a la cocina. Micaela y Charles se quedaron en la sala examinándose con mutuo recelo. Durante un instante Micaela pensó: «Me quiere hacer daño, está buscando mis puntos flacos», pero apartó la idea de su mente y se fue a la cocina ella también.

Capítulo 35

Kabul, la noche del 4 al 5 de abril de 1997

Quiero oírte tocar, le había dicho. ¿Era por eso por lo que estaba aquí? No lo comprendía. Solo sabía que se sentía alterado y quería gritar: Cúbrete el rostro, mujer. Quizá incluso quería pegarle. Quitarle a golpes esa luz impertinente que había en sus ojos. Sin embargo, se limitó a sonreír y a asentir con la cabeza como para recalcar sus palabras, y entonces Latifa se adentró un poco más en la casa, y de nuevo intuyó los omóplatos de su espalda. Estaba tan delgada que parecía poco más que huesos, y sin saber por qué extendió una mano que casi la rozó. La retrajo rápidamente cuando ella se giró.

—¿Tengo algo que temer? —preguntó Latifa.

Sintió el peso de la pistola en el cinturón.

—No —dijo.

La respiración de Latifa era dificultosa.

—¿Querías sanarte, has dicho?

—Solo quiero oírte tocar —respondió.

Ella asintió con un gesto serio y le pidió que la

ayudara a mover un sillón blanco, y eso hizo. En el suelo bajo el sillón había una pequeña escotilla con una jaladera de hierro oxidado.

—¿Tienes el violín ahí abajo?

Ella no dijo nada. Sacó una linterna de la cómoda que había al lado, señaló la jaladera en el suelo y le pidió que abriera la escotilla y bajara primero, lo cual lo inquietó. ¿Pretendía engañarlo? Quizá había oído lo que había hecho con los instrumentos musicales de otras personas. Quizá quería vengarse y encerrarlo ahí abajo. No, no se atrevería, decidió. Abrió la escotilla. Un olor a tierra y humedad lo golpeó en la cara, y mientras Latifa iluminaba los escalones con la linterna, él descendió a la oscuridad y entonces volvió a sentir la rabia, el deseo de destrozar y liberarse de aquello que latía con tanta dureza en su pecho.

Micaela y Rekke se dirigieron al control de seguridad de la terminal cinco de Arlanda. Iban justos de tiempo. La visita de los americanos se había alargado y de camino se habían parado a comprar tarjetas de recarga para sus teléfonos. Rekke seguía tranquilo y ni una sola vez se había puesto los brazos en el pecho como había estado haciendo todo el día anterior.

Ella, por su parte, había hablado con Jonas Beijer, un poco sorprendida quizá de que les hubieran permitido irse tan fácilmente, sobre todo porque lo había notado muy preocupado. «Cuídate», dijo dos o tres veces. La fila del control de seguridad era larga, pero para su sorpresa adelantaron a los demás por la izquierda: tardó un poco en comprender que era así porque viajaban en clase *business*. Por detrás de ella iba un joven con ojos altaneros, algo arrogantes, que no dejaba de mirarle el trasero. La mirada le produjo malestar, y eso que ya se encontraba incómoda desde el principio.

Tomó una bandeja gris y puso la bolsa que le había prestado Rekke y la bandeja en la cinta. Iba a seguir con su cartera, su teléfono y su chamarra cuando el chico del control de seguridad la examinó por un momento con desconfianza. Seguro que se notaba que esa fila no era su lugar; y tal vez fuera esa mirada —o la sensación general de malestar que tenía— lo que hizo que acudieran a su mente los recelosos y malintencionados ojos de Charles Bruckner, y antes de continuar dándole vueltas, agarró de un jalón su bolsa, que estaba a punto de entrar en el escáner de rayos X.

El movimiento le salió inesperadamente agresivo, de tal modo que le dio un golpe al arrogante hombre de detrás, y enseguida se armó un revuelo y una pelea en la fila. El empleado del control de seguridad que le había echado miradas suspicaces se acercó de una zancada. En realidad no había ocurrido nada, claro, ella podía ser alguien que tan solo había olvidado recoger algo, una persona torpe y algo nerviosa. Aun así, se asustó, como si su cuerpo se percatara del peligro antes de ser consciente de ello, y entonces Rekke se dio cuenta. Se abrió paso entre la gente de la fila para ayudarla. El empleado de seguridad llamó a un compañero, que se acercó apresuradamente.

La gente se apartó de forma que Rekke se quedó solo con la bolsa de Micaela, y en ese momento ella se acordó de Bruckner alejándose por el piso esa mañana cuando se dirigía a la cocina. La gente murmuraba a su alrededor y se preguntó si no debería sacar su placa para intentar controlar la situación, pero temía que eso solo la empeorara. Se quedó parada, inmóvil, mientras Rekke se giraba y mostraba una avergonzada sonrisa al hombre que se aproximaba a ellos.

—¡Qué bien! —exclamó Rekke—. Justo buscábamos a una persona competente; es que mi mujer no está segura de qué les pasará a los rollos de película. ¿Los rayos X los dañan ahí dentro?

—Tengo que pedirles que abran la bolsa —les exhortó el hombre, y el rostro de Rekke se iluminó, como si fuera una excelente idea.

—Claro que sí —contestó—. En estos tiempos que corren no está nunca de más ser precavidos.

Se inclinó y abrió la bolsa con un rápido movimiento, y al alzarla tropezó y se cayó con torpeza encima de la cinta del control. Dio un espectáculo cómico y dramático a la vez, y su mano se estremeció como si se hubiera hecho daño. La gente cuchicheaba. Rekke sonrió molesto y pidió disculpas. Se dirigió a los hombres del control de seguridad.

—Adelante, por favor; como pueden ver, no tenemos mucho equipaje —dijo, y Micaela se convenció de que no solo inspeccionarían la bolsa, sino que también la revisarían.

Su conducta resultaba sospechosa indudablemente, pero al mismo tiempo irradiaba una autoridad tan inesperada que los empleados, vacilantes, se limitaron a asentir con la cabeza antes de acercarse a la bolsa. Rekke dio un paso atrás hacia Micaela y le dio un inesperado beso en la mejilla y dijo:

—Qué bien que estés atenta a estas cosas, cariño. —Y no cabía duda de que eso, ya de por sí, en circunstancias normales la habría dejado perpleja.

Ahora lo olvidó de inmediato, puesto que sintió un peso en la chamarra y comprendió que Rekke le había metido algo en el bolsillo, cosa que durante unos pocos segundos la llevó al pánico. No sabía qué hacer. Retrocedió un poco justo cuando el hombre más joven anunció:

—Aquí no hay ningún rollo de película.

—Qué raro. Pues nuestras más sinceras disculpas. Por cierto, es maravilloso tener un gatito en casa, ¿verdad?

El hombre miró sorprendido a Rekke. Por lo visto, le costó asimilar ese cambio de tema. Al cabo de un momento dijo:

—Sí, ¿cómo lo sabe?

—Los pequeños arañazos en sus manos —respondió Rekke, para luego hacer un comentario so-

bre las uñas de los gatitos, y entonces Micaela decidió actuar.

Caminó, convencida de que irían tras ella.
Sintió sus miradas en la nuca mientras seguía hacia delante sin tener la menor idea de adónde iba.

Capítulo 36

Micaela oyó pasos a su espalda y se esperaba que una mano la agarrara del hombro. Pero no apareció nadie, y empezó a buscar desesperadamente un lugar donde esconderse hasta que allí, a unos veinte metros, descubrió el letrero de los baños. Entró a toda prisa en uno de los inodoros, echó el pestillo de la puerta y hurgó en el bolsillo.

Sus manos dieron con una bolsita de plástico. La levantó y la olió. Era cocaína, no cabía duda. Temblorosa, arrojó el contenido al retrete y vio hundirse el polvo blanco en el fondo mientras los pensamientos se arremolinaban en su cabeza y sus ojos nerviosos examinaban la bolsa. Todavía había polvo dentro y, por mucho que intentara sacarlo todo, quedarían rastros. Echó también la bolsita al inodoro y jaló la cadena, pero la bolsita permanecía flotando en el agua. Volvió a jalar la cadena una y otra vez sin éxito, y cuando alguien movió la manija de la puerta, cerró los ojos preparándose para el momento en el que forzarían la puerta.

Pero lo único que oyó fue la palabrota que alguien exclamó fuera. Trató de respirar con tranquilidad y limitarse a aguardar a que el agua terminara de llenar el tanque. Probó de nuevo y esta vez logró que la bolsita de plástico desapareciera por el desagüe. Abrió la puerta y salió. En el control de seguridad Rekke seguía conversando con los empleados, pero en cuanto ella apareció dejó de platicar y le sonrió como si todo esto no hubiera sido más que un pequeño y divertido incidente. Pasaron el control de seguridad, tomaron su equipaje de la cinta, y caminaron tranquilamente hacia las tiendas de *duty free*.

—Lo siento —se disculpó Rekke—. Tendría que haberlo previsto.

Micaela no dijo nada, al menos al principio.

—¿Cómo demonios han podido caer tan bajo? —espetó furiosa al cabo de unos segundos.

—No lo sé —respondió Rekke—. Pero creo que...

Su mano rozó la de Micaela. Esbozó una sonrisa.

—¿Qué? —dijo ella.

—Que te han infravalorado. ¿Cómo te has dado cuenta?

Micaela tomó pasta de dientes de una estantería.

—La mirada de Bruckner cuando fuiste a la cocina. Tenía el aspecto de estar tramando alguna porquería, pero sobre todo sus ojos al irse. Se le veía demasiado contento.

—Exacto —convino Rekke—. No estaba tan resignado como yo me hubiera esperado. Me llamó la atención también, pero no se me ocurrió que pudiera haber puesto algo en tu bolsa. Hasta ahí no llegaba mi imaginación. ¿Qué te ha llevado a sospecharlo?

Le miró a los ojos.

—No sé si lo podrías entender —comentó.

—Dame una oportunidad.

Micaela dudó mientras observaba a Rekke moverse hacia la caja de la tienda con esa confianza suya.

—Tú ni te das cuenta del enorme respeto con el que te tratan por todas partes, mientras que yo siempre tengo la sensación de que me van a atrapar por algo que he hecho. Es una cosa que arrastro desde que era pequeña. Va con el pack de ser una sudaca de Husby.

Rekke la contempló.

—Y eso agudiza tu mirada.

—Supongo —dijo ella.

—Es un valioso recurso, y que seguramente ha costado lo suyo. Estoy... —Rekke pasó el brazo alrededor de ella.

—¿Estás...? —preguntó Micaela.

—Impresionado.

Kabul, la noche del 4 al 5 de abril de 1997

Lo vio bajar al sótano. La linterna iluminaba la pierna y los tenis de tacos que descendían por los peldaños, con cuidado, de uno en uno, y Latifa pensó, esto está mal, es una locura. Puede que el espacio ahí abajo pareciera la celda de una cárcel, o una tumba. Pero era su sanctasanctórum, el único refugio que había tenido durante sus días de encierro e inquietud, en los que el tiempo no se manifestaba de otra manera que la de verse cada vez más pálida y más flaca, y en los que los ataques la asaltaban más a menudo. Allí abajo solía sentarse no solo para tocar y cuidar su violín, sino también para leer alguno de sus libros escondidos.

Pero ahora era él quien bajaba; él, a quien nunca llegó a conocer, pero que durante unos momentos había conseguido conmoverla porque parecía percibir cada nota que ella tocaba con una receptividad mayor que nadie que hubiera conocido en su vida. ¿Qué debía hacer?

Latifa miró por la ventana la ciudad y las montañas. No se veía a nadie y todo estaba oscuro. Ninguna estrella iluminaba el cielo y las llamadas a la oración ya habían cesado. Las luces estaban apagadas en todas las casas, y a lo lejos veía elevarse humo. Justo le dio tiempo a pensar que seguramente era el humo de una catástrofe cuando lo oyó decir:

—¿Vienes?

Huye, pensó, ve corriendo a casa de tu padre o de Taisir. Respondió: «Ahora voy», y no solo era una locura, pensó, también quería tocar. El riesgo y el peligro solo fortalecieron su anhelo. Bajó y sintió el hedor a sudor de forma aún más intensa. La peste se mezclaba con el olor a tierra y humedad, y sin realmente vacilar levantó una de las planchas de madera del suelo y sacó el estuche que contenía su Gagliano. Lo abrió y acarició nerviosa el violín con las manos:

—Tengo que poner una sordina —explicó Latifa—. No quiero que nadie nos oiga.

—No es necesario —dijo él—. Pero a lo mejor deberías afinarlo.

—Ahora mismo lo afino —contestó ella.

Se puso en ello, pero tardó. Sus manos temblaban, y como había apartado la linterna, ya no veía el rostro del hombre.

Por lo tanto, solo podía interpretar la situación por su respiración y su voz, que sonaba tensa, como si se avecinara un momento grande y solemne. Latifa no pudo determinar si eso era bueno o malo. Solo sabía que la música jalaba de ella como si estuviera a punto de subir al escenario, como ante el concierto de su vida.

El taxi paró y bajaron. Micaela miró a su alrededor. Se encontraban en el distrito de Lindenthal en Colonia, donde Mohammad Sarwani residía en un edificio blanco de viviendas junto a un parque con largas alamedas. A pie de calle había un restaurante indio. Eran las doce y media. Subieron en silencio hasta el segundo piso y tocaron la puerta.

No transcurrieron más que unos pocos segundos antes de que se abriera y se asomara un hombre bajito, encorvado y de cabello ralo que los miró con pequeños ojos entornados. No resultaba difícil entender por qué había pasado desapercibido para tantos testigos. No parecía capaz ni de matar una mosca. Sus brazos y piernas eran flacos, su mirada amable y curiosa, y a diferencia de las descripciones de Grimsta, ahora daba la impresión de ser un hombre honorable, acicalado elegantemente con unos pantalones blancos, una larga camisa azul y un chaleco afgano con bordados dorados.

—Bienvenidos, es un gran honor recibirlos.

—El honor es todo nuestro —respondió amablemente Rekke.

—He invitado también a mi hijo Taisir, como usted propuso, y a Darman Dirani.

—Excelente —dijo Rekke, y se dirigió adonde estaban todos sentados en un conjunto de sillones cafés en la sala—. Caballeros, soy Hans Rekke. Esta es mi compañera Micaela Vargas.

Los hombres los saludaron con rígidos movimientos de cabeza, y se advirtió enseguida: ni Taisir ni Darman tenían tanto mundo como el padre. Contemplaban a Micaela más bien de manera hostil, sobre todo Taisir, que le recordaba un poco a los chicos con los que se solía rodear Lucas. Su cuerpo desprendía la misma concentración vigilante y poseía una de esas miradas que se negaban a toda costa a mostrar algún signo de debilidad.

—Encantado de conocerlos. He pensado mucho en ustedes —añadió Rekke.

Taisir parecía tomarse las palabras como un insulto, pero Rekke ni se inmutó y se limitó a dar una vuelta por la habitación.

—Qué fascinante, como un pequeño y bonito museo —dijo, y sí que había muchos objetos de distintas épocas y lugares del mundo.

Ante los ojos de Micaela, no obstante, nada en esa sala le resultaba especialmente destacable, aparte de que había libros desordenados por todas partes, y encima de las cómodas y mesas unas estatuillas de madera. Las paredes estaban repletas de fotografías, no solo de Latifa, sino de otros muchos violinistas famosos. A Rekke lo que más le interesó, por lo visto, era un libro que había encima de una cómoda al fondo de la sala. El libro se llamaba *The Gardens of Emily Dickinson*. Mohammad Sarwani fue a su encuentro, con una ligera cojera, todavía sonriente aunque un poco molesto porque Rekke estuviera manoseando sus cosas.

—¿Le gusta Dickinson? —le preguntó.

—Por supuesto. ¿A quién no le gusta? Una poeta de las flores —dijo Rekke.

—Sí, más que nadie.

—Pero no solo escribió versos bonitos sobre flores, ¿verdad? Además, dominaba el arte de prensarlas. Mire esto, qué violeta tan bonita.

—Muy bonita —convino Sarwani con tono seco.

—Aunque una flor frágil. Necesita mucho cuidado —continuó Rekke.

Mohammad Sarwani mostró una sonrisa forzada.

—Sí —dijo—. Por eso las violetas fascinaban a Shakespeare, ¿no?

—Es verdad, casi lo había olvidado. ¿Qué es lo que le dijo Ofelia a Hamlet? ¿Que las violetas se marchitaron cuando murió su padre?

—Una escena triste. Pero si las prensamos, como Emily Dickinson, viven para siempre —apuntó Sarwani.

Rekke se rio.

—Aunque quizá no exactamente en la forma que ellas mismas hubieran deseado. ¿Qué considera usted que simbolizan las violetas?

—Sobre todo la fidelidad y el amor.

—Y el amor es frágil, ¿no es así? Al igual que Ofelia.

—Diría que es una interpretación drástica.

Rekke pareció reflexionar un instante sobre esas palabras.

—Seguramente tenga razón. Mis pensamientos vuelan con demasiada facilidad. Y la *Iris afghanica*, ¿qué simboliza?

La expresión del rostro de Sarwani cambió, al menos esa fue la impresión de Micaela, aunque fuera por medio segundo. Al momento sonrió con la misma amabilidad y confianza que cuando los había recibido en la puerta.

—Nada, que yo sepa. Pero desde luego es una

flor que nos es muy querida para los que somos de Kabul, puesto que es única en todo el mundo y fue allí donde se descubrió.

—Lo entiendo. Crece en el monte Asamayi también, ¿verdad?, donde vivía su hija.

—Es posible.

—Sí —dijo Rekke—. Así es, si no me equivoco. Una flor muy vigorosa. Recuerda un poco a Latifa, ¿no? —Rekke siguió hojeando el libro—. ¿Sabe si Dickinson prensó algún ejemplar?

—Lo dudo —afirmó Sarwani.

—Es verdad, ni las personas ni las plantas viajaban tan fácilmente en aquella época.

Rekke volvió con los otros e hizo un gesto a Sarwani y a Micaela para que se sentaran. Resultaba obvio que quería estar al mando.

—Por cierto, ¿no hay aquí demasiadas referencias anglosajonas para un hombre que viene de Kabul? —continuó Rekke.

Sarwani toqueteó un poco los platos con nueces y otros aperitivos que había puesto en la mesa al lado del sillón.

—Crecí dentro de la colonia británica de la ciudad —contestó.

—Sí, claro —dijo Rekke—. Y eso ya lo sabía. De ahí el interés por la música occidental.

—Entonces ¿por qué lo pregunta? —intervino Taisir de repente.

A Rekke se le iluminó la cara.

—Buena observación. Tengo una estúpida debilidad por las preguntas retóricas. Hablemos claro, mejor, y comentemos las infelices casualidades que los llevaron ese día lluvioso a Grimsta IP —dijo Rekke antes de estirarse para tomar unos pistaches, mientras Micaela advertía cómo la atmósfera alrededor de la mesita se volvía cada vez más amenazante.

Kabul, la noche del 4 al 5 de abril de 1997

Estaba sentada en la silla café que tenía desde que era una niña y sintió en todo su cuerpo el deseo de tocar, pero también, con no menos urgencia, de entender de qué trataba todo eso realmente. Por eso dijo en voz muy baja:

—Perdón, estoy muy nerviosa, necesitaría ver tu cara. ¿Te parece bien si te ilumino?

—Bien, está bien —respondió él.

Dirigió su linterna hacia él, no directamente a la cara —habría resultado demasiado agresivo—, sino hacia el cuello y el pecho, lo cual hizo que sus facciones aparecieran como una sombra cuyos ojos lucían en la oscuridad y no la calmó nada.

Le preguntó:

—¿Qué fue lo que te conmovió tanto en Moscú?

Él dio un paso atrás, de modo que su rostro se oscurecía aún más.

—No lo sé —contestó, y no era lo que ella quería oír.

Rayaba en lo maleducado, y ahora olía aún peor que antes, o quizá sus sentidos se habían agudizado por el miedo, y otra vez más ella se preguntó qué estaba haciendo.

¿Anhelaba tanto que alguien la apreciara que estaba dispuesta a arriesgarlo todo por nada?, porque ¿qué esperaba en realidad? ¿Que la elogiara o que llorara como en Moscú?

—¿Has oído que destrozan instrumentos? —comentó—. Dicen que desaparecen músicos.

—Sí, lo he oído.

—¿No habrás venido a romper mi violín? —preguntó—. Llevaría a mi padre a la desesperación. Además, en realidad ni siquiera es nuestro.

Él negó con la cabeza con un movimiento que tampoco fue demasiado convincente, y ella se dio cuenta de que necesitaba desesperadamente palabras amables, reconfortantes.

—Pero en Moscú te pareció bonito, ¿verdad?

—Me pareció... —contestó como si le costara hablar.

—¿Qué?

—Bonito, sí —continuó, y ella fue consciente en ese instante de que tendría que conformarse con eso, y se preparó de nuevo, presa de una escalofriante sensación de que su vida dependía de cómo tocara.

Tonterías, seguro que no eran más que tonterías, pensó, pero no consiguió deshacerse de esa sensación. Algo funesto se cernía sobre la situación, y cuando se puso el violín al cuello y alzó el arco, se quedó mirando fijamente su silueta en la oscuridad. Pudo ver su ojo derecho.

Irradiaba expectación, pensó. Pero no sirvió de mucho, porque se figuró que su ojo izquierdo, oculto en la oscuridad, la observaba amenazador y hostil, como si se tratara de dos personas distintas: una que amaba su música y otra que la odiaba.

Una gota de agua caía de una grieta en la pared. Sintió la sangre palpitarle en el cuello y en las muñecas. Acto seguido comenzó a tocar. «Méditation» de la ópera *Thaïs*, exactamente como aquel día en Moscú, aunque al principio sonaba dubitativa e insegura. ¿Sería posible que sonara de otra manera? Estaba aterrorizada. Sopesó la posibilidad de parar de inmediato y suplicarle que se compadeciera de ella. Pero probó a cerrar los ojos e intentar aprovechar su miedo, y entonces, a pesar de todo, algo sucedió.

Las notas cobraron vida y se dejó llevar. Toda su desesperación la introdujo en la obra y al final acabó balanceando el cuerpo de un lado a otro justo como antes. Entró en un estado como de trance y al terminar bajó el violín y se quedó sentada con los ojos cerrados aguardando un «bravo», un aplauso, una bofetada, un golpe, lo que fuera. Pero solo hubo silencio. No se oía más que su respiración. Latifa abrió los ojos y miró a la oscuridad.

El ojo derecho del hombre brillaba como si acabara de llorar ahora al igual que entonces, y eso era bueno, pensó, era bueno. Pero también sacudía la cabeza como si al mismo tiempo estuviera descontento, y ella preguntó con una voz que casi le fallaba:

—¿No ha estado bien?

No respondió. Más bien se quedó paralizado,

como si la pregunta le hubiera asustado. Al instante ella comprendió que no se debía a sus palabras. Se oían pasos arriba, y por un momento se sintió aliviada; sería Taisir. Tenía que ser Taisir. Había venido a protegerla, aunque seguro que se pondría furioso con ella por haber recibido la visita de un hombre en medio de la noche. No le importaba, ya no; preferiría mil veces que su hermano la golpeara a tener que seguir aguantando ese silencio. Aguzó el oído para escuchar los pasos, esperaba oír el ritmo tan característico de Taisir, pero estos pasos eran más pesados, más rígidos, y miró a Hassan Barozai. Parecía tan asustado como ella, y Latifa se agarró con fuerza a su violín.

Rekke estaba sentado en una silla de madera, callado y un tanto inclinado hacia delante. Micaela, acomodada a su lado en un sillón café, se preguntaba si no debía empezar con el interrogatorio, o quizá no se trataba de un interrogatorio propiamente dicho. No tenían ninguna grabadora ni tampoco había abogados presentes. En cualquier caso, quería tomar la iniciativa tras las digresiones de Rekke, así que se dirigió a Mohammad Sarwani:

—He visto que ya se le ha tomado declaración antes. Ese día afirmó que no conocía a Jamal Kabir y que su hija tampoco lo conocía. ¿Sigue manteniendo esta afirmación?

Mohammad Sarwani se dirigió a Rekke, como si hubiera sido él quien hubiera hecho la pregunta.

—La mantengo —dijo.

—¿Y tampoco conoce a ningún Hassan Barozai? —continuó ella.

Mohammad Sarwani lanzó una mirada a su hijo Taisir, una ojeada fugaz, nada más, pero suficiente como confirmación para Micaela. Lo había alterado. Lo percibía.

—No —contestó.

—¿Está seguro? —insistió ella.

Mohammad Sarwani asintió, y Rekke, que por lo visto quería atribuirse el papel de policía bueno en ese teatro, puso una cara comprensiva e hizo un gesto abriéndose de brazos como queriendo decir: «¿Quién puede recordar todos esos nombres?».

—Pese a todo supongo que le interesaría saber quién es ese tal Hassan Barozai —dijo Micaela.

—La curiosidad es una virtud —respondió Mohammad Sarwani—. ¿Quién es?

—Un violista que durante un breve período de tiempo estudió con Latifa en Moscú —explicó.

—Ajá —repuso Sarwani, sentado quieto sin inmutarse.

—Venía también de la escuela de Elena Drugov en Kabul, aunque volvió a Pakistán, su país, tras la breve estancia en Moscú y dejó de tocar. No regresó a Kabul hasta 1996, cuando los talibanes tomaron la ciudad, y lo hizo bajo el nombre de Jamal Kabir. Participó en la persecución de músicos por parte del régimen.

—¿De verdad? —dijo Mohammad Sarwani.

—De verdad —repitió Micaela, preguntándose cómo seguir, aunque no le dio tiempo a decir nada.

Rekke carraspeó, y parecía que quería pedir perdón por la poca delicadeza de Micaela.

—Barozai era una persona interesante —dijo—. Imagino que no solo condujo una guerra contra los músicos, sino también contra sí mismo. ¿No podemos identificarnos todos con eso? El deseo de matar aquello que una vez ardió dentro de nosotros. El deseo de borrar ese anhelo que albergamos por lo que no podemos tener.

—No sé yo —contestó Mohammad Sarwani secamente.

—En tal caso, con toda certeza está usted más sano que yo —continuó Rekke—. Tengo la preocupante tendencia a identificarme con toda locura humana. Al menos es mi vana aspiración.

—Una buena ambición para un detective, supongo.

Rekke se abrió de brazos.

—Sí, a lo mejor. Pero ¿sabe lo que pienso?

—No, profesor, no lo sé.

—Pienso que eso de querer destrozar lo que es inalcanzable por lo general no es más que una pulsión oscura que late en secreto en nuestro interior. Y a veces, como durante la revolución cultural china, se crea un sistema que lo legitima. Nuestro anhelo por destruir se provee de una superestructura ideológica, y es ahí donde todo puede ir verdaderamente mal.

—Sí, claro —comentó Sarwani.

—Aunque tampoco es ahí adonde quería ir a parar. Más que el autor del delito, más que ese mediocre perpetrador, lo que me interesa son la víctima y sus allegados. ¿Qué hacen cuando ninguna ley los protege, cuando el envidioso puede arrasar con todo impunemente?

Sarwani se revolvió en el lugar, incómodo.

—Supongo que las víctimas tendrán que hacer sus propias leyes.

—Exacto, y eso era una idea que antes no me disgustaba del todo: cuando el sistema judicial no funciona, creamos nuestros propios jurados, nuestros propios tribunales.

Sarwani continuaba lanzando fugaces miradas a su hijo.

—¿Ah, sí? —dijo.

—Sí, de hecho —prosiguió Rekke—, y aunque hoy por hoy la idea me asusta, aún percibo cierta belleza en ella, una garantía de que pese a todo la decencia se mantiene en tiempos sin ley. Cuando el brazo de la justicia busca a tientas, tenemos que hacer justicia con nuestras propias manos, ¿o qué opina usted, Taisir? —inquirió Rekke dirigiéndose al hijo de Mohammad Sarwani.

—Opino que está diciendo tonterías —dijo Taisir con repentina agresividad.

—En ese caso, pido disculpas —dijo Rekke—. Porque, y espero que lo hayan notado, les profeso a todos mi más profunda simpatía, y me alegra de veras, Taisir, que usted y Darman Dirani estén aquí.

Para ser sincero creía que iba a haber más personas, aunque quizá no todos.

Mohammad Sarwani desvió la mirada de su hijo y enderezó la espalda, como si recuperara todo su orgullo.

—Así que eso pensaba —apuntó con una sonrisa.

Rekke contempló con cierta melancolía a Micaela.

—Sí, en efecto —dijo—. ¿Saben? Fue mi compañera, Vargas, aquí presente, quien acabó atando los cabos de esta historia.

Mohammad Sarwani tomó un sorbo de té y miró hacia la chimenea donde había una fotografía enmarcada de una joven Latifa. Casi daba la impresión de que la invocaba para que lo ayudara.

—¿Y cómo se supone que esos cabos están atados? —quiso saber.

—A eso iba. *Claritas, claritas*, como suelo decir —continuó Rekke, y su pierna izquierda empezó a moverse nerviosamente—. Pero antes que nada, y perdone, Taisir, no puedo evitar hacerle una nueva pregunta retórica, siendo usted el que mejor sabe lo que pasó en el bosque de Grimsta. ¿Recibió Barozai el castigo que merecía? ¿Cómo lo ve?

—Depende evidentemente de lo que hubiera hecho —contestó con sequedad Taisir.

Rekke se quedó pensando.

—Todos sabemos lo que hizo, ¿verdad? —dijo después—. O, para ser más precisos, sabemos lo que ustedes creen saber, porque lo cierto es que no se conoce con exactitud lo que le ocurrió a Latifa la noche del 4 al 5 de abril de 1997 en Kabul.

—No.

—Pero hay bastantes indicios, ¿verdad?, que muchos han pasado por alto pero ustedes no.

Mohammad Sarwani se movió en el sillón y volvió a mirar el retrato de su hija.

—¿Y cuáles serían esos indicios?

—Pequeños hallazgos en el lugar del crimen, por ejemplo.

Taisir y Darman Dirani se hicieron un gesto con la cabeza casi imperceptible. Micaela incluso se figuró que se trataba de algún tipo de señal, aunque seguramente estaba equivocada. Miró de reojo a Rekke, que seguía contemplando con cierta melancolía a los presentes.

—Anoche estuve un par de horas mirando esa fotografía tan triste que hizo del cuerpo sin vida de Latifa en el sótano, y hay una cosa a la que le sigo dando vueltas. ¿Por qué no cubrió todo el suelo del sótano con tablas?

Mohammad miró por la ventana.

—Tuvimos problemas con humedades y moho, lo que nos obligó a levantar parte del entablado. Estábamos preocupados por el violín.

—Qué pena —se lamentó Rekke—. Y, aun así, una suerte para los dos, ¿verdad? Es que ayer empecé a interesarme por los pequeños agujeros que se vislumbran delante del cuerpo y del violín roto. Me extrañaron al principio porque eran muchos, pero al examinarlos más de cerca lo llegué a comprender: eran marcas hechas por tacos, por zapatos que se habían movido inquietos por el suelo de tierra. Y claro, es verdad que puede haber tacos en botines también, o incluso en botas, pero la sensación que dan es de que eran tenis de futbol, ¿verdad? Especialmente como las... Perdón, he traído la fotografía, de hecho. Un momento.

Sacó la foto de su bolsa y la puso encima de la mesita.

—Aquí —prosiguió, señalando una pequeña mancha blanca en la imagen—. ¿Lo ven?

Ninguno de los hombres parecía tener muchas ganas de mirar, cosa que no detuvo a Rekke.

—Anoche esa mancha me obsesionó. La escudriñé con minuciosidad hasta que al final llegué a la conclusión de que se trataba de una franja de pintura. Sin embargo, eso no es lo interesante, lo verdaderamente interesante es que ese trozo no se haya descompuesto, sino que se haya mantenido entero. Está claro que se ha pintado con una presión más fuerte y más uniforme de la que se conseguiría con un pincel o una brocha, con toda probabilidad se hizo con un carro marcador de líneas, una máquina de esas que emplean los operarios para trazar los límites de las calles, y que también se usa en los campos de futbol.

Mohammad Sarwani bebió un poco de su té y recobró aparentemente algo de la seguridad de antes.

—Tiene una buena capacidad de observación,

profesor, y lo que dice es muy interesante. Ahora bien, me temo que no es gran cosa como prueba.

—Correcto —continuó Rekke—. Con todo, los vínculos entre usted y el infeliz violista se acumulan, ¿no es así?

—No lo llame infeliz —espetó Taisir.

—Cierto —dijo un calmado Rekke—. Prometo no extender mi empatía tanto como para que llegue a él. Estoy de su lado, sobre todo ahora. *In dubio pro reo.*

—¿En qué maldita lengua habla usted ahora? —añadió Taisir con el mismo enojo que antes.

—Pido disculpas. Es una mala costumbre que tengo, hablar en latín. *In dubio pro reo*: en caso de duda, se favorecerá al acusado. Además, cuando digo que han llenado una laguna en el sistema legal, lo digo en serio, y personalmente estoy dispuesto a olvidarlo todo. Solo hay una cosa que me preocupa.

—¿Y de qué se trata?

—Lo que siempre me preocupa cuando se administra justicia. ¿Se ha castigado a la persona correcta? ¿O los vengadores en toda su impaciencia se han precipitado en sus conclusiones? Pues hay huellas de otros zapatos en ese sótano, de unos pies más grandes, ¿verdad?

Los hombres miraron nerviosos a Rekke, y para Micaela en ese momento se disiparon todas las dudas; todos los que estaban en esa habitación eran culpables. Se detectaba en la repentina inseguridad, en la pregunta que no formulaban: «¿Es realmente posible que hayamos matado a la persona equivocada?».

Kabul, la noche del 4 al 5 de abril de 1997

Dio un par de pasos a un lado de manera que quedó detrás de ella. No solo para huir del alcance de su mirada.

Quería ver su espalda, como aquella vez en Moscú, aunque esa espalda ya no fuera la misma. Latifa había adelgazado, se había vaciado, como si le hubieran drenado la sangre. Debía de estar enferma, tal vez moribunda. Darse cuenta lo conmocionó, aunque quizá le alegraba también un poco, como si fuera una especie de triunfo. Le recorrió un escalofrío. ¡Cómo tocaba! Nadie nunca habría podido tocar con tanta belleza, pensó.

Era como si quisiera dejarse caer al suelo y llorar. Era la misma pieza que la que había tocado en Moscú, «Méditation» de la ópera *Thaïs*, pero esta vez le resultaba diferente, como si la música, en lugar de deseo y tristeza, describiera el cautiverio y el temor; y sin podérselo imaginar en ese momento, evocar el recuerdo de esa música lo haría sobrevivir después en Salt Pit. Pero en ese momento, ahí en el sótano, lo asaltó una sucesión de imágenes contradictorias. Quería salir y alejarse de allí. Quería volver a Mirpur y quería quedarse justo donde estaba. Al igual que en Moscú, Latifa tocaba con un vibrato lento deslizándose entre las notas de tal modo que le vinieron a la mente las canciones de cuna que su madre le cantaba y los ragas del sitar por las noches en la plaza, y pensó que le gustaría seguir escuchando durante horas, pero también querría acallarlo, poner fin a todo aquello que se despertaba en su interior, que le causaba dolor, y extendió una mano como para acariciar su espalda.

La mano se tensó, como si más bien quisiera dar un golpe, y entonces la retiró y al hacerlo rozó su arma, la Tokarev que llevaba en el cinturón. Le recorrió una oleada de excitación. «Dispárala —pensó, un pensamiento que apareció como de ningún lugar—. Dispárala.» Pero en cuanto la idea pasó por su cabeza se asustó, y de nuevo quedó absorbido por la música hasta tal punto que perdió la noción de todo. Sintió que en ese momento podría hacer cualquier cosa, matarla a tiros o escapar con ella, y seguramente esa era la razón por la que fue incapaz de articular palabra alguna cuando ella terminó. Se limitó a murmurar algo de lo que apenas fue consciente, y entonces se oyeron pasos arriba y se le heló la sangre, convencido de que el hermano de Latifa había vuelto. Acto seguido advirtió un sonido tintineante que reconoció y suspiró aliviado, porque sospechó que en realidad se trataba de Gamal. Pero el alivio solo duró un segundo antes de que el temor lo embargara de nuevo, aunque ahora de una manera que en cierto sentido lo acercaba más a Latifa.

La miró y justo le dio tiempo a sorprenderse de que los dos respiraran al mismo ritmo, una respiración igual de impetuosa y jadeante, cuando Gamal bajó por la escalera del sótano y dijo con una voz que sonaba amenazante y alegre al mismo tiempo:

—*Assalamu alaikum*. No quiero molestar. Continúa.

Capítulo 37

—¿Saben cómo empecé a comprender? —dijo Rekke, dirigiéndose especialmente a Mohammad Sarwani—. Me resultó sospechosa la falta de rumores y chismes. Un violista dedicado a la música hasta un punto obsesivo y que ha soñado con ser director de orquesta vuelve a Kabul y se pone a romper instrumentos en lugar de hacer música con ellos. Es el tipo de historias que vuelan, ¿no? Pero ni Emma Gulwal, cuyo clarinete fue hecho añicos, quería decir nada al respecto pese a que a todas luces reconocía a Barozai. Y Darman Dirani, que había estado enamorado de Latifa, ni siquiera quiso ayudarnos a hacer conjeturas. Caí en la cuenta bastante pronto de que se había tomado una decisión, una especie de veredicto si quieren, de vengarse de la persona que no solo había matado a Latifa, sino que estaba detrás de las persecuciones de otros muchos alumnos de la escuela a la que había pertenecido Latifa. Quedé convencido de que muchos, todo un círculo de personas, estaban conformes con la acción. Ya que tengo tendencia al dramatismo, me figuro incluso que existía un juramento sagrado al respecto.

Taisir se removió incómodo en el sillón e hizo ademán de levantarse.

—Pero no tienen ninguna prueba —afirmó.

—¿No? —replicó Rekke, dirigiéndose a Micaela.

—Estamos en posesión de nuevos testimonios —continuó ella—. Sabemos que usted se encontraba en el lugar del crimen, Taisir. El tatuaje de su nuca no pasó desapercibido.

—No tienen nada.

—Y tenemos la flor prensada de su padre. De alguna manera querían que el mundo lo supiera. De alguna manera han anhelado poder contarlo, ¿no es así? Porque como el profesor Rekke ha dicho, en lo más profundo de sus corazones todos ustedes consideran que hicieron lo correcto, ¿verdad? —afirmó Micaela con una autoridad que casi le sorprendió a ella misma.

Taisir se levantó furioso, pero su padre le hizo un gesto para que se volviera a sentar.

—Pido disculpas —dijo—. Mi hijo tiene un temperamento muy fuerte.

—Con todo el derecho —contestó Rekke—. Irrumpimos en su casa y descorremos el velo de la muerte. Quizá va siendo hora de que pongamos punto final por hoy. Habrá tiempo de sobra para dar todas las explicaciones que quieran. Pero si me lo permiten, querría formular una pregunta más.

Taisir se inclinó hacia delante y le clavó una amenazadora mirada a Rekke.

—No nos interesan sus preguntas. Fuera de aquí antes de que se meta en un lío —advirtió.

Mohammad Sarwani negó con la cabeza.

—Cálmate, hijo mío, cálmate. Deja al profesor Rekke decir lo que tenga en mente.

Rekke esbozó a los dos una sonrisa de aprobación.

—No puedo parar de pensar en esa flor prensada. Es un detalle curioso, ¿verdad? ¿Por qué era tan importante colocarla allí?

—No sé si era importante. Pero hacemos cosas, ¿no? Un poco como ha dicho usted, para dejar una marca. Aunque a veces sean marcas que solo puede ver Dios. Es que...

Sarwani dudó.

—¿Sí, doctor? —lo instó a seguir Rekke.

—Siempre me ha apasionado la botánica —continuó—. Y siempre he visto la flor secada como un conjuro contra la muerte, un conjuro vano evidentemente, un intento de preservar la belleza fugaz secándola y prensándola. Matándola en cierto sentido.

—Interesante —dijo Rekke.

—Y debe entender, profesor, que después de encontrarme a Latifa muerta a tiros estuve desconsolado. Sentí como que mi vida también había terminado y, aun así, no pude derramar ni una sola lágrima. Me quedé petrificado. Y no fue hasta que salí a la luz del sol y vi la pequeña pradera con iris que crecen frente a su casa cuando me vine abajo. Me puse de rodillas y recogí una de las flores. Luego la prensé. Esa flor se volvió muy importante para mí, como si quedara en ella un poco del alma de Latifa. No puedo explicarlo mejor.

Rekke miró por la ventana.

—Ha sido una explicación muy bonita, conmovedora.

—Bueno, en cualquier caso, ahora me doy cuenta de que fue un error colocarla allí. Los sentimientos hay que guardarlos en nuestro interior, y no esparcirlos por el bosque como marcas conmemorativas. Me temo que no soy tan racional como me gustaría.

—Todos somos personas contradictorias. Eso es lo que nos hace interesantes. Lo siento, doctor, hoy ha debido de ser un día difícil para usted —añadió Rekke, comentario que irritó a Micaela.

Eran solo frases bonitas, pensó, palabrería de cara a la galería. Por eso cambió el tono y dijo con rabia contenida:

—¿De modo que confiesa su implicación en el asesinato de Jamal Kabir?

Mohammad Sarwani miró el retrato de su hija y se puso las manos en el pecho.

—Lo confieso —declaró—, y también admito que éramos muchos implicados, así que en eso también tienen razón. Nos considerábamos un poco como un tribunal, como un jurado. Queríamos castigar al que mató a mi hija por ningún otro motivo que el de su propio fracaso e incapacidad

de crear algo divino, ni nada remotamente parecido siquiera.

Rekke meditó su respuesta durante unos segundos mientras se ponía la mano en la pierna izquierda como para evitar que empezara a dar saltitos.

—En eso puede que tenga razón, aunque él,
por su parte, seguramente no lo viera así. Todos
somos expertos en el arte del autoengaño, ¿verdad?

Mohammad Sarwani bajó la mirada a sus manos antes de dirigirla con calma a su hijo.

—Sí, quizá sea así. Aunque no nos correspon-
de a nosotros tener en consideración las mentiras
con las que vivía el asesino.

—Eso es cierto. Pero ¿era en realidad un asesino? Esa es la cuestión.

—Me preocupa cuando dice eso, claro; pero
para nosotros no queda duda alguna.

Micaela se inclinó hacia delante y dijo:

—Entonces a lo mejor sería una buena idea
que nos aclarara por qué está tan seguro.

Mohammad Sarwani cerró los ojos, como para
pensarse seriamente si convendría decir una sola
palabra más.

—Lo vi merodeando cerca de casa de Latifa el
día anterior —empezó dubitativo—. No sabía
quién era y tampoco me importaba. Parecía inofensivo, e iba vestido de una manera casi cómica,
cuando menos excéntrica. Después del asesinato
comencé a darle vueltas al tema y no fue necesario
preguntar a mucha gente para enterarme. Era el

árbitro de futbol con los gestos peculiares. Se decía que era apreciado, pero también que participaba en la guerra de los talibanes contra los músicos. Hice unas llamadas, y al final Emma Gulwal me contó toda la historia. Latifa le había hablado del violista que se había metido en su habitación de madrugada en Moscú. Darman Dirani, mi querido amigo aquí a mi lado, completó la historia. Además, me enteré de que Barozai se hallaba en una profunda crisis tras el asesinato. Apenas salía, y no arbitró ningún partido durante meses. Por los vecinos de Latifa, la familia Ghani, supe que había aparecido, muy tarde, la misma noche del crimen. Y luego, bueno..., vi las marcas de los tacos en el suelo y esa pequeña franja de pintura que usted detectó con tanta perspicacia. Pero, sobre todo, y eso fue determinante, sabía que el asesino tenía que ser alguien que Latifa conociera y en quien confiara; si no, no habría bajado jamás al sótano para sacar el violín.

Mohammad Sarwani calló y Micaela miró a Rekke, que parecía estar buscando las palabras para hacer una pregunta más. Al final, por lo visto decidió guardar silencio, y en ese momento de pausa Mohammad Sarwani se levantó y dijo que iba a llamar a su abogado.

Kabul, la noche del 4 al 5 de abril de 1997

Cuando Gamal bajó la escalera en la oscuridad, con su kaláshnikov y su turbante blanco, Barozai lo sentía en todo su ser: ya no pertenecía al mundo de ninguno de los dos. Ya no era violinista como Latifa, pero tampoco era como Gamal. No había cosa que deseara más que echarlo de allí, pero ya era demasiado tarde.

Tenía que guardar las apariencias, seguir fingiendo que representaba al régimen talibán, de modo que respondió:

—*Wa aleikum as-salam.* Latifa me estaba enseñando su violín.

Gamal dio un paso adelante.

—¿No estaba tocando para ti también?

—Solo una pequeña pieza —respondió llevándose la mano al arma, a la Tokarev que llevaba en el cinturón, quizá más que nada una reacción nerviosa. O a lo mejor quería mostrar que tenía la situación bajo control, que no había perdido la cabeza con la música. Pero no le salió muy bien.

La mano le temblaba alrededor del arma. No se sentía para nada como un guerrero santo.

—¿Y no va a tocar algo de música para mí también? —preguntó Gamal.

Latifa, nerviosa, negaba con la cabeza. Hassan pensó, tengo que impedirlo; pero no sabía cómo. Difícilmente podía apelar a la compasión de Gamal; para él, Latifa era una zorra. Sería inútil decir: «Dejémosla en paz, vámonos». Tenía que encontrar otra salida, y lo mejor que se le ocurrió fue dejar que tocara algo. Como Gamal también había sido músico una vez, quizá comprendería, al menos en algún sentido de la palabra.

—¿No podrías tocar esa pieza una vez más? —pidió Hassan—. No te vamos a hacer daño.

Sin embargo, sus palabras no sonaban muy convincentes; no ante Gamal y su enorme figura, ante sus ojos que lucían con esa mirada intransigente que ya había metido miedo en el cuerpo a Hassan la primera vez que la vio. No le sorprendió lo más mínimo que Latifa se encogiera aterrada.

—Descuida, no es necesario —añadió, pero ya no era a él a quien Latifa escuchaba.

Gamal era el nuevo centro de poder en la habitación. Le hizo un gesto a Latifa para que empezara, y ella comenzó a tocar, aún más insegura que antes. Pero al poco tiempo confirió algo nuevo a la música, un matiz de una desesperación aún mayor; era como si fuera incapaz de crear algo que no conmoviera, y Hassan miró suplicante a Gamal.

El rostro de Gamal brillaba con una luz desagradable, excitada. Pero a lo mejor había ahí otra cosa también. Hassan se imaginó que sí; tal vez porque no comprendía que pudiera haber una sola persona, ni siquiera un guerrero en medio de su yihad, capaz de escuchar esa música sin emocionarse. Aunque seguramente se equivocaba.

Gamal vio a su alrededor con la tenue luz de la linterna que había en el suelo. Sus ojos se detuvieron en la Tokarev que guardaba Hassan en el cinturón. La mirada hizo que el arma le pesara más, y Hassan pensó de repente e inesperadamente: «Latifa está tocando su réquiem». Apartó la idea de su mente, pero volvió a instalarse allí, confiriéndole aún más emoción a la pieza, y se dijo a sí mismo: «No dejaré que nada malo le ocurra a Latifa, ni ahora ni nunca».

No pudo evitar devolverle la mirada a Gamal, y entonces Gamal lo observó como si le hubiera leído la mente y susurró un *«Allahu akbar»* que sonaba fantasmagórico y solemne. Al mismo tiempo empuñó el kaláshnikov y lo dirigió con rapidez, de manera casi imperceptible, no hacia ella, sino hacia él. Fue solo medio segundo, y nada, a decir verdad, estaba del todo claro.

Aun así, todo el cuerpo de Hassan se estremeció, como si estuviera ante una elección entre su propia vida y la de ella. Posiblemente eran solo imaginaciones suyas, una sobrerreacción en un momento de locura. Después iba a volver a pensar en ese momento muchas veces. Pero cobraba cada vez mayores visos de ser real, y de algún recoveco de su mente resurgieron los recuerdos y la decepción del tiempo pasado en Moscú. Toda su vida desfiló ante sus ojos, y en ese instante Gamal carraspeó y dio un paso hacia él empuñando de nuevo su kaláshnikov. Entonces Hassan sacó el arma y disparó.

La disparó en la nuca, con una sensación de completa extrañeza ante lo que estaba haciendo, sorprendido por lo lento que todo estaba sucediendo, por el hecho de que el violín cayera primero al suelo, por el ruido de una cuerda que se rompió y el puente que se soltó. No fue hasta el instante después que Latifa se desplomó, con más quietud, parecía, casi como si se acomodara con cuidado en el suelo.

—*Allahu akbar* —dijo Gamal otra vez, y entonces Hassan repitió las palabras antes de darse la vuelta, alejándose del cuerpo, y de subir la escalera del sótano.

A su espalda oyó la respiración de Gamal y el sonido de su cuerpo tomando carrerilla para destrozar el violín a pisotones.

Cuando Mohammad Sarwani regresó a la sala tras su conversación telefónica parecía sereno y quiso saber si tenían más preguntas. De lo contrario, añadió, se retiraría para rezar.

—Supongo —dijo Micaela— que los talibanes no movieron un dedo para arrestar al autor del crimen.

—No, no lo hicieron —explicó Sarwani—. Para ellos Latifa solo había recibido el castigo que se merecía.

—¿Así que comenzó a planear su venganza? —intervino Rekke.

—¿Qué habría hecho usted en nuestro lugar, profesor Rekke?

—No me conozco lo suficientemente bien hoy por hoy para poder ofrecerles una respuesta.

—Pero un buen día... —dijo Taisir amenazante.

—Quizá —contestó Rekke sonriendo.

Micaela se aseguró de que volvieran al tema.

—¿No hubo oportunidad para ocuparse del asunto ya en Kabul?

Mohammad Sarwani alzó la mirada con resignación al retrato de Latifa que había encima de la cómoda.

—Después de haber enterrado a Latifa sufrimos un acoso constante, tanto mi hijo y su familia como yo, así que en cuanto tuvimos la oportunidad de huir a Peshawar, lo hicimos. Juramos dar con Barozai y un día, mucho tiempo más tarde, gracias a la bondad de Dios, nos enteramos de que se encontraba en Suecia.

—El reportaje de la televisión los puso sobre su pista, ¿no? —dijo Micaela.

Mohammad Sarwani miró a su hijo y a Darman Dirani, que no había pronunciado ni una sola palabra en todo el tiempo.

—Sí, teníamos amigos en Suecia que nos dieron el aviso, y conseguimos el reportaje por medio de la agencia de noticias Deutsche Presse Agentur.

—¿Y cuántos eran los que viajaron a Suecia?

Mohammad Sarwani se dirigió de nuevo a Rekke como si fuera él quien había hecho la pregunta.

—Estábamos bien representados y Alá nos regaló una lluvia y una tormenta como protección.

—Y un hombre inocente al que él en su bondad podía señalar con el dedo —apostilló Rekke persistiendo en la suave sonrisa de antes. Después se levantó y miró a Micaela.

Micaela asintió con la cabeza y dijo que iba a hacer una llamada y se dirigió a la escalera. Por un instante temió que los hombres intentaran impedir que saliera. Cuando volvió, explicó que todos estaban detenidos por el asesinato de Hassan Barozai en Grimsta, Suecia, y que la policía alemana estaba de camino.

Rekke extendió la mano y dijo:

—Les damos las gracias por su hospitalidad. Espero que encuentren comprensión. Les deseo todo lo mejor.

Se fueron, bajaron la escalera, salieron a la calle con la intención de tomar un taxi y se quedaron esperando en silencio un rato en la banqueta, procesando lo que había ocurrido. Rekke la miró con una sonrisa distraída, absorto en sus pensamientos. Murmuró como para sí mismo: *«Nunc est bibendum»*.

Micaela tenía demasiadas cosas dándole vueltas en la cabeza como para preguntarle de qué hablaba.

Esa misma tarde estaban sentados en el bar del Excelsior Hotel Ernst junto a la catedral de Colonia y compartían una botella de vino mientras repasaban todo lo que habían podido sacar en claro durante la reunión anterior. Pero Rekke se cansó enseguida; daba la impresión de que ya había dejado el caso y prefería concentrarse en examinar a la gente de su entorno en lugar de revisar los detalles de la investigación.

—¿Ves algo interesante? —preguntó Micaela.

Se giró hacia ella.

—Sí, quizá —respondió—. Ese hombre de allí, con las mejillas enrojecidas, acaba de regresar de una travesía por el océano Ártico. Se puede ver en sus manos que ha enterrado un tesoro cavando bajo condiciones de frío extremo, treinta monedas de plata, si no me equivoco, que recibió cuando vendió a su hermana a una compañía de circo ambulante.

—¿Y a qué se dedicaba la hermana? ¿Era domadora de leones?

—Enseñaba a los elefantes a ponerse en una pata, creo. Pero es difícil afirmarlo con total seguridad.

Micaela sonrió y él le respondió con otra sonrisa. Después limpió una invisible partícula de polvo del brazo de ella y la miró con sus intensos ojos azules. Por un instante pensó que quería abrazarla, pero lo descartó como imaginaciones suyas.

—No parecías estar completamente seguro de que fuera Kabir quien disparó a Latifa.

Rekke bajó la vista a sus manos.

—Estoy bastante seguro. Todo apunta a que el disparo se efectuó desde el ángulo donde estaba la persona que llevaba calzado con tacos. Supongo que quería aprovecharme de la inseguridad que había para conseguir que hablaran.

Micaela guardó silencio y se quedó pensando mientras observaba a los clientes del restaurante.

—¿Qué frase en latín dijiste antes en la calle? —preguntó.

—No me acuerdo.

—*Nunc* no sé qué.

Rekke sonrió y la miró con la misma intensidad que antes.

—*Nunc est bibendum* —aclaró—. Ahora es momento de beber. Las palabras de Horacio después de la victoria de los romanos sobre Cleopatra. Ahora que Cleopatra ha sido vencida y ha muerto es el momento para celebrar, escribió Horacio.

Rekke llenó las copas.

—¿Y qué querías decir con eso?

—Que a lo mejor la tristeza de Sarwani es nuestro triunfo. Dejemos que él se desespere. Y brindemos.

—Chin, chin.

—Chin, chin.

—Aunque casi siempre simpatizas en secreto con los vencidos, ¿verdad? —observó Micaela.

—Sí, quizá. *Gloria victis.*

—¿Qué pasa contigo y todas esas frases en latín?

Rekke volvió a inclinarse hacia delante.

—*Quidquid latine dictum sit, altum videtur.*

—¿Qué?

—Todo lo que se dice en latín suena profundo. Ahora tal vez podría echarle la culpa a la costumbre —dijo Rekke—. Las frases son ya una parte orgánica de mí. Aunque hubo un tiempo en el que recurrí a ellas para parecer más interesante de lo que era, sin duda.

Micaela se inclinó también hacia delante.

—Querías dártelas de intelectual.

—Completamente.

—Pedante.

—Sí, en efecto.

—¿Por qué no contraatacas nunca?

—Mi falsa modestia es mi mejor ataque. ¿Qué me dices, vamos a cenar aunque sea algo pronto?

Micaela asintió y se levantó. Fue a su habitación para arreglarse y, por primera vez en mucho tiempo, se peinó dejando la frente descubierta.

Capítulo 38

Martin Falkegren había convocado una rueda de prensa y en el fondo habría querido dirigirla él solito, naturalmente, de no ser porque se había sentido obligado a que el comisario Fransson estuviera presente. Así que ahí estaba, sentado con ese gordo mamotreto de hombre. Por otra parte no se podía quejar, porque al final habían tenido buena prensa. Taisir Sarwani había confesado el crimen y había ingresado, junto con su padre, en prisión preventiva por asesinato, y no faltaban detalles espectaculares. Con unos cuarenta o cincuenta periodistas presentes, tuvieron que poner más sillas de las que había en la sala y dos ventiladores. Hacía un calor fuera de lo normal ese día de primavera, para el que Falkegren estrenaba un traje azul claro y un par de zapatos Alden.

—Bienvenidos —empezó—. Como todos saben, el trabajo policiaco es un trabajo de equipo —continuó, descontento con la repetición de las palabras pero aun así satisfecho con la manera en que había formulado la idea.

No resultaba nada jactancioso. Es más, así no era necesario nombrar a individuos concretos, lo cual le permitía hablar en términos generales, sin detenerse en detalles, de las observaciones que habían supuesto el avance definitivo de la investigación; y hasta que no había mencionado todo lo que consideraba destacable del caso, no cedió la palabra a Fransson. Una estrategia acertada; le resultó evidente enseguida, pues Fransson no salía muy bien parado bajo los focos y se enredaba en demasiados detalles. Mientras tanto, Falkegren se concentraba en dar la apariencia de una persona con carácter firme y atractivo físico. Creía que lo conseguía, no solo gracias a sus esfuerzos frente al espejo esa misma mañana, sino también porque su posición le permitía girarse de manera natural hacia Fransson y así mostrar su perfil izquierdo, que era el más favorecedor.

Pero no pudo evitar pensar en Rekke y en la chilena y en lo equivocado que había estado Bruckner cuando le aseguró que nunca despegarían de Arlanda. No solo despegaron, sino que resolvieron el asesinato en un tiempo récord. Había algo tremendamente fastidioso en eso, y esperaba que no llegara al conocimiento del público y que, por Dios, no saliera a la luz su propio papel en toda la historia. Oyó mencionar su nombre y miró a los periodistas para ver quién de ellos se dirigía a él.

—Se dice que supieron la identidad verdadera de Kabir cuando encontraron las líneas en la piel que habían producido las cuerdas de una viola en su mano izquierda. ¿Fue así? —preguntó una chica joven y morena que creía que trabajaba para Sveriges Television.

—Es incorrecto —respondió—. No hubo detalles específicos que resultaran decisivos. Ha sido un trabajo de equipo, como he dicho antes. Un amplio trabajo de equipo bajo un competente liderazgo —resumió con otra repetición de palabras no muy acertada.

Pero no había tiempo para pararse a pensar en su retórica, porque enseguida le llegó otra pregunta, esta vez de un periodista de más edad del diario *Dagens Nyheter*.

—¿Qué opina de la gestión del gobierno respecto al tema de la concesión de asilo? Al parecer Kleeberger dio asilo a una persona que suponía un riesgo para la seguridad nacional a fin de complacer a la administración estadounidense.

Por un instante lo asaltó la duda. Quería distanciarse del ministro de Asuntos Exteriores, pero, por otro lado, no quería dar motivos para enojar a Bruckner, que lo respaldaba, así que formuló una respuesta parecida a la que habría dado el secretario de Estado, Magnus Rekke, que de alguna misteriosa manera había salido fortalecido de la crisis.

—Veo lo complicada que era la situación del gobierno. Veo con la misma claridad que todos las desafortunadas consecuencias de la decisión. Pero también puedo constatar que requería mucha valentía dejar entrar a Kabir. Gracias a eso se pudo terminar con el mulá Zakaria en Copenhague, el mulá Zakaria que, a diferencia de Kabir, sí que era un riesgo para la seguridad y un terrorista.

Luego continuó hablando, algo forzado, con la esperanza de evitar más preguntas al respecto, y contó lo valiosa que había resultado la ayuda por parte de los servicios de inteligencia estadounidenses de Kabul, sin preocuparse por el hecho de que estos quizá no se hallaban en su mejor momento, ahora que habían salido a la luz las torturas de la cárcel de Abu Ghraib, a las afueras de Bagdad.

Rekke estaba sentado al piano sin tocarlo, de nuevo con una apariencia medio apática, pero Micaela no creyó que estuviera bajo los efectos de ninguna sustancia o, al menos, no mucho. Solo estaba paralizado y ensimismado, en su propia Prison of Darkness, como Julia lo había expresado. Micaela, por su parte, se había sentado en el sillón verde que había detrás de él, repasando documentación de la investigación de un tiroteo en Rinkeby, mientras miraba de vez en cuando a Rekke. Le exasperaba que fuera tan pasivo: durante los últimos días ni siquiera había abierto un solo libro, y pasaba la mayor parte del tiempo pegado a las teclas.

Por otro lado, si le molestaba la presencia de

Rekke, podía irse a otra habitación. Llevaba un mes prácticamente viviendo en la casa, para gran alegría de la señora Hansson. Lucas estaba menos contento, claro, y tanto su madre como Vanessa se quejaban de que la veían muy poco, pero en ese momento no tenía fuerzas para preocuparse por eso. Le daba la sensación de que estaba empezando un nuevo capítulo en su vida.

Afuera llovía de nuevo. Rekke comentó algo. Micaela abandonó un segundo sus informes.

—¿Qué? —dijo.

—Llega un hombre, de cierto peso, mediana edad, alcohólico, con la espalda torcida, nervioso.

No se molestó en preguntarle cómo podía saber eso, sino que aguzó el oído hacia el rellano, y entonces oyó pasos que se acercaban. Quizá se podía entender por qué Rekke se refería a los pasos como nerviosos. Parecían indecisos, como si estuvieran a la espera de algo. Se pararon y se oyó una tos. Al momento sonó el timbre de la puerta y ella miró en dirección a Rekke, que se abrió de brazos y adoptó una actitud algo huraña. Micaela murmuró «Qué gandul eres» y se fue a abrir.

En el rellano había un hombre de unos cuarenta y cinco o cincuenta años, y puede que fuera verdad que fuera alcohólico y tuviera una postura torcida. En cualquier caso, también era más que evidente que se trataba de un antiguo atleta, un fortachón que una vez, antes de las excesivas copas y preocupaciones, había sido un hombre elegante. Llevaba una chamarra café de pana y una camisa azul, y en la mano tenía un anticuado maletín portadocumentos.

—¿En qué puedo ayudarlo? —dijo.

—Buscaba al profesor Rekke —respondió el hombre.

—¿De qué se trata? —preguntó Micaela, algo incómoda de repente con la situación, quizá porque se sentía como la secretaria de Rekke o su portera.

—Me llamo Samuel Lidman —anunció—. Mi hermana ha sido alumna del profesor Rekke y dice que...

Su indecisión persistía, como si le diera vergüenza lo que iba a decir.

—¿Qué dice tu hermana?

—Que si tienes un misterio que resolver no hay nadie mejor que el profesor Rekke.

—Yo empezaría mejor por la policía.

—No me creen. ¿Puedo pasar? ¿Está el profesor en casa?

Oyeron pasos hacia ellos y apareció Rekke todo lo alto que era escudriñándolos con la mirada.

—Aquí estoy —dijo—. Bienvenido, pasa. Alguien ha desaparecido, si no me equivoco.

El hombre miró atónito a Rekke.

—¿Cómo lo sabe?

—Una corazonada, nada más. Pero siéntate y cuéntanos.

El hombre se sentó en el sillón verde, abrió el maletín y sacó una fotografía que puso encima de la mesita. En la imagen se veía una plaza ante una imponente iglesia con torres, agujas e inmensas bóvedas. Delante de la iglesia se arremolinaban personas y palomas.

—La basílica de San Marcos —señaló Rekke—. Una imagen reciente, ¿verdad?

El hombre miró a Rekke con sus melancólicos ojos cafés.

—Sí —dijo—. Si lo he entendido bien, la fotografía fue tomada a finales de marzo. Pero quería hablar más bien de ella.

Señaló a una mujer de unos cuarenta años, vestida con un exclusivo abrigo rojo, que estaba en primer plano, delante de un grupo de japoneses que parecían atender a una guía.

—Es mi mujer.

—Es una mujer muy guapa —intervino Micaela, como para levantar el ánimo.

—Era mucho más guapa de lo que yo me merecía. Pero lleva catorce años muerta.

—En la fotografía parece muy viva.

—De eso se trata —dijo el hombre—. Tengo su certificado de defunción. Pero la de la foto es ella.

—¿Y estás seguro de eso? —preguntó Micaela.

—Completamente seguro —respondió el hombre—. Aquí se ve su marca de nacimiento junto a la oreja, y hay más detalles. He traído más fotos. Pueden comparar ustedes mismos.

Rekke lanzó una mirada a Micaela, y como si recobrara de pronto la energía dijo:

—Cuéntanos.

Y en ese momento, a las cinco y veinte de la tarde del 10 de mayo de 2004, Samuel Lidman comenzó a contar su singular historia, que mantuvo en vilo a Rekke y a Micaela hasta bien entrada la noche.

Agradecimientos del autor

He contado con la inestimable ayuda de mi editora, Eva Gedin, y de mi agente, Jessica Bab.

Mi editora de mesa, Eva Bergman, ha contribuido con un buen número de propuestas inteligentes y creativas, desde los pequeños detalles hasta los aspectos más generales. Mi amigo Johan Norberg me ha ayudado en lo referente al tema musical, y gracias a sus conocimientos la historia ha ganado amplitud y profundidad.

Como resultará obvio, estoy en deuda con Conan Doyle y su Sherlock, y siempre que he podido he hecho guiños a los dos. En el libro de Lena Sundström *Spår* pude conocer la cárcel Salt Pit, y ese libro me llevó a leer más sobre Gul Rahman, que murió allí de frío tras ser torturado varios días.

Gran importancia también tuvo la cena en el Grand Hôtel a la que asistí y en la que Ahmad Sarmast, fundador del Instituto Nacional de Música de Afganistán (ANIM), recibió el premio Polar por su contribución a la herencia musical afgana y a la formación de jóvenes músicos en el país. Dicha ceremonia me abrió los ojos a la represión que han sufrido los músicos en Afganistán ya desde la guerra civil en los años noventa.

Del violinista Christian Svarfvar aprendí, entre muchas otras cosas, el aspecto que tienen las yemas de los dedos de un violinista. Erika Pérez me guio por Husby y me contó la fantástica historia de la huida de Chile de su familia. Frédéric Brusi y Estella Burga leyeron el manuscrito en una fase temprana y contribuyeron con valiosas opiniones. Un gran agradecimiento también a Linda Altrov-Berg y a Catherine Mörk, de Norstedts Agency.

Y, desde el fondo de mi corazón, gracias a mi Anne.